Noah Hawley

Antes de la caída

Noah Hawley es productor de cine y televisión, guionista, compositor y escritor. Hasta la fecha ha publicado cuatro novelas (*A Conspiracy of Tall Men*, 1998; *Other People's Weddings*, 2004; *The Punch*, 2008; y *The Good Father*, 2012) y ha escrito el guión del film *La coartada* (*Lies & Alibis*, 2006). Fue el creador y productor ejecutivo de las series televisivas para la ABC *The Unusuals* (2009) y *My Generation* (2010), así como guionista y productor de la afamada *Bones* (2005–2008). Actualmente es productor ejecutivo y guionista de *Fargo*, la serie insignia de la cadena FX: la segunda temporada ha finalizado recientemente con gran éxito de crítica y público.

Antes de la caída

Noah Hawley

Antes de la caída

Traducción de Mauricio Bach

Vintage Español
Una división de Penguin Random House LLC
Nueva York

Para Kyle

Un avión privado espera en la pista del aeropuerto de Martha's Vineyard con la escalerilla desplegada. Es un OSPRY 700SL de nueve plazas construido en 2001 en Wichita, Kansas. Es difícil poder decir con absoluta certeza de quién es ese avión. Consta a nombre de una sociedad holandesa con una dirección postal en las islas Caimán, pero en el logo del fuselaje pone GullWing Air. El piloto, James Melody, es británico. Charlie Busch, el copiloto, es de Odessa, Texas. La azafata, Emma Lightner, nació en Mannheim, Alemania, hija de un teniente del Ejército del Aire norteamericano y su jovencísima esposa. Se mudaron a San Diego cuando ella tenía nueve años.

Cada uno de ellos ha seguido su camino. Ha tomado determinadas decisiones. Cómo acaban en el mismo sitio a la misma hora dos personas es un misterio. Entras en un ascensor con una docena de desconocidos. Subes a un autobús, haces cola en un lavabo. Sucede a diario. Intentar predecir los espacios por los que nos moveremos y la gente con la que nos toparemos sería absurdo.

Por la puerta abierta emerge la tenue luminosidad de las luces halógenas. Nada que ver con el molesto resplandor fluorescente de los aviones comerciales. Dentro de dos semanas, Scott Burroughs dirá en una entrevista en la *New York Magazine* que lo que más le sorprendió en su primer vuelo en un jet privado no fue el generoso espacio para las piernas o el bar perfectamente surtido, sino lo personalizada que parecía la decoración, como si a partir de cierto nivel de ingresos viajar en avión no fuese más que otra manera de estar en casa.

La noche es cálida en Martha's Vineyard, treinta grados con un ligero viento del sudoeste. El despegue está previsto para las diez. Durante las tres últimas horas se ha formado una densa niebla costera sobre el estrecho, espirales de un blanco tupido se arrastran lentamente por la pista iluminada.

La familia Bateman es la primera en llegar con el Range Rover que tienen en la isla: David, el padre; Maggie, la madre, y sus dos hijos, Rachel y J. J. Estamos ya avanzado agosto, y Maggie y los niños llevan en Martha's Vineyard un mes, mientras que David ha estado viajando desde Nueva York los fines de semana. Le es difícil poder ausentarse por más tiempo, pese a que le gustaría poder hacerlo. David está metido en el «negocio del espectáculo», que es como la gente que trabaja en eso llama hoy en día a los noticiarios televisivos. Un circo romano de información y opiniones.

Es un hombre alto, ya bien entrado en la cincuentena, con una voz intimidante cuando habla por teléfono. Quienes no lo conocen, cuando se encuentran con él por primera vez, a menudo se quedan impactados por el tamaño de sus manos. Su hijo, J. J., se ha quedado dormido en el coche y, mientras los demás se dirigen al avión, David se inclina y mete medio cuerpo en la parte trasera del coche para sacar delicadamente a J. J. de la sillita infantil, aguantando todo su peso con un brazo. El niño instintivamente se abraza al cuello de su padre, con la cara relajada por el sueño. La calidez de su aliento le provoca a David un escalofrío que le baja por la espina dorsal. Los huesos de la cadera de su hijo se le clavan en la palma de la mano y las piernas colgantes del niño se aplastan contra su costado. Con cuatro años, J. J. tiene ya edad suficiente para saber que la gente se muere, pero es demasiado pequeño para entender que algún día eso también le sucederá a él. David y Maggie lo llaman su «máquina de movimiento perpetuo», porque realmente es un no parar a lo largo de todo el día. Con tres años, el medio de comunicación principal de J. J. era bramar como un dinosaurio. Ahora es el rey de las interrupciones, preguntando cada vez que ellos abren la boca, con una insistencia que parece inagotable, hasta que le responden o le hacen callar.

David cierra la puerta del coche de una patada y el peso de su hijo casi le hace perder el equilibrio. Con la mano libre sostiene el teléfono pegado a la oreja.

—Dile que como se le escape una sola palabra de esto —dice en voz baja para no despertar al niño—, le meteremos una demanda de proporciones bíblicas hasta que crea que los abogados caen del cielo como ranas.

A sus cincuenta y seis años, una compacta capa de grasa envuelve la figura de David como si fuese un chaleco antibalas. Luce una recia mandíbula y una buena mata de pelo. En la década de los noventa se hizo un nombre como responsable de campañas políticas —gobernadores, senadores y un presidente con dos mandatos—, pero en el año 2000 se retiró para dirigir un lobby en K Street. Dos años después, un anciano multimillonario le propuso la idea de poner en marcha un canal de noticias de veinticuatro horas. Trece años y trece mil millones de ingresos brutos después, David disfruta de un despacho en la planta superior de un edificio con cristales a prueba de bombas y del derecho a utilizar el jet de la compañía.

No pasa con sus hijos el tiempo suficiente, en eso están de acuerdo David y Maggie, aunque discuten sobre ello con regularidad. Lo cual quiere decir que ella saca el tema y él se pone a la defensiva, aunque en el fondo sabe que Maggie tiene razón. Pero en realidad ¿no consiste en esto el matrimonio, en dos personas peleándose por los derechos territoriales de los mismos quince centímetros?

Ahora, en la pista, se levanta una racha de viento. David, que sigue al teléfono, mira a Maggie y sonríe, y la sonrisa dice: «Me alegro de estar aquí contigo». Dice: «Te quiero». Pero también revela: «Ya sé que estoy otra vez con una llamada de trabajo, pero necesito que me des un respiro al respecto». Dice: «Lo importante es que estoy aquí y que estamos todos juntos».

Es una sonrisa de disculpa, pero también hay en ella cierta acritud.

Maggie se la devuelve, pero la suya es más indiferente y tristona. La verdad es que ya no sabe muy bien si perdonarle o no.

Llevan diez años casados. Maggie tiene treinta y seis, fue maestra de párvulos, la típica profe guapa con la que los niños fantasean antes incluso de entender en qué consiste eso: una fijación mamaria que comparten niños y adolescentes. La señorita Maggie, como la llamaban, era alegre y cariñosa. Llegaba todas las mañanas temprano a las seis y media para limpiar y ordenar. Se quedaba hasta tarde para redactar los informes sobre los progresos de los alumnos y preparar sus lecciones. La señorita Maggie era una chica de veintiséis años de Piedmont, California, a la que le encantaba dar clases. Realmente le encantaba. Era la primera persona adulta con la que se topaban los niños de tres años que se los tomaba en serio, que escuchaba lo que decían y les hacía sentir mayores.

El destino, si lo queréis llamar así, reunió a Maggie y David en un salón de baile en el Waldorf Astoria un jueves por la noche a principios de la primavera de 2005. Era un baile de gala para recaudar fondos para una fundación. Maggie había acudido con una amiga. David formaba parte de la junta. Ella era la modesta beldad que lucía un vestido con un estampado de flores y una pequeña mancha de pintura azul en la parte posterior de la rodilla derecha. Él era un perro de presa dispuesto a desplegar todos sus encantos, ataviado con un traje con chaqueta de dos botones. Ella no era la mujer más joven de la fiesta, ni siquiera la más guapa, pero era la única que llevaba tiza en el bolso, la única capaz de construir un volcán de papel maché y la que poseía un sombrero de copa que cada año se ponía en el parvulario el día del aniversario del nacimiento del Dr. Seuss. En otras palabras, reunía todo lo que David siempre había deseado encontrar en una esposa. Se disculpó ante unos invitados y se acercó a ella con una sonrisa que dejaba al descubierto su blanqueada dentadura.

Rebobinando, ella no tuvo escapatoria.

Diez años después, tenían dos hijos y una mansión en Gracie Square. Rachel, de nueve años, es alumna de Brearley junto a un centenar de niñas. Maggie, que ha dejado la docencia, se queda en casa con J. J., lo cual la convierte en un bicho raro entre las mujeres de su estatus, las despreocupadas esposas de millonarios adictos al trabajo. Cuando lleva al niño al parque por la mañana, Maggie es la única madre dedicada a sus hijos en la zona de juegos. Todos los demás niños llegan en cochecitos de diseño europeo empujados por emigrantes caribeñas con móviles.

Ahora, en la pista del aeropuerto, Maggie siente frío y aprieta contra su cuerpo la rebeca de verano que lleva puesta. Las espirales de niebla se han convertido en un lento oleaje que repta con glacial lentitud sobre el asfalto.

—¿Estás seguro de que no es peligroso volar con este tiempo? —le pregunta a su marido, que va delante de ella. Él ha llegado al final de la escalerilla, donde Emma Lightner, la azafata, ataviada con un uniforme azul con falda corta, lo recibe con una sonrisa.

—No pasará nada, mamá —dice Rachel, de nueve años, que camina detrás de su madre—. No necesitan ver para volar con el avión.

—No, ya lo sé.

—Tienen instrumentos.

Maggie mira a su hija con una sonrisa de complicidad. Rachel lleva su mochila verde —dentro *Los juegos del hambre*, Barbies y un iPad—, que al caminar le golpea rítmicamente contra la parte inferior de la espalda. Es una niña crecidita. A sus nueve años ya hay en ella trazos de la mujer que será. Esa profesora que espera pacientemente mientras tú corriges tus propios errores. En otras palabras, la persona más inteligente del lugar, pero nada fanfarrona, nunca fanfarrona, de buen corazón y con una risa melodiosa. La duda es si nació con esas cualidades o si florecieron en ella por lo que sucedió. El gran crimen de su infancia. En la red está recogida la historia completa en palabras e imágenes, incluido metraje de noticiarios archivados en YouTube y cientos de horas de trabajo de investigaciones periodísticas almacenadas en esa gigantesca memoria colectiva codificada en números binarios. Un colaborador del *New Yorker* quiso escribir un libro el año anterior, pero David lo impidió de forma discreta. Después de todo, Rachel no es más que una niña. A veces, cuando Maggie piensa en lo que pudo pasar, teme que se le desgarre el corazón.

Instintivamente echa un vistazo al Range Rover, donde Gil está comunicándose por radio con el equipo avanzado. Gil es su sombra, un israelí grandullón que nunca se quita la americana. Es lo que la gente con su nivel de ingresos denomina «seguridad doméstica». Metro noventa, ochenta y cinco kilos. Hay un motivo por el que nunca se quita la americana, un motivo que no sería de buena educación comentar en público. Este es el cuarto año que Gil trabaja para la familia Bateman. Antes de Gil estuvo Misha, y antes de Misha aquel pelotón de hombres serios y trajeados que llevaban armas automáticas en el portaequipajes del coche. En su época de maestra, Maggie se habría mofado de este tipo de intrusión militar en la vida de una familia. Habría considerado narcisista pensar que el dinero te convertía en blanco de la violencia. Pero eso era antes de lo sucedido en julio de 2008, antes del secuestro de su hija y los angustiosos tres días que tardaron en recuperarla.

En la escalerilla del jet, Rachel se vuelve y lanza una parodia de saludo real a la pista vacía. Lleva un forro polar azul encima del vestido y el pelo recogido en una coleta con un lazo. Cualquier indicio de que Rachel quedase marcada por esos tres días permanece prácticamente oculto; un temor a los espacios pequeños, cierta inquietud ante hombres desconocidos. Pero, por lo demás, Rachel siempre ha sido una niña feliz, una embaucadora jovial con una sonrisa taimada, y aunque es incapaz de entender cómo superó la experiencia, Maggie agradece a diario que su pequeña no haya perdido el carácter alegre.

—Buenas tardes, señora Bateman —la saluda Emma cuando Maggie llega a lo alto de la escalerilla del avión.

—Hola, gracias —responde Maggie, ensimismada. Siente la habitual necesidad de disculparse por la riqueza en la que nadan, no la de su marido, sino la suya propia y lo absolutamente inverosímil que le resulta. Hace no tanto ella era una maestra de párvulos y vivía en un sexto sin ascensor con dos chicas malas, como Cenicienta.

—¿Ya ha llegado Scott? —pregunta.

—No, señora. Ustedes son los primeros en llegar. He sacado una botella de pinot gris. ¿Quiere que le sirva una copa?

—Ahora no. Gracias.

El interior del avión es una muestra de lujo discreto, con sus curvadas paredes cubiertas de lustrosos paneles de fresno. Los asientos son de cuero gris y están dispuestos por parejas de un modo informal, como para sugerir que te lo pasarás mejor durante el vuelo si estás acompañado. La cabina de pasajeros transmite un sosiego opulento, como la sala de una biblioteca presidencial. Pese a que ha viajado ya muchas veces de este modo, Maggie no consigue aceptar de buen grado tanto lujo. Un avión entero para ellos solos.

David deposita a su hijo en el asiento y lo tapa con una manta. Ya está atendiendo otra llamada y está claro que esta es importante. Maggie lo deduce por la tensión de la mandíbula de David. A la altura de sus rodillas, el niño se revuelve en el asiento, pero no se despierta.

Rachel se detiene en la cabina de mando para hablar con los pilotos. Es algo que hace siempre en todas partes, localiza a la autoridad competente y los interroga en busca de información. Maggie ve a Gil en la puerta de la cabina de mando sin perder de vista a la niña de nueve años. Además de una pistola, también lleva una taser y unas esposas de plástico. Es el hombre más silencioso con el que Maggie se ha encontrado.

Con el teléfono pegado a la oreja, David le estruja cariñosamente el hombro a su mujer.

—¿Tienes ganas de volver? —le pregunta tapando el micrófono del móvil con la otra mano.

—Sí y no —responde ella—. Aquí se está muy bien.

—Podrías haberte quedado. Bueno, tenemos eso el próximo fin de semana, pero por lo demás ¿por qué no?

—No —dice ella—. Los niños van al colegio y yo tengo esa reunión de la junta del museo el jueves. —Sonríe a su marido—. No he dormido muy bien —añade—. Estoy agotada.

Los ojos de David se clavan en algo que hay detrás del hombro de Maggie. Frunce el ceño.

Maggie se vuelve. Han aparecido Ben y Sarah Kipling en la parte superior de la escalerilla. Son una pudiente pareja, más amigos de David que de ella. Aun así, Sarah lanza un chillido cuando ve a Maggie.

—Querida —dice extendiendo los brazos.

Sarah abraza a Maggie mientras la azafata espera un poco incómoda detrás de ellas, sosteniendo una bandeja con bebidas.

—Me encanta tu vestido —dice Sarah.

Ben se las apaña para pasar junto a su esposa y se acerca a David, al que da un vigoroso apretón de manos. Ben es socio de una de las cuatro grandes empresas de Wall Street, un tiburón de ojos azules vestido con una camisa del mismo color, hecha a medida y desabrochada, y unos pantalones cortos blancos ajustados con un cinturón.

—¿Viste el maldito partido? —pregunta—. ¿Cómo pudo escapársele esa pelota?

—No empieces —responde David.

—Quiero decir que hasta yo habría sido capaz de pillar esa pelota, y eso que tengo unas manos de mantequilla.

Los dos hombres se mantienen pegados uno junto a otro, escenificando en broma una actitud de enfrentamiento, dos enormes ciervos entrechocando la cornamenta por el puro placer del combate.

—La perdió porque los focos le deslumbraron —le dice David, y nota que su teléfono vuelve a vibrar. Lo mira, frunce el ceño y teclea una respuesta. Ben echa un vistazo rápido por encima de su hombro, con gesto serio. Las mujeres están entretenidas conversando. Se inclina hacia David y le susurra:

—Tenemos que hablar, colega.

David se lo saca de encima mientras sigue tecleando.

—Ahora no.

—Te he estado llamando —le comenta Kipling. Empieza a decir algo más, pero llega Emma con las bebidas.

—Glenlivet con hielo, si no me equivoco —dice mientras le tiende a Ben un vaso.

—Eres un encanto —concluye Ben y se bebe de un trago la mitad del whisky.

—Yo solo quiero un poco de agua —le pide David mientras ella ya está cogiendo de la bandeja el vaso de vodka.

—Por supuesto —responde ella sonriendo—. Vuelvo enseguida.

Unos metros más allá, Sarah Kipling ya se ha quedado sin banalidades que comentar. Le estruja el brazo a Maggie.

—¿Qué tal estás? —le pregunta muy seria y por segunda vez.

—Oh, estoy bien —responde Maggie—. Es solo que… Los días de viaje, ya sabes. Estaré perfectamente cuando hayamos llegado a casa.

—Ya lo sé. Quiero decir que me encanta la playa, pero en realidad… Acabo harta. ¿Cuántos atardeceres puedes contemplar sin acabar teniendo ganas de, no sé, ir a darte una vuelta por Barneys?

Maggie mira nerviosamente hacia la puerta abierta. Sarah pilla esa mirada.

—¿Esperas a alguien?

—No. Bueno, creo que seremos uno más, pero…

Su hija la salva de tener que dar más explicaciones.

—Mamá —la llama Rachel desde su asiento—. No te olvides de que la fiesta de Tamara es mañana. Todavía tenemos que comprar el regalo.

—De acuerdo —responde Maggie distraída—. Iremos a Dragonfly por la mañana.

Dirigiendo la mirada más allá de su hija, Maggie ve a David y Ben pegados el uno al otro, hablando. David no parece muy contento. Podría preguntarle al respecto más tarde, pero últimamente su marido se muestra muy distante y lo último que ella desea es pelearse.

La azafata se desliza junto a Maggie y le sirve a David el agua.

—¿Lima? —le pregunta.

David niega con la cabeza. Ben se frota la calva con nerviosismo. Mira en dirección a la cabina de mando.

—¿Estamos esperando a alguien? —pregunta—. Pongámonos en marcha de una vez.

—Falta una persona —le explica Emma comprobando su lista—. ¿Scott Burroughs?

Ben lanza una mirada a David.

—¿Quién?

David se encoge de hombros.

—Es un amigo de Maggie —dice.

—No es un amigo —le corrige Maggie, que los ha oído—. Bueno, los niños lo conocen. Esta mañana nos cruzamos con él en el mercado. Nos dijo que tenía que ir a Nueva York, así que lo invité a volar con nosotros. Creo que es pintor. —Mira a su marido y añade—: Te enseñé algunos de sus cuadros.

David consulta su reloj.

—¿Le dijiste a las diez en punto? —pregunta.

Ella asiente.

—Bueno —dice David mientras toma asiento—, le daremos cinco minutos más y si no aparece tendrá que tomar el ferry como todo el mundo.

A través de una de las ventanillas redondas, Maggie ve al piloto en la pista, examinando el ala. Revisa la lisa chapa de aluminio y después se dirige tranquilamente hacia la puerta del avión.

Detrás de Maggie, J. J., dormido, se mueve con la boca entreabierta. Su madre le recoloca la manta y le estampa un beso en la frente. Piensa que cuando está dormido siempre parece inquieto.

Por encima del respaldo del asiento ve cómo el capitán vuelve a subir al avión. Se acerca para saludar, un hombre con la altura de un *quarterback* y la complexión de un militar.

—Caballeros —dice—, señoras. Bienvenidos a bordo. Será un vuelo corto. Tenemos por delante algunos vientos ligeros, pero por lo demás prevemos un trayecto muy tranquilo.

—Le he visto fuera mirando el avión —le comenta Maggie.

—Una inspección visual rutinaria —le aclara él—. Lo hago antes de cada despegue. El avión parece en perfectas condiciones.

—¿Y la niebla? —pregunta Maggie.

Su hija pone los ojos en blanco.

—La niebla no es un problema volando con una máquina tan sofisticada como esta —les asegura el piloto—. Nos elevaremos unos centenares de metros por encima del nivel del mar y la sobrevolaremos.

—Entonces voy a comer un poco de este queso —dice Ben—. ¿Tal vez también deberíamos poner un poco de música? ¿O la televisión? Creo que Boston está jugando contra los White Sox.

Emma busca el partido en el televisor y tarda un buen rato en lograr sintonizarlo, mientras los pasajeros se sientan y guardan sus equipajes de mano. En la parte delantera, los pilotos proceden con la estipulada comprobación del instrumental de vuelo previa al despegue.

El teléfono de David vuelve a vibrar. Le echa un vistazo y frunce el ceño.

—Muy bien —dice David, ya nervioso—. Creo que ya le hemos concedido al pintor tiempo más que suficiente.

Le hace un gesto de asentimiento a Emma, que atraviesa el aparato hasta la puerta para cerrarla. En la cabina de mandos, como por telepatía, el piloto enciende los motores. La puerta está ya casi cerrada cuando oyen una voz masculina que grita:

—¡Esperen!

El avión se bambolea cuando el último pasajero sube por la escalerilla. Incapaz de evitarlo, Maggie nota que se sonroja y siente un burbujeo de expectación en el vientre. Y entonces aparece Scott Burroughs, cuarentón, con el rostro congestionado y sin aliento. Tiene el cabello enmarañado y ya se le ven algunas canas, pero la piel de la cara conserva la tersura. En sus gastadas Keds blancas se ven algunas manchas de pintura blanquecina y azul claro. Lleva una sucia bolsa de viaje verde colgada de un hombro. En su actitud hay todavía un ímpetu juvenil, pero las arrugas alrededor de los ojos son muy marcadas, fruto de una vida intensa.

—Perdón —se disculpa—. El taxi no llegaba ni a tiros. He acabado tomando el autobús.

—Bueno, ha llegado justo a tiempo —le comenta David mientras le dirige un gesto de asentimiento al copiloto indicándole que ya puede cerrar la puerta—. Eso es lo importante.

—¿Puedo cogerle la bolsa, señor? —le pregunta Emma.

—¿Qué? —dice Scott, momentáneamente aturdido por el sigilo con el que se le ha acercado—. No. Ya la llevo yo.

Ella le señala un asiento vacío. Mientras se dirige a él, Scott se fija por primera vez en el interior del avión.

—Bueno, madre mía —dice.

—Ben Kipling —se presenta Ben, y se levanta para estrecharle la mano.

—Encantado —dice Scott—. Scott Burroughs. —Ve a Maggie—. Oh —añade dirigiéndole una amplia y cálida sonrisa—. Gracias una vez más por esto.

Maggie le devuelve la sonrisa, ruborizada.

—De nada —le dice—. Teníamos espacio de sobra.

Scott se deja caer en un asiento junto a Sarah. Antes de que haya podido atarse el cinturón de seguridad, Emma ya le está ofreciendo una copa de vino.

—Oh —exclama él—. No, gracias. Yo no... ¿Es posible un poco de agua?

Emma sonríe y se retira.

Scott mira a Sarah.

—Uno puede acabar acostumbrándose a esto, ¿verdad?

—Nunca he oído palabras más ciertas —interviene Kipling.

Los motores aumentan rápidamente de potencia y Maggie nota que el avión empieza a moverse. La voz del capitán Melody llega a través de los altavoces.

—Señoras y señores, por favor, prepárense para el despegue —dice.

Maggie echa un vistazo a sus dos hijos. Rachel está sentada con una pierna doblada y el pie debajo del cuerpo, moviéndose al ritmo de las canciones que escucha con su teléfono, y el pequeño J. J. sigue dormido, acurrucado y con la cara relajada con infantil inconsciencia.

Tal como le sucede miles de veces de modo azaroso a lo largo del día, Maggie siente un arrebato de amor materno, creciente y desesperado. Estos niños son su vida. Su razón de ser. Estira el brazo una vez más para recolocar la manta de su hijo y mientras lo hace se produce ese momento de ingravidez característico en el que las ruedas del avión dejan de tocar el suelo. Ese instante de imposible esperanza, esa suspensión de las rutinarias leyes físicas que mantienen a los hombres con los pies en el suelo, la motiva y la aterroriza. Volando. Están volando. Y mientras ascienden a través de la niebla blanquecina, hablando y riendo, acompañados por las canciones de los cantantes melódicos de los años cincuenta y el ruido de fondo del público cuando el bateador golpea la bola, ninguno de ellos tiene ni la más remota idea de que dentro de dieciocho minutos el avión se estrellará en el mar.

1

Cuando tenía seis años, Scott Burroughs hizo un viaje a San Francisco con su familia. Pasaron tres días en un motel cerca de la playa; Scott, sus padres y su hermana, June, que tiempo después moriría ahogada en el lago Michigan. Ese fin de semana, San Francisco estaba cubierto de niebla y hacía frío, las anchas avenidas se desplegaban como matasuegras hasta el borde del agua. Scott recuerda a su padre pidiendo patas de cangrejo en un restaurante y que cuando se las trajeron eran enormes, del tamaño de ramas de árboles. Como si fuesen los cangrejos los que fueran a comérselo a él y no al revés.

El último día del viaje el padre de Scott los llevó en autobús a Fisherman's Wharf. Scott –con unos pantalones de pana descoloridos y una camiseta raída– se puso de rodillas en el asiento de plástico y contempló cómo las calles planas con casas estucadas del distrito de Sunset se convertían en colinas de asfalto con casas de madera victorianas alineadas a lo largo de la pronunciada pendiente. Fueron al museo de rarezas Ripley! y les dibujaron una caricatura, los cuatro miembros de la familia muy juntos, con unas cabezas cómicamente sobredimensionadas y montados en monociclos. Después se detuvieron a ver a las focas plácidamente estiradas sobre los muelles impregnados de sal marina. La madre de Scott señaló, maravillada, el revoloteo de las gaviotas con sus alas blancas. Ellos eran gente de interior. Para Scott todo aquello era como si hubiesen tomado una nave espacial para ir a otro planeta.

Para comer pidieron perritos empanados y bebieron Coca–Cola en unos vasos de plástico muy grandes. Al entrar en el parque acuático se encontraron con que se había congregado allí una multitud. Había docenas de personas mirando hacia el norte y señalando Alcatraz.

Aquel día, la bahía tenía un tono gris pizarra, las colinas de Marina encuadraban la ya clausurada isla prisión como los hombros de unos centinelas. A su izquierda el puente Golden Gate era un gigante difuso de un color naranja intenso, con sus torres descabezadas por la neblina de última hora de la mañana.

En el agua, a lo lejos, Scott vio un grupo de barcas navegando en círculo.

—¿Alguien se ha fugado? —preguntó su padre en voz alta sin dirigirse a nadie en particular.

La madre de Scott frunció el ceño y sacó un folleto. Por lo que ella sabía, dijo, la prisión ya estaba cerrada. Ahora la isla ya no era más que una atracción turística.

El padre de Scott le dio unos golpecitos en el hombro al hombre que tenía al lado.

—¿Qué estamos mirando? —le preguntó.

—Está nadando desde Alcatraz —le informó el hombre.

—¿Quién?

—El atleta. ¿Cómo se llama? Jack LaLanne. Es una especie de especialista de cine. Va esposado y arrastrando una maldita barca.

—¿Qué quiere decir con que arrastra una barca?

—Lleva una cuerda atada. Desde aquí no se aprecia. Mire esa barca de allí. La grande. Tiene que arrastrarla hasta aquí.

El tipo negó con la cabeza, como si de pronto el mundo se hubiera vuelto loco.

Scott se subió a un escalón más alto desde donde podía ver la escena por encima de todos los adultos. En efecto, había una barca grande en el agua, con la proa apuntando hacia la costa. Estaba rodeada por una flotilla de barcas más pequeñas. Una mujer se inclinó un poco y le dio unos golpecitos en el brazo a Scott.

—Toma —le dijo sonriendo—, echa un vistazo.

Le ofreció unos prismáticos. Con ellos Scott pudo distinguir a un hombre en el agua, con un gorro de natación beis. Nadaba con los hombros desnudos. Nadaba ondulando el cuerpo, como una sirena.

—La corriente es tremenda ahí abajo —le comentó el hombre al padre de Scott—. Por no mencionar que la maldita agua está a unos catorce grados. Esta es la explicación de por qué nunca se fugó nadie de Alcatraz. Y además están los tiburones. Le doy a ese tío un veinte por ciento de posibilidades de lograrlo.

Con los prismáticos Scott vio que en las motoras que rodeaban al nadador había hombres uniformados. Iban armados con rifles y no quitaban ojo al agua.

El nadador alzaba los brazos por encima del oleaje y no paraba de avanzar. Llevaba las muñecas atadas y se dirigía directamente hacia la orilla. Respiraba de forma acompasada. Si era consciente de la presencia de los agentes armados o del peligro del ataque de un tiburón, no lo evidenciaba. Jack LaLanne, el hombre más en forma del planeta Tierra. Dentro de cinco días iba a celebrar su sesenta cumpleaños. Sesenta. La edad a la cual cualquiera con sentido común se lo empieza a tomar todo con calma, planta los pies encima de la mesa y deja de lado unas cuantas cosas; pero tal como descubriría más tarde Scott, la disciplina de Jack superaba cualquier edad. Ese hombre era una herramienta forjada para llevar a cabo una tarea, una máquina construida para ganar. La cuerda alrededor de su cintura era como un tentáculo que trataba de arrastrarlo hacia las negras y frías profundidades, pero él no le prestaba la mínima atención, como si ignorando la carga que arrastraba pudiese anular su peso. En cualquier caso, Jack estaba más que acostumbrado a esa cuerda. En casa se ataba a un costado de la piscina y nadaba sin moverse del mismo punto durante media hora cada día. Eso se sumaba a los noventa minutos dedicados a levantar pesas y a los treinta minutos de carrera. Después, cuando se miraba al espejo, Jack no veía a un mortal. Veía a un ser hecho de pura energía.

Ya había realizado este recorrido a nado anteriormente, en 1955. En aquel entonces Alcatraz todavía era una prisión, una gélida roca de penitencia y castigo. Jack tenía cuarenta y un años, era un macho alfa ya famoso por estar en forma. Tenía su programa de televisión y sus gimnasios. Todas las semanas aparecía en blanco y negro con su característico mono muy ceñido, en el que resaltaban los bíceps. De vez en cuando, sin previo aviso, se tiraba al suelo y enfatizaba sus consejos con cien flexiones, que hacía apoyando únicamente las puntas de los dedos.

Frutas y verduras, recomendaba. Proteínas, ejercicio.

En la NBC, los lunes a las ocho, Jack desvelaba los secretos de la vida eterna. Lo único que había que hacer era escucharlo. Ahora, mientras remolcaba la barca, recordó aquella primera travesía. Decían que era imposible nadar algo más de tres kilómetros luchando contra las fuertes corrientes del océano en un agua a diez grados, pero Jack lo consiguió en menos de una hora. Ahora, diecinueve años después, había vuelto, con las manos esposadas, las piernas ligadas con una cuerda y una barca de cuarenta y cinco kilos atada a la cintura.

En su mente no había ninguna barca. No había corriente alguna. No había tiburones.

Solo su fuerza de voluntad.

—Preguntadle a los muchachos que participan en triatlones serios —diría después— si hay límites a lo que se puede lograr. El límite está únicamente aquí [en tu cabeza]. Tienes que estar en forma entre tus dos orejas. Los músculos no saben nada. Hay que educarlos.

Jack había sido un chaval enclenque con espinillas que se atiborraba a dulces, un crío que un día, enloquecido por el ansia de azúcar, intentó matar a su hermano con un hacha. Hasta que llegó la epifanía, la zarza en llamas que le hizo ver la luz. La iluminación le vino de golpe. Desarrollaría todo el potencial de su cuerpo. Se reinventaría por completo y al hacerlo cambiaría el mundo.

De modo que Jack, el gordinflón adicto al azúcar, inventó el ejercicio. Se convirtió en el héroe capaz de hacer mil saltos de tijera y otras mil flexiones en la barra fija en noventa minutos. El cachas que se entrenaba para realizar 1.033 flexiones en veinte minutos subiendo por una cuerda de ocho metros con sesenta kilos de peso atados al cinturón.

Allí adonde iba, la gente se le acercaba por la calle. Eran los albores de la televisión. Y él era en parte científico, en parte mago, en parte dios.

—No puedo morir —le decía Jack a la gente—. Arruinaría mi imagen.

Ahora, en el agua, avanzaba nadando estilo mariposa y con unos coletazos de pez que él mismo había inventado. La orilla estaba a la vista y había un montón de cámaras de noticiarios reunidas junto al agua. La multitud congregada había crecido. La gente se había distribuido por la escalinata en forma de herradura. También estaba allí la esposa de Jack, Elaine, una ex bailarina acuática que antes de conocerlo fumaba como un carretero y se alimentaba a base de donuts.

—Ahí está —dijo alguien señalando. Un sesentón tirando de una barca.

Con las muñecas esposadas. Encadenado. Era como Houdini, solo que él no intentaba escaparse. Si de Jack dependiese, se pasaría la vida entera encadenado a esa barca. Podrían ir añadiendo cada día una más hasta que arrastrase el mundo entero. Hasta que cargase con todos nosotros sobre sus hombros en un futuro en el que el potencial humano no conocería límites.

La edad es un estado de ánimo, le decía a la gente. Ese era el secreto. Concluiría esta travesía a nado y emergería de entre las olas de un salto. Daría un brinco en el aire, imitando a un boxeador después de conseguir un KO. E incluso tal vez se dejaría caer y se puliría un centenar de flexiones como si nada. Así de bien se sentía. A la edad de Jack, la mayoría de los hombres ya andaban encorvados, quejándose de la espalda. Les inquietaba la proximidad del final. Pero no a Jack. Cuando cumpla los setenta nadará setenta horas arrastrando setenta barcas cargadas con setenta personas. Cuando llegue a centenario rebautizarán el país con su nombre. Se levantará todas las mañanas con una erección de acero hasta el final de los tiempos.

En la costa, Scott se mantenía de puntillas para poder contemplar lo que sucedía en el agua. Se había olvidado de sus padres. De la comida que no le había gustado. Ahora mismo no existía nada más sobre la Tierra que la escena que tenía delante. El chaval contemplaba al hombre con el gorro de natación que luchaba contra la corriente. Brazada tras brazada, los músculos contra la fuerza de la naturaleza, la voluntad desafiando a las irracionales fuerzas elementales. La multitud permanecía en pie, animando al nadador a continuar, brazada a brazada, centímetro a centímetro, hasta que Jack LaLanne emergió caminando de entre las olas y los reporteros se metieron en el agua para ir a su encuentro. Respiraba hondo y sus labios tenían una tonalidad azulada, pero sonreía. Los reporteros le desataron las muñecas y le desanudaron la cuerda de la cintura. La multitud estaba enloqueciendo. Elaine corrió entre las olas y Jack la levantó en el aire como si su cuerpo no pesase nada.

Toda la orilla estaba electrizada. La gente creía estar contemplando un milagro. Después, durante mucho rato, tendrían la sensación de que todo era posible. Pasarían el resto del día sintiéndose realizados.

Y Scott Burroughs, a sus seis años, de pie en el escalón superior de la grada, se sentía presa de un arrebato. Notaba el pecho henchido, una sensación de ¿euforia?, ¿pasmo?, que le hacía sentir ganas de llorar. Pese a su corta edad, era consciente de que había sido testigo de algo inaudito, un aspecto grandioso de la naturaleza que iba más allá de lo físico. Hacer lo que acababa de hacer ese hombre, atarse peso al cuerpo, atarse las extremidades y nadar tres kilómetros en unas aguas gélidas era algo solo al alcance de Superman. ¿Era eso posible? ¿Ese hombre era Superman?

—Demonios —dijo su padre despeinando con la mano a Scott—. Ha sido impresionante, ¿no te ha parecido impresionante?

Pero Scott no tenía palabras. Se limitó a asentir, con la mirada clavada en el forzudo entre las olas, que acababa de levantar a un reportero por encima de su cabeza y amenazaba en broma con lanzarlo al agua.

—He visto a este tío en la tele un montón de veces —dijo su padre—, pero pensé que era una engañifa. Con esos músculos inflados. Pero señor…

Meneó la cabeza, atónito.

—¿Es Superman? —preguntó Scott.

—¿Qué? No. Es…, bueno, es simplemente un hombre.

Simplemente un hombre. Como el padre de Scott o el tío Jake, con su bigote y su barrigón. Como el señor Branch, su profesor de gimnasia con su peinado afro. Scott no se lo creía. ¿Era eso posible? ¿Podía cualquiera convertirse en Superman solo con poner todo su empeño en ello? ¿Si se estaba dispuesto a hacer lo que hiciese falta? ¿Cualquier cosa que hiciese falta?

Dos días después, cuando regresaron a Indianápolis, Scott Burroughs se apuntó a clases de natación.

OLAS

Emerge gritando. Es de noche. Los ojos le arden por el agua salada. Siente que le arden los pulmones por el calor. No se ve la luna, tan solo un difuso resplandor a través de la densa niebla; las crestas de las olas, de un azul oscuro, se agitan ante él. A su alrededor unas espeluznantes llamas anaranjadas lamen la espuma.

«El agua está ardiendo», piensa mientras se aleja instintivamente.

Y entonces, después de unos momentos de conmoción y desconcierto: «El avión se ha estrellado».

Scott piensa esto, pero no en palabras. Lo que aparece en su cerebro son imágenes y sonidos. Un repentino descenso. El pavoroso hedor del metal ardiendo. Gritos. Una mujer con la cabeza sangrando, con vidrios rotos brillando sobre su piel. Y durante un interminable momento todo lo que no estaba amarrado pareció flotar en el vacío mientras el tiempo se ralentizaba. Una botella de vino, un bolso de mujer, el iPhone de una niña. Bandejas de comida planeando en el aire, girando apaciblemente, con los entrantes todavía en su sitio, y después el crujido de metal aplastándose contra metal y el mundo alrededor de Scott cae girando sobre sí mismo hasta romperse en mil pedazos.

Una ola le golpea en la cara y él mueve los pies para tratar de mantenerse más por encima del agua. Los zapatos tiran de él hacia abajo, de modo que se los quita y después se saca también como puede los chinos empapados. Tirita en medio de la fría corriente del Atlántico, abriéndose camino en el agua, haciendo movimientos de tijera con las piernas, apartando el océano con los remolinos que crea con los brazos. Las olas están cubiertas de espuma, no son los esquemáticos triángulos de los dibujos infantiles, sino fractales de agua, pequeñas olas que se acumulan y forman otras más grandes. En mar abierto, le llegan desde todas las direcciones, como una manada de lobos poniendo a prueba su capacidad de defensa. El fuego agonizante que todavía arde sobre el agua las dota de vida, les proporciona rostros siniestros y decididos. Scott intenta avanzar dando un giro de trescientos sesenta grados. A su alrededor ve restos astillados que sobresalen mecidos por el oleaje, trozos del fuselaje, un pedazo de ala. La gasolina que ha subido a flote ya se ha disipado o se ha quemado. Dentro de poco todo quedará a oscuras. Sobreponiéndose al pánico, Scott intenta evaluar la situación. El hecho de que sea agosto juega a su favor. Ahora la temperatura del Atlántico es de unos dieciocho grados, suficientemente fría para padecer una hipotermia, pero también suficientemente cálida como para darle tiempo a alcanzar la orilla, si eso es posible. Si es que está cerca.

—¡Eh! —grita volviéndose en el agua—. ¡Estoy aquí! ¡Estoy vivo!

«Tiene que haber más supervivientes —piensa—. ¿Cómo puede ser que se estrelle un avión y solo sobreviva una persona?» Piensa en el hombre que iba sentado a su lado, en la locuaz esposa del banquero. Piensa en Maggie con su sonrisa veraniega.

Piensa en los niños. Joder. Había niños. Dos, ¿verdad? Un niño y una niña. ¿De qué edad? La niña era más mayor. ¿De diez años tal vez? El niño era más pequeño, casi un bebé.

—¡Hola! —grita con más premura, y nada hacia el resto más grande del avión. Parece parte de un ala. Cuando llega hasta él, se percata de que el metal está muy caliente y se aleja rápidamente para evitar quemarse si las olas lo arrastran hacia él.

«¿El avión se ha partido con el impacto? —se pregunta—. ¿O se ha fragmentado durante la caída, lanzando al vacío a los pasajeros?»

Parece imposible que él no lo sepa, pero el flujo de información de su memoria está atascado con fragmentos indescifrables, imágenes sin orden alguno, y ahora mismo no dispone de tiempo para aclarar nada.

Tratando de vislumbrar algo en la oscuridad, Scott se ve de pronto alzado por una gran ola. Lucha por mantenerse flotando sobre ella y se percata de que ya no puede negar por más tiempo lo evidente.

Esforzándose por aguantar a flote, siente que algo estalla en su hombro izquierdo. El dolor que ha sentido desde el momento del accidente se convierte en un cuchillo que le atraviesa el cuerpo cada vez que levanta el brazo izquierdo por encima de la cabeza. Agitando las piernas, trata de superar ese dolor, como uno haría con un calambre, pero está claro que hay algo torcido o roto en la articulación. Va a tener que andarse con cuidado. Todavía tiene una movilidad parcial –puede permitirse dar unas brazadas decentes–, pero si el hombro empeora puede verse convertido en un hombre con un solo brazo, a la deriva, herido, un pececillo en el vientre lleno de agua marina de una ballena.

De pronto cae en la cuenta de que tal vez esté sangrando.

Y en ese momento la palabra «tiburones» penetra en su cabeza.

Durante unos segundos la reacción es de puro pánico animal. La racionalidad se evapora. El corazón se le acelera, patalea de manera incontrolada. Traga agua salada y empieza a toser.

«Para –se dice a sí mismo–. Tranquilízate. Si te dejas llevar por el pánico morirás.»

Se obliga a tranquilizarse, girando lentamente para intentar orientarse. Si pudiera ver las estrellas, se dice, podría orientarse. Pero la niebla es demasiado densa. ¿Debe nadar hacia el este o hacia el oeste? ¿De regreso a Martha's Vineyard o hacia el continente? Aunque de todos modos, ¿cómo va a saber hacia dónde está cada cosa? La isla de la que ha partido flota como un cubito de hielo en un cuenco de sopa. A esta distancia, si Scott se equivoca unos pocos grados en su trayectoria podría fácilmente pasársela de largo sin siquiera darse cuenta.

Mejor, piensa, dirigirse hacia el largo brazo de costa. Si mantiene el curso, reflexiona Scott, va haciendo descansos y no se deja llevar por el pánico, acabará llegando a tierra. Después de todo es un nadador y el mar no es para él un medio extraño.

«Puedes hacerlo», se dice a sí mismo. Esa idea le llena de confianza. Sabe por el trayecto en ferry que Martha's Vineyard está a once kilómetros de Cape Cod. Pero su avión se dirigía al JFK, lo cual significa que debía haber estado volando en dirección sur por mar abierto hacia Long Island. ¿Cuánta distancia llegaron a recorrer? ¿A qué distancia está de la costa? ¿Será Scott capaz de nadar quince kilómetros con solo un brazo en condiciones? ¿Treinta?

Es un mamífero terrestre a la deriva en mar abierto.

El avión habrá lanzado una señal de socorro, se dice. La Guardia Costera está de camino. Pero incluso mientras piensa esto, se percata de que las llamas se han apagado por completo y los restos del avión se están dispersando arrastrados por la corriente.

Para controlar el pánico, Scott piensa en Jack. Jack, el dios griego en traje de baño, sonriente, con los brazos flexionados formando ondulantes torres, los hombros echados hacia delante, las dorsales bien a la vista. «El cangrejo.» Así denominaban esa pose. «Partiendo un cangrejo.» Scott tuvo este póster colgado en la pared de su habitación durante toda su infancia. Lo tenía allí para recordar que todo era posible. Uno podía llegar a ser explorador o astronauta. Uno podía navegar por los siete mares, escalar la montaña más alta. Lo único que había que hacer era tener fe en uno mismo.

Bajo el mar, Scott se pliega sobre sí mismo para sacarse los calcetines empapados y flexiona los dedos de los pies en las gélidas aguas. El hombro izquierdo se le está empezando a agarrotar. Lo deja reposar todo lo posible, cargando todo el peso sobre el derecho, nadando durante quince minutos lentamente, como un perrito. Una vez más siente el peso de la imposible tarea que tiene por delante, elegir un rumbo al azar y nadar durante quién sabe cuántos kilómetros contra fuertes corrientes oceánicas con solo un brazo en buenas condiciones. La prima carnal del pánico, la desesperación, amenaza con instalarse en su cabeza, pero logra ahuyentarla.

Empieza a notar sequedad en la boca. La deshidratación es otro peligro que debe tener presente, si aguanta ahí el tiempo suficiente. Se está levantando viento, lo que provoca que el mar se pique. «Si voy a hacerlo —decide Scott—, tengo que empezar a nadar ahora mismo.» Vuelve a intentar localizar algún punto en que la niebla se entreabra, pero no lo hay, así que cierra los ojos un momento. Trata de sentir dónde está el oeste, de adivinarlo del mismo modo que la pieza de hierro siente la llamada del imán.

«Detrás de ti», piensa.

Abre los ojos, respira hondo.

Está a punto de empezar a bracear cuando oye un ruido. En un primer momento cree que se trata de gaviotas, unos estridentes aullidos que crecen y después decrecen. Pero entonces las ondulaciones del mar elevan a Scott unos centímetros y desde la cima de la ola se da cuenta conmocionado de qué es lo que está oyendo.

Un llanto.

En alguna parte una criatura está llorando.

Scott se vuelve, intentando localizar el origen del sonido, pero las olas suben y bajan erráticamente, creando rebotes y ecos.

—Eh —grita—. ¡Eh, estoy aquí!

El llanto cesa.

—Eh —insiste luchando contra la corriente—, ¿dónde estás?

Trata de escrutar los restos del avión, pero los irreconocibles fragmentos que todavía no se han hundido se han ido dispersando en todas direcciones. Scott se esfuerza por escuchar, por localizar a la criatura.

—¡Eh! —grita de nuevo—. Estoy aquí. ¿Dónde estás?

Durante un momento solo se oye el sonido de las olas, y Scott empieza a preguntarse si tal vez lo que ha oído eran gaviotas. Pero entonces se escucha una voz infantil, aguda y sorprendentemente cercana.

—¡Ayuda!

Scott se lanza hacia el sonido. Ya no está solo, ya no es un solitario empeñado en un acto de autopreservación. Ahora es responsable de la vida de otra persona. Piensa en su hermana, que se ahogó en el lago Michigan cuando tenía dieciséis años, y nada.

Localiza a la criatura aferrada a un asiento a casi un metro. Es el niño. No puede tener más de cuatro años.

—Eh —dice Scott cuando llega hasta él—. Eh, cielo.

Se le hace un nudo en la garganta cuando toca el hombro del niño y se da cuenta de que está llorando.

—Estoy aquí —le dice—. Ya estoy contigo.

El asiento hace la función de flotador con sus abrazaderas y el cinturón de seguridad, pero está diseñado para un adulto, de modo que Scott tiene que hacer un verdadero esfuerzo por evitar que el niño, que está tiritando de frío, se escurra.

—He vomitado —le dice el niño.

Scott le limpia la boca con suavidad.

—No pasa nada. Estás bien. Ha sido solo un pequeño mareo.

—¿Dónde estamos? —le pregunta el niño.

—Estamos en medio del océano —le explica Scott—. El avión ha tenido un accidente y estamos en el océano, pero voy a nadar hasta la orilla.

—No me dejes —dice el niño con pánico en la voz.

—No, no —le asegura Scott—. Por supuesto que no. Te voy a llevar conmigo. Vamos a… Tengo que conseguir que este cinturón te sostenga bien. Y entonces yo… Tú te quedas aquí sentado y yo tiraré de ti. ¿Qué te parece?

El niño asiente y Scott se pone manos a la obra. Le resulta arduo con un solo brazo operativo, pero después de unos momentos tortuosos, logra engarzar las correas del cinturón del artefacto flotante. Desliza al niño en el arnés y estudia el resultado. No ha quedado tan ceñido como le hubiera gustado, pero debería bastar para mantener al niño por encima del agua.

—Muy bien —dice Scott—. Necesito que te agarres bien fuerte y yo tiraré de ti hasta la orilla. ¿Puedes… sabes nadar?

El niño asiente.

—Estupendo —dice Scott—. En caso de que te caigas del asiento, quiero que muevas las piernas con toda tu alma y des brazadas, ¿de acuerdo?

—Como un perrito —dice el niño.

—Exacto. Mueves los brazos como un perrito, tal como te ha enseñado tu mamá.

—Mi papá.

—Claro. Como te ha enseñado tu papá, ¿de acuerdo?

El niño asiente. Scott ve el miedo en sus ojos.

—¿Sabes lo que es un héroe? —le pregunta Scott.

—Es el que lucha contra los malos —dice el niño.

—Exacto. El héroe lucha contra los malos. Y nunca se rinde, ¿verdad?

—No.

—Bueno, pues ahora necesito que seas un héroe, ¿de acuerdo? Imagina que las olas son los malos y nosotros vamos a atravesar sus filas nadando. Y no podemos rendirnos. No lo haremos. No pararemos de nadar hasta que alcancemos la costa, ¿de acuerdo?

El chico asiente. Haciendo un gesto de dolor, Scott pasa su brazo izquierdo por una de las correas. El hombro le arde. Cada vez que una ola los eleva, se siente más desorientado.

—Muy bien —dice—. Allá vamos.

Scott cierra los ojos e intenta una vez más intuir en qué dirección tiene que nadar.

«A tu espalda —piensa—. La costa está a tu espalda.»

Gira con cuidado en el agua alrededor del niño y empieza a nadar, pero justo en ese momento asoma la luna entre la niebla. De pronto, por encima de sus cabezas asoma fugazmente un pedazo de estrellado cielo nocturno. Scott busca con desesperación las constelaciones que conoce mientras la abertura se va cerrando rápidamente. Localiza Andrómeda y después la Osa Mayor, y con ella la Estrella Polar.

«Es hacia el otro lado», se da cuenta, y siente un tremendo mareo.

Durante unos instantes siente unas acuciantes ganas de vomitar. Si el cielo no se hubiera aclarado durante un momento, él y el niño se habrían adentrado en las profundidades del Atlántico y la costa Este quedaría más lejos con cada brazada, hasta que el agotamiento se apoderase de ellos y se hundieran sin dejar rastro.

—Cambio de planes —le dice al niño intentando mantener un tono de voz positivo—.Vamos a ir hacia el otro lado.

—De acuerdo.

—Muy bien. Perfecto.

Scott se coloca en posición. La mayor distancia que ha recorrido a nado han sido veinticinco kilómetros, pero eso fue con diecinueve años y después de meses de entrenamiento. Además, la carrera era en un lago sin corrientes. Y disponía de los dos brazos en perfecto estado. Ahora es plena noche y la temperatura del agua está descendiendo, y va a tener que luchar contra la fuerte corriente del Atlántico durante quién sabe cuántos kilómetros.

«Si sobrevivo —piensa—, le voy a enviar un cesto de fruta a la viuda de Jack LaLanne.»

La idea resulta tan ridícula que, mecido por las olas, Scott rompe a reír y durante un rato no puede parar. Se imagina a sí mismo ante el mostrador de Edible Arrangements, escribiendo la nota.

«Con todo mi afecto. Scott.»

—Para —grita el niño, de pronto aterrorizado ante la perspectiva de que su supervivencia esté en manos de un chiflado.

—De acuerdo —responde Scott intentando tranquilizarlo—. No pasa nada. Simplemente es que he recordado un chiste. Ya nos ponemos en marcha.

Le lleva unos minutos dar con la mejor forma de nadar, una brazada modificada, desplazando más agua con la mano derecha que con la izquierda, mientras mueve con fuerza las piernas. Es un desastre, su hombro izquierdo parece un saco lleno de cristales rotos. Se le instala en el estómago una punzante inquietud. Se van a ahogar los dos. Ambos desaparecerán en las profundidades. Pero entonces, sin saber muy bien cómo, se empieza a imponer un ritmo y él se deja llevar por su mecánica repetición. Brazo arriba y abajo, las piernas haciendo un movimiento de tijera. Nada en la inmensidad del océano, con el agua salpicándole en la cara. Resulta difícil mantener la noción del tiempo. ¿A qué hora despegó el avión? ¿A las diez de la noche? ¿Cuánto tiempo ha pasado? ¿Treinta minutos? ¿Una hora? ¿Cuánto falta para que salga el sol? ¿Ocho horas? ¿Nueve?

A su alrededor, el océano aparece picado y siempre cambiante. Mientras nada, intenta no pensar en la gran extensión de mar abierto. Trata de no pensar en la profundidad del océano o en el hecho de que en agosto es en el Atlántico donde nacen los grandes frentes de tormenta, los huracanes que se forman en las frías profundidades de los cañones submarinos, cuando los patrones meteorológicos entrechocan, y la temperatura y la humedad forman enormes bolsas de bajas presiones. Las fuerzas globales conspiran, las hordas bárbaras armadas con garrotes y pinturas de guerra cargan aullando dispuestas a combatir e inmediatamente el cielo se densifica y oscurece, estalla una tormenta eléctrica de mal agüero, el estruendo de los truenos como los gritos de batalla, y el mar, que hacía un momento estaba en calma, se convierte en un infierno en la Tierra.

Scott nada con una frágil calma, intentando mantener la mente en blanco.

Algo le roza la pierna.

Se queda paralizado, empieza a hundirse y tiene que mover las piernas para mantenerse a flote.

«Un tiburón», piensa.

«Tienes que quedarte quieto.»

Pero si deja de moverse, se hundirá.

Se da la vuelta para quedarse boca arriba y respira hondo para llenar de aire el pecho. Nunca como ahora ha sido consciente de su frágil posición en la cadena alimenticia. Todos sus instintos le gritan que no dé la espalda a las profundidades, pero él lo hace. Flota en el mar lo más tranquilamente que puede, subiendo y bajando al ritmo de las olas.

—¿Qué haces? —le pregunta el niño.

—Descanso —le responde Scott—. Ahora nos vamos a quedar muy quietos, ¿de acuerdo? No te muevas. Intenta mantener los pies fuera del agua.

El niño se queda callado. Ascienden y descienden con el oleaje. El atávico cerebro reptiliano de Scott le ordena huir. Pero él hace caso omiso. Un tiburón es capaz de oler una gota de sangre en cuatro millones de litros de agua. Si Scott o el niño están sangrando, no tendrán escapatoria. Pero si no es así y permanecen completamente inmóviles, el tiburón (si era un tiburón) debería dejarlos en paz.

Le coge la mano al niño.

—¿Dónde está mi hermana? —pregunta este susurrando.

—No lo sé —le responde Scott también en voz baja—. El avión se ha estrellado. Nos hemos separado.

Ambos permanecen callados unos instantes.

—Quizá esté sana y salva —susurra Scott—. Tal vez está con tus padres y están todos flotando en alguna parte. O quizá ya los han rescatado.

Después de un largo silencio, el niño dice:

—No lo creo.

Siguen un rato a la deriva con esta idea en sus cabezas. Sobre ellos, la niebla empieza a disiparse. Comienza a clarear poco a poco, primero un atisbo del cielo, después aparecen las estrellas y finalmente la luna en cuarto creciente, y de pronto el océano a su alrededor se convierte en un vestido de lentejuelas. Scott localiza detrás de ellos la Estrella Polar, lo cual le confirma que están yendo en la dirección correcta. Echa un vistazo al niño que, aterrorizado, tiene los ojos como platos. Por primera vez Scott logra distinguir su carita, el ceño fruncido y la boca torcida.

—Hola —le dice Scott mientras el agua le lame las orejas.

El niño permanece con el rostro inexpresivo, serio.

—Hola —responde.

—¿Ya hemos descansado lo suficiente? —le pregunta Scott.

El niño asiente.

—Muy bien —dice Scott y se da la vuelta—. Vámonos a casa.

Se coloca en la posición adecuada y empieza a nadar, convencido de que en cualquier momento va a notar un tirón desde abajo, la cortante presión de una boca como una pala dentada de excavadora, pero no sucede, y al cabo de un rato borra al tiburón de su mente. Logra que los dos avancen, brazada a brazada, trazando ochos con el movimiento de las piernas, el brazo derecho embistiendo y retrayéndose, embistiendo y retrayéndose. Para mantener la mente ocupada piensa en otros líquidos en los que podría estar nadando: leche, sopa, bourbon. Un océano de bourbon.

Repasa su vida, pero ahora los detalles resultan insignificantes. Sus ambiciones. El alquiler que tiene que pagar cada mes. La mujer que lo ha abandonado. Piensa en su trabajo, pinceladas sobre una tela. Esta noche es el océano lo que está pintando, brazada a brazada. Como el protagonista de *Harold y la cera morada*, que dibuja un globo mientras se cae.

Flotando en el Atlántico Norte, Scott se da cuenta de que nunca ha tenido tan claro quién es, cuál es su meta. Resulta obvio. Está en este mundo para conquistar este océano, para salvar a este niño. El destino lo llevó a esa playa de San Francisco hace cuarenta y un años. El destino lo puso ante un dios áureo, con grilletes en las muñecas, luchando contra los vientos oceánicos. El destino dispuso el deseo de nadar de Scott, de apuntarse al equipo de natación de su colegio, y después al del instituto y al de la universidad. Le empujó a entrenar cada mañana a las cinco, antes del amanecer, una piscina tras otra, en el agua azul y clorada, aupado por los aplausos de los otros chicos, por el estruendo del silbato del entrenador. El destino lo condujo al agua, pero fue la voluntad la que le llevó a ganar tres campeonatos estatales, la voluntad la que lo empujó a obtener la medalla de oro en los doscientos metros estilo libre masculinos en el instituto.

Llegó a disfrutar de la presión en los oídos cuando se sumergía hasta tocar el fondo liso de las piscinas. Soñaba con eso por las noches, que flotaba como una boya en el agua azulada. Y cuando en la facultad empezó a pintar, el primer color que compró fue el azul.

Empieza a tener sed, cuando el niño le pregunta:

—¿Qué es eso?

Scott levanta la cabeza del agua y mira. El niño señala algo a su derecha. Scott observa atentamente. Bajo la luz de la luna ve una enorme ola negra que avanza en silencio hacia ellos, haciéndose cada vez más grande y reuniendo más fuerza. Scott calcula rápidamente que mide unos ocho metros, un monstruo que se les echa encima. Su jorobada cresta centellea a la luz de la luna. Scott siente la sacudida de un relámpago de pánico. No hay tiempo para pensar. Se da la vuelta y empieza a nadar hacia ella. Dispone tal vez de treinta segundos para recorrer el espacio. El hombro izquierdo le aúlla, pero él no le hace caso. El niño se ha puesto a llorar, percibiendo que la muerte está cerca, pero no hay tiempo para consolarlo.

—Respira hondo —le grita Scott—. Toma aire.

La ola es demasiado grande, demasiado rápida. Está encima de ellos antes de que el propio Scott haya podido tomar aire.

Saca al niño del asiento y se sumerge.

Algo en su hombro izquierdo estalla. Él lo ignora. El niño forcejea contra él, contra el chalado que lo está sumergiendo para ahogarlo. Scott lo agarra con más fuerza y toma impulso con las piernas. Es una bala, una bala de cañón que atraviesa el agua hacia las profundidades, buceando por debajo de un muro de muerte. La presión se incrementa. El corazón se le acelera, sus pulmones siguen llenos de aire.

Mientras la ola les pasa por encima, Scott tiene la certeza de que ha fracasado. Siente cómo es impulsado de nuevo hacia arriba en el torbellino de la resaca. Se da cuenta de que la ola los aplastará, los destrozará. Se alza por encima de ellos y se desploma sobre el mar una vez que los ha sobrepasado —ocho metros de océano cayendo como un martillo, millones de litros de rabioso oleaje— y la corriente ascendente es sustituida en un instante por un centrifugado de lavadora.

Son volteados y arrastrados. Arriba se convierte en abajo. La presión amenaza con lanzarlos a cada uno por su lado, el hombre y el niño, pero Scott consigue mantenerlo agarrado. Ahora sus pulmones aúllan. Los ojos le arden por la sal. En sus brazos el niño ha dejado de forcejear. El océano es pura negrura, no hay ni rastro de las estrellas o la luna. Scott expulsa el aire de los pulmones y nota cómo las burbujas caen en cascada hacia abajo, por la barbilla y los brazos. Haciendo acopio de todas sus fuerzas, se da la vuelta y se propulsa hacia la superficie.

Emerge, tosiendo, con los pulmones medio llenos de agua. La escupe entre gritos. El niño permanece exánime en sus brazos, con la cabeza inerte apoyada en el hombro de Scott. Lo gira hasta que la espalda del niño queda contra su pecho y entonces, aplicando toda la fuerza que es capaz de reunir, le comprime rítmicamente los pulmones hasta que también él empieza a toser y a expulsar el agua salada.

El asiento ha desaparecido, devorado por la ola. Scott sostiene al niño con su brazo sano. El frío y el agotamiento amenazan con superarlo. Durante un rato lo único que es capaz de hacer es mantener a ambos a flote.

—Ese era un malo enorme —dice finalmente el niño.

Por un momento Scott no entiende sus palabras, pero entonces lo recuerda. Le había dicho al niño que las olas eran tipos malos y ellos eran los héroes.

«Es muy valiente», piensa Scott, asombrado.

—Yo ahora mismo me comería una hamburguesa —dice durante la calma entre olas—. ¿Y tú?

—Una tarta —responde el niño pasado un rato.

—¿De qué?

—De lo que sea.

Scott se ríe. No puede creerse que todavía siga con vida. Por un momento siente un mareo, una sacudida de energía le recorre el cuerpo. Por segunda vez esa noche se ha encarado con una muerte segura y ha sobrevivido. Busca la Estrella Polar.

—¿Cuánto falta? —quiere saber el niño.

—No estamos muy lejos —le asegura Scott, aunque lo cierto es que puede que todavía estén a kilómetros de la costa.

—Tengo frío —dice el niño, los dientes le castañean.

Scott lo abraza.

–Yo también. No te rindas, ¿de acuerdo?

Se coloca al niño a la espalda, procurando mantenerse por encima de la espuma del oleaje. El pequeño se le agarra al cuello y Scott oye cómo respira sonoramente.

–Vamos a conseguirlo –dice Scott tanto para sí mismo como para el niño.

Echa un último vistazo al cielo y se pone a nadar. Ahora nada de lado, moviendo las piernas en tijera, con una oreja sumergida en la salobre oscuridad. Sus movimientos se han vuelto más torpes, erráticos. No parece capaz de mantener un ritmo. Ambos están tiritando, su temperatura corporal desciende cada segundo que pasa. Es solo cuestión de tiempo. Su pulso y su respiración no tardarán en ralentizarse, pese a que el corazón bombee con más rapidez. La hipotermia acelerará su ritmo. Un ataque al corazón fulminante no es una opción descartable. El cuerpo necesita calor para funcionar. Sin él, los órganos vitales empiezan a fallar.

«No te rindas.»

«Nunca te rindas.»

Nada sin pausa, con los dientes castañeándole, negándose a rendirse. El peso del niño amenaza con hundirlo, pero él aumenta la fuerza del impulso de sus elásticas piernas. A su alrededor, el mar es entre morado y azul oscuro, con el frío blanco de las crestas de las olas resplandeciendo a la luz de la luna. La piel de las piernas se le empieza a irritar en las partes en que se rozan y la sal hace su insidiosa labor. Tiene los labios agrietados y resecos. Por encima de ellos, las gaviotas chillan y planean como buitres esperando a que se precipite el final. Se mofan de él con sus graznidos y Scott mentalmente las manda al infierno. Hay en el mar cosas inverosímilmente antiguas, enormes, grandes ríos submarinos que llevan agua cálida desde el golfo de México. El océano Atlántico es un nexo de conexión de autopistas, de pasos elevados y circunvalaciones submarinos. Y ahí, como una manchita de un lunar de una pulga, está Scott Burroughs, con el hombro lanzando alaridos mientras él lucha por su vida.

Después de lo que parecen horas, el niño grita una única palabra.

—Tierra.

Por unos instantes, Scott no está seguro de si el pequeño realmente ha dicho algo. Puede ser una ensoñación. Pero el niño repite la palabra y señala.

—Tierra.

Parece un error, como si el crío hubiese confundido la palabra que designa la supervivencia con una palabra para alguna otra cosa. Scott alza la cabeza, medio ciego por el agotamiento. A sus espaldas el sol empieza a asomar, dando al cielo un tenue tono rosáceo. En un primer momento Scott cree que la masa de tierra que tiene delante no son más que nubes bajas en el horizonte, pero entonces se da cuenta de que es él el que se está moviendo.

Tierra. Kilómetros de ella. Una extensa playa que traza una curva hasta una zona rocosa. Calles y casas. Ciudades.

La salvación.

Scott resiste las ganas de celebrarlo. Queda todavía algo más de un kilómetro por recorrer, un kilómetros muy duro, luchando contra aguas revueltas y contra la resaca. Las piernas le tiemblan y tiene el brazo izquierdo entumecido. Y sin embargo, no puede sino sentir una explosión de júbilo.

Lo ha conseguido. Se han salvado.

¿Cómo es posible?

Treinta minutos después un hombre de cabello ligeramente canoso emerge de entre las olas, cargando con un niño de cuatro años. Ambos se desploman en la arena. Ahora ya ha amanecido y las delgadas nubes blancas destacan sobre un cielo de un intenso azul mediterráneo. La temperatura ronda los veinte grados y las gaviotas planean livianas impulsadas por la brisa. El hombre se estira en el suelo jadeando, con el agitado torso rodeado por unas ya inservibles extremidades como de goma. Ahora que han llegado hasta aquí ya no es capaz de moverse ni un centímetro más. Está agotado.

Acurrucado sobre su pecho, el niño gimotea.

—Todo va bien —le dice Scott—. Ahora ya estamos a salvo. Vamos a recuperarnos.

A unos metros de ellos hay un puesto de socorrista vacío. En el cartel de la parte posterior se lee: PLAYA ESTATAL DE MONTAUK.

Nueva York. Ha nadado hasta Nueva York.

Scott sonríe, es una sonrisa de puro y regocijado «a la mierda».

«Qué cojones», piensa.

«Hoy va a ser un día precioso.»

Un pescador estrábico los lleva al hospital. Van los tres apretados en el gastado asiento de su camioneta, dando botes por los amortiguadores destrozados. Scott va sin pantalones ni zapatos, no lleva encima ni dinero ni carnet de identidad. Tanto él como el niño están helados y calados hasta los huesos. Han pasado casi ocho horas en un agua a quince grados. La hipotermia los ha dejado abotargados y mudos.

El pescador, locuaz, les habla en español sobre Jesucristo. Lleva la radio encendida, pero lo que se oye son básicamente interferencias. Bajo sus pies el viento se cuela en la cabina a través de un agujero oxidado del suelo. Scott abraza al niño e intenta hacerle entrar en calor con fricción, frotándole con vigor los brazos y la espalda con la mano que tiene en condiciones. En la playa, Scott le ha contado al pescador con su limitado español que el niño es su hijo. Le ha parecido más fácil que intentar explicarle la verdad, que son dos completos desconocidos a los que el destino ha unido a través de un extraño accidente.

Ahora Scott tiene el brazo derecho completamente inutilizado. El dolor le acuchilla el cuerpo con cada bache y se siente mareado y con náuseas.

«Estás bien —se dice, y se lo repite una y otra vez—. Lo has conseguido.» Pero en lo más profundo de su ser sigue sin creerse que hayan sobrevivido.

—Gracias —tartamudea cuando la camioneta enfila el camino de acceso a la entrada de urgencias del hospital Montauk.

Scott empuja la puerta con el hombro sano para abrirla y al apearse nota todos los músculos de su cuerpo entumecidos por el agotamiento. La niebla matutina se ha disipado y la sensación de la calidez del sol sobre su espalda y sus piernas es casi mística. Scott ayuda al niño a bajar. Juntos entran rengueando en la recepción de urgencias.

La sala de espera está casi vacía. En una esquina un hombre de mediana edad sostiene una bolsa de hielo contra su cabeza y el agua se escurre por su muñeca y gotea en el suelo de linóleo. En la otra punta de la sala una pareja de ancianos permanecen con las manos cogidas y las cabezas juntas. De vez en cuando la mujer tose en un pañuelo de papel arrugado que sostiene con la mano izquierda.

Detrás del cristal del mostrador de ingresos hay una enfermera sentada. Scott avanza cojeando hacia ella, con el niño agarrado a los faldones de su camisa.

—Hola —dice.

La enfermera le echa un vistazo rápido. En su placa se lee ME-LANIE. Scott intenta imaginar la pinta que debe tener. Lo primero que le viene a la cabeza es una imagen de Wile E. Coyote después de que le haya explotado en plena cara un cohete ACME.

—Nuestro avión se ha estrellado —dice.

Esas palabras pronunciadas en voz alta suenan increíbles. La enfermera lo mira de reojo.

—Lo siento.

—Un avión procedente de Martha's Vineyard. Un avión privado. Nos hemos estrellado en el mar. Creo que tenemos hipotermia y mi…, no puedo mover el brazo izquierdo. Creo que me he roto la clavícula.

La enfermera está todavía intentando digerir la información.

—Se han estrellado en el mar.

—Hemos nadado…, yo he nadado…, creo que unos quince kilómetros. Tal vez veinticinco. Hemos alcanzado la costa hace más o menos una hora. Un pescador nos ha traído hasta aquí.

El mero esfuerzo de hablar le provoca mareos y le cuesta respirar.

—Escuche —dice—, ¿cree que nos pueden atender? Al menos al niño. Solo tiene cuatro años.

La enfermera mira al niño, empapado, tiritando.

—¿Es su hijo?

—¿Si le digo que sí va a avisar a un médico?

La enfermera resopla.

—No hace falta ponerse grosero.

Scott nota que se le tensa la mandíbula.

—De hecho sí hace falta. Acabamos de sobrevivir a un jodido accidente aéreo. Avise al maldito médico.

La enfermera se pone en pie, dubitativa.

Scott echa un vistazo al televisor colgado del techo. Han quitado el sonido, pero en la pantalla se ven imágenes de un rastreo en el océano con barcos de rescate. En el titular en la parte inferior de la pantalla se lee: «AVIÓN PRIVADO DESAPARECIDO».

—Mire —dice Scott señalando el televisor—, esos somos nosotros. ¿Ahora me va a creer?

La enfermera echa un vistazo a la pantalla, en la que aparecen imágenes de trozos de fuselaje flotando en el mar. Su reacción es instantánea, como si Scott hubiese sacado por fin su pasaporte en un puesto fronterizo después de escenificar que lo estaba buscando desesperadamente.

La mujer pulsa el botón del intercomunicador.

—Código naranja —anuncia—. Necesito de inmediato a todos los médicos disponibles en la recepción de urgencias.

Los calambres que nota Scott en la pierna son ya insoportables. Está deshidratado y le falta potasio, como le sucedería a un corredor de maratón que no ha conseguido proporcionarle a su cuerpo los nutrientes que le pide.

—Creo —dice mientras se desploma en el suelo— que con uno bastaría.

Se queda estirado en el frío suelo de linóleo y alza la vista hacia el niño. La expresión de su rostro es sobria, preocupada. Scott trata de sonreírle para darle ánimos, pero ya no puede ni mover los labios. En un instante los rodea el personal del hospital y se oyen voces dando gritos. Scott nota que lo colocan en una camilla. La mano del niño se escurre entre la suya.

—¡No! —grita el niño. Llora, insulta.

Un médico intenta razonar con él, hacerle entender que van a cuidar de él, que no le va a suceder nada malo. No sirve de nada. Scott intenta incorporarse.

—Chico —le dice gritando cada vez más hasta que el niño le mira—. No pasa nada. Estoy aquí.

Baja de la camilla, sus piernas son de goma, apenas le sostienen.

—Señor —le dice una enfermera—, tiene que echarse en la camilla.

—Estoy bien —les asegura Scott a los médicos—. Ayúdenle a él.

—Y dirigiéndose al niño, le dice—: Estoy aquí. No me voy a ir a ningún sitio.

Los ojos del niño, a la luz del día, son asombrosamente azules. Después de un momento de desconcierto, asiente. Scott, mareado, se vuelve hacia el médico.

—Deberíamos hacer todo esto rápido —le pide—, si no es un problema.

El médico asiente. Es joven y despierto. Se ve en sus ojos.

—De acuerdo —dice—. Pero le voy a sentar a usted en una silla de ruedas.

Scott asiente. Una enfermera acerca la silla y él se desploma en ella.

—¿Es usted su padre? —le pregunta la enfermera mientras se dirigen hacia la sala de reconocimiento.

—No —le responde Scott—. Acabamos de conocernos.

Ya en la sala, el médico realiza un rápido reconocimiento al niño, busca posibles fracturas, le examina los ojos con una linterna, «sigue mi dedo».

—Tenemos que ponerle una vía —le informa a Scott—. Está muy deshidratado.

—Eh, colega —le dice Scott al niño—, el doctor tiene que clavarte una aguja en el brazo, ¿de acuerdo? Tienen que inyectarte algunos fluidos y, bueno, vitaminas.

—Agujas no —protesta el niño, con miedo en la mirada. Está a un paso de romper a llorar.

—A mí tampoco me gustan —le comenta Scott—, pero ¿sabes qué? A mí también me van a clavar una, ¿qué te parece? Lo haremos los dos a la vez, ¿qué me dices?

El niño se lo piensa. Le parece justo. Asiente.

—Vale, estupendo —dice Scott—. Veamos…, agárrame la mano y… no mires, ¿de acuerdo?

Scott se vuelve hacia el médico.

—¿Pueden ponérnoslas a la vez? —le pregunta.

El médico asiente y da las órdenes pertinentes. Las enfermeras preparan los catéteres y colocan las bolsas de suero en los colgadores metálicos.

—Mírame —le dice Scott al niño cuando llega el momento.

Los ojos del niño son platillos azules. El crío se estremece cuando la aguja penetra en su piel. Los ojos se le humedecen y el labio inferior le tiembla, pero no rompe a llorar.

—Eres mi héroe —le felicita Scott—. Mi héroe absoluto.

Scott nota cómo los fluidos penetran en su organismo. Casi de inmediato desaparece la sensación de estar a punto de desmayarse.

—Voy a administrarles a los dos un sedante suave —explica el médico—. Sus cuerpos han estado trabajando al límite simplemente para mantenerse calientes. Necesitan reposar.

—Yo estoy bien —le asegura Scott—. Adminístreselo a él primero.

El médico deduce que no vale la pena discutir. Inyecta una aguja en la vía del niño.

—Vas a descansar un poco —le explica Scott al niño—. Yo me quedaré aquí contigo. Puede que tenga que salir un minuto, pero volveré. ¿De acuerdo?

El niño asiente. Scott le acaricia la cabeza. Recuerda cuando él tenía nueve años, se cayó de un árbol y se rompió una pierna. Se portó como un valiente en todo momento, pero cuando su padre apareció en el hospital, Scott rompió a llorar. Y ahora, muy probablemente los padres de este niño estén muertos. Nadie va a aparecer por la puerta para permitirle desmoronarse.

–Muy bien –le dice al niño cuando empieza a parpadear porque se le cierran los ojitos–. Te estás portando como un hombrecito.

Cuando el niño se queda dormido, trasladan a Scott con la silla de ruedas a otro box. Lo pasan a una camilla y le cortan la camisa. Su hombro parece un motor estropeado.

–¿Cómo se siente? –le pregunta el médico. Debe de tener unos treinta y ocho años y tiene algunas patas de gallo en la comisura de los ojos.

–Bueno –responde Scott–, todo me empieza a dar vueltas.

El médico le hace una exploración superficial, buscando cortes o moretones.

–¿Realmente ha recorrido a nado todo ese trecho en plena noche?

Scott asiente.

–¿Recuerda algo?

–De una forma bastante vaga –responde Scott.

El médico le examina los ojos.

–¿Se golpeó en la cabeza?

–Supongo que sí. En el avión, antes de que nos estrellásemos…

La luz de la pequeña linterna lo ciega por un instante. El médico chasquea la lengua.

–Los reflejos oculares parecen normales. No creo que tenga una conmoción.

Scott suspira y dice:

–No creo que lo hubiese podido hacer…, nadar toda la noche…, con una conmoción.

El médico reflexiona un instante.

–Supongo que tiene usted razón.

A medida que recupera el calor corporal y reabsorbe líquido, Scott empieza a recordar: el mundo en su globalidad, el concepto de países y ciudadanos, la vida cotidiana, internet, la televisión. Piensa en su perra, que solo tiene tres patas y se ha quedado al cuidado de un vecino, en lo cerca que ha estado la pobre de no volver a comerse una albóndiga debajo de la mesa. Los ojos de Scott se llenan de lágrimas. Se las limpia.

—¿Qué dicen en las noticias? —pregunta.

—No mucho. Dicen que el avión despegó a las diez de anoche. La torre de control lo tuvo localizado en el radar durante unos quince minutos y después desapareció. No lanzó ninguna señal de socorro. Nada. Tenían la esperanza de que se les hubiese estropeado la radio y hubieran realizado un aterrizaje de emergencia en alguna parte. Pero entonces un barco de pesca avistó un pedazo del ala.

Por un momento Scott está de vuelta en el océano, moviéndose en el agua envuelto en la negra noche, rodeado de llamas anaranjadas.

—¿Hay… algún otro superviviente? —pregunta.

El médico niega con la cabeza. Está concentrado en el hombro de Scott.

—¿Le duele si hago esto? —le pregunta, levantándole suavemente el brazo.

El dolor es instantáneo. Scott grita.

—Vamos a hacer una radiografía y un tac —le dice el médico a la enfermera.

Se vuelve hacia Scott.

—Le ha salvado usted la vida a ese niño —le dice—. Lo sabe, ¿verdad?

Por segunda vez, a Scott se le llenan los ojos de lágrimas. Durante un buen rato es incapaz de articular palabra.

—Voy a llamar a la policía —le comenta el médico—. Hay que contarles que están ustedes aquí. Si necesita algo, cualquier cosa, dígaselo a la enfermera. Volveré dentro de un rato para ver cómo está.

Scott asiente.

—Gracias —dice.

El médico se queda un momento mirando a Scott y después niega con la cabeza.

—Dios mío —dice sonriendo.

Durante la siguiente hora le realizan todo tipo de pruebas. Gracias a una ducha de agua caliente, la temperatura del cuerpo de Scott recupera la normalidad. Le dan Vicodin para el dolor y durante un rato flota en una nebulosa de aturdimiento. Resulta que tiene el hombro dislocado, no roto. El procedimiento para recolocárselo es una contundente sacudida seguida de inmediato por un cese del dolor tan fulminante que es como si el daño se hubiera borrado de su cuerpo de forma retroactiva.

Después de insistir Scott, lo instalan en la habitación del niño. Normalmente a los niños se los ingresa en un ala especial, pero dadas las circunstancias se hace una excepción. El crío está ya despierto y comiendo gelatina cuando entran a Scott con la silla de ruedas.

—¿Es buena? —quiere saber Scott.

—Es verde —dice el niño frunciendo el ceño.

La cama de Scott está junto a la ventana. Nunca ha estado más cómodo que entre estas rasposas sábanas de hospital. Al otro lado de la calle se ven árboles y casas. Pasan coches y los parabrisas provocan destellos. Una mujer hace footing por el carril bici en sentido contrario al de la circulación. En un jardín cercano un hombre con una gorra de béisbol azul corta el césped.

Parece imposible, pero la vida sigue su curso.

—Has dormido un rato, ¿verdad? —dice Scott.

El niño se encoge de hombros.

—¿Mi mamá todavía no ha venido? —pregunta.

Scott trata de mantener una expresión neutra.

—No —le responde—. Han llamado a..., creo que tienes una tía y un tío en Westchester. Están de camino.

El niño sonríe.

—Ellie —dice.

—¿Te cae bien?

—Es divertida —dice el niño.

—Que sea divertida está muy bien —comenta Scott parpadeando. Agotamiento no describe plenamente el tipo de extenuación mental que arrastra en esos momentos—. Si no te parece mal, voy a dormir un rato.

Si el niño no se muestra de acuerdo, Scott no llega a enterarse. Ya está dormido antes de que pueda responder.

Duerme un rato, un duermevela sin sueños, como la mazmorra de un castillo. Cuando se despierta, la cama del niño está vacía. Scott se asusta. Está ya levantándose de la cama cuando se abre la puerta del lavabo y aparece el pequeño empujando su bolsa de suero colgada.

—Tenía que hacer pipí —dice.

Entra una enfermera para comprobar la presión sanguínea de Scott. Trae un peluche para el niño, un oso marrón con un corazón rojo entre sus garras. El crío lo coge emitiendo un murmullo de felicidad y de inmediato se pone a jugar con él.

—Niños —comenta la enfermera meneando la cabeza.

Scott asiente. Ahora que ya ha dormido, quiere saber más detalles sobre el accidente. Le pregunta a la enfermera si puede levantarse de la cama. Ella asiente, pero le dice que no se aleje mucho.

—Volveré, colega, ¿de acuerdo?

El niño asiente, sin dejar de jugar con su oso.

Scott se pone una fina bata de algodón encima del camisón del hospital y recorre el pasillo con el portasueros hasta la vacía sala de estar para pacientes. Es una estrecha habitación interior con sillas de aglomerado. Scott sintoniza un canal de noticias en el televisor y sube el volumen.

—... el avión era un OSPRY fabricado en Kansas. A bordo viajaban David Bateman, presidente de ALC News, y su familia. También han sido ya confirmados como pasajeros del vuelo Ben Kipling y su esposa Sarah. Kipling era uno de los socios principales de Wyatt, Hathoway, el gigante financiero. Se cree que el avión se estrelló en el océano Atlántico cerca de la costa de Nueva York pasadas las diez de la noche de ayer.

Scott contempla las imágenes, tomas del grisáceo oleaje del océano grabadas desde un helicóptero. Barcos de la Guardia Costera y barcas de recreo curioseando. Aunque sabe que los restos en estos momentos ya pueden haberse desplazado a la deriva tal vez más de ciento cincuenta kilómetros, no puede evitar pensar que él estaba ahí abajo no hace tanto tiempo, una boya abandonada flotando en plena noche.

—Algunas informaciones —explica el presentador— apuntan a que Ben Kipling podría estar bajo investigación de la Oficina de Control de Activos Extranjeros del Departamento del Tesoro, la SEC, y que en breve iban a presentarse cargos contra él. La magnitud y el motivo de esta investigación todavía no están claros. Les daremos más información conforme nos vaya llegando.

Aparece en la pantalla una fotografía de Ben Kipling, más joven y con más pelo. Scott recuerda las cejas. Se da cuenta de que para todos los que viajaban en el avión, excepto él y el niño, ya solo se puede utilizar el pasado. La idea provoca que se le erice el vello de la nuca y por un instante teme estar al borde del desmayo. En ese momento alguien llama a la puerta. Scott vuelve la cabeza. Ve a un grupo de hombres trajeados que asoman desde el pasillo.

—Señor Burroughs —dice el que ha llamado. De cincuenta y pocos, afroamericano y con el cabello gris—. Soy Gus Franklin, de la Oficina Nacional de Seguridad en el Transporte, la NTSB.

Scott empieza a ponerse de pie. Un reflejo del protocolo socialmente establecido.

—No, por favor —dice Gus—. Acaba de vivir usted una odisea.

Scott vuelve a sentarse en el sofá y se tapa mejor las piernas con la bata de algodón.

—Solo estaba… viendo la televisión —dice—. El rescate. ¿El salvamento? No sé cómo llamarlo. Creo que todavía estoy en estado de shock.

—Por supuesto —dice Gus.

Echa un vistazo a la pequeña habitación.

—Vamos a… Creo que aquí cabemos máximo cuatro personas —les dice a sus colegas—. Si no, esto va a resultar un poco claustrofóbico.

Celebran una rápida reunión. Al final acaban decidiendo admitir a seis personas. Gus y otros dos (un hombre y una mujer) en la habitación; dos más en la puerta. Gus se sienta al lado de Scott en el sofá. La mujer se coloca a la izquierda del televisor. Y un hombre esbelto y con barba a su derecha. Son, a falta de una expresión mejor, ratones de biblioteca. La mujer lleva coleta y gafas. El hombre luce un corte de pelo de ocho dólares y un traje de JC-Penney. Los dos hombres de la puerta parecen más serios, bien vestidos y con cortes de pelo militares.

—Como estaba diciendo —continúa Gus—, soy de la NTSB. Leslie es de la Administración Federal de Aviación, la FAA, y Frank de OSPRY. Y en la puerta tenemos al agente especial O'Brien del FBI y a Barry Hex del Departamento del Tesoro.

—La SEC —repite Scott—. Acabo de oír algo de eso en la televisión.

Hex masca chicle en silencio.

—Si se siente usted en condiciones, señor Burroughs —le dice Gus—, nos gustaría hacerle algunas preguntas acerca del vuelo, quién viajaba en él y las circunstancias que llevaron al accidente.

—Suponiendo que haya sido un accidente —matiza O'Brien—. Y no un atentado terrorista.

Gus hace caso omiso del comentario.

—Esto es lo que yo puedo contarle —le explica a Scott—. Por ahora no hemos encontrado ningún otro superviviente. Tampoco hemos recuperado ningún cadáver. Se han hallado algunos fragmentos del avión flotando a unos cuarenta y seis kilómetros de la costa de Long Island. En estos momentos los estamos analizando. —Se inclina hacia delante y apoya las manos en las rodillas—. Acaba de vivir usted una odisea, de manera que si quiere que lo dejemos no tiene más que decírmelo.

Scott asiente.

—Alguien ha dicho que la tía y el tío del niño están viniendo desde Westchester —dice—. ¿Sabemos cuándo van a llegar?

Gus mira a O'Brien, que sale de la habitación.

—Vamos a averiguarlo —dice Gus. Saca una carpeta de su maletín—. Bueno, lo primero que necesito confirmar es cuánta gente viajaba en el avión.

—¿No tienen, bueno, el plan de vuelo? —pregunta Scott.

–Los jets privados informan de su plan de vuelo, pero sus listados de pasajeros son poco fiables. –Echa un vistazo a sus papeles–. Su nombre es Scott Burroughs. ¿Es correcto?

–Sí.

–¿Le importa facilitarme su número de la seguridad social? Para nuestros archivos.

Scott recita el número. Gus lo anota.

–Gracias –le dice–. Nos será de ayuda. Hay dieciséis Scott Burroughs en el área triestatal. No estábamos seguros de cuál de ellos era usted.

Sonríe a Scott. Scott intenta responderle con un gesto amable.

–Por la información que hemos logrado reunir –continúa Gus–, la tripulación estaba formada por un piloto, un copiloto y una azafata. ¿Reconocería los nombres si se los digo?

Scott niega con la cabeza. Gus toma nota.

–En cuanto a los pasajeros –continúa Gus–, sabemos que David Bateman contrató el vuelo y que él y su familia, su esposa Maggie y sus dos hijos, Rachel y J. J., iban a bordo.

Scott recuerda la sonrisa que Maggie le dirigió cuando subió al avión. Cálida y acogedora. Una mujer a la que conocía superficialmente y con la que intercambiaba cuatro palabras en el mercado –«¿Qué tal estás? ¿Qué tal los niños?»– y con la que alguna vez habló de su trabajo. Pensar que ahora ella está muerta en el fondo del Atlántico le provoca un acceso de náuseas.

–Y por último, además de usted, creemos que también viajaban en el avión Ben Kipling y su esposa Sarah. ¿Puede confirmarme este dato?

–Sí –responde Scott–. Los conocí cuando subí al avión.

–Descríbame al señor Kipling, por favor –le pide Hex, el agente de la SEC.

–Eh…, sesenta y tantos, cabello cano. Tenía, eh, unas cejas muy pobladas. Eso lo recuerdo. Y su mujer era muy locuaz.

Hex mira a O'Brien, asiente.

–Y solo para tenerlo todo claro –dice Gus–. ¿Por qué estaba usted en ese avión?

Scott los mira. Son detectives buscando indicios, atando cabos sueltos. Un avión se ha estrellado. ¿Ha sido debido a un fallo mecánico? ¿A un error humano? ¿A quién hay que echarle las culpas? ¿Quién es el responsable?

—Yo estaba… —dice Scott, y empieza otra vez—: Conocí a Maggie, a la señora Bateman, en la isla hace unas semanas. En un mercadillo de granjeros locales. Yo… iba allí cada mañana para comprar un café y un bollo. Y ella paseaba con sus hijos. Algunas veces sola. Y un día nos pusimos a hablar.

—¿Se acostaba usted con ella? —pregunta O'Brien.

Scott se lo piensa.

—No —responde—. Aunque no me parece que sea relevante.

—Deje que seamos nosotros los que decidamos qué es relevante —le dice O'Brien.

—De acuerdo —dice Scott—, aunque tal vez me pueda usted explicar de qué modo las interacciones sexuales de un pasajero de un avión que se ha estrellado pueden resultar relevantes para su, ¿qué es esto?, investigación.

Gus hace un rápido gesto de asentimiento que repite tres veces. Se están desviando del tema. Cada segundo perdido los aleja más de la verdad.

—Volvamos al tema —propone.

Scott sostiene desafiante la mirada a O'Brien durante un buen rato y después continúa.

—Volví a cruzarme con Maggie el domingo por la mañana. Le comenté que tenía que volver a Nueva York por unos días. Ella me invitó a hacer el viaje en su avión.

—¿Y por qué tenía usted que volver a Nueva York?

—Soy pintor. He estado…, vivo en Martha's Vineyard y tenía que verme con mi marchante y hablar con algunos galeristas sobre una futura exposición. Mi idea era tomar el ferry al continente. Pero Maggie me invitó, en fin, a viajar en un avión privado. La cosa parecía muy… Casi no llego a tiempo de coger ese avión.

—Pero lo hizo.

Scott asiente.

—En el último momento metí a toda prisa cuatro cosas en una bolsa. De hecho, estaban ya cerrando la puerta cuando llegué con la lengua fuera.

—Una suerte para el niño que finalmente llegase a tiempo —dice Leslie de la Administración Federal de Aviación.

Scott piensa en eso. ¿Ha sido una suerte? ¿Es una suerte sobrevivir a una tragedia?

—¿Le pareció que el señor Kipling estaba inquieto? —interviene Hex, claramente impacientado. Él lleva entre manos su propia investigación, que poco tiene que ver con Scott.

Gus se lo saca de encima.

—Vayamos por orden —dice—. Yo estoy al mando de esta…, es mi investigación. —Se vuelve hacia Scott—. El registro del aeropuerto dice que el avión despegó a las diez y seis minutos.

—Parece correcto —admite Scott—. No consulté mi móvil en ese momento.

—¿Puede describir el despegue?

—Fue… suave. Bueno, era la primera vez que volaba en un jet privado.

Mira a Frank, el representante de OSPRY.

—Fue estupendo —continúa—. Excepto porque nos estrellamos, claro.

Frank parece afligido.

—¿De modo que no recuerda usted nada inusual? —le pregunta Gus a Scott—. ¿Ningún ruido o sacudida fuera de lo normal?

Scott trata de recordar. Todo sucedió muy rápido. Antes de que pudiese siquiera abrocharse el cinturón ya estaban rodando por la pista. Y Sarah Kipling le preguntó acerca de su trabajo y también quería saber de qué conocía a Maggie. Y la niña estaba ensimismada con su iPhone, escuchando música o jugando a algún juego. El niño dormía. Y Kipling… ¿qué estaba haciendo Kipling?

—Creo que no —dice—. Recuerdo… que se notaba más el impulso. La fuerza. Supongo que en eso consiste un jet. Pero enseguida nos despegamos del suelo y empezamos a ascender. La mayoría de las ventanillas estaban cerradas y había mucha luz en la cabina. Estaban viendo un partido de béisbol en la pantalla de televisión.

—El Boston jugó anoche —aclara O'Brien.

—Dworkin —añade Frank en plan enterado, y los dos federales de la puerta sonríen.

—No sé qué significa eso —dice Scott—, pero también recuerdo la música. Algo con aires de jazz. ¿Tal vez Sinatra?

—¿Y en algún momento sucedió algo inusual? —pregunta Gus.

—Bueno, nos estrellamos en medio del océano —dice Scott.

Gus asiente.

—¿Y cómo sucedió exactamente?

—Bueno…, digamos…, es difícil recordarlo exactamente —le dice Scott—. De repente el avión giró, se inclinó y…

—Tómese su tiempo —dice Gus.

Scott se esfuerza por recordar. El despegue, el ofrecimiento de la copa de vino. Las imágenes vuelven a pasar fugaces por su cabeza, siente el vértigo de un astronauta, ruidos atronadores. Metal chirriando. Las desorientadoras vueltas. Como el negativo de una película que ha sido cortado y pegado de nuevo al azar. El trabajo del cerebro consiste en ensamblar todas nuestras impresiones del mundo —imágenes, sonidos, olores— en un hilo narrativo coherente. La memoria es eso, una historia cuidadosamente calibrada que construimos sobre nuestro pasado. Pero ¿qué sucede cuando esos detalles se desmigajan? Granizo repiqueteando sobre un tejado metálico. Luciérnagas iluminando al azar. ¿Qué sucede cuando tu vida no puede ser traducida a una narración lineal?

—Hubo un estallido —dice—. Creo. Algún tipo de…, quiero decir golpe.

—¿Como una explosión? —le pregunta el tipo de OSPRY, esperanzado.

—No. Bueno, creo que no. Fue más bien como… un golpeteo y entonces… en ese mismo momento el avión… empezó a caer.

Gus está a punto de añadir algo, una nueva pregunta sobre estos detalles, pero no lo hace.

Scott oye en su cabeza un grito. No de terror, sino una exclamación involuntaria, una reacción vocal automática ante algo inesperado. Es el sonido que emite el miedo cuando aparece la repentina y visceral comprensión de que uno no está a salvo, de que la situación que estás viviendo es muy peligrosa. Tu cuerpo emite ese sonido e inmediatamente estás empapado en un sudor frío. Tu esfínter se contrae. Tu mente, que hasta ese instante se ha estado moviendo a velocidad de paseo, de pronto se acelera y aprieta a correr para salvar la vida. Luchar o huir. Es el momento en que el intelecto falla y es relevado por algo primario, animal.

Con repentina y dolorosa certeza, Scott se da cuenta de que ese grito lo emitió él. Y después, la oscuridad. Palidece. Gus se inclina hacia él.

—¿Quiere que lo dejemos?

Scott suspira.

—No. Estoy bien.

Gus le pide a uno de sus subalternos que le traiga a Scott un refresco de la máquina expendedora. Mientras esperan, Gus le expone los datos que han logrado reunir.

—Según el radar —le dice—, el avión estuvo en el aire durante dieciocho minutos. Alcanzó una altitud de tres mil seiscientos metros y después empezó a descender rápidamente.

Las gotas de sudor comienzan a deslizarse por la espalda de Scott. Las imágenes están volviendo a su cabeza, los recuerdos.

—Las cosas… volaban no es la palabra correcta —dice—. Revoloteaban. Todo tipo de objetos. Recuerdo una bolsa de viaje. Era como si simplemente hubiese levitado desde el suelo y flotase con tranquilidad en el aire como si fuera un truco de magia, y entonces, cuando estiré el brazo para cogerla, sencillamente… salió disparada, desapareció. Y nosotros dábamos vueltas y creo que me di un golpe en la cabeza.

—¿Sabe si el avión se partió en el aire? —le pregunta Leslie de la FAA—. ¿O el piloto logró amerizar?

Scott intenta recordarlo, pero solo aparecen imágenes fugaces. Niega con la cabeza.

Gus asiente.

—De acuerdo —dice—. Vamos a dejarlo aquí.

—Un momento —interviene O'Brien—. Yo todavía tengo algunas preguntas.

Gus se pone en pie.

—Después —le dice—. Creo que ahora mismo el señor Burroughs necesita descansar.

Los demás también se levantan. Y ahora es Scott quien se pone en pie. Las piernas le tiemblan.

Gus le tiende la mano.

—Duerma un poco —le dice—. Cuando hemos llegado he visto dos camionetas de equipos de televisión ahí fuera. Esto va a convertirse en una gran historia y usted va a ser el protagonista.

Scott no entiende en absoluto de qué está hablando.

—¿Qué quiere decir? —le pregunta.

—Vamos a intentar proteger su identidad el mayor tiempo posible —le asegura Gus—. Su nombre no figuraba en el listado de pasajeros, lo cual es de gran ayuda. Pero la prensa va a querer saber cómo ha logrado el niño llegar hasta la orilla. Quién lo ha salvado. Porque esto es una gran historia. Ahora es usted un héroe, señor Burroughs. Intente hacerse a la idea… de lo que esto significa. Además, el padre del niño, Bateman, era un pez gordo. Y Kipling…, bueno, ya lo verá…, es un buen embrollo.

Le tiende la mano. Scott se la estrecha.

—He visto un montón de cosas en este trabajo —dice Gus—, pero esto… —Niega con la cabeza—. Es usted un nadador de primera, señor Burroughs.

Scott se siente entumecido. Con un gesto de la mano, Gus invita a los demás agentes a salir de la habitación.

—Volveremos a hablar —le dice.

Una vez que se han marchado, Scott camina tambaleante por la sala vacía. Su brazo izquierdo está sujeto por un cabestrillo de poliuretano. En la habitación se oye un zumbido por encima del silencio. Respira hondo, expulsa el aire. Está vivo. Ayer a esas horas estaba comiendo ensalada de huevo y té helado en su porche trasero mientras contemplaba el jardín. La perra coja descansaba sobre la hierba, lamiéndose una pata. Tenía llamadas pendientes y todavía no había metido la ropa en la bolsa de viaje.

Ahora todo ha cambiado.

Empuja el portasueros hasta la ventana, mira abajo. En el aparcamiento ve seis camionetas de noticiarios con las parabólicas desplegadas. Se está congregando una multitud. ¿Cuántas veces se ha visto interrumpido el mundo por el zumbido de los teletipos con noticias de última hora? Escándalos políticos, matanzas, folleteo entre celebridades grabado en vídeo. Bustos parlantes con sus dentaduras perfectas despedazando un cadáver todavía caliente. Ahora le ha tocado a él. Ahora él es la gran historia, el insecto sometido a la lente del microscopio. Para Scott, que los observa a través del doble cristal, son un ejército enemigo concentrándose ante las puertas del castillo. Él permanece en su torreón observando cómo preparan los artilugios para el sitio y afilan las espadas.

Lo único importante, piensa, es ahorrarle al niño todo ese circo.

Una enfermera golpea con los nudillos en la puerta de la sala. Scott se vuelve.

—Bueno —dice ella—. Ya es hora de descansar.

Scott asiente. Recuerda el momento en que la noche pasada la niebla se disipó y apareció la Estrella Polar. Un lejano punto de luz que le mostró con una precisión irrefutable la dirección que debía tomar.

Allí de pie, contemplando su reflejo en el cristal, Scott se pregunta si alguna vez volverá a disfrutar de una señal tan clara. Echa un último vistazo a la creciente multitud, se da la vuelta y regresa a su habitación.

LISTA DE FALLECIDOS

David Bateman, 56 años
Margaret Bateman, 36 años
Rachel Bateman, 9 años
Gil Baruch, 48 años
Ben Kipling, 52 años
Sarah Kipling, 47 años
James Melody, 50 años
Emma Lightner, 25 años
Charlie Busch, 30 años

DAVID BATEMAN
2 de abril de 1959 – 23 de agosto de 2015

Era el caos crónico lo que lo hacía interesante. El modo en que una historia podía surgir de la nada, entrar en la rueda de las noticias, cambiar de velocidad y dirección, haciéndose más salvaje, devorándolo todo a su paso. Deslices políticos, tiroteos en escuelas, crisis de relevancia nacional e internacional. En otras palabras, noticias. En la décima planta del edificio de la ALC los periodistas avivaban fuegos, tanto en sentido literal como metafórico, apostando dinero por ellos como en una partida de dados en un callejón.

Cualquiera que fuese capaz de olfatear el alcance de un escándalo se ganaba un centrifugador de lechuga, solía decir David. Cunningham te regalaría el reloj que llevaba si eras capaz de predecir palabra por palabra las disculpas de un político antes de que las diese. Napoleon ofrecía sexo con su esposa a cualquier reportero que lograse que un secretario de prensa de la Casa Blanca soltase palabrotas a micrófono abierto. Se habían pasado horas estableciendo las normas básicas de esta apuesta: ¿qué se consideraba una palabrota? «Joder» sin duda. «Mierda» o «coño». Pero ¿y «maldita sea»? ¿«Carajo» era suficiente?

—Carajo te daría derecho a una paja —había sentenciado Napoleon, con los pies sobre la mesa, el izquierdo sobre el derecho; pero cuando Cindy Bainbridge logró que Ari Fleischer soltara un taco, Napoleon le dijo que no contaba porque era una chica.

Si uno tenía suerte, lo que empezaba como un conato de incendio forestal –por ejemplo, el nombre de un gobernador encontrado en la lista de clientes de una red de prostitución de lujo– rápidamente se convertía en infierno en toda regla, con una explosión de gases que absorbía todo el oxígeno del mercado de los noticiarios televisivos. David solía recordarles constantemente que el Watergate empezó con un simple robo de documentos.

–¿Qué era después de todo Whitewater –decía–, sino un escándalo inmobiliario menor en un lugar remoto?

Eran periodistas de siglo XXI, prisioneros del ciclo informativo. La historia les había enseñado a escarbar en busca de escándalos en los flecos de cualquier asunto. Todo el mundo tenía las manos sucias. Nada era simple excepto a la hora de emitir la noticia.

ALC News, con sus mil quinientos empleados y una audiencia que rondaba los dos millones de espectadores diarios, había sido fundada en 2002 con una inversión de cien millones de dólares por un multimillonario inglés. David Bateman fue su arquitecto y padre fundador. En las trincheras lo llamaban el Presidente. Pero en realidad era un general, como George S. Patton, que se mantenía impávido mientras el fuego de ametralladora levantaba el polvo alrededor de sus piernas.

En su día David había estado a ambos lados del barullo de los escándalos políticos. Primero en el papel de asesor político que debía adelantarse a las meteduras de pata y pasos en falso de sus candidatos, y después, una vez retirado de la política, levantando un canal de noticias de veinticuatro horas que iba a por todas. Eso había sucedido trece años atrás. Trece años de ultrajes y quejas, de titulares sarcásticos y atropellos, de guerras prolongadas. 4.745 días emitiendo sin pausa. 113.880 horas de deportes, opiniones de expertos y meteorología. 6.832.800 minutos en el aire que rellenar con palabras, imágenes y sonido. La enorme e interminable magnitud de todo ello resultaba a veces abrumadora. Hora tras hora extendiéndose hacia la eternidad.

Lo que los lanzó fue que ya no eran esclavos de los acontecimientos que cubrían. Habían dejado de ser rehenes de la acción o inacción de otros. Esa fue la Gran Idea que David había puesto encima de la mesa al montar el canal de noticias, su jugada maestra.

Durante una comida con el multimillonario en aquel entonces se lo planteó de manera muy franca.

—Todas las demás cadenas de noticias —le dijo— reaccionan a la noticia. La persiguen una vez que se ha producido. Nosotros vamos a generar las noticias.

Eso quería decir, le explicó, que a diferencia de la CNN o de la MSNBC, la ALC tendría un punto de vista, una agenda. Evidentemente seguiría habiendo catástrofes naturales que cubrir, fallecimiento de celebridades y escándalos sexuales. Pero eso sería solo la salsa. La carne y las patatas de su negocio surgirían de dar forma a los acontecimientos del día para que encajaran en el mensaje de la cadena.

Al multimillonario le encantó esta idea, la de controlar las noticias, tal como David sabía que sucedería. Al fin y al cabo era un multimillonario, y los multimillonarios se convierten en multimillonarios porque se hacen con el control. Después de los cafés, sellaron el acuerdo con un apretón de manos.

—¿Cuánto tardarás en ponerlo en marcha? —le preguntó a David.

—Deme setenta y cinco millones y estaremos en el aire en dieciocho meses.

—Te daré cien. Y estamos en el aire en seis meses.

Y así fue. Seis meses de frenética actividad, de robarles los presentadores a otras cadenas, de diseñar el logo y la melodía. David descubrió a Bill Cunningham lanzando sarcasmos en el segundo tercio de un magazine informativo televisivo. Bill era un hombre blanco cabreado y con un ingenio fulminante. David supo ver más allá de la breve aparición que tenía en el programa. Tuvo claro en qué podía llegar a convertirse aquel tipo si se le proporcionaba la plataforma adecuada, un moái de la isla de Pascua, una piedra de toque. Había en él un punto de vista que David intuyó que podía personificar a su cadena.

—Los cerebros no son algo que se reparta en las universidades de élite —le dijo Cunningham a David cuando se citaron por primera vez para desayunar—. Es algo con lo que todos nacemos. Y yo no soporto esta actitud elitista de que ninguno de nosotros somos lo suficientemente inteligentes para gobernar nuestro propio país.

—Estás lanzando una arenga —le dijo David.

—En cualquier caso, ¿en qué universidad estudiaste? —le preguntó Cunningham, preparado para lanzársele al cuello.

—En la Saint Mary's Landscaping Academy.

—¿En serio? Yo fui a la Universidad Estatal de Stony Brook. Y cuando me gradué, ninguno de esos cabrones de Harvard o Yale se dignaba ni a darme la hora. ¿Y las tías? Olvídate de ellas. Durante seis años tuve que conformarme con acostarme con chicas de Jersey, hasta que empecé a salir en antena.

Estaban en una cafetería chinocubana de la Octava Avenida, comiendo huevos y bebiendo café aguado. Cunningham era un tipo grandullón, alto y de aspecto premeditadamente amenazante. Le gustaba mostrarse desafiante, enseñar sus cartas y hacerse dueño de la situación.

—¿Qué opinión te merecen los informativos televisivos? —le preguntó David.

—Pura mierda —respondió Cunningham masticando—. Pretenden ser imparciales, no tomar partido, pero mira de qué informan. Mira quiénes son los héroes. ¿El currante? Para nada. ¿El hombre de familia que va a la iglesia y tiene dos trabajos para que sus hijas puedan ir a la universidad? Ni en broma. Con lo que nos encontramos es con un tío de la Casa Blanca al que las hijas de esos otros le hacen mamadas. Pero el presidente es posgraduado de la Beca Rhodes, de modo que supongo que no pasa nada. A eso lo llaman «ser objetivo». Yo lo llamo tener prejuicios, pura y simplemente.

Se acercó el camarero y les dejó la cuenta, una copia en una hoja pautada arrancada de un bloc de bolsillo. David todavía la tiene, enmarcada y colgada en la pared de su despacho, con una mancha de café en una punta. Por lo que al mundo respectaba, Bill Cunningham era un Maury Povich marginal y de segunda fila, pero David descubrió la realidad. Cunningham era una estrella, no porque fuese mejor que tú o yo, sino porque era tú o yo. Era la voz iracunda del sentido común, el hombre cuerdo en un mundo loco.

Una vez que Bill subió a bordo, el resto de las piezas encajaron con facilidad.

Porque al final del día resultaba que Cunningham tenía razón, y David lo sabía. Los locutores televisivos ponían todo su empeño en parecer objetivos, cuando en realidad eran cualquier cosa menos eso. La CNN, la ABC, la CBS, todas vendían noticias como quien vende comestibles en un supermercado, donde hay productos para todo el mundo. Pero la gente no quería simplemente información. Querían saber lo que esa información significaba. Querían perspectiva. Necesitaban algo contra lo que reaccionar. Estoy de acuerdo o no estoy de acuerdo. Y si un espectador no estaba de acuerdo más de la mitad el tiempo, según la filosofía de David, cambiaba de canal.

El planteamiento de David era convertir las noticias en un club de personas con ideas afines. Los primeros adeptos serían quienes llevaban años predicando tu filosofía. Y enseguida, después de ellos, aparecería la gente que se había pasado toda la vida buscando a alguien que dijese en voz alta lo que ellos siempre habían pensado en silencio. Y una vez que tenías a estos dos grupos, los curiosos y los indecisos aparecerían en manada.

Este replanteamiento aparentemente sencillo del modelo de negocio implicaba unos cambios enormes en la industria. Pero para David no era más que un modo de mitigar la tensión de la espera. Porque ¿qué es en realidad el negocio de los noticiarios sino un trabajo para hipocondríacos? Hombres y mujeres ansiosos que exageran e investigan cualquier síntoma, esperando que este sea el que arma la gorda. Esperar y preocuparse. Bueno, David no tenía ningún interés en esperar, y nunca había sido de los que se preocupan.

Había crecido en Michigan, hijo de un trabajador de la planta de la General Motors, David Bateman Sr., que no estuvo de baja laboral ni un solo día de su vida, ni jamás se saltó un turno. En una ocasión el padre de David se puso a calcular los coches que había construido a lo largo de sus treinta y cuatro años trabajando en la cadena de montaje. La cifra que le salió fue 94.610. Para él eso era la prueba de que había tenido una vida provechosa. Te pagaban por hacer un trabajo y tú lo hacías. David Sr. nunca obtuvo nada por encima de un diploma escolar. Trataba a todo el mundo con respeto, incluso a los gestores titulados en Harvard que se paseaban por las plantas cada pocos meses, dignándose a descender desde la sede de Dearborn para dar unas palmaditas en la espalda a los currantes.

David era hijo único, la primera persona en su familia que iba a la universidad. Pero en un gesto de lealtad a su padre, declinó la invitación a estudiar en Harvard (con una beca que le cubría todos los gastos) y optó por la Universidad de Michigan. Fue allí donde descubrió su interés por la política. Ronald Reagan ocupaba la Casa Blanca ese año, y David vio algo en su campechanía y su mirada acerada que le resultó inspirador. Se presentó a delegado de curso en su último año y perdió. No tenía ni cara de político ni el encanto necesario, pero sí tenía ideas y habilidades estratégicas. Veía los movimientos como vallas publicitarias a lo lejos, escuchaba mensajes en su cabeza. Sabía cómo ganar. Simplemente no podía ser él quien ganase. Fue entonces cuando David Bateman se dio cuenta de que, si quería hacer carrera en la política, tendría que ser entre bambalinas.

Veinte años y treinta y ocho elecciones estatales y nacionales después, David Bateman se había ganado una reputación de forjador de ganadores. Había convertido su pasión por este juego en un negocio de consultoría altamente provechoso, entre cuya clientela había una cadena de televisión por cable que contrató a David para que les ayudase a modernizar su cobertura de las elecciones.

Fue esta combinación de desempeños en su currículo lo que llevó, un día de marzo de 2002, al nacimiento de un movimiento.

David se despertó antes del alba. Era un reflejo automático después de veinte años en la rueda de las campañas. Marty siempre decía: «Si te duermes, pierdes», y era cierto. Las campañas no eran certámenes de belleza. En ella lo importante era la capacidad de resistencia, el interminable, sucio y sangriento deporte de recolectar votos. Era muy poco habitual que se resolviese por KO en el primer asalto. Normalmente vencía el que seguía en pie en el décimo quinto, esquivando golpes de un contrincante con un buen juego de piernas. Es lo que diferencia el algo del algo más, le gustaba decir a David. De modo que aprendió a funcionar sin dormir. Ahora le bastaba con cuatro horas de sueño. Y en caso de necesidad, podía apañarse con dormir veinte minutos cada ocho horas.

Los enormes ventanales frente a la cama de su dormitorio enmarcaban el primer resplandor del sol. Él permanecía echado boca arriba, contemplando el exterior, mientras abajo el café se preparaba automáticamente. Desde la cama veía las torres de la vía del tranvía de Roosevelt Island. El dormitorio —de él y de Maggie— daba al East River. Unos cristales del grosor de un ejemplar de la edición completa de *Guerra y paz* impedían que llegase al interior el permanente rugido del tráfico de FDR Drive. Eran blindados, como los del resto de las ventanas de la casa. El multimillonario había pagado su instalación después del 11-S.

—No puedo permitirme perderte por culpa de algún taxista yihadista con un lanzagranadas —le había dicho a David.

Hoy era viernes 21 de agosto. Maggie y los niños estaban en Martha's Vineyard, llevaban allí todo el mes, y David caminaba a solas y sin hacer ruido por el suelo de mármol del lavabo. Abajo se oía a la asistenta preparándole el desayuno. Después de darse una ducha, se detuvo ante los dormitorios de los niños, como hacía cada mañana, y contempló sus camas perfectamente hechas. La decoración de la habitación de Rachel combinaba artilugios científicos y muestras de su amor por los caballos. En la de J.J., el tema único eran los coches. Como todos los niños, tenía tendencia al caos, un desorden infantil que el personal de servicio de la casa borraba de forma sistemática, a menudo en tiempo real. Ahora, contemplando el orden aséptico de los suelos impolutos por el paso de la aspiradora, David tuvo ganas de desordenarlo todo un poco para hacer que la habitación de su hijo pareciese más el dormitorio de un niño y menos un museo de la infancia. De modo que se acercó a un cesto con juguetes y le dio una patada para volcarlo.

«Así –pensó–. Así está mejor.»

Le dejaría una nota a la asistenta. Cuando los niños no estuviesen en la ciudad, debía dejar sus habitaciones tal como se las encontrase. Si era necesario, él mismo se encargaría de bloquearle la entrada como si fuesen el escenario de un crimen, cualquier cosa con tal de que la casa pareciese más animada.

Telefoneó a Maggie desde la cocina. En el reloj de pared encima de los fogones se leía: 6.14.

–Nos hemos levantado hace poco –le contó ella–. Rachel está leyendo. J.J. está comprobando qué sucede cuando echas jabón de fregar platos al váter.

Su voz se amortiguó cuando cubrió con la mano el micrófono.

–Cariño –gritó–. Eso no es una buena idea.

En Nueva York, David hizo el gesto de llevarse un tazón a los labios y la asistenta le sirvió más café. Su esposa volvió a ponerse al teléfono. David percibía el agotamiento que se adueñaba de su voz cuando pasaba demasiado tiempo sola con los niños. Todos los años él intentaba convencerla de que se llevase con ellos a la isla a Maria, la *au pair*, pero su mujer siempre se negaba. Las vacaciones de verano eran para ellos, decía siempre, para pasar en familia. De lo contrario, Rachel y J. J. crecerían llamando «mamá» a la niñera, como todos los otros niños del vecindario.

—Hoy aquí hay muchísima niebla —le contó su mujer.

—¿Te ha llegado lo que te mandé? —preguntó él.

—Sí —dijo ella, y sonaba complacida—. ¿Dónde los encontraste?

—A través de los Kipling. Conocen a un tipo que viaja por todo el mundo coleccionando esquejes del viejo mundo, manzanos del 1800, melocotoneros que nadie había visto desde los tiempos en que McKinley era presidente. Comimos aquella ensalada de frutas en su casa.

—Es verdad —dijo ella—. Era deliciosa. ¿Te han salido, no sé si es una bobada preguntarlo, caros? Parece una de esas cosas de las que hablan en las noticias porque cuestan lo mismo que un coche nuevo.

—Tal vez el precio de una Vespa —admitió él.

Era muy propio de Maggie preguntar el precio, como si una parte de ella todavía no fuese capaz de asimilar el nivel de ingresos que tenían y lo que eso implicaba.

—Ni siquiera sabía que existiese algo llamado «ciruelo danés».

—Yo tampoco. ¿Quién iba a saber que el mundo de las frutas podía ser tan exótico?

Ella se rió. Cuando las cosas iban bien entre ellos, todo fluía. Había un ritmo de toma y daca que surgía de vivir el momento, de enterrar los viejos resentimientos. Algunas mañanas, cuando la telefoneaba, David podía percibir que ella había soñado con él por la noche. Era algo que a ella le sucedía de vez en cuando. A menudo se lo contaba más adelante, mordisqueándose los labios, incapaz de mirarle a los ojos. En el sueño él era siempre un monstruo que la despreciaba y la abandonaba. Las conversaciones que se producían a continuación eran gélidas y breves.

—Bueno, vamos a plantar los árboles esta mañana —le dijo Maggie—. Así tendremos un plan para hoy.

Siguieron charlando durante otros diez minutos: qué día le esperaba a él, a qué hora creía que podría salir esa noche. Durante todo ese rato el teléfono de David no dejó de emitir zumbidos: noticias de última hora, cambios en su agenda, crisis que había que gestionar. El barullo del pánico ajeno reducido a un constante zumbido electrónico. Entretanto, el alboroto de los niños aparecía y desaparecía en la línea desde el aparato de Maggie como si fuesen avispas explorando un picnic. A él le gustaba oírlos de fondo, escuchar el jaleo que organizaban. Era lo que distanciaba a su generación de la de su padre. David quería que sus hijos disfrutaran de su infancia. De una verdadera infancia. Trabajaba duro para que ellos pudieran jugar. Para el padre de David la infancia había sido un lujo que su hijo no se podía permitir. Jugar se consideraba un primer escarceo con una droga que inevitablemente conducía a la holgazanería y la pobreza. La vida, decía su padre, pasaba como un avemaría. Solo tenías una oportunidad, y si no te entrenabas cada día —con carreras de velocidad y ejercicios al aire libre— fracasarías.

Debido a ello, desde temprana edad a David se le había cargado con un montón de tareas. Con cinco años, ya limpiaba los cubos de basura. A los siete se encargaba de todas las coladas. La norma de la casa era que había que haber acabado todos los deberes y tareas domésticas antes de poder ponerse a chutar una pelota, montar en bicicleta o sacar de la lata de café Folgers los soldaditos.

—Uno no se convierte en hombre por casualidad —le decía su padre. Era una idea que David compartía, aunque él en una versión más templada. Para David, la formación para la madurez empezaba cuando se alcanzaban los dos dígitos. Consideraba que al cumplir los diez años era el momento de empezar a pensar en hacerse mayor. De tomar las primeras lecciones suaves de disciplina y responsabilidad que te habían impartido durante la infancia y consolidarlas como las pautas para una vida sana y productiva. Hasta entonces eras un niño y por tanto podías comportarte como tal.

—Papá —le dijo Rachel—, ¿me podrás traer las bambas rojas?

David fue a la habitación de su hija y las cogió mientras hablaban para no olvidarse.

–Las acabo de meter en la bolsa para no olvidarme –le dijo.

–Soy yo otra vez –dijo Maggie–. El año que viene creo que deberías instalarte aquí con nosotros todo el mes.

–Yo también –admitió él de inmediato. Todos los años mantenían la misma conversación. Todos los años él decía lo mismo. Lo haré. Pero nunca cumplía su palabra.

–No son más que noticias –sentenció ella–. Habrá más mañana. Además, a estas alturas ¿no los tienes a todos ya perfectamente adiestrados?

–Te prometo –dijo él– que el año que viene pasaré más tiempo con vosotros. –Porque lo más práctico era decir que sí, después negociarlo con las posibilidades del mundo real, poner sobre la mesa todos los factores atenuantes e intentar gestionar las expectativas de su esposa.

Nunca pelees hoy el combate de mañana, era su lema.

–Mentiroso –dijo ella, pero con una sonrisa en la voz.

–Te quiero –le respondió él–. Nos vemos esta tarde.

La limusina le estaba esperando abajo. Dos guardaespaldas de la agencia subieron en el ascensor para acompañarlo. Dormían por turnos en uno de los dormitorios para invitados de la primera planta.

–Buenos días, muchachos –los saludó David mientras se ponía la chaqueta.

Salieron los tres juntos, dos tipos enormes con Sig Sauers bajo la americana y ojos que barrían la calle en busca de cualquier signo de amenaza potencial. David recibía cada día cartas amenazantes, cartas iracundas sobre Dios sabía qué, en alguna ocasión incluso alguna fiambrera con excrementos. Se decía a sí mismo que era el precio que pagaba por elegir un bando, por expresar una opinión acerca de la política y la guerra.

«A la mierda tú y tu Dios», decían.

Han amenazado su vida y la de su familia, amenazas que él ha aprendido a tomarse en serio.

En la limusina pensó en Rachel y en los tres días que estuvo desaparecida. Llamadas pidiendo un rescate, la sala de estar llena de agentes del FBI y de personal de seguridad privada. Maggie llora en el dormitorio trasero. Fue un milagro que la recuperaran, un milagro que, él era consciente, no volvería a repetirse. De modo que vivían rodeados de vigilancia permanente, un equipo de prevención. Lo primero era la seguridad, les explicó a sus hijos. Y después la diversión. Y después el estudio. Era una broma privada entre ellos.

Atravesó la ciudad con retenciones intermitentes. Cada dos segundos su teléfono emitía un zumbido. Corea del Norte estaba de nuevo lanzando misiles de prueba en el mar de Japón. Un agente de policía de Tallahassee estaba en coma después de un tiroteo en un control de carretera. Acababan de filtrarse las fotos de una estrella de Hollywood desnuda que ella misma le había enviado por el móvil a un jugador de la Liga Profesional de Fútbol Americano. Si no te andabas con cuidado, tal alud de informaciones podía acabar teniendo el efecto de una ola arrollándote. Pero David sabía valorarlo en su justa medida y entendía perfectamente cuál era su papel en todo aquello. Él era una máquina distribuidora que ordenaba las noticias según su categoría y prioridad, y enviaba informaciones a diversos departamentos. Escribía respuestas sucintas y pulsaba enviar. «Pura mierda», «Muy flojo» o «Quiero más». Cuando el coche se detuvo frente al edificio de la ALC, en la Sexta Avenida, por la que se circulaba muy bien para ser viernes, ya había respondido a treinta y seis emails y devuelto dieciséis llamadas

Un guardia de seguridad le abrió la puerta trasera. David se apeó para sumergirse en el ajetreo. En el exterior el aire tenía la temperatura y la consistencia de un sándwich caliente de carne. Vestía un traje gris acero, camisa blanca y corbata roja. A veces, por las mañanas, le gustaba desviarse en el último segundo antes de cruzar la puerta del edificio y darse un paseo en busca de un segundo desayuno. Eso obligaba a sus guardaespaldas a seguirle los pasos. Pero hoy tenía un montón de cosas que hacer si pretendía poder llegar al aeropuerto a las tres.

El despacho de David estaba en la planta cincuenta y ocho. Salió del ascensor a toda velocidad, con la mirada clavada en la puerta de su despacho. El personal de la empresa se apartaba cuando lo veía venir. Se metían en sus cubículos. Se daban la vuelta y se alejaban rápidamente. No era tanto por el hombre como por el despacho que ocupaba. O tal vez puede que fuese el traje. David pensó que las caras a su alrededor parecían cada día más jóvenes, productores de bloques y gerentes, *nerds* digitales con perilla y un café artesanal en la mano, pagados de sí mismos porque sabían que eran el futuro. En ese negocio todo el mundo pretendía dejar un legado. Algunos eran idealistas. Otros, oportunistas, pero todos estaban allí porque la ALC era el canal de noticias por cable número uno del país, y el artífice de eso era David Bateman.

Lydia Cox, su secretaria, ya estaba sentada ante su mesa. Llevaba con David desde 1995 y era una mujer de cincuenta y nueve años que nunca se había casado pero tampoco había tenido jamás un gato. Lydia era delgada. Lucía cabello corto y una cierta desfachatez al viejo estilo de Brooklyn, un modo de entender la vida que, como si de una tribu india antaño floreciente se tratase, hacía tiempo que había sido expulsado del barrio por hostiles aburguesados procedentes de la otra orilla.

—En diez minutos le van a telefonear de la oficina de Sellers —le recordó ella en cuanto lo vio aparecer.

David no aminoró el paso. Fue hasta su escritorio, se sacó la americana y la colgó en el respaldo de la silla. Lydia le había dejado su agenda del día encima de la silla. La cogió y la consultó frunciendo el ceño. Iniciar la jornada con Sellers, el cada vez más impopular director de la oficina de Los Ángeles, era como empezar el día con una colonoscopia.

—¿Nadie ha apuñalado todavía a este tipo? —preguntó en voz alta.

—No —le respondió Lydia siguiéndole la corriente—. Pero el año pasado usted compró una parcela en un cementerio a su nombre y le envió una foto del lugar por Navidad.

David sonrió. En su opinión, hacían falta más momentos como ese en la vida.

—Pásalo al lunes —le dijo David a su secretaria.

—Ya ha llamado dos veces. «Ni se te ocurra permitir que se escaquee», sería el resumen de las llamadas.

—Demasiado tarde.

Había una taza de café humeante encima del escritorio de David. La señaló.

—¿Es para mí?

—No —dijo Lydia negando con la cabeza—. Es para el Papa.

Detrás de ella, Bill Cunningham asomó por la puerta. Iba con tejanos, camiseta y sus inseparables tirantes rojos.

—Hola —le dijo a David—. ¿Tienes un segundo?

Lydia se dio la vuelta para marcharse. Mientras Bill se apartaba para dejarla pasar, David vio a Krista Brewer merodeando detrás de él. Parecía preocupada.

—Claro —dijo David—. ¿Qué sucede?

Entraron. Bill cerró la puerta, algo que habitualmente no hacía. Cunningham era un artista de la escenificación. Su fuerte era despotricar contra las reuniones secretas en la trastienda. En otras palabras, nunca hacía las cosas en privado. En lugar de eso, él prefería entrar en el despacho de David dos veces por semana y ponerse a hablar a voz en grito. Sobre qué, era lo de menos. Era una escenificación de fuerza, como unas maniobras militares. De modo que lo de cerrar la puerta resultaba inquietante.

—Bill —dijo David—, ¿acabas de cerrar la puerta?

Miró a Krista, la productora ejecutiva de Bill. Su tez parecía haber adquirido un tono verdoso. Bill se dejó caer en el sofá. Tenía la envergadura de un pterodáctilo. Se sentó como siempre hacía, con las rodillas muy separadas, de modo que uno pudiese ver lo grandes que los tenía.

—En primer lugar —dijo—, no es tan grave como puedas pensar.

—No —añadió Krista—. Es peor.

—Un par de días de gilipolleces —dijo Bill—. Tal vez haya abogados de por medio. Tal vez.

David se puso en pie y miró por la ventana. Pensó que lo mejor que podía hacer uno ante un showman como Bill era no mirarlo.

—¿Los abogados de quién? —preguntó—. ¿Los tuyos o los míos?

—Joder, Bill —dijo Krista volviéndose hacia el presentador—. No es que hayas transgredido una norma de conducta como «Prohibido escupir en la iglesia». Has quebrantado la ley. Probablemente varias leyes.

David contemplaba el tráfico de la Quinta Avenida.

—A las tres salgo hacia al aeropuerto —dijo—. ¿Creéis que para entonces ya habremos abordado el asunto, o vamos a tener que acabar de discutirlo por teléfono?

Se volvió y los miró. Krista tenía los brazos cruzados en actitud desafiante. «Te lo va a contar Bill», expresaba su lenguaje corporal. A los mensajeros los mataban por traer malas noticias, y Krista no estaba dispuesta a perder su trabajo por una de las estupideces de Cunningham. Bill, entretanto, mostraba una sonrisa enojada, como un poli después de un tiroteo dispuesto a jurar ante un tribunal que estaba plenamente justificado.

—Krista —dijo David.

—Ha pinchado teléfonos de alguna gente —explicó ella.

Las palabras quedaron suspendidas en el aire, como una amenaza de crisis, pero todavía no una crisis que ya les ha estallado en la cara.

—Alguna gente —repitió cautelosamente David, y esas palabras le provocaron un regusto amargo en la lengua.

Krista miró a Bill.

—Bill tiene a ese tío —dijo.

—Namor —aclaró Bill—. ¿Recuerdas a Namor? Un antiguo Navy Seal, un antiguo miembro de la Inteligencia del Pentágono.

David negó con la cabeza. En los últimos años, Bill se había rodeado de una pandilla de chiflados estilo Gordon Liddy, el jefe de la banda de «fontaneros» de Nixon.

—Seguro que lo recuerdas —dijo Bill—. Bueno, pues una noche estábamos tomando unas copas. Eso fue hace quizá un año. Y estábamos hablando sobre Moskewitz, ¿lo recuerdas?, aquel congresista al que le gustaba olisquear los pies a chicas negras. Bueno, pues Namor se descojona y comenta si no sería genial que pudiésemos tener esas llamadas telefónicas grabadas. Oro puro para un programa, ¿no crees? Un congresista judío diciéndole a una tía negra que le quiere oler los pies. De modo que yo le digo que sí, que eso sería fantástico. Y el caso es que pedimos un par de copas más y Namor me dice: «Sabes qué…».

Bill se calla unos segundos para generar un efecto dramático. No puede evitarlo. Forma parte de su naturaleza de showman.

—«Sabes qué…» No es difícil de hacer. Ese es Namor. De hecho dice que es pan comido. Porque todo pasa a través de un servidor. Todo el mundo tiene email, móviles. Tienen contraseñas para el buzón de voz y nombres de usuario para los mensajes de texto. Y toda esa mierda es accesible. Se puede piratear. Joder, con solo saber el número de teléfono de alguien se puede clonar su teléfono, de manera que cada vez que reciba una llamada…

—No —dijo David sintiendo un escalofrío que le subía por la espina dorsal desde el ano.

—Bueno —continuó Bill—, en realidad no somos más que dos tíos en un bar a la una de la madrugada. No somos más que dos tíos vacilando para ver quién la tiene más larga. Pero de repente me dice: «Elige un nombre. Alguien a quien quieras escucharle las llamadas telefónicas». Y yo le digo: «Obama». Y él dice: «Eso es la Casa Blanca. Imposible. Elige a otro. Baja el listón». De modo que le digo: «Kellerman, ya sabes, ese liberal reaccionario de mierda de la CNN». Y él me dice: «Hecho».

De pronto David está sentado en su silla, aunque no recuerda haberse sentado. Y Krista lo mira como diciendo: «La cosa no acaba aquí».

—Bill —dijo David negando con la cabeza y alzando las manos—. Para. No puedo seguir escuchando. Deberías hablar directamente con un abogado.

—Eso es lo que yo le he dicho —intervino Krista.

Cunningham hace el gesto de sacárselos de encima, como si fueran un par de huérfanos paquistaníes en un bazar de Islamabad.

—Yo no he hecho nada —se justificó—. Elegí un nombre. ¿Qué delito hay en eso? Éramos dos borrachos en un bar. Yo me fui a casa y me olvidé de todo. Una semana después, Namor se presenta en nuestra sede. Me quiere enseñar una cosa. Así que vamos a mi despacho y saca un pendrive que conecta a mi ordenador. Contiene un montón de archivos de audio. El jodido Kellerman, ¿vale? Hablando con su madre, con la tintorería. Pero también con su productor sobre cortar algunos fragmentos de una noticia para darle un sesgo diferente.

David sintió una momentánea sensación de vértigo.

—¿Es así como tú…? —le preguntó.

—Joder, sí. Encontramos la grabación original y lanzamos la información. A ti te encantó esa historia.

David estaba otra vez de pie, con los puños apretados.

—Y yo que pensaba que eso era periodismo —dijo—. No…

Bill se rió negando con la cabeza, asombrado por su propia capacidad inventiva.

—Tengo que ponerte esas cintas. Son un clásico.

David rodeó su escritorio.

—Cállate.

—¿Adónde vas? —le preguntó Bill.

—Ni una jodida palabra más a nadie —le dijo David—. Ninguno de los dos —añadió, y salió del despacho.

Lydia estaba sentada en su puesto.

—Tengo a Sellers por la línea dos —le dijo.

David no se detuvo ni se volvió. Pasó junto a sucesivas hileras de cubículos, con el sudor goteándole por las sienes. Esto podía ser el fin. Lo intuía en sus entrañas, ni siquiera le hacía falta escuchar el resto de la historia.

—Apartaos —les gritó a un grupo de empleados con el cabello con corte militar y camisas de manga corta. Se dispersaron como conejos.

Con la cabeza funcionándole a toda velocidad, David se plantó ante el panel del ascensor y pulso el botón pero, sin esperar, abrió de una patada la puerta de la escalera y bajó una planta. Recorrió acechante los pasillos como un asesino armado con un fusil de asalto, hasta que dio con Liebling en una sala de reuniones, sentado con otros dieciséis abogados.

–Fuera –ordenó David–. Todo el mundo.

Salieron en desbandada, todos esos tipos anónimos trajeados y con licenciaturas en Derecho, y al cerrarse la puerta golpeó al último en los talones. Sentado en su silla, la expresión de la cara de Don Liebling era de perplejidad. Él era el abogado de la empresa, un cincuentón que se mantenía en forma gracias al pilates.

–Ostras, Bateman.

David se paseaba de un lado a otro.

–Cunningham –fue todo lo que logró decir de momento.

–Mierda –exclamó Liebling–. ¿Qué ha hecho ahora ese mamón?

–Solo he oído una parte –dijo David–. Le he hecho callar antes de que me pudiese convertir en cómplice.

Liebling frunció el ceño.

–Dime que no hay una puta muerta en una habitación de hotel.

–Ojalá –dijo David–. Una puta muerta sería una ganga comparado con esto.

Alzó la mirada y vio un avión que sobrevolaba a gran altura el Empire State Building. Por un momento sintió una necesidad apremiante de estar en él, yendo a algún lado, a cualquier sitio. Se dejó caer sobre una silla de cuero y se toqueteó los cabellos.

–Ese capullo ha pinchado el teléfono de Kellerman. Probablemente también otros. He tenido la sensación de que estaba a punto de hacerme una lista de sus víctimas, como si fuera un asesino en serie, así que me he largado.

Liebling se aflojó el nudo de la corbata.

–Cuando dice que ha pinchado el teléfono…

–Tiene a un tipo. Un asesor de inteligencia que le dijo a Bill que podía darle acceso al email o al teléfono de cualquiera.

–Ostras.

David se echó hacia atrás en la silla y contempló el techo.

–Tienes que hablar con él.

Liebling asintió.

–Necesita a su propio abogado –dijo–. Creo que tiene a Franken. Lo llamaré.

David tamborileó en la mesa con los dedos. Se sentía viejo.

—Bueno, ¿y qué pasa si ha pinchado teléfonos de congresistas o senadores? —preguntó—. Dios mío. Ya es suficientemente jodido con que haya estado espiando a la competencia.

Liebling meditó sobre esa posibilidad. David cerró los ojos y visualizó a Rachel y J. J. cavando agujeros en el jardín trasero para plantar manzanos del viejo mundo. Debería haberse tomado vacaciones todo el mes, ahora estaría con ellos allí, con las chancletas, un bloody mary en la mano y riéndose cada vez que su hijo decía «¿qué pasa, culo de pollo?».

—¿Esto puede hundirnos? —preguntó, todavía con los ojos cerrados.

Liebling hizo un gesto ambiguo con la cabeza.

—Lo va a hundir a él. Eso está claro.

—Pero ¿a nosotros nos puede hacer daño?

—Sin duda —dijo Liebling—. Una cosa como esta… Nos llamarán a declarar ante una comisión del Congreso. Como mínimo tendrás al FBI pegado a tu culo durante dos años. Hablarán de la posibilidad de retirarnos la licencia.

David pensó en ello.

—¿Dimito?

—¿Por qué? Tú no sabías nada. ¿Verdad que no?

—Eso es lo de menos. Una cosa así. Si no lo sabía, debería haberlo sabido.

Negó con la cabeza.

—Jodido Bill.

Pero no era culpa de Bill, pensó David. Era culpa suya. Cunningham era el regalo de David al mundo, el tipo furibundo al que la gente invitaba a sus casas para cagarse en el mundo, para despotricar contra el sistema que nos robaba todo aquello que creíamos merecer; los países del Tercer Mundo que nos estaban quitando nuestros trabajos. Los políticos que nos subían los impuestos. Bill Cunningham, Don Hablando en Plata, Don Superioridad Moral, que se sentaba en nuestros salones y compartía nuestro dolor, que nos decía lo que queríamos escuchar: que si éramos unos fracasados no era porque fuésemos unos perdedores, sino porque alguien metía la mano en nuestros bolsillos, en nuestras empresas, en nuestro país, y se llevaba lo que nos pertenecía por derecho.

Bill Cunningham era la voz de la ALC News y se había vuelto loco. Era Kurtz en la jungla, y David debería haberse dado cuenta a tiempo, debería haberle frenado, pero los índices de audiencia eran demasiado buenos y los disparos de Bill sobre el enemigo daban en la diana. Eran el canal de noticias número uno y eso lo justificaba todo. ¿Era Bill una diva? Sin duda. Pero a las divas se las puede manejar. Sin embargo, los lunáticos ya son otra cosa.

—Tengo que hacer una llamada a Roger —dijo David, y se refería al multimillonario. Se refería a su jefe. Al Jefe.

—¿Y qué le vas a decir? —preguntó Liebling.

—Lo que se nos avecina. Que el asunto ha estallado y deberíamos estar preparados. Tienes que ir a buscar a Bill, meterlo en una sala y golpearlo con un calcetín lleno de naranjas. Haz venir a Franken. Sácale la verdad y después protégenos de ella.

—¿Va a salir en antena esta noche?

David lo meditó un momento.

—No. Estará enfermo. Tiene la gripe.

—No le va a gustar.

—Dile que la alternativa es ir a la cárcel o que nosotros le rompamos las rótulas. Llama a Hancock. A las tres anunciaremos que Bill está enfermo. El lunes pasamos un especial con lo mejor de la semana. No quiero volver a ver a este tío en antena.

—No se lo va a tomar con filosofía.

—No —admitió David—. Seguro que no.

HERIDAS

Por la noche, cuando Scott sueña, sueña con el tiburón, lustroso, musculado y voraz. Se despierta con sed. El hospital es un ecosistema con pitidos y zumbidos. Fuera, el sol está empezando a despuntar. Echa un vistazo al niño, que todavía duerme. El televisor está encendido, con el volumen bajo, y el zumbido del aparato ha penetrado en sus sueños. La pantalla está dividida en cinco, y en la parte inferior se deslizan titulares. Según el noticiario continúa la búsqueda de supervivientes. Parece que la Marina ha traído a la zona buceadores y sumergibles para aguas profundas en un intento de localizar los restos sumergidos y recuperar los cadáveres de las víctimas. Scott contempla cómo unos hombres con trajes de neopreno negros saltan desde la cubierta de un guardacostas y desaparecen bajo el mar.

—Dicen que es un accidente —está explicando Bill Cunningham, un hombre alto con el cabello alborotado que se toquetea los tirantes rojos, desde el recuadro más grande de la pantalla—, pero los accidentes no existen. Los aviones no se caen sin más desde el cielo, del mismo modo que nuestro presidente no se había olvidado sin más de que el Congreso estaba de vacaciones cuando nombró juez al incompetente Rodríguez.

Cunningham tiene los ojos grises y lleva la corbata a juego. Lleva ya nueve horas en antena en un maratoniano panegírico a su fallecido jefe.

—Al David Bateman que yo conocí —explica—, mi jefe, mi amigo…, no puede haberlo matado un fallo mecánico o el error de un piloto. Era un ángel vengador. Un héroe americano. Y este reportero está convencido de que de lo que estamos hablando aquí es ni más ni menos que de una acción terrorista, llevada a cabo por extranjeros o quién sabe si por ciertos elementos de los medios de comunicación liberales. Queridos televidentes, los aviones no se estrellan. Esto ha sido un sabotaje. Ha sido un pequeño cohete disparado con un lanzagranadas desde una lancha fueraborda. Ha sido obra de un yihadista con un cinturón explosivo que iba a bordo del avión, posiblemente uno de los miembros de la tripulación. Asesinato, amigos míos, obra de los enemigos de la libertad. Nueve muertos, incluida una niña de nueve años. Nueve. Una niña que ya acababa de sufrir una tragedia en su vida. Una niña a la que sostuve en mis brazos cuando nació, a la que le había cambiado los pañales. Deberíamos estar cargando de combustible nuestros cazas. Comandos de los cuerpos de operaciones especiales deberían estar lanzándose en paracaídas desde aviones y emergiendo de submarinos. Ha muerto un gran patriota, el padrino de la libertad en Occidente. Y llegaremos al fondo del asunto.

Scott baja el volumen. El niño se agita, pero no se despierta. En sus sueños todavía no es huérfano. En sus sueños sus padres y su hermana todavía siguen vivos. Le besan en la mejilla y le hacen cosquillas en las costillas. En sus sueños es la semana anterior y él corretea por la arena, agarrando por una pinza a un escurridizo cangrejo verdoso. Bebe naranjada con una pajita y come patatas fritas onduladas; el sol ha aclarado un poco sus cabellos castaños y tiene pecas por toda la cara. Y cuando se despierte, durante unos instantes todos los sueños serán reales y la fuerza de su amor bastará para mantener a raya a la realidad, pero esos instantes se agotarán rápidamente. El niño verá la cara de Scott, o entrará una enfermera, y sin más volverá a ser huérfano. Esta vez ya para siempre.

Scott se da la vuelta y mira por la ventana. Se supone que hoy les darán el alta, a Scott y al niño, ambos serán expulsados de la rueda de la vida hospitalaria: comprobación de la presión cada media hora, toma de temperatura, servicio de comidas. La tía y el tío del niño llegaron anoche, con los ojos enrojecidos y aire lúgubre. La tía es la hermana menor de Maggie, Eleanor. Ahora duerme en una silla de respaldo rígido junto a la cama del niño. Eleanor acaba de entrar en la treintena y es guapa, trabaja como masajista terapéutica en Croton-on-Hudson, Westchester. Su marido, el tío del niño, es escritor, rehúye el contacto visual y es de esos zopencos que en pleno verano se deja barba. A Scott no le transmite buenas vibraciones.

Ya han pasado treinta y dos horas desde que se estrellaron, un mero latido de corazón y toda una vida. Scott todavía no se ha duchado, tiene sal marina adherida a la piel. Lleva el brazo izquierdo en cabestrillo. No tiene ningún documento de identidad ni pantalones. Y sin embargo, pese a ello, su intención sigue siendo salir hoy de aquí rumbo a la ciudad, tal como está previsto. Tiene citas pendientes. Relaciones profesionales importantes que establecer. El amigo de Scott, Magnus, se ha ofrecido a venir a recogerlo en Montauk. Echado en la cama, Scott piensa que estará bien ver una cara amiga. Aunque él y Magnus no son íntimos, nada parecido a hermanos, sino más bien colegas de copas, pero Magnus es al mismo tiempo imperturbable e incansablemente positivo, motivos por los cuales a Scott se le ocurrió llamarlo a él anoche. Era fundamental que evitase hablar con alguien que pudiese romper a llorar. Había que seguir adelante como si nada. Ese era su reto. De hecho, cuando acabó de contarle a Magnus –que no tiene televisión– lo sucedido, este se limitó a soltar «inaudito» y sugirió que debían tomarse unas birras.

Al volverse, Scott descubre que el niño se ha despertado y lo mira sin parpadear.

–Hola, colega –le dice Scott en voz baja, para no despertar a la tía–. ¿Has dormido bien?

El niño asiente.

–¿Quieres que te ponga dibujos animados?

Vuelve a asentir. Scott coge el mando a distancia y va pasando canales hasta que encuentra dibujos.

–¿Bob Esponja? –le pregunta al niño.

Este asiente de nuevo. No ha dicho una palabra desde ayer por la tarde. En las primeras horas después de que alcanzasen la costa, todavía era posible sacarle algunas palabras, qué tal se encontraba, si necesitaba algo. Pero después, como si de una herida abierta que se cierra se tratase, dejó de hablar. Y ahora es mudo.

Scott inspecciona una caja de guantes de látex espolvoreados con talco que alguien ha dejado encima de la mesa. Mientras el niño le mira, saca uno.

—Oh, oh —dice, y simula estar a punto de estornudar. Cuando lanza el achús se cuelga el guante del orificio nasal izquierdo. El niño sonríe.

La tía se despierta y se despereza. Es una mujer guapa con el cabello peinado con flequillo, como una persona que compensa el hecho de conducir un coche caro no lavándolo nunca. Scott contempla su rostro mientras ella acaba de despertarse y recuerda dónde está y lo que ha sucedido. Ve cómo por un momento ella amenaza con desmoronarse bajo el peso de la realidad, pero entonces sus ojos se posan en el niño y se obliga a sonreír.

—Hola —dice ella apartándose el cabello de la frente.

Echa un vistazo al televisor y después mira a Scott.

—Buenos días —le saluda él.

Ella se peina un poco con las manos y comprueba que la ropa que lleva puesta no se le ha desplazado de sitio mientras dormía.

—Perdón —dice—. Supongo que me he quedado dormida.

No parece un comentario que merezca una respuesta, de modo que Scott se limita a asentir. Eleanor mira a su alrededor.

—¿Ha visto a… Doug? Mi marido.

—Creo que ha ido a buscar un café —le responde Scott.

—Bien —dice ella, y parece aliviada—. Eso está bien.

—¿Lleváis mucho tiempo casados? —le pregunta Scott.

—No. Solo, eh, setenta y un días.

—¿Los cuentas? —dice Scott.

Eleanor se sonroja.

—Es un encanto —asegura ella—. Pero creo que ahora mismo está un poco abrumado.

Scott echa un vistazo al niño, que ha dejado de mirar la televisión y observa a Scott y a su tía. La idea de que Doug está abrumado después de lo que él y el crío han pasado es desconcertante.

—¿Hay algún familiar de parte del padre? —pregunta Scott—. De tu cuñado.

—¿De David? —dice ella—. No. Quiero decir que sus padres fallecieron y él es, bueno, creo que era hijo único.

—¿Y tus padres?

—Mi, eh, madre todavía vive. Reside en Portland. Creo que hoy coge un avión hacia aquí.

Scott asiente.

—¿Y vosotros vivís en Woodstock?

—En Croton —matiza ella—. Está a unos cuarenta minutos de la ciudad.

Scott se imagina el lugar: una casita en un valle boscoso, con balancines en el porche. Puede ser una buena opción para el niño. Aunque también puede resultar un desastre, un sitio tan aislado en medio del bosque, con ese escritor ceñudo y borracho, como Jack Nicholson en aquellas montañas invernales.

—¿Él ha estado alguna vez allí? —pregunta Scott señalando con un gesto de la cabeza al niño.

Ella frunce los labios.

—Disculpa —le responde—, pero ¿por qué me estás haciendo todas estas preguntas?

—Bueno —dice Scott—, supongo que siento curiosidad por saber qué va a ser de él de ahora en adelante. Digamos que me siento involucrado.

Eleanor asiente. Parece asustada, no de Scott, sino de la vida, de lo que la vida está a punto de depararle.

—Todo irá bien —dice acariciando el pelo al niño—. ¿Verdad que sí?

Él no responde y mantiene los ojos clavados en Scott. Hay en ellos un desafío, una súplica. Scott parpadea y se gira para mirar por la ventana. Entra Doug. Sostiene un vaso de café y lleva una chaqueta de punto desabotonada encima de una camisa de leñador a cuadros. Al verlo aparecer, Eleanor parece aliviada.

—¿Esto es para mí? —pregunta señalando.

Por un instante Doug parece confundido, hasta que se percata de que se refiere al café.

—Oh, claro —responde, y se lo tiende. Scott deduce por cómo ella lo sostiene que el vaso está casi vacío. Ve cómo ella hace una mueca de decepción. Doug da la vuelta a la cama del niño y se acerca a su mujer. Scott percibe el olor a alcohol en su ropa—. ¿Cómo está el paciente?

—Está bien —responde Eleanor—. Ha dormido un rato.

Mientras contempla la espalda de Doug, Scott se pregunta cuánto dinero heredará el niño de sus padres. ¿Cinco millones? ¿Cincuenta? Su padre dirigía un imperio televisivo y volaba en aviones privados. Habrá montones de dinero, propiedades. Resoplando, Doug se sube un poco los pantalones con ambas manos. Se saca un cochecito de juguete del bolsillo. Todavía tiene la etiqueta con el precio pegada.

—Toma, campeón —dice—. Te he comprado esto.

«Hay montones de tiburones en el mar», piensa Scott observando cómo el niño coge el coche.

Entra el doctor Glabman, con las gafas sujetas sobre la cabeza. Del bolsillo de su bata asoma un resplandeciente plátano amarillo.

—¿Listos para volver a casa? —pregunta.

Se visten. El hospital le ofrece a Scott ropa de quirófano para que pueda vestirse. Se la pone con una mano y hace un gesto de dolor cuando la enfermera maniobra para pasarle la manga por el brazo lastimado. Cuando sale del lavabo, el niño ya está vestido y espera sentado en una silla de ruedas.

—Le voy a dar el nombre de un psiquiatra infantil —le dice el médico a Eleanor, sin que el niño le oiga—. Es especialista en casos de estrés postraumático.

—La verdad es que no vivimos en la ciudad —dice Doug.

Eleanor le hace callar con una mirada fulminante.

—Por supuesto —dice ella, y coge la tarjeta que le ofrece el médico—. Lo llamaré esta misma tarde.

Scott se acerca al niño y se arrodilla en el suelo delante de él.

—Todo va a ir bien —le dice.

El niño niega con la cabeza y brotan lágrimas de sus ojos.

—Nos veremos —le asegura Scott—. Le voy a dar mi teléfono a tu tía. Así podrás llamarme. ¿De acuerdo?

El niño no le mira.

Scott le acaricia el bracito, sin saber muy bien qué hacer. No tiene hijos, ni ha ejercido nunca de tío o padrino. Ni siquiera está seguro de que los críos hablen el mismo lenguaje. Después de ese momento de duda, se incorpora y le entrega a Eleanor un trozo de papel con su número de teléfono.

—Puedes llamarme cuando quieras —le dice—. No es que sepa qué puedo hacer para ayudar. Pero si él quiere hablar conmigo, o tú…

Doug le quita el papel con el número a su mujer. Lo dobla y se lo mete en el bolsillo trasero del pantalón.

—Me parece bien, tío —dice.

Scott permanece inmóvil un minuto, mira a Eleanor, después al niño y finalmente a Doug. Tiene la sensación de que es un momento importante, una de esas coyunturas de la vida en que se supone que tienes que decir algo o hacer algo, pero no sabes qué. Solo a toro pasado deduces qué era. A toro pasado lo que deberías haber dicho resultará más claro que el agua, pero ahora mismo lo único que sientes es agobio, la tensión de la mandíbula apretada y una ligera náusea.

—De acuerdo —dice por fin, y sale por la puerta pensando sin más en marcharse. Considerando que eso es lo mejor. Dejar al niño con su familia. Pero en cuanto empieza a caminar por el pasillo siente dos bracitos que le agarran la pierna y al volverse ve al niño asido a él.

El pasillo está lleno de gente, pacientes y personas de visita, médicos y enfermeras. Scott toca la cabeza del niño con la mano, se inclina y lo coge. Los brazos del crío le rodean el cuello y le aprietan tanto que le cortan la respiración. Scott parpadea, tratando de contener las lágrimas.

—No lo olvides —le dice al pequeño—. Eres mi héroe.

Espera a que le suelte el cuello y después lo lleva de vuelta a la silla de ruedas. Scott nota que Eleanor y Doug lo miran, pero no aparta los ojos del niño.

—No te rindas nunca —le dice.

Y se da la vuelta y sale al pasillo.

Años atrás, cuando estaba absorto pintando, Scott se sentía como si estuviese sumergido bajo el agua. Notaba la misma presión en los oídos, el mismo silencio. Los colores resultaban más intensos. La luz se ondulaba y torcía. Hizo su primera exposición colectiva a los veintiséis años, la primera en solitario, a los treinta. Cada centavo que ganaba se lo gastaba en telas y pinturas. Y en algún momento durante esos años dejó de nadar. Había galerías de las que tomar posesión y mujeres a las que follarse y él era un ligón alto y de ojos verdes con una sonrisa contagiosa. Lo cual significaba que siempre había una chica dispuesta a comprarle el desayuno o facilitarle un techo, al menos durante algunas noches. En aquel entonces eso era una ayuda, porque su trabajo era bueno, pero no extraordinario. Al contemplarlo, se podía vislumbrar su potencial, una voz singular, pero faltaba algo. Pasaron los años. Las grandes exposiciones en solitario y las compras de obra por museos de primer nivel no llegaron nunca. Tampoco las bienales alemanas y las becas para genios, ni las invitaciones para pintar y dar clases en el extranjero. Cumplió los treinta, los treinta y cinco. Una noche, después de beberse un montón de cócteles en la tercera inauguración de una exposición a la que acudía esa semana, esta última para agasajar a un artista cinco años más joven que él, Scott llegó a la conclusión de que jamás se convertiría en el fulminante triunfador, el *enfant terrible*, la superestrella del mundillo artístico que había creído poder llegar a ser. Sus posibilidades de destacar como artista habían pasado de la euforia embriagadora a lo elusivo e inquietante. Era un artista menor. Y eso era todo lo que llegaría a ser. Las fiestas seguían estando bien. Las mujeres seguían siendo guapas, pero Scott se sentía más feo. A medida que la liviandad de la juventud iba siendo sustituida por el ensimismamiento, sus aventuras se hicieron más fugaces y sucias. Bebía para olvidar. A solas en su estudio, Scott se quedaba contemplando los lienzos durante horas, esperando a que aparecieran las imágenes.

Nunca apareció nada.

Un día se despertó y se encontró con que tenía cuarenta años y que tras veinte empinando el codo y llevando una vida disipada, la panza se le había inflado y la cara se le había demacrado. Se había comprometido y había roto, había dejado de beber y había recaído. Antaño había sido joven y no conocía los límites, y de pronto, sin saber muy bien cómo, su vida le conducía hacia un destino inevitable. Un «estuvo a punto de», ni siquiera un «fue». Scott podía visualizar su obituario. Scott Burroughs, un talentoso y disoluto encantador de serpientes, que jamás logró estar a la altura de las expectativas que había generado y que hacía ya mucho tiempo que había cruzado la línea que separa al hombre divertido y glamuroso del grosero y patético. Pero ¿a quién pretendía engañar? Incluso su obituario era pura fantasía. Porque era un don nadie. Su muerte pasaría completamente desapercibida.

Unos años más tarde, después de una fiesta que duró una semana en la casa de los Hamptons de un pintor mucho más exitoso, Scott apareció un día boca abajo en el suelo de la sala de estar. Tenía ya cuarenta y seis años. Apenas había empezado a amanecer. Se puso en pie tambaleándose y salió al patio. La cabeza le estallaba y en la boca notaba un sabor como a neumático. El repentino resplandor del sol le hizo entrecerrar los ojos y alzó la mano para protegerse la cara. La verdad sobre su vida, sobre su fracaso, volvió a caerle encima en forma de punzante dolor de cabeza. Y mientras sus ojos se adaptaban a la claridad, bajó la mano y se quedó mirando la piscina del famoso artista.

Fue allí donde el artista y su novia encontraron a Scott una hora después, desnudo y haciendo largos, con la respiración acelerada y los músculos doloridos. Le llamaron a gritos para que se tomase una copa con ellos. Pero Scott les indicó con un gesto que lo dejasen en paz. Volvía a sentirse vivo. En cuanto se metió en el agua fue como volver a tener dieciocho años y ganar la medalla de oro en el campeonato nacional. Tenía dieciséis años y ejecutaba un giro perfecto bajo el agua. Tenía doce y se despertaba antes del alba para cortar con su cuerpo el azul del agua.

Nadó hacia atrás en el tiempo, brazada tras brazada, hasta que tenía seis años y contemplaba a Jack LaLanne arrastrando una barca de casi cincuenta kilos por la bahía de San Francisco, hasta que recuperó aquella sensación, aquella absoluta certeza infantil:

«Cualquier cosa es posible.»

«Todo se puede alcanzar.»

«Solo tienes que desearlo con la fuerza suficiente.»

Resultó que Scott no era tan viejo. No estaba acabado. Simplemente se había rendido.

Treinta minutos después salió de la piscina y, sin secarse, se vistió y regresó a la ciudad. Durante los seis meses siguientes nadó cinco kilómetros diarios. Dejó la bebida y el tabaco. Redujo el consumo de carne roja y dulces. Compró un montón de telas, cubriendo todo el espacio disponible de una expectante superficie blanca. Era un boxeador entrenándose para un combate, un violoncelista ensayando para un concierto. Su cuerpo era su instrumento, estaba machacado como la guitarra de Johnny Cash, astillada y sin barnizar, pero él lo iba a transformar en un Stradivarius.

Era un superviviente del naufragio en el que se había convertido su vida. De modo que eso fue lo que se puso a pintar. Ese verano alquiló una casita en Martha's Vineyard y se refugió allí. De nuevo lo único que le importaba era el trabajo, solo que ahora se dio cuenta de que el trabajo era él. «No hay separación entre tú y las cosas que haces —pensó—. Si eres una fosa séptica, ¿qué otra cosa sino mierda puede ser tu trabajo?»

Se convirtió en amo de una perra y se cocinaba espaguetis y albóndigas para comer. Cada día era igual al anterior. Nadaba en el océano. Compraba café y bollos en el mercado de granjeros locales. Y pasaba horas sin límite en el estudio, entre brochazos y pinceladas, entre líneas y colores. Lo que veía al terminar era demasiado emocionante para poder verbalizarlo. Había dado el gran salto adelante y, consciente de ello, se sentía extrañamente aterrado. El trabajo se convirtió en su secreto, un cofre del tesoro escondido en un terreno pedregoso.

Solo recientemente había salido de su escondrijo, primero acudiendo a algunas cenas en la isla y después permitiendo que una galería del SoHo incluyese uno de sus nuevos cuadros en su retrospectiva de los años noventa. La obra había interesado a muchos visitantes. La compró un coleccionista importante. El teléfono de Scott empezó a sonar de nuevo. Algunos de los marchantes importantes vinieron a ver lo que tenía en su estudio. Estaba sucediendo. Aquello por lo que había trabajado, el objetivo de toda una vida estaba a punto de materializarse. Todo lo que tenía que hacer era atrapar la oportunidad.

De modo que subió a un avión.

Hay una docena de camionetas de noticiarios aparcadas en el exterior del hospital y varios equipos con cámaras esperando. La policía ha colocado vallas y media docena de agentes uniformados velan por el mantenimiento del orden. Scott espía la escena desde el vestíbulo del hospital, oculto detrás de un ficus en un macetero. Allí es donde lo encuentra Magnus.

—Hostia, tío —le dice—. Tú nunca haces nada a medias, ¿verdad?

Se abrazan. Magnus es pintor a tiempo parcial y donjuán a tiempo completo, con un levísimo acento irlandés en su voz.

—Gracias por venir —dice Scott.

—De nada, hermano.

Magnus da un repaso a Scott.

—Tienes una pinta horrible.

—Me siento horrible —asegura Scott.

Magnus lleva una bolsa de viaje.

—Te he traído una muda —le dice—, un vestido ceñido y unos panties. ¿Quieres cambiarte?

Scott mira por encima del hombro de Magnus. En el exterior, la multitud está creciendo. Están allí por él, para verlo, para escuchar alguna palabra del hombre que ha nadado ocho horas en el Atlántico en plena noche con un niño de cuatro años cargado a la espalda. Cierra los ojos e imagina lo que sucederá cuando se haya vestido, cuando avance hacia esas puertas: los focos y las preguntas, su cara en la televisión. El circo, el frenesí.

«No existen los accidentes», piensa.

A la izquierda de Scott hay un largo pasillo y una puerta en la que pone VESTUARIO.

–Tengo una idea mejor –dice Scott–. Pero implica que tendrás que saltarte la ley.

Magnus sonríe.

–¿Solo una ley?

Diez minutos después, Scott y Magnus salen por una puerta lateral. Ahora los dos llevan ropa quirúrgica y batas blancas; dos médicos que se marchan a casa al finalizar su largo turno. Scott lleva el teléfono de Magnus pegado a la oreja y habla con la señal de línea disponible. El ardid funciona. Llegan al coche de Magnus, un Saab que ha conocido épocas mejores, con el techo de lona desplegable descolorido por el sol. Una vez dentro, Scott se vuelve a colocar el cabestrillo por el hombro izquierdo.

–Solo para que lo sepas –le dice Magnus–, queda decidido que después saldremos de copas vestidos así. A las mujeres les encantan los médicos.

Cuando pasan junto a los periodistas concentrados, Scott se tapa la cara con el teléfono. Piensa en el niño, encorvado y diminuto en la silla de ruedas, huérfano ahora y para siempre. Scott no duda de que su tía le quiere, no duda de que el dinero que heredará de sus padres le protegerá de padecer penurias económicas. Pero ¿será eso suficiente? ¿Ese niño podrá crecer de un modo normal o quedará marcado para siempre por lo sucedido?

«Debería haberle pedido su teléfono a la tía», piensa Scott. Pero en el mismo momento se pregunta qué haría con él. Scott no tiene ningún derecho a entrometerse en sus vidas. Y aunque pudiese hacerlo, ¿qué podría ofrecerles? El niño tiene solo cuatro años y Scott es un hombre soltero que no tardará en cumplir los cincuenta, un reputado mujeriego y alcohólico redimido, un artista en apuros que jamás ha logrado mantener ni una sola relación estable. No es un modelo para nadie. No es un héroe para nadie.

Toman la interestatal 495 en dirección a la ciudad. Scott baja la ventanilla y siente el viento en la cara. Entornando los ojos para protegerse del resplandor del sol, puede convencerse a medias de que los sucesos de las últimas treinta y seis horas no han sido más que un sueño. De que no ha existido ningún avión privado, ningún accidente, ningún recorrido épico a nado, ni ninguna horrible estancia en el hospital. Con la adecuada combinación de cócteles y triunfos profesionales podría llegar a borrarlo todo. Pero en el mismo momento en que lo piensa, Scott sabe que es mentira. El trauma que ha sufrido forma ya parte de su ADN. Es un soldado que ha sobrevivido a una épica batalla, a la que inevitablemente regresará dentro de cincuenta años en su lecho de muerte.

Magnus vive en Long Island, en una fábrica de zapatos en ruinas que fue reconvertida en lofts. Antes del accidente, el plan de Scott era quedarse con él varios días y desplazarse desde allí a la ciudad. Pero ahora, mientras cambia de carril, Magnus le explica a Scott que la situación ha cambiado.

—He recibido una orden de lo más tajante —dice—. Tengo que llevarte al West Village. Has ascendido de categoría.

—¿Una orden tajante de quién? —quiere saber Scott.

—De una nueva amiga —le responde Magnus—. Es todo lo que puedo contarte de momento.

—Párate en la cuneta —le ordena Scott con tono seco.

Magnus enarca un par de veces las cejas y sonríe.

Scott pone la mano en la manija de la puerta.

—Tranqui, colega —dice Magnus girando el volante ligeramente—. Ya veo que no estás de humor para misterios.

—Tú dime adónde vamos.

—A ver a Leslie —le explica Magnus.

—¿Quién es Leslie?

—Joder, ¿te has roto la cabeza en el accidente? Leslie Mueller. De la galería Mueller.

Scott no lo entiende.

—¿Y por qué tenemos que ir a la galería Mueller?

—A la galería no, mamón. A su casa. Esa chica es multimillonaria, ¿vale? Es la hija de ese geniecillo de la tecnología que en los noventa inventó aquel cacharro. Bueno, después de que me llamases quizá me fui un poco de la lengua contando que iba a ir a recogerte y que tú y yo arrasaríamos en la ciudad y conseguiríamos un montón de teléfonos de tías, ahora que tú eres todo un jodido héroe, y supongo que ella me oyó, porque me ha telefoneado. Dice que vio en las noticias lo que hiciste. Dice que pone su casa a tu disposición. Tiene un apartamento para invitados en la tercera planta.

–No.

–No seas idiota, amigo. Es Leslie Mueller. Marca la diferencia entre vender un cuadro por tres mil dólares y venderlo por trescientos mil. O tres millones.

–No.

–Perfecto. Te he oído. Pero piensa por un minuto en mi carrera. Es nada menos que Leslie Mueller. Mi última exposición fue en un restaurante especializado en cangrejo de Cleveland. Al menos vayamos a cenar, dejemos que achuche un poco al héroe ciclópeo y macizo en que te has convertido y que te encargue algunas obras. Y tú quizá podrías decir alguna cosa buena sobre tu colega. Y después nos excusamos y nos marchamos.

Scott se vuelve y mira por la ventanilla. En el coche que circula paralelo al suyo viaja una pareja que discute, un hombre y una mujer de veintitantos vestidos para ir al trabajo. El hombre va al volante, pero no mira la carretera. Ha girado la cabeza y gesticula furioso con una mano. En respuesta, la mujer enarbola un lápiz de labios abierto, a medio aplicar, y ataca con él al hombre, con una mueca de asco en la cara. Mientras los observa, a Scott le viene repentinamente un recuerdo. Está de nuevo en el avión, con el cinturón abrochado. En la parte delantera, plantada en la puerta abierta de la cabina de mando, la joven azafata –¿cómo se llamaba?– discute con uno de los pilotos. Da la espalda a Scott, que en cambio ve el rostro del piloto por encima del hombro de ella. Es un rostro desagradable y sombrío, y mientras Scott observa al piloto, este agarra con fuerza a la chica del brazo. Ella se aparta.

En su recuerdo, Scott tiene la mano sobre el cierre del cinturón de seguridad. Los pies apoyados en el suelo y los cuádriceps tensionados como si estuviese a punto de levantarse. ¿Por qué? ¿Porque está a punto de acudir en ayuda de la chica?

El recuerdo aparece fugazmente y desaparece. Una imagen que podría ser de una película, pero siente que forma parte de su vida. ¿Realmente sucedió? ¿Se produjo algún tipo de pelea?

En el carril contiguo el furioso conductor se gira y escupe por la ventanilla, pero está cerrada. De modo que un hilillo espumoso de saliva se desliza por el cristal curvo, y en ese momento Magnus acelera y la pareja desaparece.

Scott ve que se acercan a una gasolinera.

—¿Puedes parar ahí un momento? —le pide a Magnus—. Quiero comprar un paquete de chicles.

Magnus rebusca en la guantera.

—Tengo algunos Juicy Fruit por algún lado.

—Quiero de menta —dice Scott—. Párate.

Magnus gira sin poner el intermitente y aparca junto a la pared lateral de la gasolinera.

—Será un momento —dice Scott.

—Tráeme una Coca-Cola.

Scott se da cuenta de que lleva puesta la ropa de quirófano.

—Déjame un billete de veinte —le pide.

Magnus se lo piensa.

—Vale, pero prométeme que iremos a casa de Mueller. Apuesto a que el whisky que tiene se embotelló antes del hundimiento del *Titanic*.

Scott le mira a los ojos.

—Te lo prometo.

Magnus saca un billete arrugado del bolsillo.

—Y unas patatas —le pide.

Scott cierra la puerta del pasajero. Lleva unas chanclas desechables.

—Enseguida vuelvo —dice, y entra en la tienda de la gasolinera.

Detrás del mostrador hay una mujer corpulenta.

—¿La puerta trasera? —le pregunta Scott.

Ella se la señala.

Scott recorre un corto pasillo y cruza por delante de los lavabos. Empuja una pesada puerta de seguridad contra incendios y al salir entrecierra los ojos para protegerse del resplandor del sol. Unos metros más allá hay una valla enrejada detrás de la cual se extiende una zona residencial. Scott se mete el billete de veinte en el bolsillo delantero. Intenta saltar la valla con una mano, pero el cabestrillo le entorpece, así que se lo quita. En unos instantes ya está al otro lado y camina por una parcela sin construir, con las chanclas golpeándole en los talones. Es casi finales de agosto y el aire es denso y muy cálido. Se imagina a Magnus esperando al volante. Habrá encendido la radio y encontrado una emisora de viejos éxitos. Ahora mismo probablemente esté cantando al alimón con Queen, estirando el cuello cada vez que tiene que dar una nota alta.

El vecindario por el que se mueve Scott es de clase baja, con coches sin ruedas sostenidos sobre ladrillos en los caminos de acceso a las casas y piscinas hinchables de las que gotea agua en los patios traseros. Él es un hombre vestido con ropa hospitalaria y chanclas caminando a pleno sol. Para cualquiera que lo vea, un loco suelto.

Treinta minutos después encuentra un local que sirve pollo frito y entra. No es más que una barra con unos fogones y un par de sillas.

—¿Tienes un teléfono desde el que pueda hacer una llamada? —le pregunta al dominicano detrás de la barra.

—Tiene que pedir algo —le dice el tipo.

Scott pide muslos y un ginger ale. El empleado le señala un teléfono colgado de la pared de la cocina. Scott saca una tarjeta del bolsillo y marca un número. Al segundo timbrazo responde un hombre.

—NTSB.

—Con Gus Franklin, por favor —dice Scott.

—Al habla.

—Soy Scott Burroughs. Del hospital.

—Señor Burroughs, ¿cómo está?

—Bien. Mire. Quiero…, quiero ayudar… en la investigación. En el rescate. En lo que sea.

Al otro lado de la línea se produce un silencio.

—Me han dicho que ha logrado salir del hospital —dice Gus— sin que la prensa lo viese.

Scott piensa en eso.

—Me he disfrazado de médico —le explica— y he salido por la puerta trasera.

Gus se ríe.

—Muy inteligente. Escuche. Tengo buzos en el agua buscando restos del fuselaje, pero eso va a llevar su tiempo y este es un caso prioritario. ¿Hay algo que pueda decirnos, algo más que pueda recordar del accidente, de lo que sucedió previamente?

—Estoy empezando a recordar cosas —le cuenta Scott—. De momento son solo fragmentos, pero… Deje que le ayude con la búsqueda. Quizá si puedo ir allí…, tal vez logre recordar algo más.

Gus se lo piensa.

—¿Dónde está usted?

—Bueno —dice Scott—, permítame que le haga una pregunta: ¿le apetecen unos muslos de pollo frito?

LIENZO N.º 1

Lo primero que capta la atención es la luz, o más exactamente dos luces dirigidas hacia un mismo punto, que concentra el resplandor en forma de ocho en el centro del lienzo. Es un cuadro enorme, dos metros y medio de ancho por metro y medio de alto, la tela antes blanca ha adquirido un brillo gris ahumado. O tal vez lo primero que se ve es desolación, dos rectángulos oscuros que cortan el marco, retorcidos, sus esqueletos metálicos resplandecen a la luz de la luna. Hay llamas en el borde de la pintura, como si la historia no terminase simplemente porque el lienzo se acabe allí, y la gente que contempla la imagen se acerca a los bordes rastreando más información, mirando de cerca el marco de madera en busca de alguna pista para entender mejor el drama.

Las luces que destellan desde el centro de la imagen son los faros delanteros de un tren de pasajeros de la Amtrak, su vagón de cola yace casi perpendicular a los hierros retorcidos de las vías que se doblan y ondulan bajo su peso. El primer vagón se ha desenganchado del de cola y forma la base de una T, porque ha seguido desplazándose por inercia y se ha estrellado contra la locomotora descarrilada, y su contorno similar a una panera se ha retorcido hasta formar algo similar a una V.

Como sucede con cualquier luz, el resplandor del faro oscurece buena parte de la imagen, pero si se examina con más detalle, el espectador descubrirá a un único pasajero, una mujer joven vestida con una falda negra y una blusa blanca desgarrada, el cabello enmarañado alrededor de la cara, apelmazado por la sangre. Deambula descalza entre los restos del accidente y si se mira con atención dejando de lado el resplandor del foco, se ve que tiene los ojos muy abiertos y busca algo. Es una víctima del desastre, una superviviente de las altas temperaturas y el impacto, propulsada desde su asiento en una parábola imposible de inesperado tormento, su mundo hasta hace un momento plácido —un balanceo suave, clic clac, clic clac— ahora se ha convertido en un cúmulo de metales retorcidos entre chirridos.

¿Qué busca esta mujer? ¿Simplemente el modo de salir de allí? ¿Un camino seguro para ponerse a salvo? ¿O ha perdido algo? ¿A alguien? En aquel momento, cuando el suave balanceo se convirtió en el lanzamiento de un cañón, ¿pasó de esposa y madre, de hermana o novia, de hija o amante, al estatus de solitaria víctima? ¿Un colmado y feliz nosotros se ha convertido en un desconcertado y doloroso yo?

Y por tanto, aunque otros lienzos llamen la atención, uno no puede evitar quedarse ahí plantado y ayudarla a buscar.

NUBES DE TORMENTA

El chaleco salvavidas ciñe tanto que le cuesta respirar, pero Scott levanta los brazos y vuelve a tirar de los cordones. Es un gesto inconsciente. Lo ha estado haciendo cada poco rato desde que ha subido al helicóptero. Gus Franklin está sentado frente a él y estudia su rostro. A su lado va el suboficial Berkman con mono naranja y casco negro que le cubre los ojos. Viajan en un MH65C Dolphin, de la Guardia Costera, que sobrevuela las olas del Atlántico. A lo lejos Scott logra distinguir los acantilados de Martha's Vineyard. Su hogar. Pero no es allí adonde se dirigen. Todavía no. Sneeze, la perra de tres patas, tendrá que esperar. Scott piensa ahora en ella, un chucho blanco con una mancha negra alrededor de uno de los ojos. Una devoradora de mierda de caballo, una experta en hierba crecida, que perdió su pata trasera derecha a causa de un cáncer el año anterior y a los dos días ya volvía a subir escaleras. Scott se ha puesto en contacto con su vecina después de llamar a Gus esta mañana. La perra estaba bien, le ha dicho. Está echada en el porche tomando el sol. Scott le ha dado las gracias por cuidar de la perra. Y le ha asegurado que estará de vuelta en un par de días.

—Tómate tu tiempo —le ha dicho la vecina—. Has pasado por una experiencia terrible. Y te felicito. Por lo que hiciste por ese niño. Te felicito.

Scott ha pensado en la perra que ha perdido un miembro. «Si ella puede volver a brincar, ¿por qué no voy a poder hacerlo yo?»

El helicóptero da sacudidas en el denso aire, cada zarandeo es como una mano que golpea un frasco intentando sacar el último cacahuete. Solo que en este caso el cacahuete es Scott. Se agarra al asiento con la mano derecha, la izquierda sigue en cabestrillo. El viaje desde la costa dura veinte minutos. Mirando por la ventanilla los kilómetros de océano, Scott no puede creerse la distancia que recorrió a nado.

Scott llevaba una hora en el garito de la barbacoa bebiendo agua a sorbos cuando ha llegado Gus. Ha aparecido en un sedán blanco —«es un coche de la empresa», le ha dicho a Scott— y ha entrado en el restaurante con una muda de ropa en la mano.

—He calculado la talla a ojo —le ha dicho y le ha lanzado la ropa a Scott.

—Seguro que me va bien, gracias —ha dicho Scott, y se ha metido en el lavabo para cambiarse. Pantalones militares y una sudadera. Los pantalones le iban grandes de cintura y la sudadera le apretaba en los hombros (el hombro dislocado convertía el cambiarse de ropa en un verdadero reto), pero al menos volvía a sentirse como una persona normal. Se ha lavado las manos y ha metido las prendas de quirófano bien al fondo de la papelera.

En el helicóptero Gus señala a estribor. Scott sigue la dirección del dedo hasta la patrullera de la Guardia Costera Willow, un reluciente barco blanco anclado en medio del océano debajo de ellos.

—¿Había volado antes en un helicóptero? —le pregunta Gus.

Scott niega con la cabeza. Él es pintor. ¿Quién iba a meter en un helicóptero a un pintor? Pero eso mismo pensaba sobre los aviones privados y mira cómo acabó la cosa.

Al mirar abajo Scott descubre que la patrullera tiene compañía. Hay media docena de barcos desperdigados por el agua. Creen que el avión se ha hundido en una zona particularmente profunda del océano. La fosa no-sé-qué. Eso quiere decir, le explica Gus, que pueden tardar semanas en localizar los restos.

—Es una operación conjunta de búsqueda y recuperación —le explica Gus—. Contamos con barcos de la Marina y de la NOAA.

—¿La qué?

–La Administración Nacional Oceánica y Atmosférica. –Gus sonríe y añade–: Chalados del mar, con multisonares para escanear el fondo marino y sonares de barrido lateral. Además, la Fuerza Aérea nos ha dejado un par de HC-130 y disponemos de una treintena de submarinistas de la Marina y una veintena de la Policía Estatal de Massachusetts preparados para hacer una inmersión en cuanto localicemos los restos, si es que los localizamos.

Scott reflexiona sobre el operativo.

–¿Es el despliegue normal cuando cae al mar un avión pequeño? –pregunta.

–No –admite Gus–. Esto es sin duda un tratamiento VIP. Es el dispositivo que se pone en marcha cuando el presidente de Estados Unidos hace una llamada.

El helicóptero se ladea hacia la derecha y traza un círculo alrededor de la patrullera. Lo único que impide que Scott salga disparado por la portezuela abierta y caiga al mar es el cinturón de seguridad.

–Dijo usted que había restos flotando en la superficie cuando emergió –grita Gus.

–¿Qué?

–Restos flotando.

Scott asiente.

–Había llamas en la superficie.

–Combustible del avión –dice Gus–. Lo cual quiere decir que el depósito se rompió. Tuvo usted suerte de no quemarse.

Scott asiente al recordarlo.

–Vi –dice–, no sé, ¿una parte de un ala? Tal vez algún otro resto. Estaba oscuro.

Gus asiente. El helicóptero desciende con otra brusca sacudida. A Scott el estómago le sube hasta la garganta.

–Un pesquero encontró fragmentos del ala cerca de la playa de Philbin ayer por la mañana –le explica Gus–. Una bandeja metálica del servicio, un apoyacabezas, un asiento de váter. Está claro que no estamos buscando un avión intacto. Parece que quedó hecho pedazos. Irán apareciendo más restos los próximos días, dependiendo de las corrientes. La pregunta es: ¿se partió como consecuencia del impacto o en el aire?

—Lo siento. Ojalá pudiera aportar más información. Pero, como ya le he dicho, en determinado momento me golpeé en la cabeza.

Scott contempla el océano, inacabables kilómetros de mar abierto hasta donde alcanza la vista. Por primera vez piensa: «Tal vez hay que dar gracias a que estaba oscuro». Si hubiera podido ver la inmensidad que lo rodeaba, el épico vacío, tal vez no lo hubiera conseguido.

Frente a él, Gus come almendras de una bolsa con cierre de cremallera. Allí donde cualquier otra persona apreciaría la belleza del oleaje, Gus, ingeniero, solo ve un diseño funcional. Gravedad más corriente oceánica más viento. La poesía para el hombre común es un unicornio entrevisto por el rabillo del ojo, un inesperado destello de lo intangible. Para un ingeniero, solo la inventiva de las soluciones pragmáticas es poética. La función está por encima de la forma. No se trata de optimismo o pesimismo, de un vaso medio lleno o medio vacío.

Para un ingeniero el vaso simplemente es demasiado grande.

Así le parecía el mundo a Gus Franklin cuando era joven. Criado en Stuyvesant por un padre basurero y una madre ama de casa, Gus era el único niño negro en su clase de cálculo de nivel avanzado y se graduó *summa cum laude* en Fordham. Él veía belleza no en la naturaleza, sino en el elegante diseño de los acueductos romanos y los microchips. Desde su óptica, cualquier problema en la Tierra podía resolverse reparando o sustituyendo un componente. O bien —si el fallo operativo era más insidioso— te cargabas todo el sistema y empezabas de nuevo.

Que es lo que hizo con su matrimonio después de que su esposa le escupiese en la cara y se largase dando un portazo una lluviosa noche de 1999. «¿Es que no eres capaz de sentir nada?», le había gritado unos momentos antes. Y Gus frunció el ceño y meditó sobre la pregunta, no porque la respuesta fuese no, sino porque era evidente que sí tenía sentimientos. Solo que no eran los que ella quería.

De modo que se encogió de hombros. Y ella le escupió y se marchó furiosa.

Decir que su esposa era muy sensible, sería un eufemismo. Belinda era la persona más alejada de una mente de ingeniero que Gus hubiera conocido jamás; en una ocasión llegó a decir que el hecho de que las flores tuviesen nombres latinos «les quitaba el misterio». Ese fue, consideró Gus (con el salivazo deslizándosele por el mentón), el fatal error de su matrimonio que no tenía reparación posible. Eran incompatibles, una clavija cuadrada que no entra en un agujero redondo. Por lo tanto, su vida necesitaba un rediseño sistémico, en este caso un divorcio.

Durante el desolado año que duró su matrimonio él había intentado aplicar soluciones prácticas a problemas irracionales. Ella consideraba que él trabajaba demasiado, pero en realidad trabajaba menos que la mayoría de sus colegas, de modo que el concepto «demasiado» parecía fuera de lugar. Ella quería tener hijos de inmediato y él en cambio consideraba que era mejor esperar hasta que su carrera estuviese más afianzada, es decir, hasta que le subiesen el sueldo, lo cual les permitiría vivir más holgadamente y por lo tanto disponer de un apartamento más grande; en concreto: uno con habitación para los niños.

Así que Gus se sentó con ella un sábado y la sometió a una presentación en PowerPoint sobre el tema —completada con gráficos de barras y hojas de cálculo— que concluía con una ecuación que demostraba que el momento más idóneo para concebir (dando por hecho, claro, que se hubiesen consumado una serie de hechos: su ascenso jerárquico, el aumento de los ingresos, etc.) sería septiembre de 2002, al cabo de tres años. Belinda lo llamó robot sin sentimientos. Él le respondió que los robots, por definición, carecían de sentimientos (como mínimo hasta hoy), pero era obvio que él no era un robot. Él tenía sentimientos. Pero a él no le controlaban como sí le sucedía a ella.

El divorcio resultó mucho más sencillo que el matrimonio, sobre todo porque él contrató a un abogado al que en esencia movía el deseo de ganar dinero, es decir, alguien con una meta clara y racional.

Y de este modo Gus Franklin volvió a convertirse en un ser humano solitario que –tal como había planteado en su proyección de PowerPoint– desarrolló una fulgurante carrera: ascendió en el escalafón de Boeing y aceptó después un puesto destacado en el equipo de investigación de la NTSB, donde llevaba once años trabajando.

Y aun así, a lo largo de esos años, Gus descubrió que su cerebro de ingeniero seguía evolucionando. Su antes estrecha visión del mundo –como una máquina que operaba con una funcionalidad de mecánica dinámica– germinó y creció. En gran parte el cambio estaba relacionado con su nuevo trabajo como investigador de catástrofes de grandes dimensiones en el transporte, lo cual lo ponía en contacto con la muerte y con la inmediatez del dolor humano de un modo regular. Como ya le había dicho a su mujer, él no era un robot. Sentía amor. Entendía el dolor de la pérdida. Lo que sucede es que mientras era joven esos factores parecían controlables, como si la aflicción no fuese más que una mera incapacidad del intelecto para manejar los subsistemas del cuerpo.

Pero entonces a su padre le diagnosticaron leucemia en 2003. Falleció en 2009 y su madre murió de un aneurisma un año después. El vacío que crearon sus muertes desbordó la capacidad de comprensión de un ingeniero. La máquina que creía ser se averió y Gus se vio inmerso en una experiencia de la que llevaba años siendo testigo en su trabajo con la NTSB, pero que nunca había entendido. La aflicción. La muerte no era un concepto intelectual. Era un agujero negro existencial, un enigma animal, al mismo tiempo problema y solución, y la aflicción que provocaba no se podía arreglar o cambiar como si fuera un relé defectuoso, sino que había que convivir con ella.

Y de este modo, a los cincuenta y uno, Gus Franklin deja atrás la simple inteligencia y se acerca a algo que solo puede ser descrito como sabiduría, definida en este caso por la capacidad para entender las partes objetivas y prácticas de un acontecimiento, pero también comprender todos los aspectos humanos implicados. Un accidente aéreo no es la simple suma total de cronología + elementos mecánicos + elementos humanos. Es una tragedia imponderable que nos muestra con toda la crudeza las limitaciones del control humano sobre el universo, y nuestra insignificancia.

De modo que cuando sonó el teléfono esa noche de agosto, Gus hizo lo que siempre hacía. Activó las antenas y puso a trabajar a su parte de ingeniero. Pero también se tomó el tiempo para pensar en las víctimas —los miembros de la tripulación, los pasajeros y lo peor de todo, dos niños pequeños con toda la vida por delante— y reflexionar sobre las adversidades y la sensación de pérdida que deberían afrontar aquellos a los que los muertos dejaban atrás.

Lo primero en que pensó fue en los hechos. Un avión privado —¿fabricante?, ¿modelo?, ¿año de fabricación?, ¿historial de servicio?— ha desaparecido —¿aeropuerto de partida?, ¿aeropuerto de destino?, ¿última transmisión por radio?, ¿información del radar?, ¿condiciones meteorológicas?—. Se había contactado con otros aviones —¿alguna observación?— y también con otros aeropuertos: ¿el avión había sido desviado o había contactado con otra torre? Pero nadie había visto ni oído nada del vuelo desde el preciso instante en que desapareció de la pantalla de Control del Tráfico Aéreo (ATC) en Teterboro.

Se hicieron una sucesión de llamadas, se reunió un equipo de emergencia. A plena luz del día, sonaron teléfonos en despachos y automóviles. En mitad de la noche, sonaron en dormitorios, rompiendo el sueño.

En el momento en que Gus se dirigía con su coche a Teterboro, ya se había establecido un listado de pasajeros. Se hicieron estimaciones: «La cantidad de combustible del avión a la máxima velocidad = Nuestro radio de búsqueda potencial». Por orden suya, se llamó a la Guardia Costera y a la Marina, se desplegaron helicópteros y fragatas. De manera que cuando Gus llegó, el rastreo náutico ya estaba en marcha y todavía se tenía la esperanza de que se les hubiese estropeado la radio, hubieran podido realizar un aterrizaje de emergencia y estuviesen sanos y salvos.

Pasarían veintidós horas hasta que se localizasen los primeros restos del aparato.

Después de las sacudidas del descenso, el helicóptero aterriza con suavidad, como un dedo del pie que prueba la temperatura del agua. Saltan fuera del aparato, con los rotores girando sobre sus cabezas. Ante ellos, Scott ve a docenas de marineros y técnicos en sus puestos.

—¿Cuánto tiempo pasó desde que se nos dio por perdidos…? —empieza a decir, pero antes de que pueda terminar la frase, Gus ya le está respondiendo.

—Seré honesto. La ATC en Teterboro la fastidió. Durante seis minutos desde que su vuelo desapareció del radar, nadie se dio cuenta. Eso, en términos de tiempo, en control aéreo equivale a miles de años. Extiende enormemente el área de búsqueda en todas las direcciones. Porque el avión puede haberse estrellado inmediatamente, o tal vez ha seguido volando por debajo del alcance del radar. Sobre el agua cualquier cosa que se mueva por debajo de los trescientos metros queda fuera del alcance del radar, de modo que el avión podría haber descendido por debajo de esta altura y haber seguido volando. Pero también aparece la pregunta: ¿y si ha cambiado de dirección? ¿Hacia dónde buscamos? De manera que en cuanto el controlador se percata de que la señal del avión ha desaparecido, lo primero que hace es intentar contactarlo por radio. Eso son noventa segundos. Entonces empieza a llamar a otros aparatos que están volando por la zona por si lo tienen en su campo visual. Porque puede que su avión solo tenga un problema con la antena o que la radio se haya roto. Pero no localiza a nadie que lo vea. Así que llama a la Guardia Costera y les dice: «Un avión me ha desaparecido del radar hace ocho minutos. La última localización era esta, se dirigía a tal sitio y por lo tanto la dirección era esta y la velocidad esta». Y la Guardia Costera envía un barco y pone en el aire un helicóptero.

—¿Y cuándo le llamaron a usted?

—Su avión se estrelló en el agua aproximadamente a las 22.18 del domingo. A las 23.30 yo estaba de camino a Teterboro con el equipo de emergencia.

En esos momentos un avión HC-130 de la Fuerza Aérea pasa con gran estruendo sobre él. Scott agacha la cabeza de forma instintiva y se la cubre con las manos. El avión es un armatoste con cuatro motores.

—Está rastreando posibles emisiones del transpondedor —le explica Gus sobre el avión—. Básicamente lo que estamos haciendo es utilizar estos barcos, helicópteros y aviones para realizar un rastreo visual en un área bastante extensa. Y lanzamos señales de sonar sobre el lecho marino buscando la presencia de restos. Queremos recuperar todo lo que podamos, pero sobre todo la caja negra del avión. Porque eso, junto con la grabación de las conversaciones en la cabina de mando, nos dirá segundo a segundo lo que sucedió a bordo.

Scott contempla cómo el avión se ladea y maniobra para hacer una nueva pasada de rastreo.

—¿Y no hubo ningún contacto por radio? —pregunta—. ¿Ningún SOS? ¿Nada?

Gus se guarda en el bolsillo el bloc de notas.

—Lo último que dijo el piloto fue «Aquí GullWing seis uno tres, muchas gracias», un par de minutos después de despegar.

El barco se eleva sobre una ola. Scott se agarra a la barandilla para no perder el equilibrio. A lo lejos divisa el barco de la NOAA moviéndose lentamente.

—De modo que yo llegué a Teterboro a las 23.46 —dice Gus— y recabé la información de la ATC. Tenían un avión privado sin plan de vuelo y con un número indeterminado de pasajeros que llevaba perdido sobre el océano una hora y veinte minutos.

—¿No habían presentado un plan de vuelo?

—No es obligatorio para los vuelos privados dentro de Estados Unidos, y había un listado de pasajeros, pero solo figuraba la familia. O sea, la tripulación y cuatro personas más. Pero entonces me llegó la información desde Martha's Vineyard de que se creía que viajaban al menos siete personas a bordo, de modo que ahora tenía que averiguar quién más iba en ese avión, y si alguna de esas personas tenía algo que ver con lo sucedido, que en ese momento todavía no sabíamos qué era. ¿Alguien cambió el rumbo, decidió dirigirse a Jamaica? ¿O el avión había aterrizado en otro aeropuerto de Nueva York o de Massachusetts?

—En ese momento yo ya estaba nadando, yo y el niño.

—Sí, así es. Y en ese momento ya teníamos tres helicópteros de la Guardia Costera en el aire y tal vez uno de la Marina, porque cinco minutos antes de entrar en la ATC recibí una llamada de mi jefe, que había recibido una llamada de su jefe diciéndole: David Bateman es una persona muy importante (algo que yo ya sabía) y el presidente ya está supervisando la situación (lo cual quiere decir que bajo ninguna circunstancia nadie la puede pifiar) y hay un equipo del FBI que va a contactar conmigo y probablemente alguien de la Seguridad Nacional.

—¿Y cuándo averiguó usted la presencia de Kipling en el avión?

—Los de la SEC me llaman cuando yo estaba volando entre Teterboro y Martha's Vineyard, y me explican que tenían el teléfono de Ben Kipling pinchado y creen que viajaba en ese vuelo. Lo cual significa que además de al FBI y la Seguridad Nacional, tengo también a dos agentes de la SEC dispuestos a unirse a mi equipo, de manera que voy a necesitar un helicóptero más grande.

—¿Por qué me cuenta esto? —pregunta Scott.

—Usted me ha preguntado.

—¿Y por eso me ha traído aquí? ¿Porque he preguntado?

Gus piensa en ello, verdad humana frente a verdad estratégica.

—Usted me dijo que podía ayudarle a recordar —le dice.

Scott niega con la cabeza.

—No. Sé que yo no debería estar aquí. Este no es su modo de proceder habitual.

Gus reflexiona.

—¿Sabe cuánta gente sobrevive en la mayoría de los accidentes aéreos? Nadie. Tal vez el estar aquí le ayude a recordar algo. O tal vez simplemente sea que ya estoy harto de acudir a funerales. Tal vez quería que supiese que admiro lo que hizo.

—No diga «por el niño».

—¿Por qué no? Le salvó la vida.

—Yo… estaba nadando. Él me llamó. Cualquiera hubiera hecho lo mismo.

—Lo hubieran intentado.

Scott contempla el agua mordisqueándose el labio.

—¿De modo que por haber formado parte del equipo de natación de mi instituto ahora soy una especie de héroe?

—No. Es un héroe porque actuó heroicamente. Y le he traído aquí porque eso significa algo para mí. Para todos nosotros.

Scott intenta recordar la última vez que ha comido.

—Bueno, ¿qué quiso decir aquel tipo?

—¿Quién?

—En el hospital. Cuando el federal dijo que Boston había jugado la noche pasada. El tipo de la OSPRY comentó algo sobre béisbol.

—Sí. Jugaba Dworkin. Es un *catcher* de los Red Sox.

—¿Y?

—El domingo por la noche superó el récord de la jugada más larga de la historia del béisbol.

—¿Y?

Gus sonríe.

—Lo hizo mientras usted estaba volando. Veintidós lanzamientos en solo dieciocho minutos, empezó cuando el avión despegó y acabó a pocos segundos de que se estrellase.

—Está de broma.

—No. La jugada más larga de la historia del béisbol, y duró exactamente lo mismo que su vuelo.

Scott vuelve a mirar el agua. En el horizonte se están acumulando densas nubes grises. Recuerda que en el televisor estaban retransmitiendo un partido y que parecía estar sucediendo algo importante; o como mínimo los otros dos hombres que viajaban a bordo estaban cada vez más excitados. «Mira esto, cariño» y «¿Te puedes creer lo que está haciendo este cabrón?». Pero a Scott el deporte nunca le ha interesado demasiado y apenas prestó atención. Pero ahora, al escuchar la historia −la coincidencia− nota que se le eriza el vello de la nuca. Dos cosas suceden al mismo tiempo. Al mencionarlas juntas se conectan. Una convergencia. Es una de esas cosas que parecen significativas, pero no lo son. Al menos él no cree que esta lo sea. ¿Cómo podría serlo? Un *catcher* en Boston pone al público en pie mientras un pequeño avión avanza entre la niebla de la costa. ¿Cuántos millones más de actividades empiezan y terminan en ese mismo lapso de tiempo? ¿Cuántos otros «hechos» convergen de este modo, creando una conexión simbólica?

−Los primeros informes sobre el piloto y el copiloto no revelan nada extraño −comenta Gus−. Melody era un veterano con veintitrés años de experiencia, que llevaba once volando con Gull-Wing. Ninguna mancha en el expediente, ninguna amonestación, ninguna queja sobre él. Aunque tuvo una infancia interesante, criado por una madre soltera que se lo llevó a vivir con una secta apocalíptica cuando era pequeño.

−¿Como aquella de Jim Jones en la Guyana? −pregunta Scott.

−No está muy claro −responde Gus−. Estamos haciendo algunas averiguaciones, pero lo más probable es que se trate de un detalle sin importancia.

−¿Y el otro? −pregunta Scott−. ¿El copiloto?

−Aquí la historia se complica −le explica Gus−. Y es obvio que todo esto es confidencial, aunque probablemente acabará viendo una buena parte en la prensa. Charles Busch era el sobrino de Logan Birch. El senador. Creció en Texas. Sirvió algún tiempo en la Guardia Nacional. Parece que era todo un playboy. Un par de amonestaciones, sobre todo por el aspecto, por presentarse a trabajar sin afeitar. Probablemente habría estado de juerga la noche anterior.

Pero ninguna falta grave. Estamos hablando con la compañía, para tener un retrato más completo.

James Melody y Charles Busch. Scott apenas vio al copiloto y solo recuerda muy vagamente al capitán Melody. Intenta rememorar algún detalle más. Esos son los que murieron. Cada uno tenía una vida, una historia.

A su alrededor, el océano se ha picado. La fragata de la Guardia Costera se bambolea.

—Parece que se avecina una tormenta —comenta Scott.

Gus se agarra a la barandilla y observa el horizonte

—A menos que sea un huracán de tipo cuatro —dice—, no abandonaremos las labores de rastreo.

Scott se toma una taza de té dentro mientras Gus dirige la búsqueda. Hay un televisor encendido en la cocina y aparecen imágenes del barco en el que está, tomadas desde el helicóptero de una cadena televisiva, la búsqueda en curso se retransmite en directo. Scott se siente como si estuviese en una de esas habitaciones con espejos encarados en los que la imagen de uno se refleja hasta el infinito. Dos marineros beben café y se contemplan también en la televisión durante su rato de descanso.

Un busto parlante —Bill Cunningham con sus tirantes rojos— sustituye a la imagen del rastreo.

—… viendo el desarrollo de las labores de rastreo. Y a las cuatro de esta tarde no se pierdan la emisión especial «¿Son seguros nuestros cielos?». Y escuchen, creo que ya me he mordido la lengua suficientemente, pero todo este asunto a mí me huele mal. Porque si el avión en realidad se estrelló, ¿dónde están los cadáveres? Si David Bateman y su familia están de verdad… muertos… ¿por qué no hemos visto los…? Y ahora estoy oyendo, y la ALC ya puso sobre la mesa esta información a las pocas horas de la desaparición del avión, crecientes rumores que dicen que Ben Kipling, el conocido gestor financiero, viajaba en ese vuelo, y ese Kipling estaba a punto de ser acusado por la SEC de hacer negocios con el enemigo. Exacto, amigos, de invertir dinero ilegalmente obtenido de países como Irán y Corea del Norte. ¿Y si este desastre ha sido provocado por una nación enemiga en un intento de no dejar cabos sueltos? Para acallar de una vez por todas a ese traidor de Kipling. De modo que debemos preguntarnos por qué el gobierno no está considerando este suceso como lo que realmente es, un ataque terrorista.

Scott da la espalda al televisor y sorbe su té de un vaso desechable. Intenta desconectar de la voz del televisor.

—Y hay otra cosa también muy relevante: ¿quién es ese hombre? Scott Burroughs.

«Un momento, ¿qué?» Scott se da la vuelta. En la pantalla aparece una foto de él tomada en algún momento de la década pasada, un retrato que le hicieron para una exposición que presentó en Chicago.

—Sí, ya sé, están diciendo que rescató a un niño de cuatro años, pero ¿quién es y qué hacía en ese avión?

Ahora aparece una imagen en directo de la casa de Scott en Martha's Vineyard. ¿Cómo es posible? Scott ve a su perra de tres patas emitiendo ladridos mudos desde la ventana.

—Según la Wikipedia es una suerte de pintor, pero no aparece ninguna información personal. Hemos contactado con la galería de Chicago en la que el señor Burroughs supuestamente realizó su última exposición en 2010, pero nos han dicho que nunca lo vieron en persona. De modo que háganse ustedes esta pregunta: ¿cómo es posible que un pintor que es un don nadie y que no ha exhibido ni una sola obra en los últimos cinco años acabe metido en un avión de lujo con dos de los hombres más ricos de Nueva York?

Scott contempla su casa en la televisión. Una vivienda de una planta con tejado de dos aguas, alquilada a un pescador griego por novecientos dólares al mes. Necesita una mano de pintura, y Scott aguarda el inevitable chiste de Cunningham —la casa del pintor necesita que la pinten—, pero la broma no se produce.

—De modo que ahora, en directo en esta cadena, este periodista pide que si hay por ahí alguien que conozca a este misterioso pintor, por favor póngase en contacto con nosotros. Convénzame de que el señor Burroughs es real y no algún agente durmiente que se hace pasar por pintor retirado y acaba de ser activado por el ISIS.

Scott da un sorbo a su té, consciente de que los dos marineros lo están mirado. Nota su presencia a su espalda.

—Parece que lo de regresar a casa queda descartado —le dice Gus, que ha entrado y se ha deslizado hasta situarse justo detrás de él.

Scott se vuelve.

—Parece que así es —admite sintiendo una extraña fractura: quién es de verdad frente a esta nueva perspectiva sobre él, esta nueva identidad como personaje público, con su nombre pronunciado vitriólicamente por un rostro célebre. Y tiene la sensación de que si regresa a casa dejará atrás su vida y entrará en la pantalla. Se convertirá en un objeto en manos de esa gente.

Gus mira un momento la televisión, después se acerca al aparato y lo apaga.

—¿Tiene algún sitio en el que alojarse durante unos días —le pregunta—, fuera del alcance del radar?

Scott piensa en ello, pero no se le ocurre nada. Ha llamado al único amigo que tiene y lo ha dejado colgado en el aparcamiento de una estación de servicio. Tiene algunos primos en alguna parte, una antigua novia, pero supone que todas esas personas ya habrán sido descubiertas a través de ese instrumento de la curiosidad moderna que es Google. Lo que necesita es a alguien con quien no se pueda establecer una relación directa con él, un nombre aparentemente elegido al azar, que ningún detective privado ni algoritmo de ordenador sea capaz de deducir.

Entonces se le ocurre un nombre, se produce una sinapsis cósmica. Dos palabras dichas con acento irlandés que generan una imagen: una mujer rubia con mil millones de dólares.

—Sí, creo que sé a quién puedo llamar —dice.

HUÉRFANOS

Eleanor recuerda cuando eran niñas. No existía lo tuyo y lo mío. Todo lo que poseían ella y Maggie era comunitario, el cepillo, los vestidos de rayas y de topos, los muñecos heredados de Raggedy Ann y Andy. Solían sentarse en el lavabo de la granja, de cara al espejo, y se cepillaban mutuamente el pelo, con un disco sonando en la sala –de Pete Seeger y Arlo Guthrie, o de los Chieftains– y los ruidos de fondo de su padre cocinando. Maggie y Eleanor Greenway, de ocho y seis años, o de doce y diez, compartiendo los CD, embelesadas por los mismos chicos. Eleanor era la pequeña, rubia y con aires de duendecillo. Maggie había inventado un baile especial, haciendo piruetas con una larga cinta hasta que se mareaba. Eleanor la miraba y no paraba de reír.

Para Eleanor no había habido nunca un momento en que pensase en términos de «yo». Todas las frases empezaban en su cabeza con un «nosotras». Hasta que Maggie se marchó a estudiar a la universidad y Eleanor tuvo que aprender a ser una persona en singular. Recuerda aquel primer fin de semana de tres días dando vueltas en su habitación vacía, atenta a una risa que nunca llegaba. Y que esa sensación, la de estar sola, le hacía sentir como si tuviese bichitos recorriéndole el esqueleto. Y por ello el lunes, cuando empezó el colegio, se lanzó al precipicio de los chicos, abriendo por primera vez los ojos a la idea de emparejarse con alguien. El viernes ya estaba saliendo con Paul Aspen. Y cuando eso se terminó tres semanas después, lo sustituyó por Damon Wright.

Llevaba una lucecita encendida en su cabeza que la guiaba: nunca volver a estar sola.

Durante la siguiente década hubo una sucesión de hombres, enamoramientos y encaprichamientos, sustitutos. Día tras día Eleanor soslayaba su mayor carencia, bloqueando la puerta y subiendo la ventanilla del coche, con los ojos tenazmente fijos hacia delante, aunque los golpes en la puerta fuesen cada vez más insistentes.

Conoció a Doug hacía tres años en Williamsburg. Ella acababa de cumplir treinta y uno, tenía un trabajo temporal en la parte baja de Manhattan y por las tardes practicaba yoga. Vivía con dos compañeras de piso en un edificio de tres plantas sin ascensor en Carroll Gardens. Su amor más reciente, Javier, la había dejado hacía una semana —después de que ella encontrase manchas de carmín en sus calzoncillos— y la mayor parte del tiempo se sentía como un pañuelo desechable. Sus compañeras de piso le decían que debería intentar estar sola durante algún tiempo. Desde la parte alta de la ciudad, Maggie le decía exactamente lo mismo, pero cada vez que lo intentaba, a Eleanor la asaltaban esos viejos sentimientos de siempre, esos bichitos recorriéndole los huesos.

Pasó aquel fin de semana con Maggie y David. Lo recuerda como si hubiera ido allí a ayudarles con los niños, pero en realidad se limitó a quedarse estirada en el sofá mirando por la ventana e intentando no llorar. Dos noches después estaba de juerga con amigos del trabajo en un distinguido garito hípster, cerca de la parada de la línea L del metro, cuando vio a Doug. Lucía una barba poblada e iba vestido con un peto. A ella le gustaron sus ojos, el modo en que se achinaban cuando sonreía. Cuando él se acercó a la barra para pedir otra jarra, ella inició una conversación. Él le contó que era un escritor que se escabullía de escribir ejerciendo de anfitrión de elaboradas cenas. Su apartamento estaba repleto de extraños artilugios para preparar comida, aparatos antiguos para hacer pasta y una máquina para preparar capuchinos de ciento cuarenta kilos que había reconstruido pieza a pieza. El año anterior había empezado a curar sus propias salchichas, para lo cual compraba la tripa a un carnicero de Gowanus. El truco estaba en controlar la humedad para que no pudiese generarse botulismo. La invitó a probarlas. Ella le respondió que le parecía arriesgado.

Él le contó que estaba trabajando en una gran novela americana o tal vez en un pisapapeles hecho enteramente de papel. Bebieron juntos unas Pabst e ignoraron a sus respectivos amigos. Una hora después ella lo acompañó a su casa y descubrió que dormía con sábanas de franela, incluso en pleno verano. La decoración del apartamento era una fusión entre leñador y científico loco. Había una vieja silla de dentista sobre uno de cuyos brazos había colocado un televisor. Desnudo parecía un oso y olía a cerveza y serrín. Cuando se acostaron y él se puso encima de ella, Eleanor se sintió como un fantasma que contemplaba los movimientos de su amante, como si él le estuviese haciendo el amor a su sombra.

Él le contó que tenía problemas para relacionarse con los demás y que bebía demasiado. Ella dijo: «Eh, yo también». Y los dos se rieron, pero lo cierto es que ella no bebía tanto, pero él sí, y su gran pisapapeles americano le requería a horas intempestivas y le generaba ataques de autocompasión e ira. Ella se despertaba sudando bajo la sábana de franela y se lo encontraba destrozando su escritorio (una vieja puerta sostenida por dos caballetes).

Pero durante el día era dulce, y tenía un montón de amigos que se dejaban caer a lo largo del día y de la noche, lo cual significaba que Eleanor nunca podía estar a solas. Doug agradecía las distracciones y podía dejarlo todo para perseguir una aventura culinaria, en busca de un aparato para sacar el hueso a las cerezas en Orchard Street, o tomando el metro para ir a Queens a comprar carne de cabra a unos haitianos. Era tan magnético que Eleanor nunca se sentía sola, ni siquiera cuando él regresaba tarde a casa. Ella se instaló en el apartamento de Doug un mes después de conocerlo, y si alguna vez se sentía sola, se ponía una de las camisas de él y comía lo que había sobrado sentada en el suelo de la cocina.

Eleanor tenía un diploma de masajista y empezó a trabajar en una boutique de lujo en Tribeca. Sus clientes eran estrellas de cine y banqueros. Eran simpáticos y dejaban generosas propinas. Doug, entretanto, hacía trabajos raros: apaños de carpintería y cosas por el estilo. Tenía un amigo que remodelaba restaurantes y pagaba a Doug por buscar y restaurar cocinas antiguas. A ojos de Eleanor eran felices y hacían lo que se supone que hacen las parejas modernas.

Un día ella le presentó a David, Maggie y los niños, pero dedujo enseguida que a Doug no le gustaba tener cerca a un hombre triunfador y rico como David. Comieron en el comedor de la casa (era más cómodo para los niños que ir a un restaurante) en una mesa para doce comensales, y ella vio cómo Doug se bebía una botella entera de vino francés e inspeccionaba los electrodomésticos más sofisticados de la cocina (una placa Wolfe de ocho fogones, una nevera Sub-zero) con envidia y desdén («se pueden comprar los instrumentos, pero no el talento para utilizarlos»). En el metro, de regreso a casa, Doug se puso a despotricar contra «ese viejales forrado y republicano» que mantenía a la hermana de Eleanor, comportándose como si David les hubiera restregado en la cara que no estuviesen a su altura. Eleanor no entendía nada. Su hermana era feliz. David era encantador y los niños, unos angelitos. Y no, ella no estaba de acuerdo con la postura política de su cuñado, pero eso no lo convertía en una mala persona.

Pero Doug tenía la misma reacción de manual ante la riqueza propia de la mayoría de los barbudos de su generación. La despreciaban, pero también la ambicionaban. Empezó un monólogo que duró todo el trayecto en el vagón de la línea seis, el cambio en Union Square y todo el resto del recorrido hasta su dormitorio en la Wythe Avenue. Que si David proveía de odio a los blancos armados. Que si el mundo era ahora un lugar mucho peor que antes, porque David traficaba con extremismo y pornografía del odio.

Eleanor le dijo que no quería seguir hablando de eso y se fue a dormir al sofá.

Se trasladaron a Westchester en mayo y en junio se casaron. Doug y varios amigos habían decidido montar un restaurante en

Croton-on-Hudson, que en realidad era en aquel momento poco más que un local vacío. La idea era que se mudarían allí y él y sus amigos levantarían el sitio desde cero, pero iban cortos de dinero y uno de los colegas se descolgó en el último momento. El otro aportó seis meses de trabajo a tiempo parcial, después dejó embarazada a una chica del instituto del pueblo y se largó de vuelta a la ciudad. Y ahora el local estaba a medio construir, era básicamente una cocina y algunas cajas de azulejos blancos deteriorándose por efecto del agua estancada.

Doug va allí en una vieja camioneta la mayoría de los días, pero solo para beber. Ha instalado un ordenador en una esquina y trabaja en su pisapapeles si le viene la inspiración, cosa que no sucede muy a menudo. El arrendamiento del local expira a final de año y si para entonces Doug no ha logrado convertirlo en un restaurante funcional (algo que ahora mismo parece imposible) perderán el local y todo el dinero invertido en él.

Llegados a un punto, Eleanor sugirió (simplemente sugirió) que tal vez David podía prestarles diez de los grandes para acabar de reformar el local. Doug le escupió a los pies y se pasó dos días vociferando que lo que ella debería haber hecho era casarse con algún millonario gilipollas como su hermana. Esa noche él no volvió a casa y ella permaneció echada sintiendo cómo los bichitos de antaño volvían a reptar por el interior de sus huesos.

Durante algún tiempo pareció que su matrimonio estaba condenado a ser otra planta de interior que no había logrado crecer, ahogada hasta la muerte por la falta de dinero y el final de los sueños.

Y entonces David, Maggie y la pequeña Rachel murieron y ellos se encontraron con más dinero del que jamás podrían llegar a gastar.

Tres días después de que el avión se estrellase, se sientan en una sala de reuniones en la última planta del 432 de Park Avenue. Doug, no sin protestas, se ha puesto una corbata y se ha peinado, aunque la barba sigue enmarañada y Eleanor cree que hace uno o dos días que no se ducha. Ella viste un traje negro y tacones bajos, y se sienta agarrando el bolso. Estar ahí, en ese rascacielos de oficinas, frente a una falange de abogados, le hace sentir molestias en los dientes, por lo trascendental de la situación. Abrir las últimas voluntades y el testamento, leer lo estipulado en un documento que solo debe abrirse en caso de fallecimiento, significa con una evidencia irrefutable que una persona querida ha muerto.

La madre de Eleanor se ha quedado con el niño en el norte del estado. Eleanor ha sentido un nudo en el estómago cuando se marchaban. El niño parecía muy desamparado y triste cuando le ha dado un abrazo de despedida, pero su madre le ha asegurado que estarían bien. Después de todo, es su nieto, y Eleanor se ha obligado a subir al coche.

Durante el trayecto, Doug no ha dejado de preguntar cuánto dinero creía que iban a recibir, y ella le ha matizado que ese dinero no era de ellos. Era de J. J., habría un fideicomiso, y ella, como tutora del niño, podría utilizar determinada cantidad para su manutención, pero no para sus gastos personales. Y Doug ha dicho «claro, claro», y ha asentido y actuado como si «por supuesto que eso ya lo sabía», pero Eleanor ha podido deducir por el modo como conducía y porque se ha fumado media cajetilla de cigarrillos en noventa minutos, que se sentía como si le hubiese tocado la lotería y estuviera a la espera de que le entregasen un gigantesco cheque de cartón.

Mirando por la ventanilla, Eleanor ha recordado el momento en que vio por primera vez a J. J. en el hospital, después ha saltado a tres días antes, cuando sonó el teléfono y se enteró de que el avión en el que viajaba su hermana se daba por desaparecido. Y ha recordado que se quedó allí sentada bajo las sábanas durante un buen rato después de que la llamada se acabase, sosteniendo el auricular mientras Doug dormía a su lado, boca arriba, roncando hacia el techo. Ella permaneció contemplando las sombras hasta que el teléfono volvió a sonar y una voz masculina le informó de que habían encontrado a su sobrino con vida.

—¿Solo él? —preguntó ella.

—De momento sí. Pero seguimos buscando.

Despertó a Doug y le dijo que tenían que ir a un hospital de Long Island.

—¿Ahora? —preguntó él.

Eleanor ya estaba al volante y pisando el embrague antes incluso de que Doug hubiera cerrado la puerta, con la cremallera bajada y el suéter a medio poner. Le explicó a Doug que un avión se había estrellado en medio del océano. Que uno de los pasajeros había nadado varios kilómetros hasta alcanzar la costa, con un niño a la espalda. Ella hubiera querido que él le dijese que no se preocupara, que si había dos supervivientes, los demás pasajeros también habrían sobrevivido, pero no lo hizo. Su marido se limitó a seguir sentado en el asiento del copiloto y preguntar si podían parar para tomar un café.

El resto es una nebulosa. Eleanor recuerda bajar apresuradamente del coche, que aparcó junto a la entrada del hospital, recuerda la angustiosa búsqueda de la habitación de J. J. ¿Recuerda haber abrazado al niño o haber conocido al héroe del día echado en la cama contigua? Ese hombre es una silueta, una voz, a contraluz. Ella tenía la adrenalina por las nubes, estaba desbordada por la magnitud de los acontecimientos, por las dimensiones que puede adquirir la vida: helicópteros sobrevolando en círculos las olas, despliegue de barcos de la Marina. Una dimensión tal que llenaba las pantallas de tres millones de televisores, una dimensión tal que su propia vida era ahora un misterio histórico objeto de debate, cuyos detalles eran analizados con lupa tanto por aficionados como por profesionales.

Ahora, en la sala de reuniones, aprieta los puños para combatir los alfileres y agujas que siente por todo el cuerpo e intenta sonreír. Frente a ella, Larry Page le devuelve la sonrisa. Tiene dos abogados a cada lado, divididos por sexos.

—Miren —dice—, ya tendremos tiempo más adelante para todas las minucias. Esta reunión es simplemente para hacerles un resumen de lo que David y Maggie habían dejado estipulado para sus hijos en caso de…, en la eventualidad de que falleciesen.

—Por supuesto —dice Eleanor.

—¿Cuánto? —pregunta Doug.

Eleanor le da una patada por debajo de la mesa. El señor Page frunce el ceño. Se espera cierto decoro al hablar de sumas de dinero tan elevadas, una estudiada indiferencia.

—Bueno —dice—, como ya les he explicado, los Bateman establecieron un fideicomiso para ambos niños, dividiendo su patrimonio al cincuenta por ciento. Pero dado que la hija...

—Rachel —dice Eleanor.

—Sí, Rachel. Dado que Rachel no ha sobrevivido, la totalidad del fideicomiso irá a parar a J. J. Esto incluye las propiedades inmobiliarias: la casa de Manhattan, la casa en Martha's Vineyard y el *pied-à-terre* en Londres.

—Un momento —interrumpe Doug—. ¿El qué?

El señor Page continúa.

—Al mismo tiempo, los testamentos de ambos destinan una importante suma de dinero y acciones de bolsa a un determinado número de organizaciones de caridad. Aproximadamente un treinta por ciento de su fortuna. El resto va destinado al fideicomiso de J. J. y estará a su disposición en varios abonos sucesivos a lo largo de los próximos cuarenta años.

—Cuarenta años —dice Doug frunciendo el ceño.

—Nosotros no necesitamos mucho —interviene Eleanor—. Ese dinero es de él.

Ahora es el turno de Doug para dar una patada por debajo de la mesa.

—No se trata de cuánto necesitan ustedes —le explica el abogado a Eleanor—. De lo que se trata es de cumplir la última voluntad de los señores Bateman. Y sí, todavía estamos esperando la certificación oficial de su fallecimiento, pero dadas las circunstancias, podremos liberar algunos fondos en el ínterin.

Una de las mujeres sentadas a su izquierda le pasa un sobre de papel manila. El señor Page lo abre. Contiene una única hoja de papel.

—Según el valor actual en el mercado —les dice—, el fideicomiso de J. J. es de ciento tres millones de dólares.

Al lado de Eleanor, Doug parece atragantarse. Ella nota que le arden las mejillas. Se siente avergonzada por la claridad con la que él está evidenciando su codicia y sabe que si ahora le mirase, mostraría una estúpida sonrisa iluminándole la cara.

—El grueso del fideicomiso, el sesenta por ciento, estará a disposición de J. J. cuando cumpla los cuarenta. El quince por ciento se le entregará al cumplir los treinta, otro quince por ciento al cumplir los veintiuno. Y el restante diez por ciento se ha dejado aparte para cubrir los costes de su manutención desde ahora hasta que llegue a la mayoría de edad.

Eleanor percibe cómo, a su lado, Doug, está echando cuentas.

—Eso son diez millones trescientos mil, también según el cierre de los mercados de ayer.

Eleanor ve unos pájaros sobrevolando en círculos al otro lado de la ventana. Recuerda el día que sacó a J. J. del hospital y cómo pesaba al cargarlo, mucho más de lo que recordaba. Como no llevaban una silla infantil en el coche, para salir del paso Doug amontonó varias mantas en el asiento trasero y se dirigieron a un Target a comprar una. Una vez estacionados en el aparcamiento de los grandes almacenes, se quedaron sentados en silencio un momento. Eleanor miró a Doug.

—¿Qué? —preguntó él con expresión ausente.

—Diles que necesitamos una silla de niño —le pidió ella—. De las que miran hacia delante. Asegúrate de especificarles que es para un niño de cuatro años.

Él valoró ponerse a discutir —«¿Yo? ¿En un Target? Detesto los jodidos Target»—, pero hay que reconocerle que se abstuvo de hacerlo; se limitó a abrir la puerta empujando con el hombro y entró en el establecimiento. Ella se dio la vuelta y miró a J. J.

—¿Estás bien? —le preguntó.

Él asintió y de inmediato vomitó sobre el respaldo del asiento de ella.

Ahora toma la palabra el hombre sentado a la derecha de Page.

—Señora Dunleavy —dice—. Soy Fred Cutter. Mi empresa gestiona las finanzas de su fallecido cuñado.

«O sea —piensa Eleanor—, que este no es abogado.»

—He organizado una estructura financiera básica para ir cubriendo los gastos mensuales y la inversión educativa, que estaré encantado de revisar con usted cuando lo considere oportuno.

Eleanor afronta el riesgo de mirar a Doug. De hecho, está sonriendo. Y le hace un gesto de asentimiento con la cabeza.

—Y yo soy… —dice Eleanor—, yo soy la albacea del fideicomiso. ¿Yo?

—Sí —le confirma Page—, a menos que decida usted que no quiere asumir esta responsabilidad que se le ha adjudicado, en cuyo caso el señor y la señora Bateman nombraron a un sucesor.

Percibe cómo Doug se pone rígido a su lado ante la posibilidad de que traspase todo ese dinero a una suerte de segundo en la línea de sucesión.

—No —dice Eleanor—, es mi sobrino. Quiero ocuparme de él. Solo necesito aclararme. Yo soy la persona designada en el fideicomiso, no…

Lanza una mirada a su marido. Page la percibe.

—Sí —le dice—. Usted es la persona designada como albacea.

—De acuerdo —dice ella de inmediato.

—En algún momento de las próximas semanas necesitaré que venga a firmar varios documentos más, y con lo de venir quiero decir que podemos desplazarnos nosotros a su casa. Pero para algunos necesitaremos la autenticación de un notario. ¿Quiere que le entregue hoy mismo las llaves de las diversas propiedades?

Ella parpadea, pensando en la casa de su hermana, ahora convertida en un museo lleno de todas las cosas que ya no volverá a necesitar: ropa, muebles, la nevera llena de comida, las habitaciones de los niños repletas de libros y juguetes. Nota que se le humedecen los ojos.

—No —dice—, no creo que…

Se calla para recomponerse.

—Lo entiendo —dice Page—. Haré que se las manden a casa.

—¿Quizá alguien podría recoger las cosas de J. J. de su habitación? Los juguetes y los libros. La ropa. Tal vez eso, no sé, quizá le ayudaría.

La mujer a la izquierda de Page toma nota.

—Si decide usted vender alguna de las propiedades o todas ellas —le comenta Cutter—, le podemos ayudar. La última vez que lo comprobé, las tres juntas estaban tasadas en unos treinta millones.

—¿Y ese dinero iría al fideicomiso —pregunta Doug—, o…?

—El dinero se sumaría a los fondos a su disposición.

—De modo que diez millones se convertirían en cuarenta.

—Doug —le corta Eleanor, con más contundencia de la que pretendía.

Los abogados simulan no haberse dado cuenta.

—¿Qué? —protesta su marido—. Solo estoy… aclarándolo.

Ella asiente abriendo los puños y estirando las manos por debajo de la mesa.

—Muy bien —dice Eleanor—. Creo que debería volver ya. No quiero dejar a J. J. solo demasiado tiempo. No duerme muy bien.

Se pone en pie. Al otro lado de la mesa, el grupo se levanta a la vez. Solo Doug permanece sentado, sumido en sus ensoñaciones.

—Doug —le llama ella.

—Sí, de acuerdo —dice él, se levanta y estira los brazos y la espalda como un gato que acaba de despertarse de una larga siesta al sol.

—¿Va usted a regresar en coche? —le pregunta Cutter.

Eleanor asiente.

—No sé qué coche utiliza, pero los Bateman tenían varios, incluido un todoterreno familiar. Estos vehículos también están a su disposición, o bien se pueden vender. Lo que usted decida.

—Yo solo… —dice ella—. Lo siento. Ahora mismo no puedo tomar ninguna decisión. Necesito… pensar en ello, asimilarlo.

—Por supuesto. Voy a dejar de hacerle preguntas.

Cutter le pone la mano en el hombro. Es un hombre esbelto con un rostro amable.

—Quiero que sepa que David y Maggie eran algo más que simples clientes. Nuestras hijas tenían la misma edad y…

Se calla, con los ojos humedecidos, y hace un gesto de asentimiento con la cabeza. Ella le toma del brazo, agradecida de encontrar un comportamiento humano en ese momento. A su lado, Doug se aclara la garganta.

—¿Qué coches ha dicho que tenían? —pregunta Doug.

Eleanor permanece en silencio durante el trayecto de regreso a casa. Doug se fuma el resto de la cajetilla, con la ventanilla bajada, haciendo cálculos con los dedos sobre el volante.

—Yo propongo que nos quedemos la casa de Manhattan, ¿de acuerdo? —dice—. Por tener algo en la ciudad. Pero no sé, ¿realmente vamos a volver a Martha's Vineyard? Quiero decir, después de lo que ha pasado.

Ella no le contesta, se limita a seguir con la cabeza apoyada contra el reposacabezas y mira por la ventanilla las copas de los árboles.

—Y lo de Londres —continúa él—. Bueno, eso podría ser genial. Pero ¿con qué frecuencia íbamos a ir en realidad? Propongo que lo vendamos y si queremos ir allí siempre podemos alojarnos en un hotel.

Se acaricia la barba, como un avaro de un cuento infantil, repentinamente rico.

—Es el dinero de J. J. —dice ella.

—Vale —admite Doug—, pero, bueno, solo tiene cuatro años, así que…

—No se trata de lo que nosotros queramos hacer.

—Nena…, vale, lo sé…, pero el niño está acostumbrado a una cierta… y ahora nosotros somos sus tutores.

—Yo soy su tutora.

—Claro, legalmente, pero somos una familia.

—¿Desde cuándo?

Doug frunce los labios y ella nota cómo se contiene para no repicarle. En lugar de eso, dice:

—Bueno, vale, ya sé que no he sido…, pero es una auténtica conmoción, ¿sabes? Todo esto… y sé que también lo es para ti.

Quiero decir, en mayor medida que para mí, pero… bueno, quiero que sepas que esta mierda me supera. –Doug le pone la mano sobre el brazo y añade–: Estamos juntos en esto.

Ella siente que él la mira, puede visualizar la sonrisa en su cara, pero no lo mira. Es posible que en ese momento se sienta más sola de lo que jamás se ha sentido en su vida.

Solo que no está sola.

Ahora es madre.

Nunca más volverá a estar sola.

LIENZO N.º 2

Concentrando la mirada en el centro del marco, se podría considerar que no pasaba nada. Que la chica en cuestión –quizá de dieciocho años, con un mechón de cabello sobre los ojos– solo ha salido a dar un paseo por un campo de maíz un día nublado. Esta mujer que acaba de emerger de un estrecho y alto laberinto verde nos mira. Y aunque el cielo sobre el campo de maíz es de algún modo amenazadoramente gris, las mujeres y la primera hilera de plantas de maíz que tiene a sus espaldas están iluminadas por un sol intenso, febril y anaranjado, tanto que ella entrecierra los ojos bajo el mechón de pelo y alza una mano como para distinguir un objeto en la distancia.

Es la calidad de la luz lo que te mete en el cuadro. ¿Qué combinación de colores, aplicados en qué orden y con qué técnica ha creado este resplandor de tormenta?

A su izquierda, en un lienzo de igual tamaño, separado por dos centímetros y medio de pared blanca, aparece una granja con una amplia extensión de césped delante y dispuesta en un ángulo con respecto al campo de maíz de manera que la mujer en primer plano parece empequeñecer la casa, tan poderoso es el engaño de la perspectiva. La casa es de madera pintada de rojo, de dos plantas, con tejado inclinado, y tiene los postigos cerrados. Si se mira con atención, se ve la plancha de madera de la puerta del refugio subterráneo para tornados abierta en el suelo junto a la casa, revelando el sombrío agujero. Y del agujero emerge el brazo de un hombre, cubierto por la manga de una camisa blanca, y la pequeña mano, tensa, congelada en el gesto, agarra un tirador hecho con una cuerda. Pero ¿está abriendo o cerrando la puerta?

Vuelves a mirar a la chica. No está mirando hacia la casa. Tiene el cabello sobre la cara, pero sus ojos son visibles, y aunque aparece de frente, sus pupilas están orientadas hacia la derecha, conduciendo al ojo del espectador a través de la intrincada frondosidad verde, a través de otros dos centímetros y medio de pared blanca de la galería, hacia el tercer y último lienzo.

Es entonces cuando ves lo que la chica acaba de ver.

El tornado.

Ese arremolinado coágulo del demonio, ese torbellino de cilíndrica majestuosidad. Es un arremolinado huevo de araña deshilachándose, lleno de dientes podridos. Un monstruo bíblico, la venganza de Dios. Zumbando y revolviéndose sobre sí mismo, muestra lo que se ha comido, como un niño petulante: casas y árboles destrozados que giran en el aire, una áspera granizada de tierra. Visto desde cualquier punto de la sala, parece que avanza directamente hacia ti, y al percatarte das un paso atrás. La propia tela está curvada y raída, la esquina superior derecha doblada hacia dentro, rota y retorcida, como si hubiera sufrido las inclemencias del vendaval. Como si la pintura se estuviese destrozando a sí misma.

Vuelves a mirar a la chica, los ojos como platos, alzando la mano, pero ahora te percatas de que no es para apartarse los cabellos de la cara, sino para protegerse los ojos del horror. Y entonces, con el vello del cogote erizado, desvías la mirada hacia la casa, más concretamente hacia ese refugio para tornados, ese pozo negro de salvación, y de él asoma el brazo de un hombre, la mano agarra el tirador de cuerda. Y esta vez, al fijarte, te das cuenta de que…

Está cerrando la puerta y nos está dejando fuera.

Ahora estamos solos.

LAYLA

«Lo que no puedes comprar con dinero –dice la célebre cita–, en realidad tampoco lo quieres.» Lo cual es una gilipollez, porque la verdad es que no hay nada que no se pueda comprar con dinero. Realmente no lo hay. Amor, felicidad, sosiego. Todo tiene un precio. El hecho es que hay dinero suficiente en la Tierra para que todo el mundo pudiese tenerlo todo, bastaría con que aprendiésemos a hacer lo que cualquier niño pequeño sabe: compartir. Pero el dinero, como la gravedad, es una fuerza que aglutina, atrayendo más y más cantidades hasta crear un agujero negro que conocemos como riqueza. No es solo culpa de los humanos. Preguntadle a cualquier billete de un dólar y os dirá que prefiere estar acompañado por otros de cien mejor que de uno. Mejor ser un billete de diez dólares en la cuenta de un multimillonario, que un mugriento billete de dólar en el bolsillo roto de un yonqui.

A sus veintinueve años, Leslie Mueller es la única heredera de un imperio tecnológico. Hija de un multimillonario y una modelo de pasarela, es miembro de una creciente raza superior diseñada genéricamente. Parece que hoy en día están por todas partes, los hijos adinerados de brillantes capitalistas, que utilizan una mínima parte de sus herencias para poner en marcha empresas y ejercer de mecenas de las artes. A los dieciocho, diecinueve o veinte compran propiedades inasequibles en Nueva York, Hollywood o Londres. Se establecen como unos nuevos Medici, atraídos por el urgente pálpito del futuro. Están por encima de los estupendos, son coleccionistas de genios, viajan de Davos a Coachella y a Sundance, conciertan citas y les ofrecen a los artistas, músicos y cineastas actuales el seductor golpe de ego del dinero y el prestigio de su compañía.

Hermosos y ricos, no aceptan un no por respuesta.

Leslie –Layla para los amigos– formaba parte de ese grupo, su madre era una modelo ya retirada de Galliano, nacida en Sevilla. Su padre inventó un ubicuo dispositivo de alta tecnología presente en todos los ordenadores y *smartphones* del planeta. Es el noveno hombre más rico del mundo, y solo con un tercio de la herencia que tiene ya a su disposición, Layla Mueller es la persona que ocupa el lugar número 399 de esa lista. Tiene tanto dinero que hace que los otros ricos a los que Scott ha conocido –David Bateman, Ben Kipling– parezcan meros currantes. La riqueza del nivel de Layla está por encima de las fluctuaciones del mercado. Posee una suma tan enorme que jamás podría arruinarse. Tan elevada que el dinero genera más dinero, creciendo a un ritmo del quince por ciento anual, produciendo millones cada mes.

Gana tanto dinero simplemente siendo rica que los intereses anuales de su cuenta de ahorros la colocan en la posición 700 de la lista de los más ricos del planeta. Pensad en eso. Imaginadlo si sois capaces, aunque está claro que no lo seréis. No en toda su dimensión. Porque el único modo de entender de verdad la riqueza a estos niveles es poseerla. Layla camina por la vida sin ninguna resistencia, sin fricciones de ningún tipo. No existe nada en la Tierra que no pueda comprar si se le antoja. Tal vez Microsoft, o Alemania. Pero aparte de esto…

–Oh, Dios mío –dice al entrar en el estudio de su casa de Greenwich Village y ver a Scott–. Estoy obsesionada contigo. Te he estado viendo todo el día. No puedo apartar los ojos de ti.

Están en una casa de piedra rojiza de cuatro plantas en Bank Street, a dos manzanas del río, Layla, Scott y Magnus, al que Scott ha telefoneado desde las instalaciones de la Marina. Mientras marcaba el número, Scott se lo medio imaginó todavía sentado en el coche delante de la gasolinera, pero Magnus le contó que estaba en un café preparándose para seducir a alguna chica y que podía plantarse donde fuese en cuarenta minutos, en menos tiempo en cuanto Scott le dijo dónde. Si Magnus se había sentido ofendido por el plantón, no se lo hizo saber.

—Mírame —le dice a Scott después de que la asistenta les haya hecho pasar y cuando están ya sentados en el sofá del salón—. Estoy temblando.

Scott mira cómo Magnus mueve arriba y abajo la pierna derecha. Ambos saben que la reunión que van a mantener podría cambiar inequívocamente su suerte como artistas. Durante diez años Magnus, igual que Scott, ha estado mordisqueando los bordes del triunfo artístico. Pinta en un almacén de pintura pendiente de derribo en Queens y posee seis camisas manchadas. Todas las noches vaga por las calles de Chelsea y el Lower East Side mirando escaparates. Todas las tardes hace llamadas, buscando invitaciones a inauguraciones e intentando que lo incluyan en la lista de invitados de los eventos del mundillo. Es un irlandés encantador con sonrisa de bribón, pero hay también un fondo de desesperación en sus ojos. Scott lo reconoce con facilidad, porque hasta hace unos pocos meses veía eso cada vez que se miraba al espejo. Esa misma sed por ser aceptado.

Es como vivir cerca de una panadería, pero no poder comer nunca pan. Cada día que caminas por la calle el olor se te mete en la nariz, el estómago te gruñe, pero por muchas vueltas que des por el barrio, jamás logras entrar en ese comercio.

El mercado del arte, como la bolsa, se basa en la percepción del valor. Un lienzo vale lo que alguien esté dispuesto a pagar, y esa cifra está influenciada por la percepción de la importancia del artista, de su aceptación. Para ser un artista famoso cuyos cuadros se venden a precios astronómicos tienes que ser ya un artista consagrado cuyos cuadros cotizan millonadas, o bien alguien tiene que ungirte como tal. Y la persona que consagra a artistas con más frecuencia es actualmente Layla Mueller.

La millonaria aparece con tejanos negros y una blusa de seda arrugada a propósito, es una rubia de ojos castaños, anda descalza y sostiene un cigarrillo electrónico.

—Aquí están —dice radiante.

Magnus se levanta y le tiende la mano.

—Soy Magnus, el amigo de Kitty.

Ella asiente, pero no le estrecha la mano. Pasado un momento, él la retira. Layla se sienta en el sofá junto a Scott.

—¿Puedo contarte algo raro? —le pregunta a Scott—. Volé a Cannes en mayo con uno de vuestros pilotos. Estoy bastante segura.

—James Melody —dice él, que ha memorizado los nombres de los muertos.

Ella hace una mueca —vaya coincidencia, ¿no?—, asiente y le pone la mano sobre el hombro.

—¿Te duele?

—¿El qué?

—El brazo.

Él lo mueve en su nuevo cabestrillo para que ella lo vea.

—No mucho —dice.

—Y ese niño. Oh, Dios mío. Qué valiente. Y además… ¿te lo puedes creer?… Había visto hacía poco algo sobre el secuestro de la hija, que… ¿te lo puedes imaginar?

Scott parpadea.

—¿Secuestro? —pregunta.

—¿No lo sabías? —dice ella, con lo que parece auténtica perplejidad—. Sí, la hermana del niño, cuando era pequeña. Al parecer alguien entró en la casa y se la llevó. Estuvo desaparecida durante, no sé, creo que una semana. Y ahora…, quiero decir que sobrevivir a algo como eso y después morir de un modo tan espantoso…, nadie sería capaz de imaginar una cosa así.

Scott asiente y de pronto se siente agotadísimo. Una tragedia es un drama que resulta insoportable revivir.

—Quiero organizar una fiesta en tu honor —le anuncia ella—. El héroe del mundo del arte.

—No —le responde Scott—. Gracias.

—Oh, no seas así —le reprocha ella—. Todo el mundo está hablando de este tema. Y no solo del rescate. He visto diapositivas de tu nuevo trabajo, la serie de los desastres, y me encanta.

De pronto Magnus da una estruendosa palmada. Ambos se vuelven hacia él.

—Perdón —se disculpa—, pero ya te lo dije. ¿No te lo dije? Es jodidamente brillante.

Layla da una calada a su cigarrillo electrónico. «Así va a ser el futuro —piensa Scott—. Resulta que ahora fumamos tecnología.»

—¿Puedes…? —dice ella—, si no te importa, ¿qué sucedió?

—¿Al avión? Que se estrelló.

Ella asiente. Con mirada seria.

—¿Has hablado ya de ello? Con tu psicólogo, o…

Scott piensa en ello. Un psicólogo.

—Porque —dice Layla— el mío te encantaría. Tiene la consulta en Tribeca. El doctor Vanderslice. Es holandés.

Scott se imagina a un tipo con barba en un despacho, con cajas de pañuelos de papel en todas las mesas.

—El taxi no apareció —dice Scott—, así que tuve que tomar el autobús.

Ella parece desconcertada durante unos instantes, pero entonces cae en la cuenta de que él está compartiendo un recuerdo con ella, y se inclina hacia delante.

Scott le cuenta que recuerda su bolsa de viaje preparada en la puerta, una bolsa de tela verde descolorida, deshilachada en algunas partes, recuerda que iba de un lado a otro, atento a la aparición de los faros de un coche por la ventana (de cristal esmerilado), recuerda su reloj, el minutero desplazándose. Su bolsa de viaje contiene ropa, sin duda, pero sobre todo iba llena de diapositivas, de muestras de su trabajo. Esperanza. Su futuro. Podría empezar mañana. Se ha citado con Michelle en la oficina de ella y van a repasar las obras propuestas para la exposición. Su plan era quedarse en la ciudad tres días. Había una fiesta a la que Michelle le había aconsejado ir y tenía un desayuno importante.

Pero primero debía llegar el taxi. Primero debía llegar al aeródromo y subir al avión privado; ¿por qué había aceptado el ofrecimiento? Era una presión considerable, viajar con unos desconocidos —desconocidos ricos—, tener que conversar con ellos, hablar de su trabajo o, a la inversa, ser completamente ignorado, tratado como un don nadie. Y lo era.

Era un fracasado de cuarenta y siete años. No había hecho carrera, estaba divorciado, no tenía amigos íntimos ni amantes. Ni siquiera podía ser dueño de un perro con cuatro patas. ¿Era por eso por lo que había trabajado tan duro las últimas semanas, fotografiando sus lienzos, creándose un portafolio? ¿Para intentar borrar su fracaso?

Pero el taxi no apareció y finalmente agarró su bolsa de viaje y se dirigió a la parada de autobús, con el corazón acelerado y sudando por el bochorno de agosto. Llegó justo en el momento en que se detenía el autobús, un largo rectángulo con ventanillas de las que surgía un resplandor blanco azulado envuelto por la oscuridad. Subió sin aliento, sonriendo al conductor. Se sentó al fondo y contempló las nucas de las adolescentes que tenía delante, sin percatarse de la presencia de las trabajadoras domésticas que viajaban a su lado agotadas y en silencio. El ritmo cardíaco se le desaceleró, pero todavía sentía palpitaciones como si estuviese corriendo. Pero ahí estaba. Su segunda oportunidad. Llevaba el trabajo consigo. Era bueno. Eso lo sabía. Pero ¿lo era él? ¿Qué pasaría si no era capaz de manejar su regreso? ¿Y si le daban una segunda oportunidad y él la pifiaba? ¿Podía de verdad regresar desde donde estaba? Napoleón en Elba, un hombre machacado lamiéndose las heridas. ¿En el fondo de su corazón realmente quería hacerlo? Aquí llevaba una vida plácida. Sin complicaciones. Se levantaba por la mañana y se iba a caminar por la playa. Daba de comer a la perra las sobras de su comida y le frotaba las flexibles orejas. Pintaba. Simplemente pintaba, sin mayores ambiciones.

Pero ahora tenía la oportunidad de llegar a ser alguien. Dejar su huella.

Solo que ¿no era ya alguien? La perra consideraba que sí. La perra miraba a Scott como si fuese el mejor hombre que jamás hubiera existido. Iban juntos al mercado de granjeros y contemplaban a las mujeres ataviadas con pantalones de yoga. Le gustaba la vida que llevaba. De modo que ¿por qué ponía tanto empeño en cambiarla?

—Cuando bajé del autobús —le explica a Layla— tuve que correr. Estaban a punto de cerrar la puerta del avión. Y, sabes, había una parte de mí que deseaba que sucediese, llegar allí y encontrarme con que el avión ya había despegado. Porque entonces me tendría que despertar pronto y tomar el ferry como todo el mundo.

Scott no alza la vista, pero puede sentir que ambos lo están mirando.

—Pero la puerta todavía estaba abierta. Así que lo conseguí.

Layla asiente, con los ojos como platos, y le pone la mano sobre el brazo.

—Increíble —dice, aunque no queda claro a qué se refiere. ¿A que Scott casi perdiera el fatídico vuelo, o a que no lo perdiera?

Scott alza la vista para mirar a Layla, cohibido, como un pajarillo que ha estado trinando para reclamar su cena y ahora espera a que lo alimenten.

—Mira —le dice—, es muy amable por tu parte haberme recibido y querer organizarme una fiesta, pero ahora mismo no me siento capaz de soportar algo así. Solo necesito un sitio para reflexionar y descansar.

Ella sonríe y asiente. Él le ha proporcionado algo que nadie más ha sido capaz de darle, intimidad, detalles. Ahora ella forma parte de la historia, es su confidente.

—Por supuesto que puedes quedarte aquí —le asegura—. Tengo un apartamento para invitados en la tercera planta. Tendrás tu propia puerta de acceso.

—Gracias —dice él—. Es muy…, y no quiero ser descortés, pero creo que debo preguntártelo: ¿qué sacas tú con esto?

Ella da una calada a su cigarrillo electrónico y exhala vapor.

—Cariño, no lo conviertas en algo especial. Dispongo de sitio. Estoy impresionada por ti y por tu obra, y tú necesitas un lugar en el que instalarte. ¿Por qué no puede ser todo tan sencillo como esto?

Scott asiente. No está tenso, ni tiene deseo alguno de discutir. Solo quiere saberlo.

—Oh, no digo que sea algo complicado. Tal vez quieres conocer un secreto, o tener una historia que contar en tus fiestas. Solo lo pregunto para que no haya ninguna confusión.

Por un momento ella parece perpleja. Nadie suele atreverse a hablarle de ese modo. Pero finalmente se ríe.

—Me gusta conocer a gente —dice—. Y por otro lado… fastidiarles este carrusel de veinticuatro horas de noticias. Este devorador de personas. Tú espera, ahora están de tu lado, pero de pronto se te volverán en contra. Mi madre pasó por eso cuando mi padre la abandonó. Salió todo en los tabloides. Y después, cuando mi hermana tuvo ese problema con el Vicodin. Y el año pasado me tocó a mí cuando Tony se suicidó, y solo porque yo había exhibido sus obras, sacaron toda esa información sobre nosotros dos, diciendo que yo era algo así como su introductora en el mundo de las drogas o una cosa por el estilo.

Layla lo mira fijamente, Magnus ha quedado olvidado en el otro sofá, esperando su oportunidad para brillar.

—Muy bien —dice Scott después de unos instantes—. Gracias. Solo necesito…, están apostados frente a mi casa, con un montón de cámaras, y yo no sé qué decir aparte de «me puse a nadar».

El teléfono de Layla emite un zumbido. Lo saca del bolsillo y lo consulta, mira a Scott y hay algo en su rostro que hace que él se encoja interiormente.

—¿Qué? —pregunta.

Ella gira el teléfono y le muestra la aplicación de Twitter. Él se inclina hacia delante, mirando atentamente una hilera de coloridos rectángulos (caritas, símbolos de @, emoticonos, iconos de foto) sin entender nada.

—No sé qué es esto —dice.

—Han encontrado cadáveres.

BEN KIPLING
10 de febrero de 1963 – 23 de agosto de 2015

SARAH KIPLING
1 de marzo de 1968 – 23 de agosto de 2015

—La gente utiliza la palabra «dinero» como si fuese un objeto. Un nombre. Lo cual es… pura ignorancia.

Ben Kipling estaba utilizando un urinario de porcelana en los aseos de paredes forradas de madera de Soprezzi. Conversaba con Greg Hoover, plantado a su lado, balanceándose, orinando contra la lustrosa superficie cóncava que le protegía la polla de las miradas indiscretas, y algunas salpicaduras de orina acabaron impactando en sus mocasines con borlas de seiscientos dólares.

—El dinero es el negro vacío del espacio exterior —continuó Ben.

—¿El qué?

—El negro…, es un facilitador, ¿no? Un lubricante.

—Vaya, estás utilizando mis…

—Pero eso no es…

Kipling se sacudió la polla y se subió la cremallera. Fue hasta el lavamanos, puso la mano bajo el dispensador de jabón y esperó a que el láser percibiera la presencia del calor y escupiera jabón sobre su palma. Y esperó, y esperó.

—Se trata de fricción, ¿no es verdad? —dijo continuando con su discurso—. Esta vida que llevamos. Las cosas que hacemos y que nos hacen. Simplemente el hecho de salir adelante cada día…

Hizo unos movimientos circulares cada vez más insistentes bajo el sensor. Nada.

—… el trabajo, la esposa, tráfico, facturas, lo que sea…

Subió y bajó la mano, intentando que el mecanismo liberara jabón. Nada.

—… vamos ya, jodido cacharro…

Kipling se rindió y se dirigió al siguiente lavamanos mientras Hoover caminaba dando un traspié hacia un tercero.

—Hablé con Lance el otro día —empezó Hoover.

—Un momento. No estoy… estoy hablando de fricción. De roce.

Esa vez, cuando puso la mano bajo el sensor la espuma jabonosa cayó suavemente en su palma. Kipling se relajó, aliviado, y se frotó las manos.

—La presión que tiene un hombre nada más levantarse de la cama por la mañana —dijo—. El dinero es la cura. Reduce la fricción.

Movió las manos bajo el grifo, sin duda confiando (de nuevo) en que el sensor haría su trabajo y mandaría una señal al interruptor que abría el grifo. Nada.

—Cuanto más dinero tienes… joder… más…

Irritado, desistió definitivamente y se sacudió el jabón de las manos dejándolo caer al suelo —ya lo limpiaría alguien— y se acercó al dispensador de toallitas de papel, pero al ver que también disponía de un sensor ya ni siquiera intentó hacerlo funcionar y optó por secarse las manos en los pantalones de su traje de mil cien dólares.

—… dinero tienes, entiendes lo que estoy…, alivia el roce. Piensa en las ratas de los suburbios de Bombay, correteando entre el barro, frente a, no sé, Bill Gates, que literalmente está en la cima del mundo. Hasta que por fin posees tanta pasta que no tienes que hacer el más mínimo esfuerzo en toda tu vida. Como un astronauta flotando en el negro vacío espacial.

Con las manos por fin limpias y secas, se dio la vuelta y vio que Hoover no había tenido ningún problema ni con los sensores, ni con el jabón, el agua o las toallas de papel. Había sacado más hojas de las que necesitaba y se estaba secando las manos vigorosamente.

—Muy bien, de acuerdo —aceptó Hoover—, pero lo que estoy diciendo es que hablé con Lance el otro día y utilizó un montón de palabras que no me gustaron.

—¿Como qué? ¿Manutención?

—Ja ja. No, como FBI, por ejemplo.

Kipling tuvo la incómoda sensación de que se le contraía el esfínter.

—Que…—dijo— obviamente… no es una palabra.

—¿Eh?

—Es una…, da igual. ¿Por qué coño mencionó Lance al FBI?

—Hoover dijo que había estado «oyendo cosas». «¿Qué clase de cosas?», le pregunté. Pero no quiso explicármelo por teléfono…, teníamos que quedar en un parque. A las dos en punto de la puta tarde, como un par de desempleados.

Repentinamente nervioso, Kipling repasó las puertas de los váteres para asegurarse de que no había por ahí ningún otro tío con traje de marca cagando en silencio.

—¿Nos han…, te dijo que deberíamos…?

—No, pero puede que también a él. Ya sabes lo que yo…, porque por qué si no iba él a…, sobre todo cuando…, sobre todo porque si piensas en el lío en que podría meterse…

—Vale, vale. No…

De repente no fue capaz de recordar si había mirado por debajo de la puerta del último cubículo, volvió a hacerlo y se enderezó.

—Pospongámoslo —dijo—. Obviamente quiero escucharlo, pero… tenemos que dar carpetazo a esos tíos. No dejar el tema colgado.

—Por supuesto, pero qué pasa si son…

—¿Qué pasa si son qué? —preguntó Kipling; los whiskies que había ingerido provocaban un efecto similar al del desfase temporal en una llamada telefónica de larga distancia en 1940.

Hoover concluyó su frase enarcando las cejas.

—¿Esos tíos? —exclamó Kipling—. ¿Qué estás…? Los trajo Gillie.

—Eso no significa que…, mierda, Ben, cualquiera puede serlo.

—¿Serlo? Eso quiere decir… ¿Estamos protagonizando *El último testigo* y nadie se ha tomado la molestia de…?

Hoover hizo una bola con el montón de papel, aplastándolo y retorciéndolo.

—Es un problema, Ben. Es lo único que estoy…, un enorme y jodido…

—Lo sé.

—Tenemos que…, no puedes limitarte a…

—No lo haré. Pero no seas tan nenaza.

Kipling fue hasta la puerta y la empujó para abrirla. Detrás de él, Hoover lanzó la bola de papel húmedo y la encestó en la papelera. Entró limpiamente.

—No he perdido el toque —dijo.

Mientras se acercaba a la mesa, Kipling comprobó que Tabitha estaba haciendo su trabajo. Estaba lubricando a los clientes con alcohol y contándoles a los dos hombres —un par de banqueros de inversión suizos sometidos a escrutinio y aprobados por Bill Gilliam, socio principal del despacho de abogados que les gestionaba los acuerdos— anécdotas subidas de tono sobre los chicos a los que se la mamó en la facultad. Eran las dos y media de un miércoles. Estaban en el restaurante desde mediodía, bebiendo whisky selecto y comiendo filetes de cincuenta dólares. Era el tipo de restaurante al que acuden hombres trajeados para quejarse de que sus negocios están que arden. Entre los cinco sentados a la mesa acumulaban unos beneficios netos de casi mil millones de dólares. El propio Kipling poseía trescientos millones, la mayor parte invertidos en bolsa, pero también poseía propiedades inmobiliarias y cuentas en paraísos fiscales. Una reserva por si las cosas iban mal. Dinero al que el gobierno de Estados Unidos no le podía seguir la pista.

A sus cincuenta y dos años, Ben se había convertido en el tipo de hombre que dice «saquemos el barco este fin de semana». Su cocina podría utilizarse como alternativa si algún día en Le Cirque se fundieran los plomos. Disponía de una placa Viking con ocho fuegos, parrilla y plancha. Cada mañana al despertarse se encontraba con media docena de bagels de cebolla servidos en una bandeja con café y zumo de naranja recién exprimido, junto con los cuatro periódicos (el *Financial Times*, el *Wall Street Journal*, el *Post* y el *Daily News*). Si uno abría la nevera en casa de los Kipling aquello parecía un mercado ecológico (Sarah insistía en comer solo productos orgánicos). Tenían una nevera especial para el vino con quince botellas de champán en hielo siempre preparadas, por si de repente había que organizar una inesperada fiesta de Nochevieja. El armario de Ben parecía un *showroom* de Prada. Paseándose por las habitaciones de su casa, uno no se equivocaría si diera por hecho que Ben Kipling frotó un día una lámpara y de ella salió un genio, y ahora todo lo que tenía que hacer era decir en voz alta en cualquier parte de su mansión «necesito unos calcetines nuevos» y a la mañana siguiente habrían aparecido de la nada una docena de pares. Solo que en ese caso el genio en cuestión era un mayordomo de cuarenta y siete años llamado Mikhail que se había especializado en hostelería en Cornell y llevaba con ellos desde que se habían mudado a esa mansión de diez dormitorios en Connecticut.

El televisor colgado encima de la barra del bar mostraba momentos estelares del partido de la noche anterior de los Red Sox y los comentaristas deportivos valoraban las posibilidades de que Dworkin batiera en una sola temporada el récord. En ese mismo momento ese jugador ya estaba en su décimo quinto partido haciendo *streak*. «Imparable» fue la palabra que utilizaron y su eco acompañó a Ben hasta la mesa.

Al cabo de cuarenta minutos estaría de vuelta en el despacho y haría una siesta en el sofá para bajar la comida y el alcohol. Después, a las seis, el chófer lo llevaría por la autovía hasta Greenwich, donde Sarah le pondría algo en la mesa –probablemente comprado en Allesandro's– o no, espera, mierda, esa noche tenían esa cena con los padres del novio de Jenny, un encuentro para confraternizar. ¿Dónde habían quedado? ¿En algún restaurante de la ciudad? Debía de tenerlo anotado en la agenda, quizá escrito en rojo como una cita dos veces postergada para someterse a un enema de bario.

Ahora los recordaba, el señor y la señora Comstock, él un rollizo dentista. Su esposa, con demasiado pintalabios, llegaría de Long Island. ¿Había tomado la Grand Central o la autovía de Brooklyn-Queens? Y Jenny se sentaría allí con Don o Ron o como fuera que se llamase su novio, cogidos de la mano, y se pondría a contar historias sobre que ella y sus padres «siempre veraneaban en Martha's Vineyard», sin darse cuenta de lo elitista y odioso que sonaba. Aunque Ben no era precisamente un dechado de virtudes al respecto. Esa mañana se había puesto a discutir sobre los impuestos estatales con su entrenador personal y le había soltado: «Bueno, mira, Jerry, espera a tener cien millones en activos a los que el gobierno quiere doblar el tipo impositivo y ya me dirás si sigues opinando lo mismo».

Kipling se sentó, repentinamente agotado, y cogió la servilleta con aire meditabundo, pese a que ya había terminado de comer. La dejó caer en su regazo, buscó al camarero con la mirada y le señaló el vaso. Otro, le pidió con la mirada.

—Le estaba contando a Jorgen —dijo Tabitha— lo de aquella reunión en Berlín. ¿Recuerdas cuando aquel tío del bigote a lo John Waters se puso tan furioso que se sacó la corbata e intentó estrangular a Greg?

—Por cincuenta millones le hubiera permitido hacerlo —comentó Kipling—, pero resultó que el tío estaba en bancarrota.

Los suizos sonrieron educadamente. Mostraban cero interés por los chismes. Y tampoco parecía que el vertiginoso escote de Tabitha estuviera surtiendo el efecto acostumbrado. ¿Serían gays?, pensó Kipling sin ningún tipo de juicio moral, simplemente considerando los hechos.

Se mordisqueó la parte interior de la mejilla mientras reflexionaba. Lo que Hoover le había dicho en el lavabo le estaba percutiendo en la cabeza como una bala perdida que no ha dado en el blanco y rebota en el pavimento. ¿Qué sabía él en realidad acerca de esos tíos? Habían venido recomendados por una fuente fiable, pero hasta qué punto es fiable nadie cuando se rasca a fondo. Esos dos, ¿podían ser del FBI? ¿De la SEC? Los acentos suizos sonaban razonables, pero quizá no impecables.

Kipling tuvo el repentino impulso de dejar unos billetes sobre la mesa y largarse. Pero se echó para atrás, porque si estaba equivocado, iba a dejar pasar un dineral y Ben Kipling no era un hombre que dejara pasar... ¿qué habían dicho los suizos? ¿Potencialmente mil millones de dólares en una moneda de cambio difícil? «A la mierda —decidió Ben—. Si no te vas a retirar, tienes que ir a por todas.» Abrió la boca y les hizo una propuesta agresiva sin ser muy concreto. Nada de frases comprometedoras que pudieran ser utilizadas en su contra en un tribunal.

—Bueno, pues dejemos ya la cháchara —dijo—. Todos sabemos lo que hemos venido a hacer aquí. Lo mismo que hacían los hombres de las cavernas en la era de los dinosaurios, evaluarse unos a otros, dilucidar en quién se puede confiar. Qué es un apretón de manos después de todo, sino un modo socialmente aceptable de asegurarse de que el otro tío no esconde un cuchillo en la mano que mantiene detrás de la espalda.

Les sonrió. Ellos no sonreían, pero le dirigieron una mirada cómplice. Aquel era el momento de la verdad... si no eran quienes decían ser. El trato. El camarero le trajo a Kipling su whisky y lo dejó en la mesa. En un gesto automático, Ben desplazó el vaso hacia el centro de la mesa. Era de los que gesticulan mucho al hablar y había volcado un número considerable de cócteles en medio de un buen monólogo.

—Tienen ustedes un problema —les dijo—. Disponen ustedes de moneda extranjera que quieren invertir en el mercado, pero su gobierno no se lo permite. ¿Por qué? Porque en determinado momento este dinero tomó rumbo a una parte del planeta que aparece en una lista elaborada en un edificio federal de Washington. Como si el dinero tuviese identidad. Pero ustedes y yo sabemos que el dinero es dinero. El dólar que un negrata de Harlem utiliza para comprar crack es el mismo dólar que un ama de casa de una zona residencial usará para comprar mañana un paquete de comida preparada. O el que el tío Sam utilizará para comprar armamento a la McDonnell Douglas el jueves.

Ben miró en la pantalla del televisor el resumen de los partidos de la jornada, una sucesión de excelsos *home runs* y certeros *catches* y *rundowns*. No se trataba de un interés pasajero. Ben era una enciclopedia de arcanos jugadores de béisbol. Era la pasión de su vida, la que le enseñó (casualmente) el valor del dólar. Cuando tenía diez años, Bennie Kipling había reunido la colección más completa de cromos de la liga de béisbol que regalaban con los paquetes de chicle de todo Sheepshead Bay. Soñaba con jugar un día como jardinero central de los Mets y cada año intentaba entrar en la liguilla, pero era menudo para su edad e incapaz de lanzar la pelota fuera del perímetro del campo de juego, de modo que en lugar de jugar, coleccionaba cromos, explorando atentamente el mercado y explorando la actitud de sus compañeros de escuela –que ponían todo el empeño solo en localizar los cromos de los jugadores que les gustaban–, buscando cromos raros y atento al ascenso y caída de cada jugador. Cada mañana Bennie repasaba los obituarios, escudriñando alguna pista que le indicase si los recién fallecidos eran fans del béisbol, y cuando daba con alguno, llamaba a la viuda y le contaba que conocía a su marido (o padre) de las reuniones de coleccionistas de cromos y que para él había sido un mentor. Nunca pedía abiertamente la colección del difunto, se limitaba a mostrarse compungido con su vocecita de niño. Siempre funcionaba. En más de una ocasión lo siguiente era que tomaba el metro hasta la ciudad para recoger una caja llena de preciados recuerdos relacionados con el béisbol.

–Hemos acudido a usted, señor Kipling –dijo Jorgen, el individuo ario de cabello oscuro vestido con un liviano traje de algodón–, porque hemos oído hablar bien de usted. Obviamente este es un asunto delicado, pero mis colegas han considerado que es usted un hombre de fiar. Que no habrá complicaciones. Ni gastos adicionales. Los clientes a los que representamos, bueno, digamos que no son gente a la que le gusten ni las complicaciones ni que intenten aprovecharse de ellos.

–¿Y quiénes son? –preguntó Hoover, con la frente sudada–. Díganlo sin concretar demasiado si es posible. Solo para que todos sepamos de qué hablamos.

Los suizos no soltaban prenda. Ellos también temían una trampa.

—El acuerdo que cerremos va a misa —dijo Kipling—. Da igual quién sea nuestro cliente. No puedo explicarles con exactitud cómo hacemos lo que hacemos. Este es nuestro secreto, ¿de acuerdo? Pero lo que sí les diré es que las cuentas ya están abiertas. Cuentas que no pueden ser conectadas con ustedes. Una vez hecha la operación, el dinero que inviertan con mi empresa adquiere un nuevo pedigrí y tiene el mismo estatus que cualquier otro dinero. Entra sucio y sale limpio. Sencillo.

—¿Y cómo…?

—¿Funciona? Bien, si dan ustedes su visto bueno de entrada para seguir adelante con esto, entonces un colega mío irá a Ginebra y les ayudará a poner en marcha el sistema que necesitarán utilizando un software patentado. Mi enviado permanecerá allí para monitorizar sus inversiones y hacer los cambios diarios de contraseña y dirección IP. No necesita un despacho elegante. De hecho, cuanto menos llame la atención, mejor. Métanlo en un cubículo del lavabo de hombres o en el sótano junto a la caldera.

Los suizos estaban valorando la propuesta. Mientras lo hacían, Kipling paró a un camarero que pasaba junto a la mesa y le tendió su tarjeta negra Amex.

—Escuchen —les dijo a los suizos—, los piratas solían enterrar los tesoros en la arena y largarse remando. Y en el momento en que se marchaban, en mi opinión ya estaban arruinados, porque el dinero guardado en una caja…

Al otro lado de la ventana, vio a un grupo de hombres con trajes oscuros que se acercaban a la puerta. En un instante Ben vislumbró cómo se iba a desarrollar todo: se acercarían rápidamente, empuñando las pistolas, las placas en alto, una operación encubierta, y él sería como un tigre atrapado por cazadores en plena jungla. Ben se vio a sí mismo obligado a echarse en el suelo boca abajo, esposado, con el traje de verano manchado de un modo ya irrecuperable, con huellas de dedos sucios en la espalda. Pero los hombres pasaron de largo. El momento de peligro quedó atrás. Kipling volvió a respirar y se acabó el whisky de un trago.

—… el dinero que no se puede utilizar, carece de valor.

Estudiaba a los dos tipos de Ginebra, ni más grandes ni más pequeños que las docenas de tipos que se habían sentado frente a él, con las mismas peticiones. Eran peces a los que pescar con un anzuelo, mujeres a las que halagar y seducir. Con o sin FBI, Ben Kipling era un imán para el dinero. Poseía unas cualidades que no podían expresarse por escrito. La gente rica lo miraba y veía una caja fuerte con dos puertas. Visualizaban su dinero entrando por una puerta y saliendo por la otra multiplicado. Sin riesgos.

Echó la silla hacia atrás y se abotonó la americana.

—Me caéis bien, tíos —les dijo a los suizos—. Confío en vosotros, y eso no se lo digo a cualquiera. Mi intuición es que debemos seguir adelante con esto, pero la decisión es vuestra.

Se puso en pie.

—Tabitha y Greg se quedan y anotarán el modo de contactaros. Ha sido un placer.

Los suizos se pusieron de pie y le estrecharon la mano. Ben Kipling se alejó de ellos y un empleado le abrió la puerta del local al salir. Su coche lo esperaba pegado al bordillo, con la puerta trasera abierta y el chófer en posición de firmes, y él se deslizó dentro sin aminorar el paso.

El negro vacío espacial.

Un taxi atravesó la ciudad en dirección al museo Whitney. El taxista, nacido en Katmandú, pasó clandestinamente a Michigan desde Saskatchewan, después de pagarle a un contrabandista seiscientos dólares por un documento de identidad falso. Ahora se alojaba en un apartamento compartido con otras catorce personas y mandaba casi todo lo que ganaba a su país, con la esperanza de que un día pudiera traerse a su esposa y sus hijos en avión.

Por su parte, la mujer del siento trasero que le estaba diciendo que se quedara con el cambio del billete de veinte que le había dado, vivía en Greenwich, Connecticut, y poseía diecinueve televisores que no miraba. En el pasado fue la hija de un médico en Brookline, Massachusetts, una niña que creció montando a caba-

llo y a la que cuando cumplió los dieciséis le reglaron una rino-
plastia.

Todo el mundo es de alguna parte. Todos tenemos historias,
nuestras vidas se despliegan en líneas tortuosas y colisionan de modos inesperados.

Sarah Kipling cumplió los cuarenta y siete en marzo y tuvo una
fiesta sorpresa en las islas Caimán. Ben la recogió con una limusina
para ir (eso creía ella) al Tavern on the Green, pero en lugar de eso
fueron a Teterboro. Cinco horas después estaba bebiendo ponche
de ron con los pies en la arena. Ahora, justo enfrente del Whitney,
se apeó del taxi. Había quedado con su hija Jenny (veintiséis) para
visitar la Bienal y para sacarle alguna información sobre los padres
de su novio antes de la cena. No lo hacía por ella misma, porque
Sarah era capaz de entablar una conversación con cualquiera, sino
por Ben. Su marido pasaba apuros con las conversaciones que no
versaban sobre dinero. O tal vez eso no fuera exacto. Tal vez pasaba
apuros cuando debía conversar con gente que no tenía dinero. No
es que fuera altivo. Simplemente había olvidado lo que era tener
una hipoteca o un préstamo para comprar el coche. Lo que significaba «ir tirando», acudir a una tienda y tener que comprobar el
precio de algo antes de comprarlo. Y eso podía hacerlo parecer
grosero y altivo.

Sarah detestaba la sensación que la invadía en esos momentos,
viendo cómo su marido se ponía en evidencia a sí mismo (y a ella).
Para ella, no había otras palabras para definirlo. Como su esposa,
está irrevocablemente atada a él; las opiniones de él son las opiniones de ella. Daban una pésima imagen de ella, no porque necesaria-
mente las compartiera al pie de la letra, sino porque al haber elegido a Ben, al estar pegada a él, ella demostraba ser (a ojos de los
demás) inepta al juzgar el carácter de él. Aunque se crió con dinero,
Sarah sabía que lo último que había que hacer era «hablar de él».
Esa era la diferencia entre el nuevo rico y el que había nacido rico.
Los hijos de los ricos eran los que en la universidad iban desastrados
y con suéteres con agujeros de polilla. Te los encontrabas en la cafetería pidiendo prestado dinero para la comida y comiendo de los

platos de sus amigos. Pasaban por pobres, con la actitud de estar «por encima del dinero» —como si uno de los privilegios de la riqueza fuese el derecho a no tener que volver a pensar en el dinero—, y de este modo iban flotando por el mundo real del mismo modo que los niños prodigio tropezaban con los quehaceres cotidianos de la existencia humana, con la cabeza en las nubes, olvidando ponerse los calcetines y con las camisas desabotonadas.

Eso hacía que la torpeza de su marido al hablar de dinero, su necesidad de estar permanentemente restregándoles a los demás lo ricos que eran, le hiciera parecer tan vulgar, tan grosero. Como resultado es que ella había tenido que asumir que su fatigosa misión en la vida era suavizar la aspereza de él, educarlo sobre cómo ser rico sin resultar chabacano.

De modo que Sarah se iba a empapar de informaciones sobre sus futuros consuegros y le mandaría un mensaje a Ben. «Puedes hablar de política con el marido (vota republicano) o de deportes (es seguidor de los Jets). La mujer viajó a Italia el año pasado con su club de lectura (¿de viajes?, ¿de libros?). Tienen un hijo con síndrome de Down internado en una institución, ¡así que nada de chistes sobre retrasados mentales!»

Sarah había intentado que Ben mostrara más interés por la gente, fuera más abierto a nuevas experiencias —buscaron ayuda con una terapeuta durante dos semanas, hasta que Ben le dijo que prefería cortarse las orejas antes que «tener que escuchar a esa mujer un día más»—, pero al final ella había optado por lo que hacen la mayoría de las esposas y simplemente se había rendido. De modo que ahora era ella quien tenía que hacer el esfuerzo extra de asegurarse de que los compromisos sociales salieran bien.

Jenny la estaba esperando frente a la entrada principal. Vestía unos pantalones acampanados y una camiseta, con el cabello recogido en una de esas boinas que llevaban ahora las chicas.

—Mamá —gritó cuando se percató de que Sarah no la veía.

—Perdona —dijo su madre—, cada vez veo peor. Tu padre no para de decirme que vaya al oculista, pero ¿quién tiene tiempo?

Se abrazaron con un gesto rápido y eficiente, y entraron.

—He llegado pronto, así que ya he sacado las entradas —dijo Jenny.

Sarah intentó entregarle un billete de cien dólares.

—Mamá, no seas boba. Pago yo encantada.

—Para el taxi de después —le dijo su madre plantándole el billete en las narices, como si fuese un folleto de una tienda de colchones que intentan que cojas por la calle, pero Jenny se giró y le dio las entradas al empleado del museo, y Sarah se vio obligada a guardar el billete en el monedero.

—He oído que lo mejor está expuesto arriba —dijo Jenny—. Así que quizá podríamos empezar por el último piso.

—Como quieras, cariño.

Esperaron el ascensor y subieron en silencio. Detrás de ellas, una familia latina hablaba en animado español. La mujer estaba reprendiendo al marido. Sarah estudió español en el instituto, pero no había continuado. Reconoció las palabras «motocicleta» y «niñera», y parecía claro por la conversación que podía haber sucedido algo extramarital. A sus pies, dos niños pequeños jugaban con unas consolas portátiles, sus rostros iluminados por un inquietante resplandor azul.

—Shane está nervioso por lo de esta noche —dijo Jenny después de salir del ascensor—. Es tan mono.

—El día que conocí a los padres de tu padre vomité —le confesó Sarah.

—¿En serio?

—Sí, pero creo que fue la sopa de almejas que había tomado para comer.

—Oh, mamá —dijo Jenny sonriendo—, eres tan graciosa.

Jenny siempre les decía a sus amigos que su madre «estaba un poco pirada». Sarah lo sabía, o de algún modo lo intuía. Y realmente era —¿cuál era la expresión?— un poco despistada, un poco, bueno…, establecía conexiones singulares en su cabeza. Pero ¿no tenía Robin Williams la misma cualidad? U otros, digamos, pensadores innovadores.

«¿De modo que eres Robin Williams?», diría Ben.

—Bueno, no tiene por qué estar nervioso —dijo Sarah—. No mordemos.

—La clase es algo real —le comentó Jenny—. Insisto en eso. Me refiero a la división. Entre la gente rica y… Bueno, los padres de Shane no son exactamente pobres, pero…

—Solo es una cena en el Bali, no una guerra de clases. Y además, nosotros no somos tan escandalosamente ricos.

—¿Cuándo ha sido la última vez en que has viajado en un vuelo comercial?

—El invierno pasado a Aspen.

Su hija chasqueó la lengua como diciendo ¿lo ves?

—No somos multimillonarios, cariño. Esto es Manhattan, ¿sabes? En algunas fiestas a las que acudimos me siento como si fuese parte del servicio.

—Eres dueña de un yate.

—No es un… Es un velero, y le dije a tu padre que no lo comprase. «¿Ahora somos eso?», le dije, «¿curtidos marineros?» Pero ya sabes cómo es cuando se le mete una idea en la cabeza.

—Vale, lo que tú digas. Pero el tema es que está nervioso, así que por favor, ya sabes, pónselo fácil.

—Estás hablando con la mujer que encandiló a un príncipe sueco, y mira que era un tío envarado.

Mientras decía esto entraron en la galería principal. De las paredes colgaban lienzos enormes, cada uno de ellos un gesto de voluntad. Pensamientos e ideas sintetizados en trazos y color. Sarah intentó dejarse llevar, acallar la constante cháchara de pensamientos en su cabeza, la permanente lista de cosas pendientes del trajín de la vida moderna, pero era difícil evadirse. Cuanto más poseías, más preocupaciones tenías. Eso ella lo tenía asumido.

Cuando nació Jenny, vivían en un apartamento de dos dormitorios en el Upper West Side. Ben ganaba ochenta mil dólares al año como agente de bolsa. Pero era seductor y estaba dotado para hacer reír a la gente, y sabía aprovechar las oportunidades, de modo que dos años después se había convertido en inversor y estaba ganando cuatro veces esa cantidad. Se mudaron a la zona este, a un bloque de apartamentos de lujo en la calle Sesenta y tres, y empezaron a hacer sus compras de alimentación en Citarella.

Antes de ser madre, Sarah trabajaba en publicidad, y cuando Jenny empezó a ir a la guardería flirteó con la idea de retomarlo, pero no soportaba la idea de que una niñera criara a su hija mientras ella estaba en el trabajo. De modo que, aunque tenía la sensación de estar renunciando a una parte de sí misma, siguió en casa preparando la comida, cambiando pañales y esperando a que su marido regresase del trabajo para asumir su parte de las tareas domésticas.

Su madre la animó a hacerlo y así se convirtió —en términos maternos— en una «dama ociosa». Pero a Sarah no se le daba bien bregar con el tiempo desestructurado, probablemente porque su mente era muy desestructurada. De manera que se convirtió en una mujer de listas, una mujer de múltiples calendarios, que pegaba notas en la parte interior de la puerta de la casa. Era el tipo de persona que necesitaba recordatorios, capaz de olvidarse de un número de teléfono un segundo después de que alguien se lo hubiese dado. Empezó a darse cuenta de la gravedad del problema cuando su hija de tres años empezó a recordarle cosas, consultó incluso a un neurólogo, que no descubrió ninguna alteración morfológica en su cerebro y le recetó Ritalin porque según su diagnóstico padecía el síndrome de déficit de atención, pero Sarah detestaba las pastillas y temía que le alterasen el comportamiento, de modo que volvió a sus listas, sus calendarios y sus avisos.

Las noches que Ben trabajaba hasta tarde —que empezaron a ser cada vez más frecuentes—, Sarah no podía evitar pensar en su madre en la cocina cuando ella era una niña, fregando los platos después de la cena, supervisando las manualidades del final del día y mientras tanto preparando las fiambreras para el día siguiente. ¿Consistía en esto el ciclo de la maternidad? El eterno retorno. Alguien le dijo en una ocasión que las madres existían para mitigar la soledad existencial de ser una persona. Tal vez eso fuese tan cierto que su mayor responsabilidad maternal era simplemente proporcionar compañía. Traes a un hijo que sale de la calidez de tus entrañas a este mundo malhumorado y caótico, y te pasas los diez años siguientes caminando a su lado mientras él descubre su identidad.

Los padres, por otro lado, estaban ahí para curtir a los hijos, para decirles «apáñatelas», mientras que las madres los sostenían de modo instintivo si perdían el equilibrio. Las madres eran la zanahoria. Los padres, el palo.

De modo que Sarah se encontró en su propia cocina en el apartamento de la calle Sesenta y tres Este, preparando las comidas para su hija en la guardería y leyéndole libros ilustrados durante el baño; su cuerpo y el de la niña eran el mismo. Las noches en que se iba a dormir sola, Sarah metía a Jenny en su cama y se ponían a leer hasta que ambas se dormían abrazadas. Así se las encontraba Ben cuando llegaba a casa, oliendo a alcohol y con la corbata torcida, y se sacaba los zapatos lanzándolos al suelo con gran estruendo.

—¿Cómo están mis chicas? —decía él. Sus chicas, como si las dos fuesen su hija. Pero pronunciaba esas palabras con cariño, con un resplandor en la mirada, como si ese fuese su premio después de una larga jornada, ver los rostros de las mujeres a las que amaba mirándolo medio dormidas desde la comodidad del lecho familiar.

—Me gusta este —dijo Jenny, ahora una veinteañera, a cinco años de ser madre ella misma. Se las habían apañado para seguir unidas durante la adolescencia de ella, contra viento y marea, gracias en parte a que Jenny nunca había sido dada a dramatizar. Lo peor que se podría decir de ella en esos momentos era que no «respetaba» a su madre tal como lo hacía antaño, lo cual era la maldición de la mujer contemporánea. Permaneces en casa y crías a tus hijas, quienes crecen, consiguen trabajos y entonces sienten lástima por ti, la madre que optó por ser ama de casa.

Pegada a ella, Jenny continuaba hablando sobre los padres de Shane —el padre arreglaba coches antiguos, a la madre le gustaba hacer labores de caridad para su iglesia— y Sarah intentaba concentrarse, atenta a los datos importantes que Ben necesitaría tener presentes, pero su mente divagaba. Le incomodaba pensar que podría comprar cualquiera de las piezas que se exhibían en aquella sala. ¿Cuánto podían costar aquellas obras pintadas por artistas jóvenes? ¿Unos cientos de miles? ¿Un millón?

En la época del Upper West Side vivían en una tercera planta. El apartamento de lujo de la calle Sesenta y tres estaba en la novena. Ahora eran propietarios de un loft en el ático de un edificio en Tribeca, un piso cincuenta y cinco. Y aunque la casa de Connecticut solo tenía dos plantas, el propio código postal la convertía en una suerte de estación espacial. Los «granjeros» del mercado de granjeros locales de los sábados eran la nueva generación de agricultores hípsters, defensores de la reintroducción de variedades de manzanas casi desaparecidas y del oficio olvidado de trenzar cestas. Las cosas a las que ahora Sarah llamaba problemas eran absolutamente superfluas: no quedan asientos de primera en nuestro vuelo, el velero tiene una vía de agua, etc. Los verdaderos inconvenientes —han venido a cortarnos el gas, a tu hijo lo han apuñalado en el colegio, hemos recuperado el coche— se habían convertido en cosas del pasado.

Y todo esto llevaba a Sarah a preguntarse, ahora que Jenny ya era adulta, ahora que la riqueza de la familia estaba seiscientas veces por encima de sus necesidades: ¿qué sentido tenía? Sus padres tenían dinero, sin duda, pero no esas cantidades. El suficiente para hacerse socios del mejor club de campo, para adquirir una vivienda con seis dormitorios y conducir los últimos modelos de coche, lo suficiente para jubilarse con unos milloncejos en el banco. Pero eso —cientos de millones en cuentas opacas en las Caimán— estaba por encima de los límites de los adinerados de abolengo e incluso por encima de los límites de lo que en su día se pudo considerar un nuevo rico. La riqueza moderna era algo completamente distinto.

Y esos días —en las desestructuradas horas de su vida diaria— Sarah se preguntaba si seguía viva simplemente para mover todo ese dinero.

Compro, luego existo.

Cuando Ben regresó al despacho, se encontró con que había dos hombres esperándolo. Estaban sentados ante su despacho, leyendo revistas, mientras Darlene tecleaba nerviosa en el ordenador. Ben dedujo por sus trajes —de confección— que eran del gobierno. Estaba a punto de darse la vuelta y largarse, pero no lo hizo. Lo cierto era que —siguiendo los sabios consejos de su abogado— tenía una parte del dinero bien escondida en un trastero alquilado y unos cuantos millones imposibles de rastrear en un paraíso fiscal.

—Señor Kipling —le dijo Darlene alzando demasiado la voz y poniéndose de pie—. Estos hombres le están esperando.

Los aludidos dejaron las revistas y se levantaron. Uno de ellos era alto y de mandíbula recia. El otro tenía una verruga debajo del ojo izquierdo.

—Señor Kipling —dijo el de la mandíbula recia—. Soy Jordan Bewes, del Departamento del Tesoro. Y este es mi colega, el agente Hex.

—Ben Kipling.

Kipling se obligó a estrecharles la mano.

—¿Para qué me quieren ver? —preguntó en el tono más relajado que era capaz de modular.

—Ahora se lo explicaremos, señor —dijo Hex—, pero mejor hablemos en privado.

—Por supuesto. Haré todo lo que esté en mi mano para ayudarles. Acompáñenme.

Se volvió para conducirlos a su despacho y le lanzó una mirada a Darlene.

—Dile a Barney Culpepper que suba.

Condujo a los agentes a su despacho, situado en la esquina de la planta. Estaban en el piso ochenta y seis, pero el cristal de seguridad los protegía de los elementos, creando un cierre hermético que transmitía la sensación de que uno estaba a bordo de un dirigible, flotando por encima de todo.

—¿Puedo ofrecerles algo? —les preguntó—. ¿Una botella de Pellegrino?

—Estamos bien —dijo Bewes.

Kipling se dirigió al sofá y se sentó en la esquina, junto al ventanal. Había decidido que iba a comportarse como si no tuviese nada que temer. Había un cuenco con pistachos en el aparador. Cogió uno, lo abrió y se lo comió.

—Siéntense, por favor.

Tuvieron que darle la vuelta a las sillas para ponerlas de cara al sofá. Se sentaron con torpeza.

—Señor Kipling —dijo Bewes—, somos de la Oficina de Control de Activos en el Extranjero. ¿Le suena?

—He oído hablar, pero sinceramente, si me han contratado aquí no es por mis conocimientos técnicos, soy más bien del tipo creativo.

—Formamos parte del Departamento del Tesoro.

—Hasta ahí sí llego.

—Bueno, nuestra misión es asegurarnos de que las empresas y los fondos de inversión estadounidenses no hacen negocios con países a los que nuestro gobierno considera vetados. Y, bueno, su empresa ha llamado nuestra atención.

—Con lo de «vetados» quieren decir…

—Que han sido sancionados —le aclaró Bewes—. Nos referimos a países como Irán y Corea del Norte. Países que financian el terrorismo.

—Su dinero es infame —dijo Hex— y no lo queremos circulando por aquí.

Ben sonrió, mostrándoles su impecable dentadura.

—Esos países son infames. Esto está claro. Pero ¿el dinero? En fin, caballeros, el dinero es un instrumento. No es ni bueno ni malo.

—Muy bien, señor, permítame que le ponga en antecedentes. Ha oído usted hablar de la ley, ¿no es así?

—¿Qué ley?

—No. A lo que me refiero es a que… sabe usted que en este país tenemos una cosa llamada «leyes».

–Señor Bewes, no sea condescendiente.

–Solo intento dar con un lenguaje que entendamos los dos –dijo Bewes–. El asunto es que tenemos la sospecha de que su empresa está blanqueando dinero para…, bueno, joder, para prácticamente todo el mundo…, y estamos aquí para advertirle de que le estamos vigilando.

En ese momento se abrió la puerta y entró Barney Culpepper. Ataviado con camisa blanca y traje azul de lino, Barney era todo lo que uno podría pedirle a un abogado de empresa: beligerante, aristocrático, hijo de un antiguo embajador de Estados Unidos en China. Su padre era amigo de tres presidentes. En esos momentos Barney estaba chupando un bastón de caramelo rojo y blanco de aires navideños, pese a que estaban en pleno agosto. Al verlo, Kipling sintió una oleada de alivio, como un niño al que han convocado en el despacho del director y que revive cuando ve aparecer a su padre.

–Caballeros –anunció Ben–, este es el señor Culpepper, el abogado de la casa.

–Estamos manteniendo una conversación informal –se quejó Hex–. No hacen falta abogados.

Culpepper no se molestó en estrechar manos, y apoyó el trasero en el aparador.

–Pregúntenme sobre el caramelo –propuso.

–¿Perdón? –respondió Hex.

–El caramelo. Pregúntenme sobre él.

Hex y Bewes se miraron, como diciéndose: «Yo no pienso hacerlo. Hazlo tú».

Finalmente Bewes se encogió de hombros y preguntó:

–¿Qué pasa con el…?

Culpepper se sacó el palo de caramelo de la boca y se lo mostró.

–Cuando mi segundo me ha comentado que había en el edificio dos agentes del Tesoro, lo único que se me ha ocurrido pensar ha sido: deben de haber llegado las jodidas Navidades.

–Muy gracioso, señor…

–Porque sé que mi compañero de squash, Leroy Able…, lo conocen, ¿verdad?

—Es el secretario del Tesoro.

—Exacto. Bueno, sé que mi compañero de squash, Leroy, no enviaría aquí a sus agentes sin avisarme previamente. Y como no me ha llamado…

—Esto —aclaró Hex— es más bien una visita de cortesía.

—¿Como esas en que se traen unas galletas para dar la bienvenida a unos nuevos vecinos?

Culpepper miró a Kipling.

—¿Había galletas? Me he perdido…

—No había galletas —dijo Ben.

Bewes sonrió.

—¿Quiere galletas?

—No —aseguró Culpepper—. Es solo que cuando su colega ha hablado de visita de cortesía, he pensado…

Bewes y Hex se miraron y se pusieron en pie.

—Nadie está por encima de la ley —dijo Bewes.

—¿Quién ha dicho nada…? —preguntó Culpepper—. Pensaba que estábamos hablando de galletas.

Bewes se abotonó la americana y, sonriendo al abogado, se sacó un as de la manga.

—El caso está en marcha. Desde hace meses, años. Con el visto bueno de las más altas esferas. ¿Y usted quiere hablar de pruebas? Qué le parece si le digo que se van a necesitar dos remolques para trasladar toda la documentación reunida al juzgado.

—Presenten una demanda —les retó Culpepper—. Muéstrenme una orden judicial. Entonces responderemos.

—Todo a su debido tiempo —dijo Hex.

—Eso suponiendo que ustedes dos, muchachos, no acaben de aparcacoches en Queens después de que yo haga una llamada —amenazó Culpepper mordisqueando su palo de caramelo.

—Eh —dijo Bewes—. Soy del Bronx. Si quiere usted llamar a alguien, llámelo. Pero asegúrese de que sabe a qué atenerse.

—Es encantador —ironizó Culpepper— que creas que el tamaño de tu polla tiene alguna relevancia. Porque, hijo, cuando jodo a alguien utilizo todo el brazo.

Les mostró el brazo y la mano pegada a él, en la punta de la cual se alzó un solitario dedo a modo de saludo.

—¿Sabe que hay días en que uno va a trabajar y resulta que son un coñazo? Bueno, pues hoy va a ser de los divertidos.

—Eso dicen todos —dijo Culpepper—, hasta que les meto el brazo tan al fondo que sobrepaso el codo.

Esa noche, durante la cena, Ben estaba distraído. Le estaba dando vueltas a su conversación con Culpepper de la tarde.

—No pasa nada —le había asegurado Culpepper mientras tiraba su palo de caramelo a la papelera después de que se marchasen los agentes—. A finales de mes este par habrán sido degradados a polis de tráfico y estarán poniendo multas de mierda. Preocupados por llegar a la cuota que les han asignado.

—Han dicho meses —recordó Ben—. Años.

—Mira lo que pasó con el HSBC. Una jodida amonestación leve. ¿Sabes por qué? Porque si les aplicaban la ley con todo rigor, les tendrían que haber retirado la licencia bancaria. Y todos sabemos que eso no va a suceder. Son demasiado grandes para enchironarlos.

—¿Llamas a una multa de mil millones de dólares una amonestación leve?

—No es más que dinero. Los beneficios de unos meses. Sabes eso mejor que nadie.

Pero Ben no estaba tan seguro. Por la actitud de los agentes. Se habían mostrado arrogantes, como si supiesen que tenían la carta más alta.

—Tenemos que cerrar filas —le había dicho a Culpepper—. Todos los involucrados en este asunto.

—Ya está hecho. ¿Sabes la cantidad de cláusulas de confidencialidad que hay que firmar aquí hasta para trabajar como recepcionista? Esto es el puto Fort Knox.

—No pienso ir a la cárcel.

—Por Dios, no seas tan nenaza. ¿No lo entiendes? No hay cárcel que valga. ¿Recuerdas el escándalo LIBOR? Un complot por valor de billones con *b*. Un periodista le pregunta al ayudante del fiscal general: «Este banco ya ha infringido la ley anteriormente, de modo que ¿por qué no son ustedes más duros?». Y el ayudante del fiscal le responde: «No sé qué quiere decir ser más duros».

—Se han presentado en mi despacho —dijo Ben.

—Han subido tranquilamente en el ascensor. Dos tíos. Si en realidad tuviesen algo, habrían aparecido centenares y habrían salido de aquí con algo más que sus pollas en la mano.

Sin embargo, sentado en un reservado con Sarah, Jenny y la familia de su novio, Ben no podía evitar preguntarse si realmente solo habían salido con eso en sus manos. Pensó que ojalá tuviese la reunión grabada en una cinta para poder ver la expresión de su rostro y comprobar qué había podido dejar entrever. Su cara de póquer solía ser de primera, pero en ese despacho se había sentido descolocado. ¿Lo habría dejado traslucir en la tensión del rictus de la boca? ¿En las arrugas de la comisura de los ojos?

—¿Ben? —dijo Sarah sacudiéndolo del brazo. Por la expresión del rostro de su esposa estaba claro que alguien le había hecho una pregunta que debía contestar.

—¿Eh? —dijo—. Oh, perdón. No lo he oído. Aquí hay mucho ruido.

Puso esa excusa, pese a que en el local el silencio era sepulcral y solo unas ancianitas susurraban inclinadas sobre sus sopas.

—Decía que seguimos pensando que la propiedad inmobiliaria es la mejor inversión —comentó Burt o Carl o como se llamara el padre de Shane—. Y te he pedido tu opinión.

—Depende de la propiedad inmobiliaria —dijo Ben echándose a un lado en el banco para incorporarse—. Pero mi consejo después del huracán Sandy es que si compráis en Manhattan elijáis un piso alto.

Se disculpó esquivando la mirada desaprobadora de Sarah y salió del restaurante. Necesitaba un poco de aire fresco.

En la acera le pidió un cigarrillo a un hombre que volvía tarde a casa y se lo fumaba bajo la marquesina del restaurante. Llovizna-ba y se puso a contemplar el resplandor de las luces traseras de los coches sobre el negro asfalto.

—¿Tiene otro? —le pidió un hombre con jersey de cuello alto que apareció de pronto detrás de Ben.

Kipling se giró y lo miró. Un cuarentón de aspecto adinerado, pero al que le habían partido la nariz al menos una vez en su vida.

—Lo siento. Este lo he pedido.

El hombre del jersey de cuello alto se encogió de hombros y se quedó ahí plantado contemplando la lluvia.

—Hay una joven en el restaurante que intenta llamar su atención —le dijo a Kipling.

Ben miró. Jenny le estaba llamando con la mano. «Vuelve a la mesa.» Él apartó la mirada.

—Es mi hija —explicó—. Hoy celebramos el encuentro entre futuros consuegros.

—Felicidades —dijo el hombre.

Kipling dio una calada y asintió.

—Con los hijos uno siempre se preocupa, ¿dejarán alguna vez la casa paterna? —comentó el hombre—. ¿Encontrarán su camino? En mi época te echaban de una patada en cuanto tenías edad para votar. A veces incluso antes. La adversidad. Es el único modo de hacerse un hombre.

—¿Eso es lo que le pasó a usted en la nariz? —preguntó Kipling.

El hombre sonrió.

—¿Sabe eso que dicen de que el día que ingresas en prisión debes buscar al tío más enorme y le des una patada en el culo? Bueno, como todo lo demás, eso tiene consecuencias.

—Entonces… ¿ha estado usted en la cárcel? —preguntó Kipling con curiosidad morbosa.

—No aquí, en Kiev.

—Dios mío.

—Y después en Shangai, pero en comparación eso fue pan comido.

—¿Y fue por mala suerte o…?

El hombre sonrió.

—¿Por accidente? No, colega. El mundo es un lugar peligroso. Pero usted ya lo sabe, ¿no?

—¿Qué? —preguntó Kipling sintiendo un ligero escalofrío premonitorio.

—Digo que usted ya sabe que el mundo es un lugar peligroso. Causa y efecto. Estar en el sitio equivocado en el momento equivocado. La historia está llena de buenas personas que hicieron algo malo sin pensar en las consecuencias.

—No he, bueno, no he oído bien su nombre.

—¿Qué le parece si le doy mi cuenta de Twitter? ¿Quiere hacerme una foto para Instagram?

Kipling tiró el cigarrillo al suelo. En ese mismo instante un coche negro se detuvo junto al bordillo frente al restaurante y permaneció a la espera.

—Encantado de haberlo conocido —dijo Ben.

—Espere un momento. Ya casi hemos terminado, pero todavía no.

Kipling intentó entrar en el restaurante, pero el hombre se interpuso en su camino. No le estaba bloqueando el paso abiertamente, pero se plantó en medio.

—Mi mujer… —dijo Ben.

—Está perfectamente —dijo el hombre—. Quizá en este momento esté pensando en el postre. Tal vez pida el merengue. De modo que vamos a respirar un poco de aire fresco…, o podemos dar un paseo en el coche. Usted elige.

El corazón de Ben iba a cien por hora. Había olvidado que esa sensación existía. ¿Qué era? ¿La mortalidad?

—Mire —dijo Ben—. No sé qué cree usted que…

—Hoy le han hecho una visita. La policía. Señor Cantar Mata. Estoy siendo deliberadamente vago. Excepto para decirle que… quizá le asustaron.

—¿Esto es una amenaza o…?

—No se ponga nervioso. No está metido en ningún lío. Tal vez con ellos sí. Pero no con nosotros. Al menos no todavía.

Kipling podía imaginarse qué significaba ese «nosotros». La situación estaba bastante clara. Pese a que siempre trataba con factótums e intermediarios (como muchos criminales de guante blanco), Kipling había cimentado su ascenso en la empresa explotando vías de ingresos previamente «infrautilizadas».Vías de ingresos que —tal como la visita que le habían hecho los agentes del Tesoro no hacía más que dejar todavía más claro— eran de naturaleza extralegal. Lo cual quería decir, por hablar sin rodeos, que blanqueaba dinero de países que financiaban el terrorismo, como Irán o Yemen, y de países que asesinaban a sus propios ciudadanos, como Sudán y Serbia. Y lo hacía tranquilamente desde un despacho esquinero en un rascacielos del distrito financiero. Porque cuando manejas millones de dólares, lo haces a plena luz del día, creando empresas pantalla y camuflando el origen de las transferencias desde Sudán mediante sucesivas cuentas interpuestas hasta que el dinero queda tan limpio que podría hasta pasar por recién salido de la fábrica de moneda.

—No hay ningún problema —le aseguró Ben al hombre del jersey de cuello alto—. No eran más que un par de agentes excesivamente entusiastas. Pero, por encima de ellos, tenemos las cosas bien controladas. En el nivel que realmente importa.

—No —le interrumpió el hombre—, también ahí tienen ustedes algunos problemas. Ha habido cambios en el organigrama. Hay nuevas órdenes. No digo que tenga que cundir el pánico, pero…

—Mire —le dijo Ben—. Somos buenos en lo que hacemos. Los mejores. Es por eso por lo que quienes le han contratado…

Una mirada gélida.

—No hablamos sobre ellos.

Ben sintió que un escalofrío le recorría la espalda hasta hacerle contraer el esfínter anal.

—Le aseguro que pueden confiar en nosotros —acertó a decir—. En mí. Ese ha sido siempre mi compromiso. Nadie va a ir a la cárcel… por esto. Eso es lo que me asegura Barney Culpepper.

El tipo miró a Ben como diciéndole «puede que te crea, puede que no». O tal vez lo que intentó transmitirle era «eso no depende de ti».

—Proteja el dinero —le dijo—. Eso es lo importante. Y no olvide quién es su dueño. Porque, de acuerdo, puede que lo haya lavado tan bien que sea imposible conectarlo con nosotros, pero eso no lo convierte en suyo.

A Ben le llevaba un segundo entender lo que le estaba insinuando. Creían que era un ladrón.

—No. Por supuesto que no.

—Parece usted preocupado. No ponga esa cara. No pasa nada. ¿Necesita un abrazo? Lo único que le estoy diciendo es que no olvide lo verdaderamente importante. Lo único que importa es el dinero. Si tiene usted que ir a la cárcel, pues va a la cárcel. Y si siente el impulso de ahorcarse, pues bueno, tal vez tampoco sea tan mala idea.

Sacó una cajetilla de cigarrillos y se llevó uno a los labios.

—Entretanto —continuó—, pida la tarta. No se arrepentirá.

Y acto seguido el hombre del jersey de cuello alto se dirigió hacia el sedán negro que le estaba esperando y subió a él. Kipling lo observó mientras se alejaba.

Viajaron a Martha's Vineyard el viernes. Sarah tenía una subasta de beneficencia. Algo sobre «Salvar al charrán». En el ferry sacó el tema de la fallida cena con los que tal vez se convertirían en sus consuegros. Ben se disculpó. «Cosas del trabajo», le dijo. Pero ella ya había oído esa excusa demasiadas veces.

—Pues entonces déjalo —le sugirió—. Quiero decir si te estresa tanto. Tenemos más dinero del que vamos a poder gastar en toda nuestra vida. Incluso podríamos vender el apartamento, o el barco. En serio, me da completamente igual.

Esas palabras enojaron a Ben, la idea implícita de que el dinero que él había ganado, que continuaba ganando, en cierto modo a ella le fuera indiferente. Como si el arte necesario para conseguirlo, la experiencia que había ido acumulando, el entusiasmo que ponía en cada trato, en cada nuevo reto, todo careciese de valor. Como si fuese un lastre.

—No se trata del dinero —le dijo a su mujer—. Tengo responsabilidades.

Ella no se molestó en seguir discutiendo, no se molestó en replicarle «¿y qué me dices de tus responsabilidades hacia mí? ¿Hacia Jenny?». Por lo que a Sarah se refería, se había casado con una máquina en perpetuo movimiento, un aparato que tenía que girar continuamente, porque de lo contrario se detendría para siempre. Ben era trabajo. El trabajo era Ben. Era como una ecuación matemática. A ella le había llevado quince años y tres psicoanalistas aceptarlo, pues consideraba que la aceptación era la clave de la felicidad. Aunque a veces todavía le hacía daño.

—No te pido mucho —le dijo Sarah—. Pero la cena con los Comstock era importante.

—Lo sé —respondió él—, y lo siento. Invitaré a este tipo al club y jugaremos un recorrido de nueve o dieciocho hoyos. Para cuando haya acabado de dorarle la píldora, se habrá convertido en el presidente de nuestro club de fans.

—No es el marido el que importa. Es la esposa. Y te aseguro que es escéptica. Nos considera del tipo de gente que se cree que todo se compra con dinero.

—¿Dijo eso?

—No. Pero lo deduzco.

—Que se joda.

Sarah apretó los dientes. Él siempre lo arreglaba todo así. Despreciando a la gente. Lo cual, según ella, no hacía más que empeorar las cosas, pese a que le envidiaba ser tan despreocupado.

—No —dijo ella—. Es importante. Tenemos que mejorar.

—¿Mejorar en qué?

—Mejorar como personas.

Él se calló una réplica incisiva cuando vio la cara de su mujer. Estaba muy seria. Para ella, de algún modo, eran malas personas por el mero hecho de ser ricos. Eso iba en contra de todos los principios de Ben. Solo había que ver a Bill Gates. Ese hombre había donado la mitad de su fortuna a causas benéficas ya en vida. Miles de millones de dólares. ¿No lo convertía eso en mejor persona que, tal vez, un cura de barrio? Si los logros eran la vara de medir, ¿no era Bill Gates mejor que Gandhi? ¿Y no eran Ben y Sarah Kipling, que cada año donaban millones a buenas causas, mejores personas que los Comstock, que donaban —como mucho— cincuenta dólares?

El domingo Sarah se levantó temprano. Se entretuvo en la cocina, ordenándola y pensando en lo que necesitaban, después se calzó sus zapatillas deportivas, cogió el cesto de mimbre y dio un paseo cruzando la isla hasta el mercadillo de los granjeros. Había mucha humedad, la neblina empezaba a disiparse y el sol que resplandecía a través de las moléculas de agua en suspensión hacía que el mundo adquiriese cierta entidad líquida. Pasó junto a los buzones un poco torcidos que había al inicio del camino de acceso a su casa, giró y se puso a caminar por el arcén de la carretera principal de la isla. Le gustaba el sonido que emitían sus zapatillas al pisar la arena al borde del asfalto. El ritmo de la suela flexible de su calzado. En Nueva York había tanto ruido por el tráfico y las reverberaciones del metro que resultaba imposible escucharse a sí mismo desplazándose en el tiempo y el espacio, era imposible escuchar tu propia respiración. A veces, con el estruendo de las taladradoras o los explosivos bufidos de los autobuses, uno tenía que pellizcarse para comprobar que seguía vivo.

Pero aquí, con el fresco de la noche dando paso a un húmedo día de verano, con la neblina proyectando un arcoíris en el aire, Sarah sentía que respiraba, que movía la musculatura. Podía incluso escuchar el sonido de su cabello rozando contra el cuello de la liviana chaqueta de verano.

Cuando llegó, el mercado de los granjeros ya estaba en plena actividad. Se percibía el olor de alimentos fermentados en cestas ocultas a la vista y se veían irregulares tomates y frutas con hueso dispuestas en cajas para que lucieran más, aunque la fruta más feúcha era la más dulce. Cada semana los vendedores se colocaban en un orden ligeramente distinto, a veces el puesto de palomitas de maíz ocupaba una punta, otras la contraria. El vendedor de flores solía situarse hacia la mitad, el panadero en la punta más cerca del mar. Ben y Sarah llevaban quince años viniendo a la isla, primero en una casa que alquilaban y después, cuando se hicieron verdaderamente ricos, como propietarios de una moderna residencia construida con hormigón y con vistas al océano.

Sarah conocía a todos los granjeros por su nombre. Había visto crecer a sus hijos, desde bebés hasta adolescentes. Caminaba entre residentes de fin de semana y habitantes de la isla, interesada no tanto en comprar como en sentirse parte del lugar. Esa tarde tomarían un ferry de regreso. No valía la pena comprar nada más que un simple melocotón, pero ella no podía dejar de acudir al mercado de los granjeros el domingo por la mañana. Las semanas que llovía y el mercado se cancelaba, se sentía desamparada. De vuelta en la ciudad, deambularía por las calles como una rata en un laberinto, en busca de algo aunque sin saber nunca exactamente qué.

Se detuvo y contempló unos berros. La pelea que ella y Ben habían tenido después de la cena –por el desaire de él, levantándose en mitad de la comida– había sido breve pero intensa. Ella le dejó bien claro que no iba a tolerar más sus muestras de egoísmo. El mundo no existía simplemente para satisfacer las necesidades de Ben Kipling. Y si eso era lo que él quería –rodearse de gente a la que pudiese pisotear cuando le viniese en gana–, pues entonces tendría que buscarse otra esposa.

Ben se había mostrado inusualmente arrepentido, tomándola de la mano y asegurándole que ella tenía razón, que lo sentía y que pondría todo el empeño en asegurarse de que no volviese a suceder. A ella la pilló con la guardia baja. Estaba demasiado acostumbrada a discutir sin que él la mirase siquiera a la cara. Pero esta vez la miró a los ojos. Le dijo que era consciente de que había dado por hecho que ella estaría siempre a su lado, igual que había dado por hecho un montón de cosas más. Había sido un arrogante. «Hibris» fue la palabra que utilizó. Pero de ahora en adelante todo sería distinto. Lo cierto es que parecía un poco asustado. Ella interpretó ese miedo como una demostración de que sus amenazas habían surtido efecto, que él se tomaba en serio la posibilidad de que ella lo abandonase y que no sabía qué haría él sin ella. Más tarde Sarah se percataría de que el miedo de él era previo a la discusión, y que lo que le asustaba era que todo lo que poseía, todo lo que era, estaba en el filo de la navaja.

De modo que hoy, después de haber visto los gestos de contrición de su marido, después de haberse acostado con él en el lecho matrimonial, con la cabeza de él entre sus pechos y las manos sobre sus caderas, Sarah sentía que empezaba un nuevo capítulo de su vida. Un renacimiento. Habían hablado hasta altas horas de la noche de la posibilidad de tomarse un mes libre y viajar a Europa. Pasearían por las calles de Umbría cogidos de la mano, otra vez como recién casados. Pasada la medianoche, él abrió su caja caoba y fumaron un poco de hierba, la primera que ella fumaba desde que nació Jenny. Les hizo soltar risitas como niños, sentados en el suelo de la cocina frente a la nevera abierta, mientras comían fresas directamente del cajón de las verduras.

Sarah se paseó entre pepinos y cestos llenos de hojas de lechuga. El agricultor de las bayas había dispuesto su mercancía en forma de trinidad: unos cestos verdes de arándanos, junto con las moras y las frambuesas. En otro puesto retiró las ásperas hojas de unas mazorcas de maíz tierno, sus dedos ansiosos por sentir la seda amarilla del interior, perdida en una ensoñación. Aquí en Martha's Vineyard, en el mercado de los granjeros, en este preciso lugar, en este preciso momento, el mundo moderno se esfumó y con él la tácita división de nuestra silenciosa lucha de clases. Aquí no había ni ricos ni pobres, ningún privilegio, tan solo comida arrancada de una tierra arcillosa, frutas arrancadas de recias ramas y miel extraída de los panales. «Ante la naturaleza somos todos iguales», pensó ella, una idea nacida del lujo.

Al alzar la vista vio a Maggie Bateman a media distancia. Su aparición se produjo de este modo: una pareja joven con un cochecito atravesó su campo de visión y al seguirlos con la mirada descubrió el perfil de Maggie, hablando con alguien, y después —cuando la pareja con el cochecito desapareció por completo— vio al hombre con el que estaba hablando. Era un hombre apuesto de cuarenta y tantos años, con tejanos y camiseta, ambos con manchas de pintura, y encima de la camiseta llevaba un viejo cárdigan azul. El hombre lucía una larga melena, echada hacia atrás descuidadamente, pero se le deslizaba hacia la cara, y Sarah observó que se lo volvía a echar hacia atrás con la mano, del mismo modo que un caballo espanta a las moscas con la cola, con un gesto mecánico.

Lo primero que se le pasó por la cabeza a Sarah fue la idea del simple reconocimiento. Conocía a esa persona (Maggie). Lo segundo que le vino a la mente fue el contexto (es Maggie Bateman, casada con David, madre de dos hijos). El tercer pensamiento fue que el hombre con el que estaba hablando se mantenía un poco demasiado cerca, inclinado hacia ella y sonriendo. Y que el rostro de Maggie mostraba un aire de complicidad similar. Había entre ellos una intimidad que parecía algo más que casual. Y entonces Maggie se volvió y vio a Sarah. Levantó la mano y se protegió con ella los ojos del sol, como un marinero oteando el horizonte.

—Eh, hola —dijo, y había algo en la franqueza del saludo, el hecho de que Maggie no actuaba como una mujer a la que acaban de pillar flirteando con un hombre que no era su marido, que obligó a Sarah a replantearse su primera conjetura.

—Ya pensaba que quizá te encontraría aquí —dijo Maggie. Y añadió—: Oh, este es Scott.

El hombre alzó la mano en señal de saludo.

—Hola —dijo Sarah, y dirigiéndose a Maggie—: Sí, ya me conoces. Si el mercado abre, aquí estaré, toqueteando aguacates, llueva o truene.

—¿Regresáis hoy?

—Creo que en el ferry de las tres.

—Oh, no. No…, tenemos el avión. Volved con nosotros.

—¿En serio?

—Por supuesto. Eso es… Precisamente se lo estaba proponiendo también a Scott. Él también tiene que ir a la ciudad esta noche.

—Pensaba ir caminando —dijo Scott.

Sarah frunció el ceño.

—Estamos en una isla.

Maggie sonrió.

—Sarah. Está bromeando.

Sarah sintió que se sonrojaba.

—Claro.

Dejó escapar una risa forzada.

—A veces parezco boba.

—Entonces hecho —dijo Maggie—. Tenéis que venir. Los dos. Y Ben. Será divertido. Podemos tomar una copa y, no sé, hablar sobre arte. —Y dirigiéndose a Sarah añadió—: Scott es pintor.

—Fracasado —aclaró él.

–No. Ahora ya no, ¿no acabas de decirme que tenías varias citas con galeristas la próxima semana?

–Que seguro que irán mal.

–¿Y qué tipo de cosas pintas? –le preguntó Sarah.

–Catástrofes –respondió él.

Sarah debió parecer desconcertada, porque Maggie le aclaró:

–Scott pinta escenas de desastres sacadas de los noticiarios, descarrilamientos de trenes, edificios que se desploman y cosas como monzones…, son geniales.

–Bueno –dijo Scott–, son mórbidas.

–Me gustaría poder ver esos cuadros –dijo Sarah educadamente, aunque le sonaban en efecto mórbidos.

–¿Lo ves? –animó Maggie a Scott.

–Solo está siendo amable –dijo Scott con perspicacia–. Pero se lo agradezco. Vivo muy modestamente cerca de aquí.

Era evidente que estaba dispuesto a seguir hablando de su vida si se le preguntaba, pero Sarah cambió de tema.

–¿A qué hora volvéis? –preguntó Sarah.

–Te mandaré un mensaje –respondió Maggie–, pero creo que hacia las ocho. Volamos a Teterboro y desde allí se llega rápido a la ciudad. Normalmente estamos en casa y metidos en la cama a las diez y media.

–Uau –exclamó Sarah–, eso sería fantástico. Solo pensar en pasarnos la tarde del domingo en un embotellamiento, puaj, quiero decir que compensa estar aquí, pero eso sería… Ben estará encantado.

–Estupendo –dijo Maggie–. Me alegro. Para eso está, ¿no? Si tienes un avión…

–¿Quién lo diría? –dijo Scott.

–No te pongas sarcástico –replicó Maggie volviéndose hacia él–. Tú también vienes.

Maggie estaba sonriendo, tomándole el pelo, y Sarah pensó que así era esta mujer, una persona sociable, con don de gentes. Y Scott desde luego no dejaba entrever en absoluto que ellos dos fuesen algo más que simples amigos del mercado.

—Me lo pensaré —dijo—. Gracias.

Les dirigió a ambas una sonrisa y se marchó. Por un momento pareció que cada una iba a seguir su camino, pero Maggie se quedó allí plantada y Sarah se sintió obligada a seguir conversando con ella si así lo deseaba, de manera que ambas dudaron si marcharse, pero finalmente no lo hicieron.

—¿Cómo lo has conocido? —le preguntó Sarah.

—¿A Scott? Bueno…, de verlo por aquí. O…, siempre está en Gabe's, ¿sabes?, tomando un café, y yo suelo llevar allí a los niños a menudo, es un sitio al que vamos para salir un rato de casa. A Rachel le encantan los muffins que hacen. Y un día nos pusimos a hablar.

—¿Está casado?

—No —respondió Maggie—. Creo que estuvo comprometido hace tiempo. En cualquier caso, los niños y yo fuimos una vez a su casa y vimos su trabajo. Es verdaderamente genial. Estoy intentando convencer a David para que le compre algún cuadro, pero sus negocios tienen que ver con las catástrofes y no quiere llegar a casa y tener que ver un cuadro de este tipo. Y la verdad es que los cuadros de Scott son muy gráficos.

—Me lo puedo imaginar.

—Pues sí.

Siguieron allí plantadas un rato, sin hablar, como dos rocas firmes ante la corriente que era el movimiento constante de la multitud a su alrededor.

—¿Estáis bien? —preguntó Sarah.

—Bien, sí. ¿Y vosotros?

Sarah pensó en cómo la había besado Ben esa mañana. Sonrió.

—También.

—Estupendo. Bueno, nos vemos en el avión, ¿vale?

—Fantástico. Gracias otra vez.

—Vale. Nos vemos esta noche.

Maggie lanzó un beso al aire y se marchó. Sarah contempló cómo se alejaba y fue a comprar unas cuantas fresas.

En ese mismo momento, Ben estaba sentado en el porche –madera reciclada, enrejado con hiedra– y contemplaba las olas. Sobre el mármol de la cocina había una docena de bagels con salmón ahumado, tomates de los de antes, alcaparras y un queso cremoso artesano de la zona. Ben estaba sentado en una silla de mimbre con el *Sunday Times* y un capuchino, y la brisa marina le acariciaba la cara. Había estado intercambiando mensajes de texto con Culpepper durante todo el fin de semana, utilizando una aplicación llamada Redact que oscurecía los mensajes a medida que los leías y después los borraba por completo.

En el océano, se veían a lo lejos veleros meciéndose sobre las olas. Culpepper le escribió un críptico mensaje informándole de que había estado escarbando en la investigación gubernamental a través de canales extraoficiales. Utilizaba emoticonos en lugar de las palabras clave, suponiendo que eso dificultaría que pudiese utilizarse el texto como prueba en caso de que el gobierno lograse rescatar de algún modo la información.

«Parece que tienen un :-(importante suministrándoles basura.»

Ben se limpió unos restos de tomate que se le habían escurrido por la barbilla y se acabó su primera mitad de bagel. ¿Un soplón? ¿Era eso lo que le estaba diciendo Culpepper? Ben recordó al hombre del jersey de cuello alto delante del Bali, con esa nariz rota en una prisión rusa. ¿Ese episodio lo había vivido de verdad?

Sarah salió al porche con medio pomelo. Mientras que él acababa de levantarse, ella ya se había dado un paseo hasta el pueblo.

—El ferry sale a las tres y media —le dijo Ben—. De manera que deberíamos estar en el muelle a las dos cuarenta y cinco.

Sarah le pasó una servilleta y se sentó.

—Me he encontrado con Maggie en el mercado de granjeros.

—¿Bateman?

—Sí. Estaba con un pintor. Bueno, no «con», simplemente estaban hablando.

—Ajá —dijo él, preparado para desconectar del resto de la conversación.

—Me ha dicho que esta noche tienen sitio en su avión.

Eso captó la atención de Ben.

—¿Nos ha invitado?

—A menos que prefieras tomar el ferry. Pero ya sabes cómo está el tráfico el domingo por la noche.

—No, eso suena…, ¿le has dicho que sí?

—Le he dicho que lo hablaría contigo, pero que daba por hecho que dirías que sí.

Ben se apoyó en el respaldo de la silla. Mandaría un mensaje a su secretaria para que les enviara un coche a Teterboro. Empezó a sacarse del bolsillo el teléfono para hacerlo cuando una idea le cruzó por la cabeza.

David. Podía hablar con David. Sin entrar en detalles, claro, simplemente contarle que tenía algunos problemas, de magnate a magnate. ¿Había alguna estrategia que le recomendara David? ¿Debería contratar de modo preventivo a un gestor especializado en resolver situaciones críticas? ¿Empezar a buscar una cabeza de turco? David también tenía lazos muy directos con el poder ejecutivo. Si de verdad el Departamento de Justicia tenía nuevas órdenes, tal vez David pudiera facilitarle alguna información al respecto.

Dejó en el plato el bagel mordisqueado, se limpió las manos en los pantalones y se puso en pie.

—Voy a dar un paseo por la playa para reflexionar sobre unos asuntos.

—Si me esperas un minuto, voy contigo.

Él empezó a decirle que necesitaba estar a solas para pensar, pero se calló. Después del fiasco con el novio de Jenny, tenía que esforzarse por reconducir las cosas. Así que asintió y entró para ponerse los zapatos.

El recorrido hasta el aeropuerto era corto y el coche los recogió poco después de las nueve de la noche. Iban sentados en el asiento trasero, con el aire acondicionado en marcha, envueltos por las últimas luces del crepúsculo, el sol ya muy bajo en el horizonte, una anaranjada yema de huevo que lentamente se sumergía en un fresco merengue. Ben repasó lo que quería comentarle a David y la manera de abordar con delicadeza el asunto; nada de «ha estallado una crisis», sino «¿has oído algo proveniente de la Casa Blanca que pueda afectar a los mercados en general?». No, eso era demasiado directo. Tal vez un sencillo «nos han llegado rumores sobre nuevas regulaciones. ¿Puedes confirmármelo o desmentírmelo?».

Estaba sudando, pese a los veinte grados del interior del vehículo. Junto a Ben, Sarah contempló el crepúsculo con una leve sonrisa. Ben le apretó la mano afectuosamente y ella se volvió y le dedicó una amplia sonrisa; ese era su hombre. Ben le devolvió la sonrisa. Ahora mismo se tomaría un gin-tonic.

Ben estaba apeándose del coche en la pista cuando recibió una llamada de Culpepper. Eran las nueve y cuarto, la temperatura era agradable y una densa neblina rodeaba la pista de despegue.

—Se ha puesto en marcha —le anunció Culpepper mientras Ben cogía la bolsa de viaje que le tendía el chófer.

—¿El qué?

—Van a presentar cargos. Me ha llegado un soplo.

—¿Qué? ¿Cuándo?

—Por la mañana. Los federales entrarán por la fuerza, con órdenes de registro. He mantenido una conversación tensa con Leroy, pero en esta ocasión él se va a poner al lado del presidente. Me ha dicho: «Tenemos que mandar un mensaje a Wall Street», o alguna parida por el estilo. He convocado aquí a varios empleados para que se hagan cargo de las cosas.

—¿Cosas?

—¿Qué hace el monstruo de las galletas con las galletas?

Ben está temblando. Su unidad de razonamiento creativo está bloqueada.

—Joder, Barney. Habla claro.

—Por teléfono no. En estos momentos lo que Stalin hizo con la Unión Soviética está llevándose a cabo con nuestros documentos. Pero tú no sabes nada. Por lo que a ti respecta, esta no es más que otra tranquila noche de domingo.

—¿Qué debería…?

–Nada. Vete a casa, tómate un Xanax y duerme. Por la mañana ponte un traje cómodo e hidrátate las muñecas. Te arrestarán en el despacho. A ti, a Hoover y a Tabitha, etcétera. Tenemos ya a los abogados preparando las alegaciones para sacarte, pero esos capullos te retendrán el máximo de tiempo que les permite la ley.

–¿En la cárcel?

–No. En una tienda Best Buy. Sí, claro, en la cárcel. Pero no te preocupes. Tengo algún buen contacto allí.

Colgó el teléfono. Ben permaneció inmóvil en la pista, ajeno al cálido viento y a la mirada preocupada de Sarah. Ahora todo parecía diferente. La neblina que iba alzándose, las sombras debajo del avión. Ben casi temía que de pronto cayeran del cielo unas cuerdas desde un helicóptero y empezaran a descender tropas de asalto.

«Se ha puesto en marcha», pensó. Era el peor de los escenarios. «Me van a arrestar y a imputar.»

–Ostras, Ben, pareces un fantasma.

Detrás de ellos, los dos hombres del equipo de tierra estaban acabando de llenar el depósito del avión.

–No –dijo él intentando recomponerse–. No, es solo…, estoy bien. Solo… malas noticias de los mercados. Asia.

Los dos hombres retiraron la manguera y la alejaron del fuselaje. Vestían monos de color caqui y gorras a juego, cuyas viseras les oscurecían el rostro. Uno de ellos se alejó varios pasos de la cisterna de combustible y sacó una cajetilla de cigarrillos. Ben se fijó en él. «¿Es…?», pensó, pero el rostro rápidamente volvió a quedar ensombrecido. Su nivel de inquietud era tan intenso que parecía como si todos los miedos que en algún momento le habían asaltado ahora lo estuviesen rodeando camuflados en la niebla. El corazón se le aceleró y sintió un escalofrío pese al calor que hacía.

De pronto se percató de que Sarah le estaba hablando.

–¿Qué? –le preguntó.

–Te estaba diciendo si tengo que preocuparme.

–No –le respondió él–. No. Es solo…, ya sabes. La verdad es que ya estoy soñando con ese viaje del que hemos hablado. A Italia.

A Croacia. Creo que sería…, no sé…, quizá podríamos marcharnos esta misma noche.

Ella lo cogió del brazo.

—Estás loco —le dijo ella apretándole el brazo. Él asintió.

El primer hombre terminó de asegurar la manguera y subió a la cabina del camión cisterna. El segundo hombre tiró el cigarrillo, lo aplastó con el pie y caminó hacia la puerta del copiloto.

—No me gustaría viajar en este avión —dijo.

Y había algo en el modo en que lo dijo, una «insinuación». Ben se volvió.

—¿Qué? —dijo. Pero el hombre ya estaba cerrando la puerta. Y el camión se alejó. ¿Había sido una amenaza? ¿Una advertencia? ¿O se estaba volviendo paranoico? Ben siguió con la mirada al camión que regresaba hacia el hangar, hasta que sus luces traseras no fueron más que dos puntos rojos entre la niebla.

—¿Cariño? —dijo Sarah.

Ben suspiró con fuerza, intentando recuperarse.

—Sí —dijo.

«Demasiado grande para enchironarlo.» Eso había dicho Barney. No era más que una estrategia. El gobierno intentaba dar ejemplo, pero cuando llegara el momento de la verdad —los secretos que él tenía a buen recaudo, las implicaciones para los mercados— creía que Barney tendría razón. Que todo se arreglaría sin armar escándalo con unos cuantos millones de dólares. La verdad era que se había preparado por si llegaba este día y lo tenía bien planificado. Hubiera sido de idiotas no haberlo previsto, y desde luego Ben Kipling no era ningún idiota. Se había protegido financieramente, ocultando fondos; no todo, evidentemente, pero sí un par de millones. Tenía a un fiscal sobornado. Sí, este era el peor escenario, y frente a la posibilidad de que alguien quisiera enfrentarse a él, habían estado construyendo una auténtica fortaleza.

Que vengan a por él, pensó, rindiéndose a lo inevitable; apretó la mano de Sarah, recobró la respiración y caminó con ella hacia el avión.

2

CUNNINGHAM

Nunca ha sido un secreto que Bill Cunningham tiene un problema con la autoridad. En cierta forma es su marca de fábrica, un descontento expresado de un modo visceral, que él ha convertido en un contrato de diez millones anuales con la ALC. Pero igual que la nariz y las orejas de un hombre se sobredimensionan a medida que envejece, sucede lo mismo con los rasgos psicológicos que lo definen. Todos acabamos convertidos en caricaturas de nosotros mismos si vivimos lo suficiente. De modo que durante los últimos años, mientras aumentaba su poder, también lo hacía la actitud de jódete y baja de tu pedestal de Bill. Hasta ahora su comportamiento ha sido el de un césar romano dado a beber sangre, que está convencido de que es posible que sea un dios.

Básicamente, este es el motivo por el que sigue en antena, después del revuelo que se organizó en la empresa por sus presuntos «teléfonos pinchados». Pese a todo, si fuese honesto (cosa que no es), debería admitir que la muerte de David ha tenido mucho que ver con eso. Una reacción de dolor y un vacío de poder en un momento de crisis que Bill ha podido explotar mostrando lo que él llama liderazgo, pero ha sido en realidad una especie de acoso moral.

—Vais a… —dijo—, dejadme que os lo diga claramente, vais a sacarme de antena en un momento de guerra total.

—Bill —dijo Don Liebling—, no te obligues a ti mismo a hacerlo.

—No. Quiero hacerlo, que conste en acta, de manera que cuando os meta por el culo una demanda por mil millones de dólares podré ser muy concreto en el estrado mientras me hago una paja encima de una lata de caviar.

Don le clava la mirada.

—Joder. David está muerto. Su mujer está muerta. Su… —Se calla un momento, abrumado por la magnitud del desastre—. Incluso su hija. Y tú…, ni siquiera soy capaz de decirlo en voz alta.

—Exacto —dice Bill—, no eres capaz. Pero yo sí. Es a eso a lo que me dedico. Digo las cosas en voz alta. Hago las preguntas que nadie más se atreve a hacer, y este es el motivo por el que millones de personas miran este canal. Personas que se van a pasar a la CNN si sintonizan nuestra cobertura de la muerte de nuestro puto jefe y descubren a un suplente con pinta de autómata y un peluquín de Fisher-Price encajado en la cabeza leyendo sus opiniones en un teleprompter. David, su mujer y su hija, a la que yo sostuve en mis brazos en su puto bautismo, yacen en algún punto del fondo del Atlántico con Ben Kipling, que según acabo de oír estaba a punto de ser imputado, y todo el mundo se empeña en utilizar la palabra «accidente» como si nadie en este planeta tuviese motivos para desear ver a esa gente muerta, solo que, de ser así, ¿por qué este hombre se desplazaba en una limusina blindada y las ventanas de su despacho estaban preparadas para resistir un disparo de bazuca?

Don mira a Franken, el abogado de Bill, consciente de que en la guerra entre el sentido común y el genio del marketing, el marketing va a salir victorioso. Franken sonríe.

¡Te pillé!

Y así fue como Bill Cunningham volvió a estar en antena el lunes por la mañana, tres horas después de que llegasen las primeras noticias del avión estrellado.

Se sentó frente a las cámaras, sin peinar, en mangas de camisa, con la corbata torcida, con la pinta a todos los efectos de un hombre destrozado por el pesar. Y sin embargo, cuando empezó a hablar su voz sonaba llena de fuerza.

—Permítanme hablar claro —dijo—. Esta empresa…, este planeta…, ha perdido a un gran hombre. A un amigo y un líder. Yo no estaría ahora mismo sentado ante ustedes…

Hizo una pausa, se recompuso.

–… Yo todavía seguiría dando el tiempo en Oklahoma si David Bateman no hubiera visto potencial donde nadie más lo veía. Levantamos esta cadena juntos. Fui el padrino en su boda con Maggie. Soy, era, el padrino de su hija Rachel. Y por eso siento que tengo la responsabilidad de lograr que su asesinato se resuelva, y que el asesino o asesinos sean llevados ante la justicia.

Se inclinó hacia delante y clavó la mirada en el objetivo.

–Y sí, he dicho asesinato. Porque ¿de qué otra cosa podría tratarse? Dos de los hombres más poderosos de una ciudad llena de hombres poderosos, cuyo avión desaparece en plena noche en el Atlántico, un avión que había sido sometido a una revisión de mantenimiento el día anterior, pilotado por pilotos de primera que no dieron parte de ningún problema mecánico a la torre de control, y sin embargo, de manera misteriosa, el avión desaparece del radar dieciocho minutos después de despegar; mírenme a la cara, nadie en este planeta va a convencerme de que aquí no hay gato encerrado.

Los índices de audiencia de esa mañana fueron los más altos de la historia de la cadena, y a partir de ahí continuaron subiendo. Cuando se encontró el primer resto, cuando los primeros cadáveres llegaron arrastrados por la marea hasta la costa –a Emma Lightner la encontró un hombre que paseaba a su perro en Fishers Island el martes, Sarah Kipling apareció en las redes de unos pescadores de langosta el miércoles por la mañana–, Bill pareció superarse a sí mismo, como un lanzador en el momento crucial de un partido de béisbol.

Ese día Bill condujo el triste descubrimiento de los restos humanos hacia una nueva intriga. ¿Dónde estaba Ben Kipling? ¿Dónde estaba David Bateman? ¿No resultaba demasiado conveniente que de las once personas que iban en el avión, entre pasajeros y tripulación, quedasen sin recuperar siete cadáveres, entre ellos los de los dos hombres que era muy posible que estuviesen en el punto de mira de fuerzas desconocidas? Si Ben Kipling iba sentado con su mujer, tal como había quedado demostrado, ¿por qué se había recuperado el cuerpo de ella y en cambio no el de él?

189

¿Y quién era ese tal Scott Burroughs? ¿Por qué seguía insistiendo en ocultar su rostro al mundo? ¿Es posible que estuviese de algún modo implicado?

—Está claro que sabe mucho más de lo que cuenta —les aseguró Bill a sus espectadores sentados en sus casas.

Fuentes de la investigación habían estado proporcionando informaciones a la ALC desde que pisaron el terreno. Lo cual permitió a la cadena ser la primera en dar la ubicación de los pasajeros en el avión. Y también fueron los primeros en dar la noticia de la inminente imputación de Kipling.

Fue Bill el primero en dar la noticia de que el niño, J. J., estaba dormido al llegar al aeropuerto y su padre lo llevó en brazos hasta el avión. Su conexión personal con la historia, las maratonianas horas que pasaba sentado ante su mesa de presentador, el verse obligado con frecuencia a interrumpir su alocución unos instantes para recomponerse, hacía que a los espectadores les costase cambiar de canal. ¿Se derrumbaría por completo? ¿Qué diría a continuación? Hora tras hora, Bill se presentaba como una suerte de mártir, como Jimmy Stewart luchando por mantenerse en pie en la cámara del Senado, negándose a sucumbir o rendirse.

Pero a medida que pasaban los días, incluso las filtraciones a las que tenía acceso el canal empezaron a parecer falsas. ¿Era posible que no hubiese ninguna pista sobre la localización de los restos? Y ahora que todos los demás medios ya manejaban la historia de Kipling —el *Times* publicó un artículo de seis mil palabras el domingo que demostraba con todo lujo de detalles que su empresa había lavado miles de millones procedentes de Corea del Norte, Irán y Libia—, Bill perdió interés en seguir escarbando en esa porquería. Se limitó a dar sus opiniones, a volver a temas ya abordados, señalando detalles de la cronología, vociferando ante los mapas.

Y entonces tuvo una idea.

Bill se cita con Namor en un garito de Orchard Street, un sitio sin ventana a la calle y sin cartel en la fachada. Lo elige porque está

190

convencido de que a ninguno de estos nuevos ricos que se las dan de modernillos liberales y con aspecto desaliñado les suena su cara. Todos estos barbudos graduados del Sarah Lawrence con sus cervezas artesanas creen que cualquier líder de opinión conservador no es más que otro amiguete de sus padres.

Para acudir a la cita Bill cambia sus icónicos tirantes por una camiseta y una chupa de cuero. Se asemeja a un ex presidente intentando parecer enrollado: Bill Clinton en un concierto de los U2.

El bar —Swim!— tiene una iluminación mortecina y unas peceras resplandecientes, lo cual le da un aire de película de ciencia ficción de mediados de los noventa. Pide una Budweiser (sin ánimo de ser irónico), se sienta en una mesa detrás de un enorme tanque de agua salada y vigila la puerta a la espera de que aparezca su hombre. El estar sentado detrás de la pecera provoca la ilusión de encontrarse bajo el agua y a través del cristal el local parece una imagen reflejada en uno de esos espejos distorsionantes de los parques de atracciones, muestra el aspecto que tendría un bar hípster después de que subiera el nivel de los océanos y cubriesen la Tierra. Son las nueve de la noche pasadas y el local está medio lleno de grupos de amigos y primeras citas de hípsters. Bill da un trago a la reina de las cervezas y echa un vistazo al talento local: una rubia con unas tetas decentes, un poco rellenita. Un bomboncito oriental con un anillo en la nariz, ¿filipina? Piensa en la última tía a la que se folló, una becaria de GW de veintidós años a la que hizo colocarse inclinada sobre su escritorio con el culo en pompa y sobre la que se corrió gimoteando con la boca pegada a su cabello castaño, después de seis gloriosos minutos taladrándola entre indicaciones de «¡vigila la puerta!».

Su cita entra con una gabardina y un cigarrillo sujeto detrás de la oreja. Echa un vistazo con parsimonia, ve a Bill cómicamente engrandecido a través de la pecera y se acerca a él.

—Supongo que creías actuar con sigilo —le dice mientras se sienta en el reservado— al elegir este antro.

—Mi audiencia está básicamente compuesta por hombres blancos de cincuenta y cinco años que necesitan tomarse dos cucharadas repletas de fibra para poder cagar de manera decente todas las mañanas. Creo que aquí estamos a salvo de ellos.

—Solo que has venido en una limusina que está aparcada junto al bordillo en este mismo momento, llamando la atención.

—Mierda —dice Bill, y saca el teléfono y le ordena al chófer que dé vueltas.

Bill conoció a Namor en un viaje oficial a Alemania durante el primer mandato del segundo Bush. Se lo presentó un representante de una ONG local como «un hombre al que tienes que conocer». Y desde el minuto uno el chico le estaba pasando verdaderas perlas. De modo que Bill lo cuidó, lo invitaba a comer, le regalaba entradas para el teatro, lo que fuese, y estaba disponible siempre que Namor tenía ganas de largar, lo cual solía ser pasada la una y media de la madrugada.

—¿Qué has encontrado? —le pregunta a Namor después de guardarse el teléfono en el bolsillo.

Namor echa un vistazo a su alrededor, calibrando el entorno.

—Las víctimas están limpias. Y ya hemos investigado al padre de la azafata, a la madre del piloto y a la tía y el tío Bateman.

—Eleanor y…, ¿cómo se llamaba?, Doug.

—Exacto.

—Deben de estar aturdidos —dice Bill— después de ganar la puta lotería del huérfano. Ese niño va a heredar unos trescientos millones.

—Pero también —añade Namor— se ha quedado huérfano.

—¡Bua, bua! Ojalá yo hubiera sido huérfano. Mi madre me crió en una casa de huéspedes y utilizaba lejía como método anticonceptivo.

—Bueno, tenemos intervenidos los tres teléfonos, el de ella, el de él y el de la casa. Y vemos todos sus mensajes de correo electrónico antes que les lleguen a ellos.

—¿Y toda esta información adónde va a parar?

—He creado una cuenta ficticia. Recibirás la información en texto codificado cuando salgamos de aquí esta noche. También he hackeado el buzón de voz de ella, así que podrás escuchar los mensajes de madrugada mientras te follas a la almohada.

—Créeme, me cepillo a tantas tías… que cuando llego a casa por la noche el único sitio en el que meto la polla es en un recipiente con hielo.

—Recuérdame que nunca te pida un margarita en tu casa.

Bill se termina la cerveza y hace una señal al barman.

—¿Y qué me dices del rey Neptuno? —pregunta—. ¿El nadador de fondo?

Namor da un trago a su cerveza.

—Nada.

—¿Qué quieres decir con «nada»? Estamos en 2015.

—¿Qué quieres que te diga? Es un tío prehistórico. No tiene móvil, no envía mensajes de texto, paga las facturas por correo.

—Lo siguiente que me vas a decir es que es trotskista.

—Ya nadie es trotskista. Ni siquiera Trotski.

—Probablemente porque lleva cincuenta años muerto.

Una camarera le trae a Bill una segunda cerveza. Namor le indica con un gesto que él también quiere otra.

—Al menos —insiste Bill— dime dónde está ese jodido boy scout…, en qué planeta.

Namor reflexiona.

—¿Por qué estás tan obsesionado con ese tío? —le pregunta.

—¿De qué hablas?

—Solo digo que… al nadador, el resto del mundo lo considera un héroe.

Bill hace una mueca, como si esa palabra le hubiera producido un retortijón.

—Eso es como decir que todo lo que funciona mal en este país es lo que lo hace grande.

—Sí, pero…

—Un borracho fracasado codeándose con unos verdaderos triunfadores, un autoestopista subido a un aparato de lujo.

—No sé lo que…

—Yo digo que ese tío es un fraude. Un don nadie. Abriéndose paso a brazadas hacia los focos, jugando a ser el modesto caballero andante, cuando los verdaderos héroes, los hombres verdaderamente grandes yacen muertos en el fondo de las putas profundidades marinas. Y si a esto es a lo que llamamos un héroe en 2015, pues entonces, colega, estamos jodidos.

Namor se escarba los dientes con un palillo. A él le da completamente igual, pero lo que le está pidiendo es muy delicado, va a tener que quebrantar un montón de leyes y por lo tanto tal vez merezca la pena asegurarse.

—Ha salvado al niño —le dice.

—¿Y qué? Entrenan a perros para llevar barrilitos de whisky colgados del cuello y buscar cuerpos que desprendan calor sepultados bajo la nieve tras una avalancha, pero no me verás entrenar a mis hijos para convertirse en san bernardos.

Namor piensa en eso.

—Bueno, no ha regresado a su casa.

Bill lo mira fijamente. Namor sonríe sin enseñar los dientes.

—Estoy examinando varias conversaciones. Quizá dé con su pista.

—Pero no sabes nada de él…, es lo que me estás diciendo.

—Sí. Por primera vez no sé nada.

Bill mueve nervioso la pierna, repentinamente desinteresado por su segunda cerveza.

—Quiero decir que ¿de quién estamos hablando? ¿De un degenerado alcoholizado? ¿De un agente secreto durmiente? ¿De un Romeo?

—O tal vez solo sea un tío que se subió al avión equivocado y ha salvado a un niño.

Bill hace una mueca.

—Esa es la historia del héroe. Todo el mundo se ha creído la puta historia del héroe. Es esa mierda del interés humano. No pretendas venderme que ese fracasado consigue un asiento en ese avión simplemente porque es un buen chico. Hace tres semanas yo mismo no conseguí que me invitasen a subir a ese avión. Tuve que tomar el jodido ferry.

—Y tú desde luego no eres un buen chico.

—Vete a la mierda. Soy un buen americano. ¿Qué hay más importante que eso? ¿Ser educado?

La camarera trae la segunda cerveza de Namor. Él echa un trago.

—La clave es —dice— que nadie puede permanecer oculto eternamente. Tarde o temprano ese tío irá a una charcutería a comprarse un bagel y alguien le hará una foto con un móvil. O llamará a alguien a quien tengo pinchado.

—Claro, como al Franklin ese de la NTSB.

—Ya te lo dije. Ese tío es complicado.

—Vete a tomar por saco. Me dijiste que quien quisiera. Me dijiste que eligiese cualquier nombre del listín telefónico.

—Escucha, puedo pinchar su teléfono personal, pero no un teléfono vía satélite.

—¿Y qué me dices del email?

—Quizá más adelante. Pero debemos ir con cuidado. Controlan todas las comunicaciones desde que se promulgó la Ley Patriota.

—Que según tú era una cosa de aficionados. Me estás fallando.

Namor suspira. Le ha echado el ojo a la rubia, que está mandándole un mensaje a alguien mientras su cita echa una meada. Si consigue su nombre, es capaz de encontrar selfies de ella desnuda en menos de quince minutos.

—Me parece recordar que me habías dicho que teníamos que frenar durante un tiempo. ¿No me comentaste esto por teléfono? Quémalo todo, espera a que te dé la orden de empezar de nuevo.

Bill le dirige un gesto de desprecio con la mano.

—Eso fue antes de que el ISIS matase a mi amigo.

—O quien sea que haya sido.

Bill se levanta y se sube la cremallera de la chaqueta de cuero.

—Escucha —dice—. Es una ecuación muy simple. Secretos más tecnología igual a se acabaron los secretos. Lo que se necesita es un cerebro privilegiado, alguien que a seis mil metros de altura tenga acceso a toda la información, gubernamental, personal, los jodidos partes meteorológicos, y ese alguien, esta cabeza divina situada en las alturas, utilizará toda esa información para recomponer la verdadera escena, descubrir quién miente y quién dice la verdad.

—Y ese alguien eres tú.

—Exactamente —sentencia Bill, y sale en busca de su limusina.

LA CASA DE LA RISA

Esa noche Scott está solo y se contempla a sí mismo en la televisión. No es tanto un acto de narcisismo como un síntoma de vértigo. Ver su rostro en la televisión, las facciones invertidas, ver fotos de su infancia –¿cómo las han conseguido?– desenterradas y mostradas en el foro público (entre anuncios de pañales para adultos y de minifurgonetas), asistir a la narración de la historia de su propia vida, como en el juego del teléfono escacharrado. Una historia que se parece a la suya, pero que no lo es. Nació en el hospital equivocado, fue a un colegio diferente, estudió pintura en Cleveland en lugar de en Chicago…, es como mirar al suelo y ver que te sigue la sombra de otra persona por la calle. Estos días ya ha sido suficientemente duro ser consciente de quién es sin tener que soportar además a ese *doppelgänger* rondando por ahí suelto. Y este doble es ahora objeto de rumores y especulaciones. ¿Qué hacía en ese avión? La semana anterior era un hombre corriente, anónimo. Hoy es un personaje de una novela policíaca. La última persona que vio vivas a las víctimas o el salvador del niño. Cada día interpreta su papel, una escena tras otra, sentado en sofás o en sillas de respaldo rígido, respondiendo a preguntas del FBI y la NTSB, volviendo una y otra vez a recordar los detalles: qué recuerda, qué no recuerda. Y después ve los titulares de los periódicos y escucha voces incorpóreas en la radio.

Un héroe. Le llaman héroe. Es una palabra que ahora mismo no se ve capaz de sobrellevar, porque se siente demasiado distanciado de sí mismo, de la historia que él mismo ha construido y que le permite funcionar: un hombre derrotado con ambiciones modestas, un ex alcohólico que bebía hasta perder el conocimiento y que ahora vive el presente, minuto a minuto, al día. De modo que mantiene la cabeza gacha y esquiva las cámaras.

De vez en cuando alguien lo reconoce en el metro o por la calle. Para esta gente es algo más que una persona famosa. «Tú, tú salvaste a ese niño. He oído que te enfrentaste a un tiburón, colega. ¿Luchaste contra un tiburón?» Lo tratan no como a un miembro de la realeza, como si su fama se debiese a algo raro, sino más bien como a un chico del barrio al que la suerte le ha sonreído. Porque en realidad ¿qué ha hecho excepto nadar? Él es uno de ellos, un don nadie al que las cosas le han ido bien. De modo que cuando lo reconocen, se le acercan sonriendo. Quieren estrecharle la mano, sacarle una foto. Ha sobrevivido a un accidente aéreo y ha salvado a un niño. Tocarlo tiene que dar buena suerte, es un talismán, como una moneda de la suerte o una pata de conejo. Haciendo lo imposible, él –como Jack– ha demostrado que lo imposible es posible. ¿Quién no iba a querer tocarle?

Scott sonríe e intenta mostrarse amigable. Estas conversaciones son distintas de las que supone que debería afrontar si hablase con la prensa. Son contactos a nivel humano. Y aunque se siente cohibido, se asegura de no parecer nunca maleducado. Tiene claro que la gente que lo aborda espera de él que sea alguien especial. Para esas personas es importante que él sea especial, porque necesitamos cosas especiales en nuestras vidas. Queremos creer que todavía es posible que exista la magia. De modo que Scott estrecha manos y acepta los achuchones de mujeres desconocidas. Él les pide que no le saquen fotos y la mayoría lo respeta.

–Mantengámoslo en privado –les dice–. Es más interesante si queda entre tú y yo.

A la mayoría les gusta la idea: que en una época dominada por los medios de masas, ellos pueden disfrutar de una experiencia exclusiva. Pero no a todo el mundo. Algunos sacan la foto con todo el descaro, como si estuviesen en su derecho. Y otros se ofenden cuando él se niega a posar con ellos para la foto. Una mujer mayor le llama gilipollas frente al jardín de Washington Square, y él asiente y le dice que tiene razón. Es un gilipollas y le desea que tenga un buen día.

—Que te jodan —responde ella.

Una vez que has sido ungido como héroe por tus conciudadanos, pierdes el derecho a la privacidad. Te conviertes en un objeto al que se desposee de unas inconmensurables dosis de humanidad, como si hubieses ganado una lotería cósmica y te despertases un día convertido en una deidad menor. El santo patrón de la buena suerte. Deja de ser relevante lo que tú pretendías ser. Lo único que importa es el papel que has desempeñado en las vidas de los demás. Eres un ejemplar exótico de mariposa a la que se contempla colocándola en el ángulo adecuado para que le dé el sol.

Al tercer día deja de salir a la calle.

Está viviendo en el apartamento para invitados en el tercer piso de la casa de Layla. Es un espacio todo blanco —paredes blancas, suelo blanco, techo blanco, mobiliario blanco—, como si hubiese muerto y estuviera instalado en una suerte de limbo celestial. El tiempo, una vez adopta una rutina mecánica, se disuelve. Despertarse en una cama ajena. Preparar café con unos granos que no son los que él suele comprar. Coger las mullidas toallas de baño de unos armarios que se cierran automáticamente y sentir su textura de hotel contra tu piel. En la sala de estar hay un bar con whiskies escoceses y espiritoso destilado ruso. Es un mueble de madera de cerezo de mediados del siglo pasado con una elaborada tapa abatible. La primera noche Scott se pasó un buen rato mirándolo, de un modo similar al que un hombre en cierto estado de ánimo contempla una vitrina con pistolas. Hay un montón de maneras de morir. Después tapó el mueble bar con una manta, colocó una silla delante y no volvió a prestarle atención.

En algún lugar indeterminado, la esposa de Kipling y la hermosa azafata yacen boca arriba sobre una superficie de acero. Sarah, así se llamaba, y la mujer con cuerpo de modelo y falda corta era Emma Lightner. Repasa sus nombres varias veces al día como si de un koan zen se tratase. David Bateman, Maggie Bateman, Rachel Bateman…

Creía que ya había aprendido a convivir con eso, con todo lo que representaba, pero la noticia del hallazgo de los cadáveres le ha desequilibrado. Están muertos. Todos ellos. Sabe que están todos muertos. Él estuvo allí, en el océano. Se sumergió bajo aquella ola gigante. Era imposible que hubiera supervivientes, pero oír las noticias, ver las imágenes grabadas —«primeros cadáveres recuperados del avión estrellado de Bateman»— hizo que todo volviese a ser real, del mismo modo que uno vuelve a sentir las piernas una vez superada una situación de bloqueo.

La madre sigue perdida por allí, igual que el padre y la hermana. También los pilotos, Charlie Busch y James Melody. Y Kipling, el traidor, y el guardaespaldas de Bateman, enterrados en las profundidades, meciéndose en una oscuridad permanente.

Sabe que debería regresar a casa, a la isla, pero no puede. Por algún motivo se siente incapaz de afrontar de nuevo la vida que vivió en el pasado («en el pasado» en este caso significa hace solo días, como si el tiempo lineal no significase nada para un hombre que ha sobrevivido a lo que él ha sobrevivido. Hay un antes y un después), incapaz de acercarse a una baja verja blanca junto a un tranquilo camino de tierra y ponerse las viejas zapatillas que dejó distraídamente junto a la puerta al sacárselas, una detrás de la otra, la punta de la de detrás reposa todavía sobre el talón de la de delante. Se siente incapaz de enfrentarse a la leche ya agriada que sigue en la nevera y a la mirada triste de su perra. Esa era su casa, la del hombre que sale por la tele con las camisas de Scott y mira al objetivo en viejas fotografías; ¿tenía los dientes tan torcidos? Se siente incapaz de enfrentarse al ramillete de cámaras, a la inacabable lluvia de preguntas. Hablar con la gente en el metro era una cosa, pero dirigirse a las masas…, eso no puede afrontarlo. Una declaración se convierte en un pronunciamiento cuando se dirige a la multitud. Los comentarios casuales acababan convertidos en parte de los archivos públicos que se reproducirían durante toda la eternidad, catalogados y digitalizados. Por el motivo que fuese, se sentía incapaz de volver sobre sus pasos, de refugiarse en el lugar en el que había vivido «antes». De modo que seguía sentado en su sofá prestado, contemplando las copas de los árboles y las fachadas de arenisca rojiza de Bank Street.

¿Dónde está el niño ahora? ¿En una casa de campo en algún lugar del país? ¿En una mesa de desayuno rodeado de los puntiagudos rabitos verdes de los fresones y de las manchas blancas de calcificación de los copos de avena? Todas las noches antes de irse a dormir, a Scott le viene a la cabeza el mismo pensamiento. Una vez dormido sueña con el niño perdido en un océano infinito, sueña con el eco de sus gritos —procedentes de ningún lugar y de todos los lugares a la vez— mientras él nada de un lado para otro, casi ahogándose, tratando de encontrarlo sin lograrlo nunca. Pero le cuesta dormirse. Se pasa horas y horas desvelado. Se le ocurre ahora, mientras bebe sorbos de un café ya frío, que tal vez estos sean en realidad los sueños del niño. Una proyección de su ansiedad, que transporta el viento como si fuese el sonido de un silbato para perros que solo Scott es capaz de escuchar.

¿Es este lazo, real o imaginario, entre ellos producto de la culpabilidad, una idea que Scott ha contraído como un virus? Salvar a ese niño, llevarlo colgado a tus espaldas durante ocho inacabables horas, llevarlo en brazos hasta el hospital… ¿eso abre una nueva senda en el cerebro? ¿No es suficiente con haber salvado una vida? Ahora este niño al que el mundo conoce como J.J., pero que para Scott será siempre simplemente «el niño», está en casa. A salvo y cuidado por su nueva familia, por su tía y el —bueno, seamos honestos— taimado marido de esta. Convertido de forma repentina en un millonario de tal magnitud que jamás le va a faltar de nada, y todavía no tiene ni cinco años. Scott le salvó la vida, le dio un futuro, la posibilidad de ser feliz, ¿no es eso suficiente?

Llama al teléfono de información y pide que conecten con el número de la tía en Westchester. Son las nueve de la noche. Lleva dos días sentado a solas en el apartamento. La operadora le conecta y mientras escucha los timbrazos se pregunta qué está haciendo.

Después del tercer timbrazo, descuelga Eleanor. Él se imagina su rostro, las mejillas sonrosadas y la mirada tristona.

—¿Hola?

Su tono es receloso, como si las llamadas después del anochecer solo pudiesen traer malas noticias.

—Hola, soy Scott.

Pero ella ya ha empezado a hablar:

—Ya hemos hecho una declaración. ¿Quiere hacer el favor de respetar nuestra intimidad?

—No, soy Scott. El pintor. Del hospital.

El tono de voz de Eleanor se dulcifica.

—Ah, disculpa. Es que… no nos dejan tranquilos. Y no es más que un niño, ¿sabes? Y su padre y su madre están…

—Lo sé. ¿Por qué crees que yo me estoy ocultando?

Se produce un silencio mientras ella cambia de actitud al pasar de la llamada que creía que iba a recibir a la que ha recibido en realidad: es un momento de complicidad con el salvador de su sobrino.

—Ojalá nosotros pudiésemos hacerlo —le dice a Scott—. Quiero decir que ya es bastante duro pasar por todo esto en privado, sin tener que…

—Desde luego. ¿Cómo está…?

Un silencio. Scott cree adivinar lo que le pasa a ella por la cabeza: ¿hasta qué punto se puede fiar de él? ¿Hasta dónde le puede contar?

—¿J. J.? Él, ya sabes, no habla. Lo hemos llevado a que lo visite un psiquiatra, bueno, yo lo he llevado…, y el médico lo único que ha dicho es… «denle tiempo». Así que no lo estoy presionando.

—Eso suena… No puedo imaginarme cómo…

—No llora. No es que…, quiero decir que solo tiene cuatro años, así que ¿hasta qué punto entiende lo que ha sucedido? Pero aun así, yo pensaba que lloraría.

Scott piensa en eso. ¿Qué puede decir?

—Supongo que está procesando lo que ha vivido. Algo que ha sido… traumático. Me refiero a que, para los críos, todo lo que les sucede es normal, ¿no? Quiero decir en sus cabezas. Están aprendiendo cómo es el mundo, de manera que él ahora cree que esto es lo normal. Los aviones se estrellan, la gente se muere y uno acaba en el agua. Con lo cual tal vez esté reconsiderándolo todo si resulta que la vida en la Tierra es tan…

—Lo sé —dice ella.

Y durante un minuto se produce un silencio que no es ni torpe ni incómodo. Tan solo el sonido de dos personas reflexionando.

—Doug tampoco habla mucho. Excepto del dinero. El otro día lo pillé bajándose una hoja de cálculo. Pero… ¿emocionalmente? Creo que está bloqueado por la situación que estamos viviendo.

—¿Todavía?

—Sí, él… bueno, no está muy dotado para relacionarse con la gente. Él también ha tenido una infancia dura.

—¿Quieres decir hace veinticinco años?

Scott la escucha reír al otro lado del teléfono.

—No seas malo.

A Scott le gusta el sonido de la voz de Eleanor, su modulación. Hay en ella un punto de intimidad, como si se conociesen desde hace mucho, mucho tiempo.

—No es que yo sea el más adecuado para hablar de esto —reconoce Scott—, dado el historial de mis relaciones con el sexo opuesto.

—No voy a entrar en el tema —dice ella.

Hablan un rato sobre la rutina diaria: ella despierta al niño mientras Doug todavía duerme…, parece que él se acuesta tarde. A J. J. le gusta desayunar una tostada y es capaz de comerse un bol entero de arándanos de una sentada. Hacen manualidades hasta la hora de la siesta y por las tardes al crío le gusta buscar bichos por el jardín. Los días que hace mal tiempo, se sientan en el porche y saludan a los camiones que pasan.

—Es básicamente un niño normal —dice ella.

—¿Crees que realmente entiende lo que ha sucedido?

Después de un largo silencio, Eleanor responde:

—¿Tú lo entiendes?

El miércoles empiezan a celebrarse los funerales. El de Sarah Kipling es el primero, sus restos mortales se entierran en el cementerio de Mount Zion de Queens, una tumba a la sombra de unas acechantes chimeneas de antes de la guerra, como si allí al lado hubiese una fábrica dedicada a la manufacturación de cadáveres. La policía mantiene a las camionetas de los noticiarios a distancia, en una zona acordonada en la parte sur del muro del cementerio. El día está encapotado, el aire es denso, tropical. Se han anunciado tormentas para la tarde y ya se percibe la carga eléctrica en la atmósfera. La fila de coches negros se extiende a lo largo de la autovía que conecta Brooklyn con Queens, con familiares, amigos y figuras políticas. Habrá otros ocho entierros si es que se llegan a recuperar todos los cadáveres.

Hay varios helicópteros sobrevolando en círculo. Scott llega en taxi. Lleva un traje negro que ha encontrado en el armario del apartamento de invitados de Layla. Le va una talla grande, largo de mangas. En uno de los cajones del vestidor ha encontrado una camisa blanca, que en cambio le ciñe demasiado el cuello, que se ve desabotonado bajo la corbata. Se ha afeitado torpemente y se ha hecho dos cortes con la cuchilla. La visión de su propia sangre en el espejo del lavabo y el lacerante dolor del corte le han devuelto aunque sea parcialmente a la realidad.

Sigue percibiendo el sabor de la sal en la garganta, incluso mientras duerme.

¿Por qué él está vivo y los demás muertos?

Scott le pide al taxista que le espere y se apea. Por un momento se pregunta si el niño habrá venido –olvidó preguntarlo–, pero entonces piensa «¿quién iba a traer a un niño pequeño al funeral de una desconocida?».

La verdad es que no sabe muy bien por qué ha venido hasta aquí. Tampoco él es ni familiar ni amigo.

Scott nota las miradas sobre él mientras se acerca. Hay dos docenas de asistentes vestidos de negro que rodean la tumba. Ve cómo lo observan. Él es como un rayo que ha impactado dos veces en el mismo sitio. Una anomalía. Baja la mirada por respeto.

Ve a media docena de hombres trajeados que se mantienen a una respetuosa distancia. Uno de ellos es Gus Franklin. Reconoce también a un par más. El agente O'Brien del FBI y el otro es el agente…, no recuerda el nombre, de, ¿cómo se llamaba eso, la SEC? Le saludan con un gesto de asentimiento.

Mientras habla el rabino, Scott contempla las nubes negruzcas que se desplazan por el cielo. Están en un planeta llamado Tierra en el corazón de la Vía Láctea. Girando, siempre girando. Todo en el universo parece moverse siguiendo un patrón circular, los objetos celestes orbitan. Las fuerzas gravitatorias empequeñecen cualquier esfuerzo de hombre o bestia. Incluso en términos planetarios somos minúsculos, un hombre flotando en la inmensidad del océano es una mota entre el oleaje. Creemos que nuestra capacidad de razonar, nuestra capacidad de entender la infinita vastedad de los cuerpos celestes, nos hace más importantes de lo que somos. Pero la verdad es que esta capacidad de comprender la magnitud de la escala no hace sino empequeñecernos más.

El viento se intensifica. Scott intenta no pensar en los otros cadáveres todavía sumergidos con el avión: los del capitán Melody, Ben Kipling, Maggie Bateman y su hija, Rachel. Se los imagina allí, como una carta que no ha llegado a su destinatario, perdida en las negras profundidades, meciéndose suavemente al ritmo de una música silente mientras los cangrejos les devoran las narices y los dedos de los pies.

Cuando termina el funeral, un hombre se acerca a Scott. Tiene porte militar y un rostro seductor y curtido, como si se hubiese pasado la vida bajo el ardiente sol de Arizona.

—¿Scott? Soy Michael Lightner. Mi hija estaba…

—Lo sé —le dice Scott sin levantar la voz—. La recuerdo.

Están entre las tumbas. A lo lejos se ve un mausoleo abovedado, sobre el que se erige la escultura de un hombre, con una pierna adelantada, caminando bastón en mano, como si dijese que incluso ahora el viaje está por hacer. Queda empequeñecido por el perfil de la ciudad al fondo, que resplandece bajo el sol de la tarde, de tal modo que si uno desenfoca la mirada se puede imaginar que todos esos edificios no son más que tumbas de otro tipo, rascacielos erigidos como símbolos de recuerdo y pesar.

—He leído en algún lado que es usted pintor —le dice Michael. Saca una cajetilla de cigarrillos del bolsillo de la camisa y coge uno.

—Bueno, pinto —responde Scott—, si eso me convierte en pintor, pues supongo que sí, soy pintor.

—Yo piloto aviones —comenta Michael—, lo cual siempre he pensado que me convierte en piloto.

Da una calada al cigarrillo.

—Quiero darle las gracias por lo que hizo —le dice.

—¿Por seguir vivo? —pregunta Scott.

—No, por el niño. Una vez tuve que hacer un amerizaje de emergencia en el estrecho de Bering y sobreviví en un bote salvavidas, y eso fue… Tenía provisiones.

—¿Recuerda a Jack LaLanne? —le pregunta Scott—. Bueno, resulta que yo de niño fui a San Francisco y él llevaba a cabo el reto de atravesar la bahía a nado tirando de una barca. Pensé que era Superman. Así que me apunté a un equipo de natación.

Michael se queda pensativo. Es el tipo de hombre que a uno le gustaría ser, sereno y seguro de sí mismo, pero también de algún modo agudo, como si se tomase las cosas en serio, pero no a sí mismo.

—Antes retransmitían por la tele todos los lanzamientos de cohetes —dice—. Neil Armstrong, John Glenn. Si te sentabas en la alfombra de la sala de estar casi podías notar el calor de las llamas.

—¿Alguna vez subió ahí arriba?

—No. Piloté aviones de combate durante muchos años y después entrené a pilotos. No me veía pasándome a la aviación comercial.

—¿Se lo han contado todo? —pregunta Scott—. Sobre el avión.

Michael se desabotona la chaqueta.

—Mecánicamente parecía en perfecto estado. El piloto no dio parte de ningún problema en un vuelo sobre el Atlántico que hizo esa misma mañana, y lo habían sometido a una revisión completa de mantenimiento la semana anterior. Además, eché una ojeada a la hoja de servicios del piloto y es inmaculada, aunque el fallo humano... no se puede descartar. Todavía no disponemos de la caja negra, pero me han dejado ver los informes del control de tráfico aéreo y no hubo ningún *mayday* ni ninguna señal de alarma.

—Había niebla.

Michael frunce el ceño.

—Eso genera un problema de visibilidad. Pueden producirse algunas turbulencias debido a las variaciones de temperatura, pero en un aparato como ese, que se pilota con instrumentos de vuelo y no fiándose de la visión del piloto, eso no tendría que haber supuesto un problema.

Scott mira el helicóptero que se acerca desde el norte, deslizándose en paralelo al río, demasiado lejos como para que se oiga el ruido de los rotores.

—Hábleme de ella —dice.

—¿De Emma? Ella... era... Uno tiene hijos y cree que «como yo te he dado la vida, somos iguales», pero no es cierto. Simplemente convives con ellos durante un tiempo y con suerte tal vez puedas ayudarles a entender algunas cosas. —Tira el cigarrillo al suelo húmedo y lo aplasta con el pie—. ¿Puede...? —añade—, ¿hay algo sobre el vuelo, sobre ella, que pueda contarme?

Sus últimos minutos de vida, le está pidiendo.

Scott reflexiona sobre qué le puede contar... ¿Que le sirvió una bebida? ¿Qué estaban retransmitiendo el partido por la televisión y los dos millonarios hablaban por los codos y una de las mujeres de los millonarios comentaba que se iba a ir de compras?

–Ella cumplió con su trabajo –le comenta–. Quiero decir que el vuelo duró, ¿cuánto, dieciocho minutos? Y yo subí al avión justo cuando ya estaban a punto de cerrar la puerta.

–No se preocupe, lo entiendo –dice el padre bajando la cabeza para ocultar su decepción. Tener algún detalle más sobre ella, una imagen, sentir que puede descubrir algo nuevo, es una manera de mantenerla viva en su cabeza.

–Fue amable conmigo –le dice Scott.

Permanecen allí de pie un momento, sin nada más que decirse, hasta que Michael asiente y le tiende la mano. Scott se la estrecha mientras intenta pensar en algo más que decirle que pudiese aliviar el dolor que ese hombre debe de estar sintiendo. Pero Michael, que percibe la incomodidad de Scott, se da la vuelta y se aleja, con la espalda bien erguida.

Los agentes se acercan a Scott mientras este camina de vuelta a su taxi. O'Brien va delante y, pegado a él, Gus Franklin, que le pone una mano en el hombro como diciéndole «deja en paz a este tío».

–Señor Burroughs.

Scott se detiene, con la mano ya en la puerta del taxi.

–En realidad no queremos molestarle –dice Gus.

–No se llama «molestar» –dice O'Brien–, se llama «hacer nuestro trabajo».

Scott se encoge de hombros, no le queda más remedio que escucharles.

–Suban –les propone Scott–. No quiero mantener esta conversación delante de las cámaras.

El taxi es un monovolumen. Scott desliza la puerta, sube y se sienta en el asiento trasero corrido. Los agentes se miran y también suben. Gus delante, O'Brien y Hex en los asientos plegables frente a Scott.

–Gracias –les dice Scott–. He logrado hasta ahora evitar ser pillado por una cámara desde un helicóptero.

–Sí, ya nos hemos percatado –dice O'Brien–. No es usted un gran fan de los medios de comunicación de masas.

–De ningún medio de comunicación –añade Hex.

—¿Cómo va la búsqueda? —le pregunta Scott a Gus.

Gus se vuelve hacia el conductor, un senegalés.

—¿Nos puede dejar a solas un momento?

—Es mi taxi.

Gus saca la cartera, le da al hombre veinte dólares y, cuando comprueba que eso no funciona, otros veinte. El conductor coge los billetes y se apea.

—El huracán Margaret se está desplazando hacia el norte desde las Caimán —le explica Gus a Scott—. De momento hemos tenido que suspender la búsqueda.

Scott cierra los ojos. Maggie, Margaret.

—Sí —dice Gus—. Parece una broma pesada, pero a los huracanes les ponen los nombres cuando empieza la temporada.

—Parece usted muy alterado —observa O'Brien.

Scott le clava la mirada.

—Murió una mujer en ese avión que se precipitó al mar y ahora resulta que hay un huracán que lleva su nombre —dice—. No estoy muy seguro de qué debo parecer.

—¿Qué relación tenía usted con la señora Bateman? —le pregunta Hex.

—Dicen ustedes las cosas de un modo que suena muy fiscalizador.

—¿Eso cree? —dice O'Brien—. Probablemente se deba a una profunda convicción filosófica de que todo el mundo miente.

—Si yo creyese algo así, creo que dejaría de conversar con la gente —dice Scott.

—Oh, para nada. Lo hace muy divertido —asegura O'Brien.

—Ha muerto gente —interviene Gus—. Esto no es un juego.

—Con el debido respeto —le responde O'Brien—. Tú céntrate en qué ha provocado la caída del avión. Nosotros nos encargamos del factor humano.

—A menos —interviene Hex— que ambas cosas resulten ser la misma.

Scott se apoya en el respaldo y cierra los ojos. Parece que ahora lo están excluyendo de la conversación y se siente fatigado. El dolor del hombro ha disminuido, pero le merodea un dolor de cabeza, una repercusión en el tejido cerebral del incremento de la presión barométrica del exterior.

—Creo que se ha quedado dormido —comenta Hex observándolo.

—¿Sabes quién se queda dormido en una comisaría? —pregunta O'Brien.

—El culpable —responde Hex.

—Vosotros dos deberíais montar vuestra propia emisora radiofónica —les dice Gus—. Deportes en horario matutino. Boletines de tráfico y meteorología cada hora.

O'Brien le da un golpecito en el pecho a Scott.

—Estamos planteándonos solicitar una orden de registro para echarle un vistazo a sus cuadros.

Scott abre los ojos.

—¿Cómo sería una orden así? —les pregunta—. ¿Una orden de registro para contemplar obras de arte? —Se imagina un documento con un dibujo, la interpretación de un artista de una orden de registro.

—Es un pedazo de papel firmado por un juez que nos permite confiscar su mierda —le explica O'Brien.

—También pueden pasarse la noche del jueves —dice Scott—. Se servirá vino blanco en vasos de papel y sacaremos una bandeja con palitos Stella D'Oro. ¿Han estado alguna vez en la inauguración de una exposición en una galería?

—Yo he estado en el puto Louvre —suelta O'Brien.

—¿Eso queda cerca del Louvre de toda la vida?

—Esta es mi investigación —interrumpe Gus—. Nadie va a confiscar nada sin hablar primero conmigo.

Scott mira por la ventanilla. Los asistentes al funeral ya se han dispersado. La tumba no es más que un agujero en el suelo que se está llenando de agua de lluvia mientras dos hombres vestidos con monos permanecen bajo las ramas de un olmo fumando Camel lights.

—¿Qué utilidad práctica podrían tener mis cuadros para la investigación, según usted? —pregunta Scott.

Realmente le interesa saberlo, siendo alguien que ha dedicado (¿perdido?) veinticinco años a embadurnar telas con colores, ignorado por el mundo, luchando contra molinos de viento. Alguien que se ha resignado a la inutilidad y la irrelevancia.

—No es por lo que son —le aclara O'Brien—. Sino por lo que representan.

—Son cuadros sobre desastres —tercia Hex—. Es la información que da su galerista. Cuadros de accidentes automovilísticos y descarrilamientos de trenes.

—Lo cual —dice O'Brien—, dejando de lado que esas pinturas como obras de arte son una mierda, resulta interesante para nosotros en esta investigación. Porque tal vez, aburrido de buscar imágenes de desastres para pintar, decidió provocar uno usted mismo.

Scott los mira con interés. Qué cerebros más fascinantes poseen estos hombres, capaces de urdir maquinaciones y fabulaciones completamente inventadas. Dirige su mirada hacia Gus, que se está pinzando el puente de la nariz como si sintiese un enorme dolor.

—¿Y eso exactamente cómo funcionaría? —pregunta Scott—. A nivel práctico. Un pintor sin un centavo y con una perra que solo tiene tres patas. Un hombre que se pasa los días buscando algo que no es capaz de definir. Una historia sin verbos. ¿Cómo consigue este pobre tipo, no sé ni cómo expresarlo, llevarlo a cabo?

—Sucede a todas horas —dice O'Brien—. Hombrecillos irrelevantes encerrados en habitaciones minúsculas elucubrando grandes ideas. Empiezan imaginando lo que harán, acudiendo a ferias de venta de armas, buscando bombas fabricadas con fertilizante por internet.

—Yo no uso internet.

—Pues entonces la puta biblioteca. «Fijaos en mí», esta es la clave. La venganza.

—¿Contra quién, por qué?

—Contra cualquiera. Por lo que sea. Por sus madres. Por Dios. Contra el chaval que les robó en la clase de gimnasia.

—¿En plena clase? —pregunta Scott—. ¿Delante de todo el mundo?

—Ya veo que bromea, pero yo hablo en serio.

—No, simplemente es que me resulta de lo más interesante, eso es todo —dice Scott—. Poder comprobar cómo funciona su mente. Como ya he dicho, yo doy paseos por la playa, me siento en alguna cafetería y me quedo contemplando mi taza de café. Pienso en imágenes, colores y maneras de mezclarlos. Esto en cambio, esta especie de proyección mental televisiva, es nuevo para mí.

—¿Por qué pinta lo que pinta? —le pregunta Gus sin levantar la voz.

—Bueno —dice Scott—, la verdad es que no estoy seguro. Yo pintaba paisajes y un día empecé a colocar cosas en ellos. Supongo que intento entender el mundo. Quiero decir que cuando uno es joven espera que las cosas le vayan bien en la vida, o al menos uno da por hecho que eso es posible. La vida se puede gobernar. Si uno elige un camino, o incluso si no lo elige, porque hay un montón de gente que llega a la cima por puro accidente. Se topan con algo que les permite ir hacia arriba. Pero yo con lo que di fue con el bourbon y con mi propia gilipollez.

—Yo ya me estoy durmiendo —se queja O'Brien.

Scott continúa con su explicación, porque Gus le ha preguntado, y dado que lo ha hecho, supone que realmente le interesa saberlo.

—La gente se levanta por la mañana y considera que empieza un nuevo día. Hacen planes. Se mueven en la dirección elegida. Pero en realidad no es un nuevo día. Es el día en que sus trenes descarrilan o un tornado toca tierra o el ferry se hunde.

—O un avión se estrella.

—Sí, es al mismo tiempo real y, para mí, metafórico. O lo era…, hasta hace diez días. Cuando yo todavía consideraba que pintar un avión estrellado no era más que una forma ingeniosa de ocultar el hecho de que había arruinado mi vida.

—O sea, que llegó a pintar un avión estrellado —dice Hex.

—Estamos muy interesados en verlo —añade O'Brien.

A través de la ventanilla, Scott ve que los operarios tiran las colillas de sus cigarrillos al suelo embarrado y cogen las palas. Piensa en Sarah Kipling, que un soleado día de agosto compartió un rato con él, le saludó tendiéndole una mano flácida y le dedicó una sonrisa de cumplido. ¿Por qué ahora es ella y no él quien está bajo tierra? Piensa en Maggie y en su hija de nueve años. Ambas yacen en alguna parte del fondo del océano y él en cambio está ahí, manteniendo una conversación sobre arte que en realidad es una conversación sobre la muerte.

—Pásense cuando quieran —les dice—. Los cuadros están allí. Lo único que tienen que hacer es encender las luces.

Le pide al taxista que le deje en Penn Station, suponiendo que con toda la prensa en el funeral alguien habrá seguido al taxi, y mientras entra en la estación ve un todoterreno verde que se detiene junto a la acera y de él se apea un hombre vestido con una chaqueta tejana. Scott se dirige rápidamente hacia el metro, desciende hasta el andén de la línea tres en dirección a la parte baja de la ciudad. Una vez allí busca la salida y se encamina hasta el andén en dirección a la parte alta. Cuando llega, ve que su perseguidor de la chaqueta tejana aparece en el andén de enfrente. Lleva una cámara en la mano y, mientras entra en la estación el tren en dirección a la parte alta, ve a Scott y levanta la cámara para sacarle una foto. Scott se gira en el momento en el que el tren chirría a su altura y ensombrece su rostro. Oye el sonido del aire a presión al abrirse las puertas y entra en un vagón. Se sienta y se tapa la cara con una mano. Cuando las puertas se cierran, echa un vistazo entre los dedos entreabiertos y cuando el tren se pone en marcha entrevé la cazadora tejana en el andén de enfrente; el fotógrafo sigue con la cámara en alto, tratando de conseguir una foto.

Scott recorre tres estaciones y después se apea y toma un autobús en dirección a la parte baja de la ciudad. Ahora habita un mundo nuevo, una ciudad conflictiva, invadida por las sospechas y la desconfianza. Aquí no hay espacio para el pensamiento abstracto, no hay espacio para reflexionar sobre la naturaleza de las cosas. Eso también ha muerto en el agitado Atlántico. Ser artista consiste en vivir al mismo tiempo en el mundo y distanciado de él. Donde un ingeniero ve forma y función, un artista ve significado. Una tostadora para el ingeniero es un conjunto de componentes mecánicos y eléctricos que funcionan juntos para aplicar calor al pan y así crear una tostada. Para el artista, una tostadora es otra cosa. Es una máquina para crear comodidad, uno de los muchos objetos que en una vivienda crean la ilusión de hogar. Si se lo dota de entidad antropomórfica, es un hombre con la boca abierta que nunca se cansa de comer. Abre la boca y devora el pan. Pero la pobre señora Tostadora es una mujer que, por mucho que devore, jamás queda del todo saciada.

Scott cena cereales, con su traje prestado todavía puesto y la corbata torcida. De algún modo le parece irrespetuoso quitárselo. La muerte, tan permanente para los muertos, debería ser algo más que una mera actividad de una tarde para los dolientes. De modo que se sienta y se lleva la comida a la boca y mastica completamente vestido de negro, como si fuese el empleado de una funeraria tomando su desayuno.

Va hasta el fregadero, y mientras lava el bol y la cuchara que ha ensuciado oye que se abre la puerta. Sabe que es Layla sin necesidad de mirar, por el sonido de sus tacones y el olor a perfume.

—¿Estás presentable? —pregunta ella entrando en la cocina.

Scott deja el bol en el escurridor para que se seque.

—Estoy intentando dilucidar para qué necesitas una vajilla para treinta personas —le dice—. Los cowboys recorrían el país con solo un plato, un tenedor y una cuchara.

—¿Es eso lo que eres? —inquiere ella—. ¿Un cowboy?

Scott va a la sala de estar y se sienta en el sofá. Layla saca la manta de encima del mueble bar y se sirve una copa.

—¿Esto es para mantener calientes las bebidas o…?

—Soy alcohólico —le responde él—. O eso creo.

Ella bebe un sorbo de su copa.

—Eso crees.

—Bueno, probablemente es una apuesta segura, dado que cuando empiezo a beber soy incapaz de parar.

—Mi padre es el alcohólico más rico del planeta. *Forbes* publicó un artículo donde se decía que probablemente se bebe trescientos mil dólares en alcohol de primera calidad.

—Tal vez deberían grabar eso como epitafio en su tumba.

Layla sonríe, se sienta y se saca los zapatos y los deja caer al suelo. Después flexiona la pierna derecha y la esconde bajo su cuerpo.

—Ese traje es de Serge.

Scott empieza a sacarse la corbata.

—Lo siento.

—No —dice ella—. No pasa nada. Ahora está en Rumanía, creo. Dedicado a su nueva jodienda épica.

Scott contempla cómo se bebe el whisky. En el exterior la lluvia golpea y ensucia los cristales.

—Una vez me comí un melocotón —le cuenta a su anfitriona— en el desierto de Arizona, y eso fue mejor que cualquier relación sexual que haya tenido en toda mi vida.

—Cuidado —le advierte ella—. Me lo podría tomar como un reto.

Cuando Layla se marcha, Scott lleva su vaso al fregadero. Todavía queda un dedo de whisky y, antes de vaciarlo, se lo acerca a la nariz, lo huele y se siente transportado por el familiar olor a turba. «Las vidas que vivimos —piensa— están llenas de agujeros.» Alza el vaso y le da la vuelta para verter el líquido.

Scott se mete en el dormitorio y se echa en la cama, con el traje todavía puesto. Intenta imaginarse cómo debe ser estar muerto, pero le resulta imposible, así que se incorpora y apaga la luz. La lluvia repiquetea en el cristal de la ventana. Mira al techo, contemplando la sombra de las gotas moviéndose al revés, deslizándose de abajo arriba. Las ramas de los árboles se extienden creando un dibujo de test de Rorschach. Las paredes blancas del apartamento son una tela virgen, un espacio a la espera de que su ocupante decida cómo vivir.

¿Qué va a pintar ahora?, se pregunta.

HILOS

Había una respuesta. Solo que todavía no la tenían. Eso fue lo que Gus les dijo a sus jefes cuando le presionaron. Ya habían pasado diez días desde que el avión se estrelló. Habían habilitado un hangar en una base naval en la zona de Long Island en el que almacenaban los restos que se iban recuperando. Un fragmento de un ala de casi dos metros, una bandeja, parte de un reposacabezas forrado de cuero. Allí sería donde llevarían los cadáveres que quedaban por localizar cuando se recuperasen, suponiendo que llegasen a aparecer entre los restos en lugar de llegar hasta una playa como el de Emma Lightner o acabar enganchados en la red de unos pescadores como sucedió con el de Sarah Kipling. Esos dos cuerpos se habían enviado a sendas morgues locales y se tardó varios días en reclamarlos con un mandato federal. La jurisdicción es uno de los muchos quebraderos de cabeza con los que hay que bregar cuando se investiga una catástrofe aérea en aguas del litoral.

Diariamente los buzos se ponían sus trajes de neopreno, los pilotos ponían en marcha sus helicópteros y los capitanes de los barcos se repartían la cuadrícula del mapa costero. Las profundidades marinas están a oscuras. Las corrientes son fuertes. Lo que no flota, se hunde. En cualquier caso, cuanto más tiempo pasaba, menos probabilidades había de que encontrasen lo que buscaban. A veces, cuando la espera se hacía demasiado larga, Gus llamaba a un helicóptero y volaba hasta el buque de mando. Se quedaba en la cubierta y ayudaba a coordinar la búsqueda mientras contemplaba a las gaviotas que volaban en círculo. Incluso en los momentos más tensos, Gus permanecía allí al pie del cañón. Era ingeniero, especialista en diseño de aviones, y era capaz de encontrar el fallo en cualquier sistema. El problema era que necesitaba un sistema que analizar: propulsión, circuito hidráulico y aerodinámica. Y de momento de lo único que disponía era del pedazo retorcido de un ala y del efecto de la presión en un hombre al que le estaban apretando las tuercas.

Y sin embargo, incluso un pequeño fragmento de chatarra cuenta una historia. A partir del pedazo de ala determinaron que el avión chocó contra el agua en un ángulo de noventa grados y se sumergió directamente, como un ave marina. Este no es un ángulo natural de descenso para un avión, que está diseñado para planear con sus alas contorneadas. Lo cual sugiere un error del piloto, o incluso un choque deliberado, pese a que Gus recordaba a todo el mundo la posibilidad de que el avión hubiese descendido de un modo más natural y finalmente hubiera impactado frontalmente con una ola gigante, como quien se da de morros contra algo. En otras palabras, no había ninguna certeza absoluta.

Unos días después se localizó un trozo de la cola cerca de Block Island. Gracias a este fragmento pudieron echar un primer vistazo al sistema hidráulico, que no parecía presentar defectos de funcionamiento. Al día siguiente aparecieron dos maletas en la playa de Montauk, una intacta, la otra abierta y ya sin nada en su interior. Y así avanzaban las investigaciones, pieza a pieza, como quien busca una aguja en un pajar. La buena noticia era que los restos sumergidos parecían estar fragmentándose y emergiendo poco a poco, pero entonces, cuatro días atrás, dejaron de aparecer más. Ahora a Gus le preocupa que tal vez jamás lleguen a recuperar el grueso del fuselaje y que el resto de los pasajeros y la tripulación hayan desaparecido para siempre.

Diariamente afronta la presión de sus superiores en Washington, quienes, por turnos, se enfrentan a las crecientes peticiones del fiscal general y de cierto furibundo multimillonario para que encuentren respuestas, recuperen los cadáveres que faltan y se pueda dar por cerrado el caso.

«Hay una respuesta. Solo que todavía no la tenemos.»

El jueves toma asiento ante una mesa de reuniones y hace un repaso a lo obvio ante veinticinco burócratas que insisten en cosas que ya saben que saben. Esta reunión se produce en el edificio federal en Broadway, madriguera del agente del FBI O'Brien y del agente del Departamento del Tesoro, Hex, y de la docena de subordinados que tienen a sus órdenes. Para O'Brien esa catástrofe aérea forma parte de una historia de grandes dimensiones: amenazas terroristas y ataques de células durmientes infiltradas contra intereses norteamericanos. Para Hex la caída del avión simplemente es la más reciente consecuencia de la guerra que mantienen la economía estadounidense y los millonarios y multimillonarios que dedican enormes sumas de dinero a quebrantar las normas y las leyes. Gus es el único de los presentes en la sala que afronta la catástrofe como un hecho aislado.

«Esa» gente en «ese» avión.

A su lado, el director de la empresa de seguridad que trabajaba para la familia Bateman está describiendo los procedimientos que utilizan para valorar los niveles de amenaza. Se ha traído con él a un equipo de seis colaboradores, que le van pasando documentos mientras habla.

–… en estrecho contacto con agentes de la Seguridad Nacional dedicados a estos temas –está diciendo–. De manera que si había una amenaza concreta, nosotros lo sabíamos en cuestión de minutos.

Sentado ante la mesa, Gus contempla su reflejo en la ventana. Su cabeza está en la cubierta de la patrullera de la Guardia Costera, observando atentamente las olas. O en el puente de mando de una fragata de la Marina analizando las imágenes del sonar.

–He estado supervisando en persona todas las informaciones sobre potenciales amenazas –continúa el director– durante los seis meses anteriores a la catástrofe, y puedo decirles con absoluta seguridad que no se nos pasó nada. Si algún grupo tenía en su punto de mira a los Bateman, lo mantenían en absoluto secreto.

Gus le da las gracias y le pasa la palabra al agente Hex, que vuelve a hacer un resumen de las investigaciones del gobierno contra Ben Kipling y su empresa de inversiones. Se cursaron las acusaciones tal como estaba previsto el día posterior al accidente, pero la muerte de Kipling proporcionó a sus socios la cabeza de turco perfecta. De modo que, todos a una, han mantenido que los negocios con los Estados parias, si es que los había, eran cosa del muerto y aparecían maquillados en sus libros de contabilidad como otra cosa. En otras palabras, los había engañado. «Soy tan víctima como usted», sostenían.

Se han bloqueado dieciocho cuentas de la empresa. Por un valor total de 6.100 millones de dólares. Los investigadores han establecido la conexión de ese dinero con cinco países: Libia, Irán, Corea del Norte, Sudán y Siria. Saben gracias al registro de llamadas del teléfono de Kipling que Barney Culpepper le llamó cincuenta y un minutos antes de que despegase el vuelo. Culpepper se ha negado a explicar de qué hablaron, pero está claro que la llamada fue para avisar a Kipling de la imputación.

En opinión de Hex y sus superiores en la SEC, la caída del avión fue debida a una acción de un país hostil para silenciar a Kipling y obstaculizar la investigación. Surge entonces la pregunta de cuándo exactamente invitaron los Bateman a los Kipling a regresar con ellos en su avión. El director de la empresa de seguridad revisa sus papeles. Hay un mensaje del guardaespaldas de los Bateman a las 11.18 del día de la catástrofe informando de una conversación con el cliente (David Bateman, alias Cóndor) en la que Cóndor informó de que Ben y Sarah irían con ellos en el vuelo de regreso.

—Scott —dice Gus distraídamente.

—¿Qué? —pregunta Hex.

—El pintor —aclara Gus—. Nos ha dicho que Maggie invitó a Sarah y su marido… esa mañana, más temprano, en el mercado de granjeros. Creo. Y a él ya lo había invitado… Voy a revisar las notas, pero diría que fue el domingo por la mañana. Se encontró con Maggie y los niños.

Gus recuerda su última conversación con Scott, en el taxi junto al cementerio. Esperaba poder mantener con él un diálogo entrando mucho más en el detalle, repasando minuto a minuto los recuerdos de Scott sobre el vuelo, el embarque, el subsiguiente despegue y todo lo que recordase del rato que estuvieron en el aire, pero la conversación fue secuestrada por dos tipos que intentaban descubrir rostros ocultos en las formas de las nubes.

«Si no disponemos de hechos —piensa—, nos inventamos películas.»

Eso es claramente lo que están haciendo los medios de comunicación —la CNN, Twitter, el *Huffington Post*—, un ciclo de veinticuatro horas de especulaciones. La mayoría de los medios respetables se están ciñendo a los hechos y ofrecen además páginas de opinión bien documentadas, pero otros —Bill Cunningham de la ALC es el más infame— están creando leyendas y convirtiendo todo ese asunto en un culebrón sobre un pintor mujeriego y sus millonarias mecenas.

Gus piensa en el niño, instalado ahora con su tía y su tío en el valle del río Hudson. Fue hasta allí hace un par de días para hacerles una visita, se sentó en su cocina y le ofrecieron una infusión. Nunca es el momento adecuado para interrogar a un niño pequeño, ni existe la técnica perfecta. Los recuerdos, que son dudosos incluso en los adultos, son en el mejor de los casos poco fiables en los niños, sobre todo después de sufrir un trauma.

—Desde que lo hemos traído a casa —le contó Eleanor mientras le servía la infusión—, apenas habla. El psiquiatra nos dijo que era normal. O si no normal, al menos que no era anormal.

El niño estaba sentado en el suelo jugando con una excavadora de plástico. Después de darle tiempo para que se acostumbrase a su presencia, Gus se sentó a su lado en el suelo.

—J. J. —le dijo—, me llamo Gus. Ya nos habíamos visto. En el hospital.

El niño levantó la vista, lo miró fijamente y volvió a concentrarse en su juego.

—He pensado que podríamos hablar sobre el avión, sobre cuando fuiste en aquel avión con mamá y papá.

—Y con mi hermana —añadió el niño.

—Exacto. Y con tu hermana.

Gus se calló, con la esperanza de que el niño llenase el silencio, pero no lo hizo.

—Bueno —le dijo Gus—, ¿te acuerdas del avión? Sé que ibas en él…, Scott me ha contado que estabas dormido cuando despegasteis.

El crío alzó la mirada al oír el nombre de Scott, pero no dijo nada. Gus le dirigió un gesto de asentimiento con la cabeza para animarlo.

—Pero —le dijo— tú… recuerdas haberte despertado en algún momento, antes de…

El niño miró a Eleanor, que se había sentado en el suelo detrás de él.

—Puedes contárselo, cariño. Todo…, cualquier cosa que recuerdes.

El niño pensó en ello, agarró su excavadora y la estampó contra una silla.

—Un rugido —gritó.

—J. J. —dijo Eleanor.

Pero el crío no le hizo caso, se levantó y se puso a corretear con la excavadora por la habitación, haciéndola chocar contra las paredes y los armarios.

Desde el suelo, Gus asintió y se puso en pie fatigosamente, con un crujido de las rodillas.

—No pasa nada —dijo—. Si recuerda algo ya acabará saliendo. Es mejor no forzarle.

Ahora, en la sala de reuniones, están hablando de las técnicas que hubiera podido utilizar un comando (enviado por Libia, Corea del Norte, etc.) para derribar el avión. El escenario más verosímil es una bomba colocada durante el tiempo que el avión estuvo aparcado en Teterboro o en el propio aeropuerto de Martha's Vineyard. Alguien despliega sobre la mesa un esquema del avión y todos se inclinan sobre él y señalan posibles lugares donde podrían haberla escondido. La parte exterior queda descartada por inviable, dado que el piloto hace una concienzuda revisión visual antes de despegar.

Gus ha hablado con el personal de tierra que llenó los depósitos del aparato en la pista, trabajadores con acento de Massachusetts que beben cerveza verde el día de San Patricio y comen perritos calientes el Cuatro de Julio. No se han detectado fallos de protocolo que hubiesen podido permitir a un tercero colarse en el avión y colocar el artefacto explosivo.

O'Brien lanza (otra vez) la idea de que deberían investigar a Charlie Busch, la incorporación en el último minuto a la tripulación. Hay rumores, sin confirmar, de que podría haber estado saliendo con la azafata, Lightner, pero no pruebas concluyentes. Gus le recuerda que ya se ha comprobado escrupulosamente el pasado de Busch. Era un atleta texano, sobrino de un senador y con un punto de playboy a juzgar por su currículo. Nada en el pasado de ese individuo sugiere que pudiera haber estrellado el avión deliberadamente, por larga que sea su lista de conquistas amorosas. Está claro que no encaja con ningún perfil conocido de terrorista.

El día anterior habían convocado a Gus en Washington para mantener un encuentro con el tío de Busch, el senador Birch. Birch era un fijo del Senado, llevaba ya seis mandatos encadenados. Tenía una cabellera completamente cana y los hombros anchos de un antiguo corredor de fútbol americano en un equipo universitario. Sentado a una prudente distancia, su asistente tecleaba en su móvil, preparado para intervenir si la conversación se desviaba en exceso del asunto a tratar.

—Entonces… ¿cuál es la respuesta? –le preguntó Birch.

—Es demasiado pronto para decirlo, señor –respondió Gus–. Necesitamos el avión, necesitamos analizar los sistemas, recuperar los cadáveres.

Birch se pasó la mano por la cara.

—Vaya lío. Bateman y Kipling. Y en medio mi pobre hermana.

—Sí, señor.

—Escuche –dijo Birch–. Charlie era un buen chico. Al principio un poco pendón, pero hasta donde yo sé, se enderezó. Logró encauzar su vida.

—Su expediente era bueno. No excelente, pero sí bueno. Sabemos que la noche anterior a la catástrofe estaba en Londres y que salió de copas con varios empleados de GullWing, y Emma Lightner también estaba allí. Pero por lo que los presentes recuerdan, fue una noche como cualquier otra. Fueron a un bar. Emma se retiró pronto. Sabemos que en algún momento de esa noche su sobrino intercambió vuelos con Peter Gaston. En principio no era él el designado como copiloto del vuelo seis uno tres.

Birch niega con la cabeza.

—Vaya mala suerte.

Gus ladeó la cabeza como diciendo: «Tal vez fuese mala suerte, tal vez no».

—Al día siguiente, su sobrino viajó en un asiento reservado para la tripulación en un vuelo a Nueva York. No sabemos por qué. Gaston asegura que lo de intercambiar vuelos fue idea de Charlie. Nos contó que al parecer le apetecía ir a Nueva York. Por lo visto era así…, impulsivo.

—Era joven.

Gus reflexionó sobre eso.

—O tal vez tuviese algún lío de faldas.

Birch hace una mueca irónica, como diciendo «no me lo estará diciendo en serio».

—¿Y qué quiere? Era un chico apuesto. Durante toda su vida siempre consiguió hacer lo que le daba la gana con una simple sonrisa. Si hubiera sido mi hijo, me lo hubiera llevado a la leñera y le hubiera enseñado un poco de disciplina a golpes, pero su madre consideraba que el mundo giraba alrededor de su retoño. Yo hice lo que pude, efectué algunas llamadas, lo metí en una escuela de pilotos, le ayudé a sentar la cabeza.

Gus asintió. Lo que le interesaba no era tanto descubrir qué tipo de persona era el copiloto sino saber en qué estado físico y mental se encontraba el día de la catástrofe. Los aviones no se estrellan porque los pilotos hayan crecido sin padre. El pasado te proporciona un contexto, pero no explica lo que realmente necesitas saber. Que en este caso era qué sucedió en los dieciocho minutos que transcurrieron desde que las ruedas del tren de aterrizaje dejaron de tocar el suelo y el momento en que el avión se estrelló contra el océano. ¿Sufrió el avión algún tipo de fallo mecánico?

Por lo que a él respectaba, el resto eran detalles con los que entretenerse mientras esperaba que apareciese la verdadera pista.

Desde el otro lado del escritorio, Birch hizo un gesto de asentimiento a su asistente. Ya era hora de dar por terminada la conversación. Se puso en pie y le tendió la mano a Gus.

—Si todo esto va a acabar sacando a la luz una mala imagen de Charlie, quiero que me lo haga saber. No le estoy pidiendo que haga nada ilegal, solo que me informe con un poco de antelación. Quisiera proteger todo lo posible a la madre del chico.

Gus se puso en pie y le estrechó la mano al senador.

—Por supuesto, señor —le dijo—. Gracias por recibirme.

Ahora, en una sala de reuniones en una planta elevada, Gus se contempla reflejado en el cristal, desconectado de los hombres trajeados que lo rodean. También ellos están entreteniéndose para pasar el rato. Ahora mismo la investigación es una partida de Cluedo en la que han desaparecido las cartas. Necesita un avión. Hasta que este aparezca, lo único que pueden hacer todos ellos es conjeturar.

Hex da un golpecito en el brazo a Gus. Este se percata de que O'Brien le está diciendo algo.

—¿Qué?

—Digo que conseguí una orden de registro —explica el agente O'Brien.

—¿Para qué? —le pregunta Gus.

—Los cuadros. Nos los hemos llevado del estudio de Burroughs hace una hora.

Gus se frota los ojos. Sabe, por el expediente de O'Brien, que es hijo de un director de un internado, de Andover o de la Academia Blair, ahora mismo no recuerda cuál de ellos. Parece un modo tan bueno como cualquier otro de construir una máquina de juzgar, una máquina cuya función es vigilar y castigar, que es claramente el modo en que O'Brien concibe su papel en la vida.

—Ese hombre salvó al niño.

—Estaba en el sitio adecuado en el momento adecuado, y yo me pregunto por qué.

Gus intenta no perder los nervios.

—Llevo diez años haciendo este trabajo —dice—, y nunca le había oído a nadie decir que verse envuelto en una catástrofe aérea era estar en el sitio adecuado en el momento adecuado.

O'Brien se encoge de hombros.

—Te he dado la oportunidad de que incorporases esto a la investigación. Ahora seguiré esta pista por mi cuenta.

—Bueno…, trae los cuadros al hangar —le propone Gus, y antes de que O'Brien pueda protestar añade—: Y tienes razón. Deberíamos echarles un vistazo. Yo lo hubiera hecho de una manera diferente, pero ahora ya está hecho. Así que tráelos al hangar. Y después puedes recoger tus cosas, porque quedas excluido del equipo.

—¿Qué?

—Te incorporé porque Colby me dijo que eras su mejor hombre, pero no vamos a seguir así. Es mi investigación, y soy yo quien decide cómo hay que tratar a los supervivientes y a los sospechosos. De modo que la decisión está tomada. Has requisado las obras de un hombre que tal vez algún día reciba la medalla al honor de manos del presidente. Has decidido que ese hombre está ocultando algo, o tal vez eres incapaz de aceptar que la vida está llena de coincidencias azarosas, que no todo lo que parece ser significativo es realmente significativo, pero en cualquier caso no es algo que te corresponda decidir a ti. De modo que recoge tus cosas. Te devuelvo al FBI.

O'Brien se queda mirándolo, con los dientes apretados, y después se pone en pie tomándose su tiempo.

—Ya lo veremos —dice, y sale de la sala de reuniones.

LIENZO N.º 3

Estás bajo el agua. A tus pies solo hay oscuridad. Muy arriba, ves luz, una gradual gradación del gris al blanco. La oscuridad tiene textura, lo que parecen ser cruces negras invade tu campo visual. Al principio estas cuchilladas de negro no resultan obvias, como si se hubiesen dibujado y después tachado, pero a medida que tus ojos se aclimatan al lienzo te das cuenta de que están por todas partes, no son una mera técnica aplicada con el pincel, son contenido.

En la esquina inferior derecha del marco puedes distinguir algo que brilla, un objeto negro que absorbe algunos destellos de luz de la superficie. Se pueden leer las letras «USS», la última *S* una simple curva que se hunde más allá del borde del mareo. Esa letra dirige tu mirada hacia otro detalle, en la parte más baja del lienzo, la punta de algo triangular, algo primordial que emerge.

Es en ese momento cuando te das cuenta de que las cruces son cadáveres.

El documento filtrado muestra tensión en
el seno de la investigación de la catástrofe
aérea Bateman; surgen preguntas sobre
el papel del pasajero misterioso
(7 de septiembre de 2015, 20.16)

BILL CUNNINGHAM (presentador): Buenas noches, América.
Soy Bill Cunningham. Interrumpimos la programación para
ofrecerles esta noticia de última hora. La ALC ha tenido acceso a un memorando interno redactado por el agente especial
Walter O'Brien del FBI y dirigido al investigador jefe de la
NTSB, Gus Franklin, escrito hace solo unas horas. El memorando pone en cuestión las teorías que en estos momentos
maneja el equipo sobre la catástrofe y plantea interrogantes
sobre la presencia en el avión del pretendido héroe del desastre, Scott Burroughs.

(Entra el vídeo.)

B. C.: Como se puede ver, el documento, que empieza de un
modo cordial, muestra discrepancias entre los investigadores
sobre cómo seguir avanzando en la resolución del caso. Tal
como se detalla en el memorando, los investigadores barajan
en estos momentos cuatro teorías. La primera es que se trate
de un fallo mecánico. La segunda, que sea un error del piloto.
La tercera está consignada como «sabotaje, posiblemente para

entorpecer una investigación gubernamental sobre Ben Kipling y su empresa de inversiones». La última está resumida de esta forma y leo literalmente: «Un ataque terrorista dirigido contra David Bateman, presidente de ALC News».

Pero hay una quinta teoría, que les presentamos en exclusiva, una teoría que cuestiona el papel de Scott Burroughs en la catástrofe. Es una teoría que queda claro que el agente O'Brien le planteó personalmente al investigador jefe antes de redactar el memorando, pero que fue rechazada, y por eso después escribe, y cito textualmente: «Y aunque sé que me ha dicho usted personalmente que no tiene ningún interés en esta línea de investigación, dada la aparición de recientes revelaciones, creo que tengo el deber de dejar constancia por escrito de una posible quinta teoría, que consiste en que el pasajero Scott Burroughs, o bien sabe más de lo que admite, o bien carga con el peso de cierta culpabilidad con respecto a los hechos que condujeron a que el avión se estrellase».

Y esperen a saber por qué, amigos. Cito textualmente: «Interrogatorios a comerciantes y residentes de Martha's Vineyard sugieren que Burroughs y la señora Bateman, esposa de David, estaban muy unidos y parecían disfrutar de una desinhibida relación, abrazándose en público. Se ha verificado que la señora Bateman había visitado al señor Burroughs en su estudio y visto su obra».

Y amigos, como amigo personal de la familia, puedo asegurarles que no leo estas palabras a la ligera, ni estoy sugiriendo que hubiese entre ellos una aventura amorosa. Pero la pregunta de por qué el señor Burroughs iba en ese avión me sigue rondando por la cabeza. Pero de acuerdo, admitamos que eran simplemente amigos, incluso buenos amigos. No hay nada malo ni vergonzoso en eso. Pero es la siguiente pregunta que se hace el agente O'Brien lo que, desde mi punto de vista, es un bombazo.

Y cito textualmente: «El interrogatorio a la agente artística del señor Burroughs en Nueva York confirma que tenía apalabradas varias citas con galeristas la semana siguiente. Sin embargo, al seguir haciéndole preguntas, de pronto surgió un detalle alarmante (al menos para mí), relacionado con el contenido de las obras más recientes del señor Burroughs. Según la descripción de la señora Crenshaw, son en total quince cuadros y todos ellos representan diferentes escenarios de catástrofes pintados con un realismo fotográfico, y muchas de las imágenes se centran en grandes accidentes de medios de transporte. Estos incluyen 1) el descarrilamiento de un tren, 2) un choque múltiple a causa de la niebla en una autopista y 3) un accidente aéreo de un avión de pasajeros de grandes dimensiones».

Siguiendo con el asunto, O'Brien escribe: «Dado lo cual, no puedo sino insistir en la necesidad de volver a interrogar a este hombre, que, como mínimo, es nuestro único testigo de los acontecimientos que acabaron con ese vuelo estrellándose en el océano, y su afirmación de que estaba inconsciente cuando el avión impactó contra el agua debería verificarse».

Señoras y señores, me cuesta entender por qué Gus Franklin, el investigador jefe del equipo, puede dudar ni un segundo en hacer caso a las sugerencias de quien es obvio que es un agente muy perspicaz y muy experimentado de nuestra más importante agencia de investigación estatal. ¿Es posible que Franklin tenga su propia agenda? ¿Que la agencia gubernamental para la que trabaja tenga su propia agenda o esté recibiendo presiones de esta administración liberal para enterrar lo más rápido posible este caso, no vaya a ser que se convierta en una bandera de lucha para los hombres y mujeres que, como nuestro heroico jefe desaparecido, ya no soportan seguir callando?

Para saber más sobre esta historia, conectamos con Monica Fort de la ALC.

ALIADOS

Cuando entra con el coche en el camino de acceso a su casa, Eleanor ve un vehículo que no reconoce aparcado bajo el olmo. Un Porsche Cayenne con una pegatina en la que se lee PRENSA en el parabrisas. Al verlo le entra el pánico —el niño está dentro con su madre— y deja a Doug en el coche y sale corriendo hacia la casa, entra por la puerta principal y llama a su madre a gritos.

—¿Mamá?

Mira en la sala de estar y se dirige hacia el fondo de la casa.

—¿Mamá?

—En la cocina, cariño —le responde su madre.

Eleanor tira el bolso encima de una silla y recorre a toda prisa el pasillo. Mentalmente ya está metiendo la bronca a dos personas, a su madre y a quienquiera que sea el dueño del Porsche.

—Qué encanto —le oye decir a su madre en el momento en que llega a la puerta y entra en la cocina. Hay un hombre con traje y tirantes rojos sentado a la mesa.

—Mamá —grita Eleanor mientras el hombre, que ha oído que se abría la puerta, se gira.

—Eleanor —le saluda el desconocido.

Eleanor se queda petrificada al reconocer a Bill Cunningham, el presentador de telediarios. Ya lo había conocido en persona, claro, en las fiestas de David y Maggie, pero para ella es sobre todo una cabeza sobredimensionada que aparece en la pantalla del televisor, con el ceño fruncido, hablando de la bancarrota moral de las mentes liberales. Cuando la ve, él extiende los brazos, en un gesto patricio, como si esperase que ella acudiese corriendo a abrazarlo.

—Las cosas que tenemos que soportar —dice—. La barbarie y los reveses de la vida. Si supieras a cuántos funerales he acudido en los últimos diez años…

—¿Dónde está J. J.? —pregunta Eleanor mientras echa un vistazo a su alrededor.

Su madre se sirve un poco de té.

—Arriba —le dice—. En su habitación.

—¿Solo?

—Tiene cuatro años —le responde su madre—. Si necesita algo, ya lo pedirá.

Eleanor se da la vuelta y sale al pasillo. Doug avanza hacia ella con aire desconcertado.

—¿Quién es? —pregunta.

Ella no le responde y sube por la escalera, saltando los escalones de dos en dos. El niño está en su habitación, jugando con un par de dinosaurios de plástico. Eleanor entra, deja escapar un suspiro de alivio y fuerza una sonrisa.

—Ya estamos de vuelta, ya estamos de vuelta —anuncia con tono alegre.

J. J. alza la vista y sonríe. Ella se acuclilla a su lado.

—Perdona que hayamos tardado tanto —le dice—. Había mucho tráfico y Doug estaba hambriento.

El niño se señala la boca.

—¿Tienes hambre? —le pregunta Eleanor.

El crío asiente. Piensa en lo que sucederá si lo lleva abajo y lo hace pasar a la cocina. Está a punto de decirle que se espere en la habitación, pero piensa que está realmente hambriento e intuye la fuerza que tendrá la aparición del niño en sus brazos. El coraje que le transmitirá a ella, que siempre se ha dejado dominar por la gente.

—Vale, pues ven conmigo.

Extiende los brazos. Él se le acerca y ella lo levanta y lo lleva escaleras abajo. Mientras se dirigen a la cocina, J. J. juguetea con el pelo de Eleanor.

—Hay un hombre en la cocina —le explica ella—. No estás obligado a hablar con él si no quieres.

Bill sigue sentado donde lo ha dejado. Doug está junto a la nevera buscando algo.

—Tengo cerveza belga —dice—, y esta de Brooklyn de producción limitada que hacen unos amigos míos.

—Sorpréndeme —le dice Bill, y entonces ve aparecer a Eleanor y a J.J.—. Aquí está —comenta—. El pequeño príncipe.

Doug saca de la nevera dos botellines de la cerveza artesana de sus amigos y se acerca a Bill.

—Es Pilsen —le explica ofreciéndole una botella—, sin demasiado lúpulo.

—Perfecto —dice Bill con desdén, dejando la botella en la mesa sin siquiera mirarla. Sonríe al niño—. ¿Recuerdas a tu tío Bill?

Eleanor se recoloca al niño sobre la cadera derecha para alejarlo de él.

—Entonces ¿esto es una visita familiar por tu parte? —pregunta Eleanor.

—¿Qué iba a ser si no? —responde Bill—. Siento no haber podido venir antes. Es terrible cuando tu vida se convierte en las noticias y las noticias se convierten en tu vida. Pero alguien tenía que estar al pie del cañón contando la verdad.

«¿Eso es lo que haces tú? —piensa ella—. «Pensaba que simplemente dabas las noticias.»

—¿Qué novedades hay sobre este asunto? —pregunta Doug, y da un sorbo a su cerveza—. Estamos, bueno, intentamos estar cien por cien dedicados al niño y no... —Pero preocupado por si puede ofender a su célebre invitado, rectifica—: Quiero decir que, como comprenderás..., ver las noticias no es...

—Por supuesto —dice Bill—. Bueno, pues siguen buscando los restos del avión.

Eleanor niega con la cabeza. «¿Están locos?»

—No. No delante de J.J.

A Doug se le tensa el gesto. Nunca le ha gustado que las mujeres le regañen, y menos delante de otros hombres. Eleanor percibe el gesto y lo añade a la lista de ofensas del día. Deja al niño en una silla y se dirige a la nevera.

—Tiene razón, desde luego —dice Bill—. Las mujeres son mucho mejores para estas cosas que los hombres. Los sentimientos. Nosotros tendemos a concentrarnos en los hechos. En qué podemos hacer para ayudar.

Eleanor trata de dejar de escucharlo y se concentra en dar de comer a su sobrino. Es un comensal exigente, no quisquilloso pero sí selectivo. Come requesón, pero no queso cremoso. Le gustan los perritos calientes, pero no el salami. Es solo cuestión de dar en la diana.

Bill, entretanto, ha decidido que su objetivo es conseguir que el niño sonría.

—Te acuerdas del tío Bill, ¿verdad? —le dice—. Estuve en tu bautismo.

Eleanor le lleva al niño un vaso de agua. Él bebe.

—Y en el de tu hermana —continúa Bill—, en el de ella también. Era… una niña preciosa.

Eleanor le lanza una mirada a Bill. «Cuidado.» Él asiente y cambia enseguida de tema sin dudar ni un segundo, tratando de demostrar que sabe escuchar, que es un buen amigo. Que están en esto juntos.

—Y ya sé que últimamente por desgracia no os he podido venir a ver a menudo. El trabajo y, bueno, tu padre y yo no siempre veíamos las cosas del mismo modo. Tal vez estábamos demasiado pegados el uno al otro. Pero, ¿sabes?, nos queríamos. Sobre todo yo a él. Pero al final los mayores siempre hacemos estas cosas. Ya lo verás. Espero que no sea así, pero probablemente también te pasará. Trabajamos demasiado y nos olvidamos de los afectos.

—Señor Cunningham —le interrumpe Eleanor—. Le agradezco la visita, pero… después de comer es la hora de la siesta.

—No. Ha hecho la siesta esta mañana —dice su madre. Eleanor le lanza una mirada fulminante. También ella, Bridget Greenway, es de las que no saben decir que no, sobre todo a los hombres. Una auténtica alfombrilla de bienvenida. El padre de Eleanor y Maggie abandonó a su madre cuando Eleanor se marchó a estudiar en la universidad, se divorció y se fue a vivir a Florida. Era su sonrisa lo que no soportaba, su permanente sonrisa de esposa perfecta. Actualmente vive en Miami y sale con divorciadas melancólicas con tetas de silicona. Vendrá a verlos la semana próxima, cuando Bridget se haya marchado.

Bill percibe la tensión entre madre e hija. Mira a Doug, que alza la botella de la que ya se ha bebido la mitad de la cerveza en un gesto de brindis.

—Buena, ¿verdad? —dice sin percatarse de nada.

—¿Qué? —pregunta Bill, que ya ha fichado a Doug como un cretino hípster.

—La cerveza.

Bill no se molesta en responderle, se inclina hacia delante y le revuelve el pelo con la mano al niño. Hace cuatro horas estaba en el despacho de Don Liebling enfrentándose a Gus Franklin de la NTSB y a varios representantes del Departamento de Justicia. Insistían en que querían saber cómo había conseguido el memorando de O'Brien.

—Apuesto a que sí —les dijo tirando de sus tirantes con los pulgares.

Don Liebling se ajustó la corbata e informó a las tropas de choque del gobierno que obviamente las fuentes de la cadena eran confidenciales.

—Eso no nos vale —replicó el abogado del Departamento de Justicia.

El tipo negro, Franklin, parecía tener su propia teoría.

—¿Se lo ha dado O'Brien? ¿Por lo que sucedió?

Bill se encogió de hombros.

—No cayó del cielo un buen día —respondió—. Hasta ahí lo tenemos claro. Pero hemos ido a juicio en ocasiones anteriores defendiendo la confidencialidad de una fuente y estaré encantado de volver a hacerlo. He oído que ahora hasta te dan un vale para el aparcamiento.

Después de que los agentes saliesen furiosos, Liebling cerró la puerta y se plantó delante de ella.

—Cuéntamelo —le dijo.

En el sofá Bill tenía las piernas completamente separadas. Había sido criado sin padre por una madre débil especialista en aferrarse a inútiles como si se estuviese ahogando. Por las noches solía encerrar a Bill en su habitación para irse a pintar de rojo la ciudad con sangre menstrual. Y, en cambio, míralo ahora: un multimillonario que le dice a la mitad del planeta qué pensar y cuándo hacerlo. Le importaba un carajo que un abogado nacido entre algodones y con título de una universidad de élite pretendiese atemorizarlo. Ni por asomo iba a conseguir que sacase a la luz a Namor. Esto tenía que ver con David. Con su mentor. Su amigo. Y vale, quizá en los últimos tiempos no se llevasen muy bien, pero ese hombre era su hermano e iba a llegar al fondo del asunto, costase lo que costase.

—Como ha dicho el agente —le explicó a Don—, ha sido el tío del FBI. Lo echaron de una patada del equipo de investigación y el tipo estaba cabreado.

Liebling lo miró fijamente, con los engranajes de su cerebro a toda máquina.

—Si me entero de que… —empezó.

—Dame un respiro —dijo Bill poniéndose en pie, y se dirigió hacia la puerta parsimoniosamente hasta plantarse a un palmo de la cara del abogado. Olvídate de que estamos en un despacho, le dijo con su actitud corporal. Olvídate de las jerarquías y de los buenos modales. Tienes delante a un guerrero, a un macho alfa en las llanuras de la sabana, preparado para atacar y arrancarte la cara de un zarpazo, de manera que o bajas esa cornamenta amenazadora o te apartas de mi camino.

Podía oler el salami en el aliento de Liebling, vio cómo parpadeaba, descolocado, incapaz de afrontar una confrontación de machos, de bajar al sucio ruedo de las peleas de gallos. Durante treinta segundos Bill le clavó una mirada cargada de odio. Y finalmente Don se apartó a un lado y Bill salió con tranquilidad del despacho.

Ahora, en la cocina, Bill decide dejar muy claras sus buenas intenciones.

—No es más que una visita amistosa —dice—. Sé que para vosotros son momentos difíciles y tú…, bueno, para mí eres como de la familia…, formabas parte de la familia de David y eso nos convierte en…, de modo que quiero que sepas que estoy aquí para ayudarte. El tío Bill está para ayudar…, pendiente de todo.

—Gracias —le dice Eleanor—. Pero creo que ya nos las arreglaremos.

Él despliega una amplia sonrisa.

—Seguro que sí. El dinero ayudará.

Hay algo en su tono, una dentellada, que contradice la afabilidad de su rostro.

—Estamos pensando en mudarnos a la casa de la ciudad —dice Doug.

—Doug —le afea Eleanor.

—¿Qué pasa? Es así.

—Es preciosa —dice Bill agarrándose los tirantes con los pulgares—. Una casa llena de recuerdos.

—No quiero parecer maleducada —le interrumpe Eleanor con frialdad—, pero tengo que dar de comer a J. J.

—Por supuesto —dice Bill—, eres la…, quiero decir que un niño de su edad todavía necesita atenciones maternales, sobre todo después de…, de modo que no te sientas…

Eleanor se gira y le da la espalda, cierra la bolsa hermética en la que guarda las lonchas de pavo y la mete en la nevera. A sus espaldas oye cómo Bill se levanta. No está acostumbrado a que lo echen.

—Bueno —dice—. Debería irme.

Doug también se levanta.

—Te acompaño.

—Gracias, pero… ya conozco el camino.

Eleanor le pone el plato a J. J.

—Aquí lo tienes —le dice—. Hay más pepinillos si quieres repetir.

A sus espaldas, Bill se dirige a la puerta de la cocina y se detiene.

—¿Has hablado con Scott? —le pregunta a Eleanor.

Al oír el nombre, el niño levanta la cabeza del plato. Eleanor sigue el recorrido de su mirada hasta Bill.

—¿Por qué?

—Por nada —dice Bill—, es solo que si no habéis estado mirando las noticias, entonces quizá no habréis oído lo de las sospechas.

—¿Qué sospechas? —inquiere Doug.

Bill suspira, como si le incomodase hablar de eso.

—Es solo que… hay gente que se pregunta, ya sabéis. Fue el último en subir al avión y… ¿qué relación mantenía exactamente con tu hermana? Y además, ¿habéis oído lo de sus cuadros?

—No es necesario que hablemos de esto ahora —protesta Eleanor.

—No —dice Doug—. Quiero saberlo. Te llama. En mitad de la noche. —Doug mira a su mujer y añade—: Crees que no me entero, pero lo sé.

—Doug —le recrimina Eleanor—. Eso no es asunto suyo.

Bill tira de sus tirantes con los pulgares y se mordisquea el labio inferior.

—De manera que sí has hablado con él —dice Bill—. Eso es…, quiero decir, simplemente… ten cuidado, ¿sabes? Ese hombre es…, de momento son solo sospechas y esto es América. Lucharé hasta la muerte antes que permitir que este gobierno nos niegue nuestro derecho a un juicio justo. Pero todavía es pronto y las sospechas tienen base. Y yo simplemente… me preocupo por ti…, has sufrido tanto… ya. ¿Y quién sabe si las cosas se pondrán más feas? De manera que mi pregunta es: ¿lo necesitas?

—Eso es lo que te dije yo —interviene Doug—. Vale, le estamos agradecidos. Por todo lo que hizo por J. J.

Bill hace una mueca.

—Por supuesto que si tú…, quiero decir que alguien que nada no sé cuántos kilómetros en plena noche. Y con un brazo dislocado, cargando con un niño.

—Basta —dice Eleanor.

—Lo que estás diciendo… —interviene Doug recogiendo la idea como un virus infeccioso: que después de todo el héroe quizá no sea tan héroe—, un momento, ¿estás diciendo que…?

Bill se encoge de hombros, mira a Eleanor y su expresión se dulcifica.

—Doug —dice Bill—, vamos, Eleanor tiene razón. Esto no es…

Se inclina hacia la derecha, tratando de ver a J. J. detrás del cuerpo de Eleanor que se lo tapa, y sigue inclinándose cómicamente hasta que el niño le mira. Bill sonríe.

—Eres un buen chico —le dice—, volveremos a hablar pronto. Si necesitas algo, díselo a tu…, dile a Eleanor que me llame. Quizá un día de estos voy a un partido de los Mets. ¿Te gusta el béisbol?

El niño se encoge de hombros.

—O de los Yankees. Tengo un palco.

—Ya te llamaremos —le interrumpe Eleanor.

Bill asiente.

—Cuando quieras —le dice.

Más tarde, Doug quiere hablar con ella, pero Eleanor le dice que va a llevar a J. J. al parque. Se siente como si la estuvieran exprimiendo con un enorme puño. En el parque pone empeño en resultar divertida. Baja con el niño por el tobogán y pega botes en el balancín. Juegan con los camiones en la arena, cavan, la amontonan, contemplan cómo cae. Hace calor y ella intenta en lo posible que juegue a la sombra, pero el niño lo que quiere es corretear, así que ella le va dando de beber agua para mantenerlo hidratado. Le rondan por la cabeza un centenar de ideas, entrechocando unas con otras, cada nueva idea interrumpiendo la anterior.

Una parte de ella está intentando entender por qué ha venido Bill. Otra parte está analizando lo que ha dicho, concretamente sobre Scott. ¿Qué se supone que tiene que pensar ella, que el hombre que salvó a su sobrino fue quien estrelló el avión no se sabe cómo y después simuló su heroico salvamento a nado? Cada una de las ideas contenidas en esa frase es por sí misma absurda. ¿Cómo se las ingenia un pintor para estrellar un avión? ¿Y por qué? ¿Y qué ha querido decir con lo de la relación de Scott con Maggie? ¿Estaba insinuando que mantenían un romance? ¿Y por qué se ha presentado en su casa para decirle eso?

El niño le da unos golpecitos en el brazo y se señala los pantalones.

—¿Tienes ganas de hacer pipí? —le pregunta ella.

El niño asiente y Eleanor lo coge en brazos y lo lleva al lavabo público. Mientras le ayuda a bajarse los pantalones, de pronto siente un mareo al pensar que, dada su corta edad, hay muy pocas posibilidades de que vaya a recordar a sus verdaderos padres cuando crezca. Será en ella en quien pensará cuando en mayo se celebre el día de la Madre. Su hermana dejará de serlo. Pero, piensa, ¿eso significa que Doug se convertirá en su padre? La idea le repugna un poco. No es la primera vez que se maldice a sí misma por su falta de carácter cuando era joven, por esa necesidad de no estar sola, como una viuda mayor que deja la tele encendida y se compra un perro.

Pero entonces piensa que quizá lo que Doug necesita es una oportunidad. Quizá tener a su cargo a un niño de cuatro años consiga motivarlo, convertirlo en un padrazo. Pero pensar que un niño puede salvar tu matrimonio, ¿no es el clásico autoengaño? Hace ya dos semanas que J. J. vive con ellos y Doug no ha dejado de beber ni un poco, no ha cambiado sus hábitos de salir y entrar cuando le da la gana, no ha empezado a tratarla mejor. Su hermana está muerta y ahora el niño es huérfano, pero ¿qué pasa con las necesidades de Doug?, viene a reivindicar él con cada uno de sus desconsiderados comentarios. ¿Qué pasa con el modo en que todo esto le afecta a él?

Eleanor ayuda al niño a subirse los pantalones y a lavarse las manos. La incertidumbre la está agobiando. Quizá no está siendo justa. Quizá todavía está alterada por todas las reuniones pendientes con abogados y gestores, por la irrevocabilidad de lo sucedido. Y tal vez Doug tenga razón. Tal vez deberían mudarse a la casa de la ciudad, proporcionarle a J. J. una sensación de continuidad de las rutinas, ¿utilizar el dinero para recrear el lujo al que está acostumbrado? Pero su instinto le dice que eso solo contribuiría a confundir más al niño. Todo ha cambiado. Pretender que no es así le parece un fraude.

—¿Quieres un helado? —le pregunta a J. J. mientras salen del parque y cae a plomo sobre ellos el intenso calor del día.

Él asiente. Ella le sonríe, le coge de la mano y lo lleva hacia el coche. Esta noche hablará con Doug, pondrá las cartas sobre la mesa, cómo se siente ella, lo que cree que el niño necesita. Venderán las propiedades e invertirán el dinero en un fideicomiso. Se asignarán a sí mismos una cantidad mensual suficiente para cubrir los gastos extra que supone el niño, pero no para plantearse dejar sus trabajos y convertirse en diletantes. Sabe que a Doug no le va a gustar, pero ¿cómo va a oponerse?

La decisión le corresponde a ella.

RACHEL BATEMAN
9 de julio de 2006 – 23 de agosto de 2015

No recordaba nada. Los detalles que conocía se los habían contado, excepto la imagen de un balancín en un desván vacío, que se mecía sin que nadie lo moviese. De vez en cuando le venía a la cabeza el recuerdo de aquel balancín, sobre todo cuando estaba a punto de quedarse dormida: un viejo balancín de mimbre chirriando al oscilar adelante y atrás, adelante y atrás, como para tranquilizar a un fantasma agotado y enfadado.

Sus padres le pusieron el nombre de Rachel por la abuela de Maggie. Cuando era muy pequeña (ahora tenía nueve años) Rachel decidió que era un gato. Observaba a Peaches, el gato de la familia, e intentaba imitar sus movimientos. Se sentaba a la mesa del desayuno, se lamía el dorso de la mano y después se limpiaba la cara con ella. Sus padres lo toleraban, hasta que les dijo que iba a dormir durante el día y a deambular por la casa de noche. Maggie, su madre, le dijo:

—Cariño, no tengo la energía suficiente para pasarme las noches despierta.

Rachel era el motivo por el que tenían un equipo de seguridad, el motivo por el cual hombres con acento israelí y pistolera bajo la axila los seguían a todas partes. Normalmente eran tres. En el argot del oficio, Gil, el primero, era el guardaespaldas, cuya misión era ir pegado a la persona a la que debían proteger. Además, había un equipo avanzado, que normalmente rotaba, de entre cuatro y seis hombres que vigilaban desde más distancia. Rachel sabía que estaban allí por ella, por lo que había sucedido, pese a que su padre lo negaba. «Amenazas», decía él de un modo vago, dando a entender que dirigir una cadena televisiva de noticias era más importante en relación con el nivel de seguridad diaria que necesitaban que el hecho de que su hija hubiese sido secuestrada cuando era más pequeña y que fuese bastante probable que uno o más de los secuestradores siguieran sueltos por ahí.

Al menos eso sospechaba ella. Sus padres le habían asegurado, igual que habían hecho los agentes del FBI (como un favor a su padre el año anterior) y un carísimo psiquiatra infantil, que el secuestro había sido obra de un solo individuo trastornado (Wayne R. Macy, de treinta y seis años) y que a Macy lo había matado (le entró una bala por el ojo derecho) un representante de la ley con chaleco antibalas en el tiroteo que se produjo durante el rescate, pero no sin que antes de morir ese tal Macy disparase y matase a un segundo agente al abrir fuego durante el breve intercambio de disparos que se produjo. El agente fallecido se llamaba Mick Daniels, de cuarenta y cuatro años, y era un antiguo miembro del FBI y veterano de la primera guerra del Golfo.

Lo único que Rachel recordaba era el balancín.

Se suponía que tenía que disponer de estímulos. Lo sabía. Una niña de nueve años en pleno verano. Llevaba dos semanas en Martha's Vineyard con su madre y su hermano, holgazaneando. Siendo como era una niña rica tenía un montón de opciones —lecciones de tenis, de navegación, de golf, de hípica, lo que fuese—, pero no le apetecía recibir lecciones de nada. Había estudiado piano durante dos años, pero empezó a preguntarse con qué fin y acabó dejándolo. Le gustaba quedarse en casa con su madre y su hermano. En eso consistían básicamente sus vacaciones. Se sentía útil —«un niño de cuatro años solo da más trabajo que un montón de ellos», decía su madre—, de modo que Rachel jugaba con J. J. y le cambiaba los pantalones cuando se le escapaba algo.

Su madre le dijo que no era necesario, que debería salir y disfrutar del día, pero resultaba difícil hacerlo con un enorme israelí (a veces tres) vigilando cada uno de sus movimientos. Y no es que pudiese discutir la necesidad de aquel dispositivo. ¿No era precisamente ella la prueba de que nunca se es suficientemente prudente?

De modo que se quedaba en casa, echada en el porche o en el césped del jardín trasero, contemplando el océano, en ocasiones cegada por sus destellos diamantinos. Le gustaba leer libros sobre niñas díscolas, niñas que no encajaban en ningún sitio y que un día descubrían que tenían poderes mágicos. Hermione, Katniss Everdeen. Había leído las aventuras de Harriet la espía cuando tenía siete años y Pippi Calzaslargas, y ambas eran personas competentes, pero al final simplemente humanas. A medida que se hacía mayor, Rachel sentía que necesitaba más de sus heroínas, más garra, más fuerza, más poder. Le gustaba la excitación del peligro al que se enfrentaban, pero no quería tener que preocuparse de verdad por ellas. Le generaba demasiada ansiedad.

Cada vez que llegaba a una parte especialmente angustiosa (por ejemplo la de Hermione contra el trol en *Harry Potter y la piedra filosofal*) entraba en casa con el libro y se lo tendía a su madre.

—¿Qué es esto?

—Solo dime una cosa… ¿Lo consigue?

—¿Si consigue qué quién?

—Hermione. Un trol se ha escapado, un gigante, y ella…, ¿puedes… leerlo y decirme si se salva?

Y su madre, que la conocía suficientemente bien como para no presionarla, dejaba lo que estaba haciendo y se ponía a leer cuantas páginas hiciesen falta hasta dar con la respuesta. Después le devolvía el libro y con el dedo le marcaba el punto en el que retomar la lectura.

—Continúa leyendo aquí —le decía—. No ha tenido que luchar contra él. Simplemente le ha dicho a gritos que se había metido en el lavabo de las chicas y tenía que salir de allí.

Se rieron de la situación de gritarle a un trol y después Rachel volvió al jardín para seguir con su lectura.

La cosa empezó con la niñera. Aunque ellos en ese momento no se dieron cuenta. Se llamaba Francesca Butler, pero todo el mundo la llamaba Frankie. Eso sucedió cuando la familia veraneaba en Long Island, en Montauk Point, antes de los aviones privados y los helicópteros, cuando lo metían todo en el coche y salían de la ciudad el viernes por la noche, enfrentándose a las colas que avanzaban a su ritmo, como si la interestatal de Long Island fuese una anaconda gigante que hubiera devorado el atasco, el coágulo de vehículos embotellados que avanzaban por oleadas.

Su hermano ni siquiera era por aquel entonces un propósito. En aquella época eran solo David, Maggie y la pequeña Rachel dormida en su sillita para el coche. El canal de noticias funcionaba desde hacía seis años y ya daba beneficios y era una máquina de generar controversias, pero a su padre le gustaba decir que «yo no soy más que un testaferro. Un general en la sala de máquinas. Nadie me conoce».

El secuestro cambiaría esta situación.

Sucedió durante el verano del monstruo de Montauk, que apareció en una playa el 12 de julio de 2008. Una mujer de la zona, Jenna Hewitt, y tres de sus amigos, que caminaban por la playa de Ditch Plains, se toparon con la criatura.

—Buscábamos un sitio para sentarnos —se citaron después sus palabras— cuando vimos a un grupo de gente mirando algo... No sabíamos qué era... Bromeamos diciendo que tal vez fuese algo procedente de Plum Island.

Descrito por algunos como «una criatura similar a un roedor con boca de dinosaurio», el monstruo era más o menos del tamaño de un perro y prácticamente sin pelo. El cuerpo era fornido y las extremidades delgadas. Tenía dos patas delanteras con unas garras blanquecinas. La cola era fina y de aproximadamente la misma longitud de la cabeza y el cuello juntos. Las facciones estaban como aplastadas, con una expresión de dolor o consternación. La barra postorbital del cráneo era larga y robusta. No había dientes visibles en la mandíbula superior, que en cambio mostraba lo que podría ser descrito como un pico ganchudo de hueso. De la mandíbula inferior emergían un largo y puntiagudo colmillo y cuatro muelas posteriores con unas puntas alargadas y cónicas.

¿Era, como algunos sugirieron, un mapache sometido a un proceso de descomposición en el océano? ¿Una tortuga marina que había perdido el cascarón? ¿Un perro?

Durante semanas, las fotos del cadáver hinchado y dilatado aparecieron en la prensa sensacionalista y corrieron por la red. Crecieron las especulaciones de que se trataba de un bicho creado en el laboratorio del Centro de Enfermedades Animales de Plum Island, a poco más de un kilómetro de la costa. La verdadera isla del doctor Moreau, empezaron a llamarla. Pero finalmente, como sucede siempre, la falta de respuestas derivó en una falta de interés y el mundo pasó a interesarse por otros asuntos.

Pero cuando David y Maggie llegaron a Montauk ese fin de semana, la fiebre del monstruo estaba en plena efervescencia. Aparecieron puestos que vendían camisetas junto a la carretera. Por cinco dólares se podía visitar el sitio exacto en que había aparecido el monstruo, que ahora no era más que un anodino punto de la playa de arena.

Los Bateman tenían alquilada una casa en Tuthill Road. Era una casa blanca de madera, de dos plantas, frente a una pequeña laguna de la que la separaba la carretera. Bastante aislada, frente a la casa había otra en plena remodelación y un plástico que oscilaba con el viento tapaba el hueco abierto en la sala de estar. Los años anteriores, la familia de Rachel había alquilado una casa más al norte, en Pinetree Drive, pero en enero la había comprado un fondo de inversión multimillonario.

Su nueva casa de listones de madera (Maggie se instalaría allí con Rachel desde el fin de semana del día del Trabajo y David iría los viernes y se cogería vacaciones la última semana de agosto) era confortable y pintoresca. Tenía una amplia cocina típica de casa de campo y un porche un poco inclinado cuyos tablones de madera crujían. Los dormitorios estaban en la planta superior, el de papá y mamá miraba al océano y el de Rachel (completado con una cuna victoriana) daba a la laguna. Se trajeron con ellos a Frankie (la niñera), un par de manos para ayudar, como le gustaba decir a Maggie. Frankie iba en el asiento trasero del Audi con Rachel, enfrascada en un juego que duraba todo el viaje y que consistía en agarrar el chupete de Rachel, tirar de él para quitárselo de la boca y volver a ofrecérselo. Frankie, que estudiaba enfermería en horario nocturno en Fordham, les ayudaba con Rachel tres días a la semana. Tenía veintidós años y se había trasladado a Nueva York con su novio desde las praderas de Michigan, pero al poco tiempo este la había dejado por la bajista de un grupo japonés de punk surfero.

A Maggie le gustaba, porque tener allí a Frankie la hacía sentirse joven, algo que no le sucedía en el mundo de David, enteramente poblado por gente como él, cuarentones e incluso algún cincuentón y sesentón. Maggie acababa de cumplir veintinueve. Le llevaba siete años a Frankie. La única verdadera diferencia entre ellas era que Maggie se había casado con un millonario.

—Has tenido suerte —solía decirle Frankie.

—Es un encanto —respondía Maggie.

—Pues más suerte todavía —añadía Frankie con una sonrisa. Entre sus amigas se hablaba mucho de la posibilidad de pillar a un millonario. Solían vestirse con faldas cortas y botas altas e ir a clubs que ofrecían servicio VIP, con la esperanza de cazar a un prometedor bróker de Wall Street con una buena cabellera y una polla de acero. Pero en realidad Frankie no era así. Tenía un lado más tierno, después de haber sido criada entre cabras y pollos. A Maggie jamás se le pasó por la cabeza que pudiese intentar robarle a su marido. Después de todo sería absurdo cambiar a tu sofisticada esposa de veintinueve años por una jovencita de veintidós, sería propio de un tipo tópico atiborrado de esteroides. Y sin embargo, pensaba ella, cosas más raras suceden.

Hacía solo un año era ella a la que pagaban por enseñar a los hijos de otras personas. Una maestra de parvulario que vivía en Brooklyn. Cruzaba el puente de Brooklyn con su bici cada mañana, haciendo señales con la mano, tal como mandaban las normas. El tráfico peatonal por el puente era mínimo a esa hora. Básicamente gente haciendo footing. Unas pocas personas amantes de la vida sana que van a pie al trabajo cruzando el río con su desayuno en una bolsa. Ella llevaba un casco amarillo limón y su larga melena castaña revoloteaba por su espalda como una capa. No llevaba ni auriculares ni gafas de sol. Frenaba si se le cruzaba una ardilla, se detenía a contemplar el paisaje y bebía un poco de agua. Ya en la ciudad tomaba Chambers hasta Hudson y pedaleaba en dirección norte, mirando hacia atrás cada poco rato para vigilar que no le embistiese algún taxista hablando por el móvil o algún tío al que se le va el santo al cielo mientras conduce su coche alemán.

Llegaba al trabajo cada mañana a las seis y media. Le gustaba ordenar el aula y reponer el material que faltaba antes de que llegasen los niños. El parvulario era pequeño, unas pocas aulas en un edificio de ladrillo junto a un aparcamiento que había sido reconvertido en patio de recreo. Estaba en una calle llena de árboles en una parte del West Village que recordaba al viejo Londres. Las callecitas se torcían como dedos doblados. En una ocasión ella colgó en Facebook que esa parte de la ciudad le encantaba por su aire intemporal y elegante. El resto de la ciudad le resultaba demasiado fría, amplias avenidas con altos rascacielos de oficinas, como relucientes cajeros que escupían personas.

El primer alumno solía llegar a las ocho, caminando, arrastrando los pies o en un cochecito, de la mano de papá o mamá, a veces todavía medio dormido en su futurista cochecito Maclaren o Stokke. La pequeña Penelope, o Daniel o Eloise, con sus zapatitos tan pequeños que servirían para una muñeca y sus pequeñas camisas de manga corta con cuadros o rayas como las que llevarán cuando crezcan y se conviertan en pazguatos con pasta como papá. Niñas de cuatro años con vestiditos de ochenta dólares y trenza o flores en el pelo que un padre agobiado ha arrancado de camino a la escuela de una maceta junto a una casa de piedra rojiza.

Maggie siempre estaba allí para recibirlos, plantada sobre el asfalto del patio de recreo, sonriendo resplandeciente en cuanto los niños aparecían, como un perrito que se levanta rápidamente en cuanto oye el ruido de la llave en la cerradura de la puerta de entrada.

—Buenos días, señorita Maggie —saludaban los niños a gritos.

—Buenos días, Dieter; buenos días, Justin, buenos días, Sadie.

Les daba un abrazo o les alborotaba el pelo con la mano y después le daba los buenos días a mamá o papá, que a menudo respondían con un gruñido, porque ya se habían puesto a escribir mensajes con el móvil en cuanto el pie de su vástago pisaba suelo escolar. Eran abogados, ejecutivos publicitarios, editores de revistas y arquitectos. Los hombres eran desde cuarentones para arriba (el padre más mayor en su clase tenía sesenta y tres años). Las edades de las madres oscilaban entre los veintitantos largos de las supermodelos con hijos que tenían nombres como Raisin o Mudge y las agobiadas madres trabajadoras en la treintena que habían desistido de encontrar a un marido como Dios manda y habían convencido a un amigo gay de que eyaculase en una probeta a cambio de seis fines de semana al año en la casa de veraneo en las Catskills y el título honorífico de «tío».

Era una maestra paciente, en ocasiones hasta lo inhumano, cálida y atenta, pero firme cuando era necesario. En sus evaluaciones algunos padres anotaban que les gustaría poder parecerse más a ella, una chica de veintidós años que siempre tenía una sonrisa y una palabra amable, incluso para un niño que se ponía a gritar y les fastidiaba a todos los demás la siesta.

Maggie habitualmente salía de la escuela hacia las cuatro, arrastraba su bici color caoba hasta el bordillo y allí se ajustaba el casco y empezaba a pedalear en medio del tráfico. Por las tardes le gustaba llegar hasta el río y después ir bajando en dirección sur. A veces se detenía y se sentaba en un banco junto al agua para contemplar el ir y venir de barcos, con el casco olvidado sobre la cabeza. Cerraba los ojos cada vez que se levantaba la brisa. Los días en que la temperatura superaba los treinta y dos grados, a veces le compraba un granizado de sabores a un mexicano con un carrito —normalmente con sabor a cereza— y se sentaba en el césped a comérselo con una cucharilla plana. En esas ocasiones se quitaba el casco y lo dejaba sobre la hierba con su aspecto de caramelo de limón gigante. Ella se echaba boca arriba sobre el fresco césped y permanecía un buen rato contemplando las nubes, flexionando los dedos de los pies sobre la hierba antes de volver a colocarse el casco y emprender el largo camino de regreso a casa, con los labios teñidos de los colores de la infancia.

Qué lejano le parecía todo aquello, aunque tan solo hacía siete años, ahora era la madre sin empleo de un bebé, o más exactamente, la consentida esposa de un millonario.

En cuanto llegaban a la casa, ella y David se iban al mercado para comprar provisiones, y Frankie se quedaba con Rachel. Montauk en aquel entonces no poseía el pedigrí de los Hamptons, pero ya se percibía que eso estaba cambiando. El colmado local ahora vendía mantequillas de alta gama y mermeladas artesanales. La vieja ferretería ofrecía ropa de hogar de aire antiguo y la habían remodelado forrando la parte baja de las paredes con listones de madera de aspecto envejecido.

Compraron tomates, gordos y agrietados, en un puesto junto a la carretera, regresaron a casa, los cortaron en láminas gruesas, los condimentaron con sal marina y aceite de oliva y se los comieron. Habían dejado definitivamente atrás las verdaderas penurias, a lo único que tenían que enfrentarse era a puntuales inconvenientes, y sin embargo, cuando Maggie reflexionaba sobre eso de madrugada, le sorprendía cómo su percepción de las dificultades de la vida había menguado y se había adaptado a la nueva situación. Mientras que, antes de la aparición de David, tenía que volver a casa en bici, algunos días bajo la lluvia, abriéndose paso entre los embotellamientos, y rebuscar por el apartamento unos peniques para pagar la lavandería (aunque eso ni siquiera podían considerarse verdaderas penurias en un mundo en el que hay niños que se van a la cama con hambre), ahora se sorprendía a sí misma exasperándose por idioteces: no encontrar las llaves de su Lexus, o que el dependiente de D'Agostino le dijese que lo sentía pero que no tenían cambio para un billete de cien dólares. Cuando se dio cuenta de eso, de lo blandengue que se estaba volviendo, de lo privilegiada que era, Maggie se dio asco a sí misma. Deberían donar su fortuna, le dijo un día a David, y educar a sus hijos con lo básico y transmitiéndoles los valores apropiados.

–Quiero volver a trabajar –le dijo por teléfono.

–De acuerdo.

–No, lo digo en serio. No me puedo pasar todo el día aquí metida. Soy una mujer trabajadora, estoy acostumbrada a trabajar.

–Te ocupas de Rachel. Te pasas el día diciéndome el trabajazo que supone.

Iba retorciendo el cable del teléfono entre los dedos y mantenía el tono de voz bajo para no despertar a la niña.

–Y así es. Lo sé. Y no puedo… No voy a permitir que a mi hija la críen niñeras.

–Lo sé. Ambos estamos de acuerdo en esto, y es lo que hace que sea tan mágico que tú puedas…

–Es solo que… ya no me reconozco a mí misma.

–Es una reacción normal después del parto.

–No me hagas esto. No lo conviertas en algo relacionado con mi cuerpo, como si no fuese capaz de controlarme.

Se produjo un silencio al otro lado de la línea. Maggie no tenía claro si se estaba mostrando taciturno o estaba escribiendo un email.

–Sigo sin entender por qué no te puedes coger más vacaciones –le recriminó–. Llevamos un mes aquí instaladas.

–Te entiendo. Para mí también resulta frustrante, pero estamos en medio de una gran expansión empresarial…

–Da igual –le cortó ella, que no tenía ningunas ganas de escuchar detalles sobre su trabajo. Tampoco a él le interesaban lo más mínimo las batallitas de ella: la mujer que se les había colado en el supermercado, los culebrones que se montaban en el parque…

–Vale. Escucha…, voy a intentar ir el jueves por la noche ni que sea un par de veces.

Ahora era ella la que guardaba silencio. Rachel estaba dormida en su cuna en la planta de arriba. Maggie oyó ruidos procedentes de la cocina que le hicieron pensar que Frankie estaba sacando la ropa de la lavadora. Y por encima se oía el murmullo del océano, esa percusión tectónica, el latido del corazón de la tierra. Por las noches dormía como un tronco gracias a él, porque de algún modo sus pulsaciones se acompasaban con el ritmo del océano.

Era ya bien entrada la semana siguiente cuando Frankie desapareció. Había ido al pueblo a ver una película en el viejo cine dedicado al arte y ensayo. Se suponía que tenía que estar de vuelta en casa a las once y Maggie no la esperó levantada. Era su noche con Rachel —despertándose cuando empezaba a lloriquear y arrullándola para que se volviera a dormir— y esas noches la decisión instintiva era ganar horas de sueño, de modo que en cuanto se ponía el sol (a veces incluso antes) plantaba la cabeza sobre la almohada y antes de dormirse sus ojos cansados leían y releían las mismas páginas del libro sin llegar nunca siquiera al segundo capítulo.

Por la mañana, cuando se despertó con Rachel (que había pasado a dormir en su cama justo después de medianoche), le pareció un poco raro que Frankie todavía no se hubiera levantado, pero era joven y quizá había vuelto muy tarde porque se había encontrado con alguien en el cine o se había ido a tomar una copa al pub marinero de camino a casa. No fue hasta las once, cuando golpeó con los nudillos en la puerta de Frankie —habían quedado en que ella se encargaría de la niña para que Maggie pudiese disponer del día—, la abrió y vio que la cama estaba vacía y nadie había dormido en ella, cuando empezó a preocuparse.

Telefoneó a David al despacho.

—¿Qué quieres decir con que ha desaparecido? —le preguntó él.

—Que no sé dónde está. Esta noche no ha vuelto a casa y no me coge el teléfono.

—¿Ha dejado alguna nota?

—¿Dónde podría haber dejado una nota? He revisado su habitación y la cocina. Fue a ver una película. La he llamado al móvil, pero no…

—De acuerdo, déjame… Haré algunas llamadas, comprobaré si ha regresado a la ciudad…, recuerda que tenía problemas con su novio… Troy no-sé-qué… Y si no averiguo nada o sigue sin aparecer, llamaré a la policía local.

—¿Crees que es…? No quiero reaccionar exageradamente.

—Bueno, o estamos preocupados o no lo estamos. Dímelo tú.

Se produjo un largo silencio mientras Maggie reflexionaba y al mismo tiempo le preparaba el desayuno a Rachel, que se estaba mordisqueando los tobillos.

—¿Cariño?

—Sí —respondió ella—. Es muy raro. Deberías llamarlos.

Tres horas después, Maggie estaba sentada frente al sheriff local, Jim Peabody, que tenía una cara que parecía un pedazo de cecina envasada en un tarro.

—Quizá estoy exagerando —le dijo—, pero normalmente es muy responsable.

—No se preocupe, señora Bateman. No le dé más vueltas. Usted conoce a esa chica y ha tenido una intuición. Tiene que fiarse de ella.

—Gracias. Yo… Gracias.

Jim se volvió hacia su ayudante, una mujer fornida de unos treinta años.

—Echaremos un vistazo en el cine, habla con Sam, pregúntale si la recuerda. Grace irá al pub. Quizá se paró allí. ¿Me ha dicho que su marido ha llamado a la familia de la chica?

—Sí. Ha telefoneado a algunos amigos y a sus familiares…, nadie sabe nada de ella.

Rachel estaba coloreando —prácticamente sin salirse del papel— en una mesita redonda para niños que Maggie había comprado en un mercadillo, de esas que venían con un par de encantadoras sillitas plegables. Maggie estaba sorprendida de que la niña no les hubiese interrumpido en ningún momento, como si entendiese la importancia de lo que estaba sucediendo. Pero es que siempre había sido una niña sensible y seria, tanto que a veces a Maggie le preocupaba que estuviese deprimida. Había leído un artículo sobre el tema —niños con depresión— en el *Times* y no se quitaba la idea de la cabeza. Un Gran Tema que podía permitir entender todos los pequeños temas —lo mal que dormía, la timidez—, aunque tal vez la explicación estuviese en que era alérgica al trigo.

En esto consistía ser madre, una angustia queda eclipsada por otra.

—No está deprimida —le insistía David—. Solo está concentrada.

Pero él era un varón y para colmo republicano. ¿Qué iba a saber él de las complejidades de la psicología femenina?

Cuando al anochecer seguía sin haber noticias, David aparcó el resto de los asuntos de la semana y salió hacia allí con el coche. Minutos después de su llegada, Maggie se sintió como un globo que se desinfla, la férrea fachada de «aquí no pasa nada» que había mantenido se desmoronó. Se sirvió una copa bien cargada (y otra a su marido).

—¿Rachel está dormida? —preguntó él.

—Sí. La he llevado a su habitación. ¿Crees que he hecho bien? ¿O tendría que haberla llevado a la nuestra?

David se encogió de hombros. Pensó que en realidad era indiferente. Eso solo era un problema en la cabeza de su mujer.

—He telefoneado al sheriff mientras venía de camino —le dijo, ya sentados en la sala de estar. El rumor del océano, invisible en la oscuridad nocturna, se filtraba a través de los cristales de las ventanas—. Me ha confirmado que Frankie estuvo en el cine. Hay gente que recuerda haberla visto, una chica guapa vestida de ciudad, pero no hay rastro de ella en el bar. De manera que fuese lo que fuese lo que sucediera, pasó en el camino de regreso a casa.

—¿Y qué puede haber sucedido?

David se encogió de hombros y dio un sorbo a su copa.

—Han preguntado en los hospitales de la zona.

Mientras bebía, Maggie hizo una mueca.

—Mierda. Debería haberlo hecho yo. ¿Por qué no…?

—No es tu trabajo. Estabas ocupada con Rachel. Pero ellos ya han contactado con todos los hospitales y ayer por la noche no ingresaron a nadie que encaje con su descripción en ninguno de ellos. No han localizado a nadie sin identificar ni nada por el estilo.

—David, ¿está muerta? ¿Tirada en alguna cuneta o algo así?

—No. No creo. Es decir, cuanto más se prolongue esta situación, peores van a ser las perspectivas, pero ahora mismo podría tratarse simplemente de, no sé, de una borrachera.

Pero ambos sabían que Frankie no era de las que se emborrachan.

Esa noche Maggie durmió a trompicones. Soñó que el monstruo de Montauk había vuelto a la vida y se había deslizado fuera del lago y cruzado la carretera, acercándose a su casa, dejando un rastro viscoso y sanguinolento. Maggie se revolvió y dio vueltas en la cama, imaginando que el monstruo reptaba hasta una ventana de la planta superior, hasta la ventana del cuarto de Rachel. ¿La había dejado abierta? Era una noche calurosa, sofocante. Normalmente la cerraba, pero esta vez —como estaba despistada, preocupada por la desaparición de Frankie—, ¿la había cerrado?

Maggie se despertó ya con un pie en el suelo, una angustia maternal la arrastraba a recorrer el corto tramo de pasillo que la separaba de la habitación de su hija. Lo primero que la inquietó fue que la puerta estaba cerrada. Maggie estaba segura de que no la había cerrado. De hecho, siempre colocaba un tope para evitar que el viento la pudiese cerrar. Intentó abrirla precipitadamente, pero el pomo no giraba. Golpeó la puerta con el hombro, provocando un estruendo.

A sus espaldas oyó que David se movía en la cama, pero no oyó el más mínimo ruido procedente de la habitación de la niña. Volvió a intentar mover el pomo. La puerta estaba bloqueada.

—¡David! —gritó una, dos veces, con una voz teñida de histeria.

Enseguida apareció él a sus espaldas, moviéndose con rapidez pero todavía adormilado, con una parte de su cerebro aún anclada en el sueño.

—Está cerrada —le dijo ella.

—Apártate —dijo él.

Lo hizo y apoyó la espalda contra la pared para dejarlo pasar. David agarró el pomo con su enorme mano e intentó girarlo.

—¿Por qué no está llorando? —se escuchó a sí misma decir Maggie—. Debería haberse despertado. Tengo que haberla despertado con los golpes.

Él volvió a intentarlo, pero lo dejó por imposible, así que empujó con el hombro. Una vez, dos veces, tres veces. La puerta se combó un poco, pero no se abrió.

—Hijaputa —vociferó él, ahora ya completamente despierto y dominado por el pánico. ¿Por qué no estaba llorando su hija? En lugar de eso, el único sonido que se filtraba por debajo de la puerta era el murmullo del océano.

David retrocedió un poco y dio una patada a la puerta con todas sus fuerzas, reuniendo una suerte de energía primaria de neandertal. Esta vez el pestillo cedió, una de las bisagras saltó y la puerta se abrió y se dobló hacia atrás, como un boxeador al que le han clavado un puñetazo en el estómago.

Maggie lo apartó a un lado, entró en la habitación y lanzó un grito.

La ventana estaba abierta de par en par.

La cuna estaba vacía.

Maggie permaneció allí inmóvil durante un buen rato, como si la visión de la cuna vacía fuese una imposibilidad surrealista. David se acercó apresuradamente a la ventana y echó un vistazo al exterior, primero a un lado, después al otro. Luego pasó por delante de su mujer y salió de la habitación. Ella oyó el estruendo de sus pasos bajando por la escalera y a continuación la puerta de la entrada que se cerraba de un portazo y el sonido de sus pasos corriendo sobre la hierba, después sobre la arena y después sobre la gravilla, en dirección a la carretera.

David estaba al teléfono cuando ella bajó y se lo encontró a los pies de la escalera.

—Sí —decía él—. Es un asunto de vida o muerte. Me da igual lo que cueste.

Un silencio mientras escuchaba.

—De acuerdo. Aquí estaremos.

Colgó, con la mirada clavada en algún punto a media distancia.

—¿David? —dijo ella.

—Van a enviar a alguien.

—¿Quién?

—La empresa.

—¿Qué quiere decir alguien? ¿Has llamado a la policía?

Él negó con la cabeza.

—Es mi hija. Se han llevado a mi hija. No vamos a llamar a los funcionarios públicos.

—¿De qué hablas? ¿Quién se la ha llevado? Ha desaparecido. Necesitan…, necesitamos que alguien, que un montón de gente, salgan en su búsqueda ahora mismo.

Él empezó a recorrer toda la casa, habitación por habitación, y fue encendiendo las luces, transmitiendo la sensación de que todo el mundo estaba despierto. Ella lo seguía.

—¿David?

Pero él permanecía ensimismado en sus pensamientos, en algún tipo de maquinación masculina que estaba planificando en su cabeza. Maggie se dio la vuelta y cogió las llaves del coche del gancho de la pared del que colgaban.

—Bueno, no pienso quedarme aquí esperando.

Él la alcanzó en la puerta y la agarró de la muñeca.

—No —le dijo—, no se ha ido sola. Alguien se la ha llevado. Alguien ha trepado hasta la ventana de su habitación y se la ha llevado. ¿Por qué? Por dinero.

—No.

—Pero primero —continuó él—, primero se han llevado a Frankie.

Maggie se apoyó contra la pared, porque la cabeza le daba vueltas.

—¿Qué estás…?

Él la agarró, no con violencia, pero sí con firmeza, para dejarle claro que seguía con los pies en el suelo, que él estaba allí con ella.

—Frankie nos conoce. Conoce nuestras rutinas y nuestra situación financiera, o al menos tiene una idea general sobre nuestra situación financiera, y sabe en qué habitación duerme Rachel. Lo sabe todo. Primero han secuestrado a Frankie para poder llevarse a Rachel con la información que les haya dado.

Maggie pensó en lo que le decía y se sentó en el sofá, con el monedero con las llaves todavía en la mano.

—A menos que ella esté compinchada con esa gente —dijo David.

Maggie negó con la cabeza intentando tranquilizarse, relajando sus extremidades hasta que parecieron algas flotando entre las olas.

—Ella no puede estar involucrada. Tiene veintidós años. Asiste a clases nocturnas.

—Quizá necesita dinero.

—David —dijo Maggie mirándole a los ojos—. No les está ayudando. No por propia voluntad.

Reflexionaron sobre eso, sobre qué podría llevar a una concienzuda joven a participar en el secuestro de una niña dormida a la que tenía a su cargo.

Cuarenta y cinco minutos después oyeron ruido de neumáticos en el camino de acceso a la casa. David salió a recibirlos. Regresó con seis hombres. Iban ostensiblemente armados y se movían con lo que solo puede describirse como actitud militar. Uno de ellos vestía traje. Tenía la piel olivácea y canas a la altura de las sienes.

—Señora Bateman —dijo—. Soy Mick Daniels. Estos hombres están aquí para protegerla y para ayudar a aclarar lo sucedido.

—He tenido un sueño —se sorprendió diciéndole Maggie.

—Cariño —intervino David.

—Sobre el monstruo de Montauk. Que estaba reptando por la pared de nuestra casa.

Mick asintió. Si lo que ella le contaba le pareció raro, no lo exteriorizó.

—Estaba usted dormida —dijo él—, pero una parte de usted escuchó algo. Forma parte de nuestro entrenamiento genético. Una memoria animal ancestral fruto de cientos de miles de años de ejercer el papel de presa.

Les pidió que le enseñasen su habitación y la de Rachel, y les hizo recordar todos sus movimientos. Mientras tanto, dos de sus hombres examinaban el perímetro. Otros dos montaron un centro de mando en la sala de estar, donde desplegaron ordenadores portátiles, teléfonos e impresoras.

Se reunieron con el grupo al completo diez minutos después.

—Solo hay huellas de una persona —les explicó un hombre negro que mascaba chicle— y dos marcas más profundas justo debajo de la ventana. Creemos que deben ser de la escalera. Las huellas llevan hasta un cobertizo dentro de la propiedad y después desaparecen. Hemos encontrado una escalera dentro. Extensible. Creo que suficientemente larga como para alcanzar el segundo piso.

—De modo que no se ha traído su propia escalera —dijo Mick—, ha utilizado una que había aquí. Lo cual quiere decir que sabía que estaba aquí.

—El fin de semana pasado se nos desprendió un canalón del tejado —explicó David—. Vino el propietario y lo arregló, y para eso utilizó la escalera. No sé de dónde la sacó, pero vino hasta aquí en un sedán, de modo que no la trajo consigo.

—Investigaremos al propietario —dijo Mick.

—No hay marcas de neumáticos visibles en la carretera —informó el segundo hombre, que llevaba un rifle—. Al menos ninguna reciente. No hay ninguna pista de en qué dirección ha o han huido.

—Disculpen —dijo Maggie—, pero ¿quiénes son ustedes? Alguien se ha llevado a mi hija. Hay que llamar a la policía.

—Señora Bateman —dijo Mick.

—Deje de llamarme así —protestó ella.

—Lo siento, ¿cómo quiere que la llame?

—No, es solo que… ¿alguien puede explicarme qué está sucediendo?

—Señora —respondió Mick—, soy asesor de seguridad de la empresa de seguridad privada más importante del mundo. El jefe de su marido ha contratado mis servicios sin coste alguno para usted. He servido ocho años en los Navy Seal y ocho más en el FBI. He trabajado en trescientos casos de secuestro con un elevado porcentaje de éxitos. Lo sucedido aquí tiene que obedecer a un patrón. En cuanto lo descifremos, le prometo que llamaremos al FBI, pero no como meros espectadores. Mi trabajo consiste en controlar la situación desde este momento hasta que recuperemos a su hija.

—¿Y puede usted hacerlo? —preguntó Maggie, como si hablase desde otra dimensión—. Recuperarla.

—Sí, señora —respondió Mick—. Puedo hacerlo.

BLANCO

Son las paredes blancas las que lo despiertan. No es solo el dormitorio, todo el apartamento está acabado en tono marfil, las paredes, los suelos, el mobiliario. Scott permanece echado, con los ojos abiertos y el corazón acelerado. Dormir en un limbo blanco, como una nueva alma suspendida en éter a la espera de que se abra una puerta, de que se resuelva el papeleo burocrático de asignarle un cuerpo, rezando ansiosamente por que se invente el color, puede enloquecer a un hombre. Scott se mueve y se gira bajo las sábanas blancas y sobre la almohada blanca, el armazón de su cama está pintado de color huevo. A las dos y cuarto echa a un lado la colcha y pone los pies en el suelo. El murmullo del tráfico se cuela a través del doble cristal de las ventanas. Está sudando por el esfuerzo de obligarse a seguir en la cama, y nota cómo le late el corazón a través de la caja torácica.

Va hasta la cocina y se plantea si prepararse un café, pero le parece inadecuado. La noche es la noche y la mañana es la mañana, y confundir ambas cosas puede acarrear una prolongada confusión. Un hombre fuera del tiempo, con el horario desplazado, bebiendo bourbon en el desayuno. Scott siente cierto escozor en los ojos. Va a la sala de estar, encuentra un aparador, abre todos los cajones. En el lavabo encuentra seis lápices de labios. En la cocina encuentra un rotulador indeleble negro y dos rotuladores fosforescentes (uno rosa y otro amarillo). En la nevera hay varias piezas de remolacha, gruesas y a punto de estropearse, las coge y las mete en un cazo con agua que pone al fuego para hervirlas.

En la televisión están hablando de él. No necesita encenderla para saberlo. Ahora forma parte del circuito, está permanentemente en danza. Los blanqueados listones de madera del suelo crujen bajo sus pies mientras se dirige sigilosamente hacia la sala de estar (blanca). La chimenea todavía está ennegrecida por algún uso reciente y Scott se acuclilla sobre el frío saliente de ladrillo y remueve las cenizas. Palpando, encuentra un pedacito de carbón y lo saca como si fuese un diamante de una mina. En la pared más alejada hay un espejo de cuerpo entero y mientras se levanta se ve reflejado en él. Da la coincidencia de que sus calzoncillos son blancos y lleva una camiseta blanca, como si también él estuviese siendo devorado poco a poco por la infinita nada. Al verse reflejado en el espejo en ese mundo completamente blanco –un hombre pálido vestido con ropa blanca– piensa si no será un fantasma. «¿Qué es más creíble –piensa–, que nadé varios kilómetros con el hombro dislocado y un niño agarrado al cuello, o que me ahogué en las agitadas y saladas aguas, como mi hermana años atrás, con sus ojos aterrorizados y su boca difuminándose bajo las negras aguas del lago Michigan que se la tragaban?»

Con el carboncillo en la mano, recorre el apartamento encendiendo todas las luces. Lo hace de modo instintivo, movido por un impulso no del todo racional. Procedente del exterior, oye el chirrido de los frenos del primer camión de la basura del día, su dentado engranaje pulveriza las cosas que ya no necesitamos. El apartamento está todo iluminado y Scott gira sobre sí mismo lentamente para contemplarlo en su totalidad, paredes blancas, muebles blancos, suelos blancos, y este simple giro se convierte en una especie de mecanismo que una vez puesto en marcha no puede detenerse. Está metido en un capullo blanco adornado con espejos negros y con las cortinas abiertas.

Ha apilado cualquier cosa capaz de producir color sobre la mesa de centro blanca. Scott permanece de pie con el carboncillo en la mano. Se lo pasa de la izquierda a la derecha y dirige sus ojos hacia la intensa mancha negra en la palma de su mano izquierda. Y de pronto, con ímpetu, se planta la mano sobre el pecho y la desliza hasta el estómago, manchando de ceniza negra el algodón de su camiseta.

«Estoy vivo», piensa.

Y entonces la emprende con las paredes.

Una hora después oye que llaman a la puerta. Y después una llave que se introduce en la cerradura. Entra Layla, todavía con un vestido corto de noche y zapatos de tacón. Encuentra a Scott en la sala de estar, lanzando las remolachas contra la pared. Su camiseta y sus calzoncillos están, como suele decirse, para tirar, o a ojos de un pintor como él, mucho más interesantes con sus manchas negras y rojas. Hay un difuso olor a carbón y a verduras de raíz. Sin percatarse de la presencia de su anfitriona, Scott se acerca a la pared, se acuclilla y recoge las remolachas aplastadas. A sus espaldas oye pasos en el pasillo y un suspiro contenido. Un sobresalto.

Lo oye y no lo oye, porque al mismo tiempo no escucha otra cosa que el sonido de sus propios pensamientos. Visiones y recuerdos, y algo más abstracto. Una urgencia, no como si se produjese un terremoto, sino como las ganas de orinar después de un camino de regreso a casa que se ha hecho eterno por culpa de un atasco: la carrera hasta la puerta, la precipitada búsqueda de las llaves, el desabotonarse a toda prisa y con manos temblorosas los pantalones. Y finalmente el tosco chorro. Una necesidad biológica cumplida. Una luz apagada que por fin se enciende.

La pintura se le revela con cada brochazo.

Detrás de él, Layla lo observa, con la boca abierta, desconcertada. Es una intrusa en un acto de creación, una mirona inesperada. Ese apartamento, del que es propietaria y que ha decorado ella misma, se ha convertido en otra cosa. En algo inesperado y salvaje. Se desabrocha los zapatos, se los quita y con ellos en la mano camina hasta el manchado sofá blanco.

—He estado en una fiesta en la parte alta de la ciudad —dice—. En una de esas inacabables fiestas en que piensas «quién me ha mandado venir». Y al volver he visto que tenías la luz encendida. Todas las luces.

Se sienta y cruza las piernas. Scott se pasa la mano por el pelo y su cabello queda teñido del color de una langosta cocida. Después se acerca a la mesa de centro y elige un pintalabios.

—Un hombre de cincuenta años me ha dicho que quería oler mis bragas —le cuenta Layla—. No, espera, no era exactamente eso, quería que me quitase las bragas, guardárselas en el bolsillo y más tarde, cuando su mujer estuviese durmiendo, se las acercaría a la nariz y eyacularía en la pila del lavabo.

Descruza las piernas y se acerca al mueble bar para servirse una copa. Aparentemente ensimismado, Scott prueba el color del lápiz de labios en la pared, lo vuelve a tapar y elige un tono diferente.

—Imagina sus ojos como platos cuando le he dicho que no llevaba bragas —continúa explicándole Layla mientras observa cómo Scott elige un tono llamado rubor veraniego. Ella da un sorbo a su bebida—. ¿Alguna vez te has preguntado cómo eran las cosas antes?

—¿Antes de qué? —pregunta Scott sin volverse.

Ella apoya la espalda en el sofá.

—A veces me preocupa —dice— que la gente solo hable conmigo o bien porque soy rica o bien porque quieren follar conmigo.

Scott es un rayo láser, concentrado en un punto.

—A veces —le dice a Layla—, es probable que tan solo se pregunten si quieres pedir un aperitivo o un cóctel.

—No hablo de los que están haciendo su trabajo. Me refiero a la gente con la que me cruzo en una sala repleta. Me refiero a un evento social o una reunión de negocios. Me refiero a alguien que me está mirando y está pensando «he aquí un ser humano con algo interesante que añadir al gran debate».

Scott tapa el lápiz de labios y da unos pasos atrás para contemplar su obra.

—Cuando tenía siete años —recuerda—, me escapé de casa. Bueno, no de casa, sino de la casa. Me subí a un árbol del jardín trasero. «Así aprenderán», pensé, por quién sabe qué motivo. Mi madre me vio allí arriba desde la ventana de la cocina, un niño en la rama de un árbol con su mochila y su almohada, mirándola enojado, pero se limitó a seguir preparando la cena. Después vi cómo cenaban en la mesa de la cocina, mamá, papá y mi hermana. «Pásame las galletas.» Después de fregar los platos, se sentaron en el sofá y se pusieron a ver la tele. *Real People*, o quizá *Full House*. Yo empecé a sentir frío.

Hace una mancha con el carboncillo, perfeccionando un efecto.

—¿Has intentado alguna vez dormir en un árbol? —le pregunta a Layla—. Tienes que ser una pantera. Una tras otra las luces de la casa se apagan. Había olvidado traerme comida, nada más y nada menos, y un jersey. De manera que pasado un rato bajo y entro en casa. La puerta trasera está abierta. Mi madre me ha dejado un plato con comida en la mesa, con una nota. «¡El helado está en la nevera!» Me siento y como a oscuras, después me levanto, subo a mi habitación y me meto en la cama.

—¿Qué intentas explicarme?

—Nada. Es simplemente algo que hice.

Dibuja líneas con el carboncillo sobre el yeso de la pared, añadiendo sombras.

—O tal vez —añade Scott— lo que quiero decir es que la gente puede expresar todo tipo de cosas sin siquiera abrir la boca.

Layla estira brazos y piernas para desentumecerse y levanta un poco la cadera.

—En los noticiarios dicen que el niño ha dejado de hablar —comenta—. Que no ha dicho una palabra desde el accidente. No sé cómo lo saben, pero es lo que están diciendo.

Scott se rasca la cara y se mancha la sien.

—Cuando bebía —cuenta— era lo que llaman una matraca. Enlazaba un tema con el siguiente, casi siempre hablando de lo que pensaba que la gente quería escuchar; bueno, no es verdad, de cosas que pensaba que resultaban provocativas. De la verdad.

—¿Qué bebías?

—Whisky.

—Muy masculino.

Scott saca el capuchón al rotulador fosforescente amarillo y frota con aire ausente la punta húmeda de fieltro contra su pulgar izquierdo.

—El día que dejé de beber, dejé también de hablar —explica—. ¿Qué podía contar? Necesitas tener expectativas para construir un pensamiento. Hace falta, no sé, optimismo para hablar, para ponerse a conversar. Porque, la verdad, ¿para qué sirve tanta comunicación? ¿Qué cambia realmente lo que nos decimos unos a otros? ¿O incluso lo que hacemos, por seguir con el tema?

—Esto tiene un nombre —dice Layla—. Se llama depresión.

Scott deja el rotulador fosforescente, se vuelve sin prisas y contempla su trabajo. De pronto, ahora que la habitación ha adquirido volumen, se siente agotado. Cuando al darse la vuelta sus ojos se posan sobre Layla, descubre que se ha quitado el vestido y se ha estirado en el sofá completamente desnuda.

—Veo que no mentías con respecto a la ropa interior —dice Scott.

Layla sonríe.

—He disfrutado toda la noche —dice— sabiendo que tenía un secreto. Todo el mundo hablaba de lo sucedido, del misterio del avión estrellado. ¿Ha sido un acto terrorista? Una especie de escenario apocalíptico en plan «asesinemos a los ricos». O una jugada de Corea del Norte que aplasta a Kipling como a un mosquito para que no hable. Deberías haber estado allí. Pero después la conversación ha derivado hacia aspectos más… personales. Todos esos elitistas forrados de dinero se ponen a hablar sobre el niño, sobre si algún día volverá a hablar. —Layla observa atentamente a Scott, y añade—: Y sobre ti.

Scott va hasta el fregadero y se lava las manos, contemplando la ceniza y el carmín que se escurren por el desagüe. Aquí las paredes siguen siendo blancas. Lo considera una ofensa a su obra, así que aplasta su torso sucio contra el yeso y deja marcada la silueta de su cuerpo como haría el Coyote de los dibujos animados. Se acerca después al escritorio y descuelga el teléfono.

—¿Te he despertado? —pregunta cuando le responden.

—No —dice Eleanor—. Estamos despiertos. Ha tenido una pesadilla.

Scott se imagina al niño agitado y dando vueltas en la cama, el interior de su cabeza convertido en un mar embravecido.

—¿Qué hace ahora?

—Está comiendo cereales. He intentado que volviera a dormirse, pero ha sido imposible. Así que le he puesto la tele y le he encontrado *WordWorld* en el canal infantil de la PBS.

—¿Puedo hablar con él?

Oye cómo Eleanor deja el teléfono y escucha su voz amortiguada por la distancia —«¡J. J.!»— en la otra punta de la habitación. Rindiéndose a la fuerza de la gravedad, Scott se sienta en el suelo y el cable del teléfono se estira para seguirlo. Al cabo de un momento le llega el sonido del plástico del auricular arrastrado sobre una superficie y después una respiración.

—Eh, colega —saluda Scott. Espera—. Soy Scott. Estaba…, parece que los dos nos hemos despertado, ¿eh? ¿Has tenido una pesadilla?

Al otro lado, Scott oye que Layla cambia de canal en el televisor y se escucha el noticiario de veinticuatro horas. A través del teléfono llega la respiración del niño.

—He pensado que quizá iré a tu casa… para verte —le dice Scott—. Me podrás enseñar tu habitación…, no sé. Aquí en la ciudad está haciendo mucho calor. Tu tía me ha dicho que estáis cerca de un río. Quizá podría enseñarte a cruzarlo saltando por las piedras, o…

Piensa en lo que acaba de decirle, «venga, vamos tú y yo a visitar otra gran concentración de agua». Una parte de él se pregunta si el niño pega un grito cada vez que tira de la cadena del váter, si se asusta al oír el chorro de agua cuando llenan la bañera.

—¿Sabes?, lo que a mí me ayuda a superar el miedo —le dice Scott— es estar preparado. Saber cómo hacer las cosas. Como cuando te dicen que si te ataca un oso lo mejor es hacerte el muerto. ¿Eso lo sabías?

Siente el peso de la fatiga tirando de él desde las profundidades del suelo.

—¿Y si es un león? —pregunta el niño.

—Bueno —responde Scott—, en este caso no estoy seguro. Pero te diré una cosa. Voy a averiguar la respuesta y te la contaré cuando te vea, ¿de acuerdo?

Un largo silencio.

—Vale —dice el niño.

Scott oye cómo el crío deja el teléfono sobre la mesa y después el ruido de alguien que lo vuelve a levantar.

—Uau —dice Eleanor—, no sé qué...

Ha quedado en el aire el toque mágico de Scott. Pero él no quiere hablar sobre eso. El hecho de que el niño hable con él y con nadie más para él no es más que eso, simplemente un hecho, sin asomo de lo que los psicólogos llaman «significado».

—Le he dicho que iría a verle —le cuenta Scott a Eleanor—. ¿Te parece bien?

—Por supuesto. Le..., nos encantaría.

Scott capta cierta inflexión en su voz.

—¿Y a tu marido? —le pregunta.

—A él hay pocas cosas que le gusten.

—¿Tú le gustas?

Un silencio.

—A veces.

Se quedan pensando en eso un rato. Scott escucha un suspiro procedente del dormitorio, pero no está seguro de si es un sonido humano o un efecto sonoro del televisor.

—Bueno —dice Scott—. El sol no va a tardar en salir. Intentad dormir un poco.

—Gracias —dice ella—. Que tengas un buen día.

Un buen día. La sencillez del comentario le hace sonreír.

—Tú también —responde.

Después de colgar, Scott se queda un rato allí recostado, medio adormecido, pero acaba levantándose. Sigue el sonido del televisor, se saca la camiseta y la tira al suelo, después los calzoncillos y avanza hacia el dormitorio, apagando las luces a su paso. Layla está cubierta a medias por la colcha, con la cadera ladeada —es perfectamente consciente de la pose, del magnetismo que tiene— y la mirada coquetamente dirigida hacia la pantalla. Scott, que ahora siente frío, se mete en la cama. Layla apaga el televisor. Fuera el sol empieza a despuntar. Scott reposa la cabeza sobre la almohada y nota cómo primero las manos de ella y después todo su cuerpo se acercan a él. Como olas que cubren la arena blanca de una playa. Layla se pega a él, acomodándose a sus caderas y a su torso. Sus labios encuentran el cuello de Scott. Él siente que la calidez de la colcha va desapareciendo de encima de su cuerpo. La caja blanca ya ha sido debidamente transformada. Ahora el limbo se ha convertido en un lugar con personalidad. La mano de Layla le acaricia el pecho. La pierna de ella flota sobre su espinilla y aterriza sobre sus muslos. El cuerpo de Layla es cálido, Scott siente cómo los pechos se aplastan contra su brazo. Ella le acaricia y le susurra en la curvatura del cuello, tomándose su tiempo.

—Te gusta hablar conmigo —le dice Layla—, ¿verdad que sí?

Pero él ya se ha dormido.

LIENZO N.º 4

A primera vista parece un lienzo en blanco. Un largo rectángulo blanco cubierto de yeso. Pero si uno se acerca, descubrirá que hay una topografía en ese blanco, sombras y valles. La pintura blanca se acumula en capas superpuestas y hay indicios de otros colores bajo esas capas, el atisbo de algo escondido. Y el espectador piensa: quizá después de todo la tela no es blanca. Tal vez hay una imagen que ha sido cubierta, borrada por el blanco. Lo cierto es que el ojo por sí solo jamás será capaz de desentrañar la historia oculta. Pero si se acerca la mano y se recorren los valles y montículos de yeso, si uno cierra los ojos y permite que emerja la verdad topográfica, entonces tal vez los contornos de la escena empiecen a esclarecerse.

Llamas. La silueta de un edificio.

La imaginación del espectador hace el resto.

PÚBLICO/PRIVADO

Le despierta el bocinazo de un coche. Layla ha desaparecido. La bocina insiste. Scott se levanta y camina desnudo hasta la ventana. Hay un equipo de televisión en la calle, con una camioneta aparcada sobre la acera y la parabólica desplegada.

Lo han localizado.

Se aparta de la cortina, busca el mando a distancia y enciende el televisor. Aparece la imagen de una casa, un edificio blanco de tres plantas con ventanas de marcos azules y adornos negros en forma de estrella en una calle arbolada de Nueva York. Es la casa en la que está él. Bajo la imagen de la casa aparece una franja de titulares por la que se desplazan palabras y números: el Nasdaq ha caído 13 puntos, el Dow Jones ha subido 116. En la parte izquierda de la pantalla, Bill Cunningham ocupa su recuadro, inclinándose hacia la cámara.

—… está conviviendo, aparentemente, con una famosa heredera radical, cuyo padre el año pasado donó cuatrocientos millones de dólares a causas izquierdistas. ¿Recuerdan, queridos telespectadores, a aquel hombre que intentó comprar las elecciones de 2012? Bueno, pues esta es su hijita. Aunque ya no es tan pequeña, miren estas fotos en las que aparece la muchacha en un festival de cine francés hace unos meses.

En la pantalla la casa pasa a un recuadro más pequeño y es reemplazada en la ventana principal por una sucesión de fotografías de Layla ataviada con escotados vestidos de noche, sacadas de revistas de moda y publicaciones sensacionalistas. Hay una foto tomada con teleobjetivo en la que aparece en biquini en el yate de un actor.

Scott se pregunta si Layla está en casa, contemplando el espectáculo.

Como si le hubiera leído el pensamiento, se abre la puerta del apartamento y entra ella. Va vestida, al parecer, para un día de reuniones de trabajo.

—Yo no se lo he contado a nadie —le dice a Scott—. Te lo juro.

Él se encoge de hombros. No se le ha pasado por la cabeza que lo hubiera podido hacer. Desde su punto de vista, ambos son en esos momentos ejemplares de especies en peligro de extinción, descubiertos en el instante en que estaban mudando la piel por un niño curioso con escaso dominio de sí mismo.

En la pantalla Scott contempla quince ventanas con las cortinas echadas, una estrecha puerta de entrada pintada de azul, dos puertas de garaje también azules. El único elemento que tapa un poco la vista de la casa es un delgado arbolillo, que más bien se asemeja un palo con un tímido despliegue de hojas verdes. Scott estudia en la televisión la casa en la que está, preocupado, pero al mismo tiempo extrañamente fascinado, como un hombre que se contempla a sí mismo mientras se lo comen vivo. Parece que ya no va a poder evitar convertirse en una figura pública. Que va a tener que participar en ese circo.

«Qué raro es todo», piensa.

Layla permanece a su lado. Piensa en añadir algún comentario, pero no lo hace. Al poco rato se da la vuelta y sale del apartamento. Scott oye cómo se cierra la puerta y después el repiqueteo de sus tacones por la escalera. Él sigue allí clavado, contemplando la casa por televisión.

Bill Cunningham, con aire excitado, dice:

—... movimiento en una ventana del piso superior hace unos momentos. Nuestras fuentes nos han informado de que la señorita Mueller vive sola en la casa, lo cual..., ¿cuántos dormitorios hay ahí, queridos telespectadores? A mí me parece que al menos seis.

Y no puedo evitar establecer algunas conexiones…, el director ejecutivo de una cadena de noticias conservadora fallece en extrañas circunstancias y resulta que el único superviviente del avión estrellado reaparece conviviendo con la hija de un activista de izquierdas. Bueno, habrá quien considere que es una coincidencia, pero yo desde luego no.

En la pantalla, una de las puertas del garaje empieza a abrirse. Scott se inclina hacia delante, mirando algo más que mera televisión. Casi espera verse aparecer a sí mismo, pero en lugar de eso emerge un Mercedes negro con Layla al volante protegiéndose la cara con unas enormes gafas negras. Los cámaras de televisión se acercan, intentando bloquearle el paso, pero ella sale rápidamente y, no sin ganas de arrollarlos a todos, gira a la izquierda y se aleja con el motor rugiendo por Bank Street hacia Greenwich, antes de que puedan acorralarla.

Consumada su veloz salida, la puerta del garaje se cierra.

—… sin duda era la dueña de la casa —informa Cunningham—. Pero yo me pregunto si ese tal Burroughs iría agachado y escondido en el asiento trasero, como un preso fugado de la cárcel en una película de Peckinpah.

Scott apaga el televisor. Ahora está solo en la casa, completamente desnudo en una habitación blanca en cuyo suelo el sol proyecta sombras. Si racionara los alimentos de que dispone, si hiciera una única comida al día, podría resistir sin salir del apartamento seis días. En lugar de eso, se da una ducha y se viste. Magnus, piensa. Si alguien se ha ido de la lengua, ha tenido que ser él. Pero cuando le llama, Magnus se hace el sueco.

—Espera, espera —dice Magnus—. ¿Qué casa está saliendo por televisión?

—Necesito que me alquiles un coche —le acaba pidiendo Scott después de darle vueltas al asunto. Magnus está en la parte alta de la ciudad, en lo que antes era el Harlem hispano, medio borracho pese a que solo son las diez de la mañana.

—Dime que me has hecho un poco de publicidad, ¿sí? —dice Magnus—. ¿Has hablado con Layla? Le has susurrado alguna cosa en esa hermosa oreja. Que Magnus es un excelente pintor. Algo sobre...

—Anoche hablé largo y tendido sobre tu uso del color y de la luz.

—Perfecto, colega. De puta madre.

—Ella tenía pensado pasarse este fin de semana y quizá poder ver tus trabajos más recientes.

—Acabo de tener una erección —exclama Magnus—, en este mismo instante. Tengo el capullo purpúreo e inflado, como si me hubiera mordido una serpiente.

Scott se acerca a la ventana. Las cortinas son finas, pero no se ve a través de ellas. Scott intenta echar un vistazo a la calle, consciente de que ahí abajo hay gente mirando hacia la fachada. Entrevé una segunda camioneta de noticiario televisivo aparcando junto al bordillo.

—No tiene por qué ser un coche grande —le dice a Magnus—. Solo lo necesito un par de días para ir a Croton.

—¿Quieres que vaya contigo? —le pregunta Magnus.

—No. Te necesito aquí —le responde Scott—. Manteniendo el pabellón en alto. A Layla le gusta pasarse la noche entera despierta, si pillas a qué me refiero.

—Considera cumplida la misión, colega. Tengo Viagra suficiente para aguantar hasta Halloween.

Después de colgar, Scott coge su chaqueta, va a la sala de estar y se detiene en seco. Con todo ese jaleo se le habían olvidado las horas que pasó anoche erradicando el blanco de las paredes. Ahora está en medio de un cubo cubierto de carboncillo y lápiz de labios, de manchas de remolacha secas que han adquirido un tono carmín. Ahora lo rodea el mercado de granjeros de Martha's Vineyard —un boceto para un cuadro tridimensional— de tal modo que el mobiliario de la habitación parece colocado en medio de una plaza abierta. Hay una pescadería en la pared del fondo, neveras de puertas transparentes con bolsas de hielo debajo de una larga mesa blanca para jugar a cartas, hileras de verduras, bandejas apiladas de tres en tres con frutos del bosque. Y rostros, recreados de memoria, abocetados rápidamente con el carboncillo que se iba rompiendo.

Y ahí, sentada en una silla de lona blanca, está Maggie, su cabeza y sus hombros abocetados en la pared y su cuerpo silueteado en la tela de la silla. Está sonriendo, con los ojos protegidos del sol por un ancho sombrero de verano. La flanquean sus dos hijos, uno a cada lado de la silla; la niña de pie pegada a su hombro, a la derecha. El niño, parcialmente oculto por la mesita auxiliar, a la izquierda; solo se ve su delgado brazo y un trozo del hombro, con una camisa a rayas, de rayas color remolacha, cuya manga corta le llega hasta la mitad del bíceps, el resto de su cuerpo queda oculto detrás de la madera.

Scott permanece paralizado en medio de la escena, ajeno al tiempo, rodeado de fantasmas. Después baja por la escalera para enfrentarse a la multitud.

JACK

—Nunca me ha gustado hacer ejercicio —proclamaba Jack La-Lanne—. Pero me gustan los resultados.

Eso ya quedaba suficientemente claro por cómo se le marcaban los tríceps, por no mencionar la fuerza caballuna de sus muslos, del grosor de un barril de cerveza. En su casa mantenía un auténtico museo de artilugios gimnásticos, de funcionamiento complejo y la mayor parte de ellos creados por él mismo. Resulta que Jack inventó la máquina para estiramiento de piernas en 1936. Su técnica de entrenamiento consistía en trabajar el músculo hasta que este fallaba, convencido como estaba del poder de transformación mediante la profunda devastación de los tejidos.

Al principio se vestía con una camiseta y unos pantalones comunes y corrientes. Le gustaba la sensación de tensar al máximo la tela. Después se le ocurrió la idea de utilizar un mono ceñido —un uniforme para la superación personal—, así que se dirigió a la Fábrica de Pantalones de Oakland. Les proporcionó bocetos y una selección de colores. Básicamente azules y grises. Una mujer afroamericana le tomó las medidas con una cinta métrica de tela, dando vueltas a su alrededor sentada en una chirriante silla metálica con ruedas. En aquel entonces, la lana era el único tejido que podía estirarse, así que le fabricaron los monos con lana lo más fina posible. Jack le explicó a la empleada que le gustaba que fuesen lustrosos, vistosos, sin mangas para poder mostrar los brazos girando y ceñidos en la cintura.

Jack los llevaba tan ceñidos que se podía adivinar qué había comido para desayunar.

Una tienda de la zona dedicada a la vida sana pagó a Jack para que crease un programa local en la KGO-TV. Explicaba a la gente la utilidad de las dietas, hacía demostraciones de ejercicios específicos para cada músculo, desde los dedos de los pies hasta la lengua. Seis meses después el programa había pasado a ser de ámbito nacional. La gente desayunaba viendo a Jack dando botes de puntillas. Se ponían frente al televisor e imitaban lo que veían, doblando la cintura y haciendo girar los brazos en molinillo. A medida que el fenómeno crecía, ciertas palabras y frases fueron introduciéndose en el lenguaje coloquial de los norteamericanos: «Jack el saltarín», «acuclillarse empujando», «ascensión de pierna»...

Sus monos llevaban un cinturón a juego que le ceñía la cintura.

En su momento de esplendor, Jack era un tipo de mandíbula cuadrada, cuerpo musculado y cintura de avispa; su cabello negro azabache con un corte afelpado daba a su cabeza un perfil de aire italiano, a lo Frankie Valli. En sus primeros años de fama, para la mayoría de la gente solo existía en blanco y negro, un tío como un armario señalando con un puntero esquemas anatómicos mientras explicaba cómo funcionaba el cuerpo humano por dentro. «Mirad —parecía decir—, no somos simples animales. Tenemos una estructura arquitectónica. Los huesos, los tendones y los ligamentos son los fundamentos sobre los que se construye la musculatura.» Jack nos enseñaba que todo en la anatomía humana estaba conectado y podía ejercitarse de un modo maravillosamente armónico.

Sonreír era poner en funcionamiento todo un si ema de músculos, movidos por la felicidad.

Un día les enseñó a los norteamericanos cómo darle a sus rostros un «aspecto at-lé-ti-co», abriendo y cerrando la boca de un modo cómico y hablando con una entonación divertidamente seductora en un programa deportivo.

Después, en los setenta, las apariciones de Jack ya eran en color, dando saltos embutido en resplandecientes monos azules o púrpura en un plató decorado con listones de madera. Se convirtió en una suerte de anfitrión de un programa de entrevistas al que traía a culturistas que hablaban sobre dietas y estilos de vida. Era la época del programa sobre fauna *Mutual of Omaha's Wild Kingdom*. Vietnam se había perdido, un par de estadounidenses habían caminado sobre la Luna y Nixon parecía preparado para dimitir envuelto en el escándalo. La gente lo seguía por su inagotable energía. La gente lo seguía porque estaban hartos de bajar la mirada y descubrir sus propias barrigas. La gente lo seguía para acelerar los latidos del corazón y darle la vuelta a sus vidas.

—Y ahora directamente desde Hollywood —estallaba el presentador—, aquí llega su entrenador personal para estar sano y en forma, Jack LaLanne.

Lo que el telespectador recibía durante treinta minutos era un animoso «tú también puedes hacerlo». Lo que recibía era un llamamiento patrocinado por la publicidad a cambiar de actitud. Lo que se recibía era el reto a subir montañas, la inspiración. Y se facilitaba la formación necesaria.

—¿No es mejor afrontar con arrojo un problema que ser infeliz por no hacerlo? —sentenciaba.

Y en otra ocasión Jack lanzó:

—No os hundáis en la miseria. Cuando la vida se endurece, vosotros os tenéis que endurecer más.

Todo esto fue durante la fase inspiradora de Jack, cuando se percató de que lo que la gente necesitaba no era tan solo un sistema de entrenamiento muscular, sino una manera más positiva de enfrentarse al mundo. Se acababan los anuncios y allí aparecía él, el hombre saltarín, sentado en una silla metálica girada con el respaldo delante, dejando claros sus planteamientos científicos.

—¿Sabéis? —decía—, en este país hay montones de esclavos. ¿Vosotros sois esclavos? Probablemente estéis diciendo, Jack, ¿cómo se puede ser un esclavo en este maravilloso país libre que es Estados Unidos? Yo no hablo de esclavos en el sentido en que estáis pensando. Hablo de que eres un esclavo cuando no puedes hacer las cosas que quieres hacer en el momento en que quieres hacerlas. Porque eres un esclavo, igual que los esclavos antiguos a los que capturaban y encadenaban. Vivían hacinados y no podían ir a ningún lado. –Jack miraba directamente a la cámara–. Y vosotros sois igual de esclavos que ellos. –Y en ese momento se inclinaba hacia delante y señalaba directamente a la cámara, vocalizando con claridad cada sílaba–: Sois esclavos de vuestro propio cuerpo. La mente –continuaba Jack– permanece activa hasta el día de la muerte, pero es esclava del cuerpo, de los cuerpos que se han hecho tan perezosos que lo único que quieren es permanecer sentados. Vivimos el inicio de la era de los vegetales de sofá. Y vosotros sois quienes habéis permitido que esto sea así. En lugar de gobernar a vuestros cuerpos –sentenciaba–, habéis permitido que ellos os gobiernen a vosotros.

Eran los albores de la era de la televisión y el aletargamiento provocado por ese parpadeante resplandor hipnótico ya se había instalado en la sociedad. La caja tonta. Y ahí estaba Jack con sus arengas que pretendían despertar conciencias, que intentaban liberar a la gente de los aprisionadores grilletes de la sociedad moderna.

Esto no es nada complicado, te decía con la mirada, y los movimientos de su cuerpo parecían dar la respuesta a todas las preguntas que planteaba. Ningún filósofo francés vivo o muerto podía convencer a Jack LaLanne de que los problemas del ser humano eran existenciales. Donde Sartre veía tedio, Jack veía energía. Donde Camus veía sinsentido y muerte, Jack veía el inmenso poder liberador del entrenamiento.

Jack alcanzó su máxima celebridad en la época de Buzz Aldrin y Neil Armstrong, en la época de John Wayne. Estados Unidos era un país ganador por lo que a él concernía. No había desafío demasiado enorme, ni obstáculo demasiado grande.

Jack nos convenció de que Estados Unidos era el país del futuro, de que estábamos todos a punto de viajar a un nirvana de ciencia ficción en resplandecientes cohetes espaciales.

Solo que, en opinión de Jack, deberíamos llegar hasta allí corriendo.

IMAGO

La luz artificial le ciega; encuadrado por cámaras con focos haló-
genos, Scott entrecierra los ojos con aire meditabundo, asegurán-
dose de que la primera imagen de él que recibe el mundo es la de
un hombre de aire ligeramente apesadumbrado, con el ojo izquierdo bizqueando. En cuanto sale por la puerta, se ve rodeado por una
multitud de cuerpos, de hombres con cámaras cargadas al hombro
y de mujeres con micrófonos en forma de bola, que dejan un rastro de cables por la acera llena de chicles aplastados.

–Scott –le gritan–. Scott, Scott.

Se queda pegado a la puerta, que mantiene entreabierta, por si
necesita huir rápidamente.

–Hola –saluda.

Es un hombre a punto de iniciar una conversación con una
multitud. Le lanzan preguntas, todos hablan a la vez. Scott piensa
en lo que fue antaño esa calle, un riachuelo en medio de un bosque
que discurría en dirección a un río fangoso. Alza la mano.

–¿Qué quieren de mí? –pregunta.

–Hacerle algunas preguntas –responde una de las periodistas.

–Yo he llegado aquí primero –protesta otra, una rubia que sostiene un micrófono con las siglas ALC estampadas en un recuadro.
Se llama, le dice, Vanessa Lane y tiene a Bill Cunningham hablándole por el auricular desde el estudio–. Scott –dice abriéndose
camino hasta colocarse en primera fila–, ¿qué estás haciendo aquí?

–¿Aquí en esta calle? –pregunta él.

–Con la señorita Mueller. ¿Es una amiga o quizá algo más?

Scott piensa en ello. Es una amiga o quizá algo más. No está muy seguro de a qué se refiere exactamente la pregunta.

–Tendría que pensar sobre ello –responde–. Sobre si somos amigos. En realidad acabamos de conocernos. Y además, habrá que tener en cuenta el punto de vista de ella, cómo ve ella el asunto, porque quizá yo lo interpreto mal, saco la conclusión equivocada, lo cual..., ¿a quién no le ha pasado alguna vez, pensar que algo es negro cuando en realidad es blanco?

Vanessa frunce el ceño.

–Cuéntanos algo sobre la catástrofe –le pide–. ¿Cómo fue?

–¿En qué sentido?

–Estar ahí solo, en medio de un océano revuelto, y oír de pronto los gritos de un niño.

Scott piensa en ello y su silencio es cubierto por otras preguntas lanzadas a un ritmo acelerado.

–Busca una comparación. Eso es como eso otro. Una analogía que ayude a entenderlo.

–Scott –le grita una morena con un micrófono–, ¿por qué se estrelló el avión? ¿Qué sucedió?

Por el lado este se acerca una pareja. Scott contempla cómo cruzan la calle para evitar los focos. Ahora él es el accidente, que provoca la curiosidad de los peatones.

–Supongo que debo decir que no es comparable con nada –le responde Scott a Vanessa, sin ignorar la última pregunta, pero centrándose en la anterior–. Desde luego para mí no existe comparación posible. Las dimensiones del océano. Su profundidad y su fuerza. Un cielo sin luna. ¿En qué dirección está el norte? La supervivencia en su nivel más primario no da pie a una historia. O, no sé, quizá sea la única historia.

–¿Ha hablado usted con el niño? –grita alguien–. ¿Estaba asustado?

Scott piensa en eso.

–Uau –dice–. Eso es... No sé si es una pregunta a la que deba..., el cerebro de un niño de cuatro años... Quiero decir que este es un tema completamente aparte. Sé lo que ha sido para mí la experiencia…, no era más que una mota en una oscuridad hostil…, pero para él, en este momento de su desarrollo, me refiero a desarrollo biológico. Y en relación con la naturaleza del miedo…, a un cierto nivel…, la fuerza animal del miedo. Pero también en este caso, a su edad…

Se calla y se queda pensativo, consciente de que no les está dando lo que quieren, pero preocupado porque sus preguntas son demasiado importantes para responderlas al momento, para hacerlo de pasada, para plegarse sin más a cierto tipo de límite temporal arbitrario. ¿Cómo fue la experiencia? ¿Qué sucedió? ¿Qué significa salir adelante? Estos son temas que dan para un libro. Son preguntas sobre las que uno reflexiona durante años para dar con las palabras adecuadas, para identificar todos los factores cruciales, tanto subjetivos como objetivos.

—Es una pregunta importante —dice—, de la cual es posible que uno no llegue jamás a saber la respuesta. —Se vuelve hacia Vanessa y le pregunta—: ¿Tienes hijos?

La chica tiene como mucho veintiséis años.

—No.

Scott se vuele hacia el cámara, un cuarentón.

—¿Y tú?

—Eh, sí, una niña pequeña.

Scott asiente.

—Sí, además está el hecho de que fuera un varón, y la hora de la noche, porque él estaba dormido cuando el avión se desplomó y ¿quizá pensó que era un sueño? En un primer momento. Que quizá todavía seguía durmiendo. Hay muchos factores.

—La gente dice que eres un héroe —grita un tercer reportero.

—¿Esto es una pregunta?

—¿Crees que eres un héroe?

—Tendrías que definirme primero la palabra —responde Scott—. Además, lo que piense yo carece de importancia. O…, eso no es cierto…, lo que pienso sobre mí mismo no siempre ha resultado ser acertado, según la opinión generalizada de los demás. Por ejemplo, cuando tenía veintitantos pensaba que era un artista, pero en realidad era un chaval de veintitantos años que creía ser un artista. ¿Tiene algún sentido?

—Scott —gritan.

—Lo siento —dice él—. Sé que no os estoy dando lo que queréis.

—Scott —dice Vanessa—. Esta pregunta te la hace Bill Cunningham directamente: ¿por qué viajabas en ese avión?

—Te refieres en un sentido cósmico, o…

—¿Cómo acabaste subiendo a ese avión? —insiste ella corrigiéndose a sí misma.

—Me invitó Maggie.

—Maggie es Margaret Bateman, la esposa de David.

—Sí.

—¿Y mantenías una relación con ella, con la señora Bateman? Scott frunce el ceño.

—¿Te refieres a una relación sexual?

—Sí. Igual que ahora mantienes una relación con la señorita Mueller, cuyo padre dona millones a causas liberales.

—¿Me lo preguntas en serio?

—La gente tiene derecho a saber la verdad.

—Solo porque haya estado en su casa, estáis diciendo que he mantenido…, que ha habido sexo entre ella y yo. Es una conclusión digna de Einstein.

—¿Es cierto que la cortejaste para que te invitara a ese avión?

—¿Con qué finalidad…, para estrellarme contra el mar y tener que nadar dieciséis kilómetros para alcanzar la costa con un hombro dislocado?

No siente rabia, tan solo desconcierto por el tipo de preguntas.

—¿Es cierto que el FBI te ha interrogado múltiples veces?

—¿Dos se considera múltiples?

—¿Por qué te escondes?

—Dices «te escondes» como si fuese John Dillinger. Soy un ciudadano particular, que tiene derecho a la privacidad.

—No volviste a tu casa después de la catástrofe. ¿Por qué?

—No estoy seguro.

—Tal vez pensabas que tenías algo que ocultar.

—Mantenerse fuera de la vista no es lo mismo que esconderse —matiza Scott—. Echo de menos a mi perra, eso está claro.

—Háblanos de los cuadros. ¿Es verdad que el FBI los ha requisado?

—No. No que yo…, no son más que simples cuadros. Un hombre monta su taller en un cobertizo en una isla. ¿Quién sabe por qué pinta lo que pinta? Siente que su vida es un desastre. Tal vez por ahí es por donde empieza. Con ironía. Pero entonces… ve ante él algo más interesante, tal vez una vía para comprender… ¿Te parece…? ¿Estoy respondiendo a tu…?

—¿Es cierto que pintaste una catástrofe aérea?

—Sí. Ese es uno de los…, siento que, bueno, que todos vamos a morir. Es… pura biología. Todos los animales…, pero nosotros somos los únicos que… lo sabemos. Y sin embargo…, de algún modo nos las apañamos para guardar este trascendental conocimiento en una especie de caja. Lo sabemos, pero al mismo tiempo no lo sabemos. Y sin embargo, en estas ocasiones en que se producen muertes masivas, cuando se hunde un ferry o se estrella un avión, nos vemos enfrentados cara a cara con la verdad. También nosotros moriremos algún día, y por motivos que no tienen nada que ver con nosotros, ni con nuestras esperanzas, ni con nuestros sueños. Un día cualquiera subes a un autobús para ir a trabajar y resulta que alguien ha puesto una bomba. O te metes en un Walmart buscando rebajas un «viernes negro» y acabas aplastado por la multitud. De manera que… lo que empezó de un modo irónico…, mi vida, el desastre, acabó abriéndome una puerta. —Se mordisquea el labio—. Pero, ¿sabes?, el tipo del cobertizo sigue siendo el tipo del cobertizo.

Vanessa se toca el auricular de plástico que lleva en la oreja.

—A Bill le gustaría invitarte a acudir al estudio para una entrevista cara a cara.

—Muy amable por su parte —dice Scott—. Supongo. Solo que la mueca en tu cara no muestra que estés siendo amable. Es más propia de un policía.

—Ha muerto gente, señor Burroughs —le espeta ella—. ¿Cree que este es un momento para ser amable?

—Ahora más que nunca –le responde, y se da la vuelta y se marcha.

Tiene que recorrer varias manzanas, pero finalmente dejan de seguirlo. Intenta caminar con normalidad, consciente de que es un cuerpo en el espacio y el tiempo, y también una imagen contemplada por miles (¿millones?) de personas. Recorre Bleecker Street en dirección a la Séptima Avenida y toma un taxi. Intenta dilucidar cómo lo han encontrado: un hombre encerrado en un apartamento y sin teléfono móvil. Layla asegura que ella no se ha ido de la lengua, y él no tiene ningún motivo para dudar de su palabra. Una mujer que posee mil millones de dólares no miente a menos que realmente desee hacerlo, y por el modo como ha actuado parecía que Layla disfrutaba manteniendo a Scott como su pequeño secreto. Y en cuanto a Magnus, bueno, Magnus miente sobre un montón de cosas, pero no parece que esta sea una de ellas. A menos que le hayan ofrecido dinero, pero de ser así, ¿por qué ha acabado su conversación telefónica con Scott intentando sablearle cien pavos?

«El universo es el universo –piensa–. Supongo que basta con saber que hay un motivo, sin tener que saber cuál. ¿Tal vez algún tipo de nuevo satélite? ¿Un tipo de software que se introduce en nuestros huesos mientras dormimos? La ciencia ficción del ayer se convierte en la tecnología del presente.»

Era un hombre invisible y ya no lo es. Lo importante es que corre hacia algo en lugar de huir. Sentado en el asiento trasero del taxi, Scott se imagina al niño de madrugada, incapaz de conciliar el sueño, comiendo cereales delante del televisor, contemplando a un perro dibujado con las letras p-e-r-r-o que habla con un gato dibujado con las letras g-a-t-o. Ojalá la vida real fuese tan sencilla y cada persona a la que conocemos y cada sitio al que vamos estuviese construido con la pura esencia de su identidad. Y cuando mirases a un hombre vieses las letras a-m-i-g-o, y cuando mirases a una mujer vieras la palabra e-s-p-o-s-a.

La pantalla de televisión que lleva el taxi está encendida y pasan fragmentos de programas nocturnos. Scott se inclina hacia delante y la apaga.

GIL BARUCH
5 de junio de 1967 – 23 de agosto de 2015

Corrían leyendas sobre él, historias que eran algo más que historias. Teorías sería una palabra más adecuada. Gil Baruch, cuarenta y ocho años, expatriado israelí (aunque, según una de las teorías, era propietario de una casa en el límite de los territorios de la orilla oeste del Jordán, en un punto de tierra palestina que él mismo había ocupado después de llegar un día hasta allí en un viejo jeep y plantar su tienda, soportando las miradas y burlas de los palestinos. Se rumoreaba que él mismo había cortado la madera y puesto los cimientos, con un rifle colgado en bandolera. Que la primera casa fue incendiada por una multitud furibunda, y Gil –en lugar de hacer uso de sus prodigiosas dotes como francotirador o de su dominio de la lucha cuerpo a cuerpo– se había limitado a observar y esperar, y cuando la multitud se dispersó, orinó sobre las cenizas como muestra de su desprecio y volvió a empezar la construcción).

Que era hijo de un israelí prominente, eso no lo ponía en duda nadie; su padre, Lev Baruch, había sido la mano derecha de Moshe Dayan, el famoso líder militar, artífice de la victoria en la guerra de los Seis Días. Se cuenta que el padre de Gil estaba presente el día de 1941 en que un francotirador de Vichy hizo diana en la lente izquierda de los prismáticos de Dayan y que fue el padre de Gil quien le extrajo los cristales y la metralla y permaneció junto a Dayan varias horas hasta que lo pudieron evacuar.

Dicen que Gil nació el primer día de la guerra de los Seis Días, que su nacimiento coincidió al segundo con el primer disparo de esa guerra. Así que fue un niño concebido en tiempos bélicos por un héroe militar y cuyo parto fue similar al efecto de retroceso de un cañón al disparar. Por no mencionar, añadía la gente, que su madre era la nieta favorita de Golda Meir, la única mujer lo suficientemente fuerte como para crear un país entero en el corazón de un país árabe.

Pero según otras versiones, la madre de Gil era en realidad hija de un sombrerero de Kiev, una chica guapa a la que se le iban los ojos cuando veía a un hombre atractivo y que nunca salió de Jerusalén. Así se forjan las leyendas. Siempre hay alguien acechando entre las sombras, intentando echar por tierra lo comúnmente aceptado. Lo que no es objeto de discusión es que su hermano mayor, Eli, murió en la guerra del Líbano en 1982, y que sus dos hermanos pequeños, Jay y Ben, murieron en la franja de Gaza durante la segunda intifada, Jay aniquilado por una mina y Ben en una emboscada. Y que Gil perdió a su única hermana cuando ella murió en el parto. Todo esto, que Gil era un hombre rodeado por la muerte, formaba parte de su leyenda, que cualquiera que estuviese cerca de él tarde o temprano acababa muerto, y sin embargo Gil siempre sobrevivía. Se rumoreaba que le habían tiroteado seis veces antes de cumplir los treinta, se rumoreaba que había sobrevivido a una agresión con un cuchillo en Bélgica, y que había logrado ponerse a cubierto en una explosión en Florencia escondiéndose en el interior de una tubería de hierro. Varios francotiradores lo habían tenido en su punto de mira y habían errado el tiro. Las recompensas por liquidarlo, demasiado numerosas para hacer una lista, nunca se conseguían cobrar.

Gil Baruch era un clavo de hierro en un edificio en llamas, que aparece resplandeciente entre las cenizas después de que todo lo demás haya quedado destruido.

Y sin embargo, tanta muerte y tanto pesar no habían pasado desapercibidos. Las andanzas de Gil Baruch tenían una dimensión bíblica. Incluso en términos judíos su sufrimiento resultaba excepcional. En los bares los parroquianos le podían dar una palmadita en la espalda e invitarle a un trago, pero después se apartaban de él y se situaban a una distancia prudencial. Las mujeres se lanzaban a sus pies como lo harían a las vías del tren, con la esperanza de ser aniquiladas en la colisión. Mujeres enloquecidas, fogosas y con prodigiosos puntos G. Mujeres depresivas, peleadoras, mordedoras, poetas. Gil no les hacía ni caso. En el fondo sabía que lo que necesitaba era menos drama, no más.

Y sin embargo la leyenda prevalecía. Durante su periplo por la seguridad privada se había acostado con algunas de las mujeres más bellas del mundo, modelos, princesas y estrellas de cine. Circulaba el rumor, poderoso en los años noventa, de que Angelina Jolie había perdido la virginidad con él. Gil Baruch tenía la piel olivácea, la nariz aguileña y las cejas pobladas de un héroe romántico. Era un hombre con cicatrices, tanto físicas como emocionales, cicatrices que llevaba sin quejarse ni hablar de ellas, ya que era un individuo taciturno con un destello de ironía en la mirada (como si en lo más profundo de su ser supiese que su vida era digna de un chiste cósmico), un tipo que llevaba armas y dormía con una pistola debajo de la almohada y un dedo en el gatillo.

Se decía que todavía no había nacido el hombre al que Gil Baruch no pudiese vencer. Era un inmortal al que solo podía matar una intervención divina.

Y en realidad, ¿qué otra cosa podía considerarse una catástrofe aérea sino un golpe del puño de Dios para castigar a los atrevidos?

Llevaba cuatro años con esa familia, entró a su servicio cuando Rachel tenía cinco. Habían pasado tres años desde el secuestro, tres años desde que David y Maggie se quedaron helados con lo que descubrieron —una cuna vacía, una ventana abierta— en plena y negra noche. Gil dormía en lo que los arquitectos del viejo mundo habrían llamado «el cuarto de la criada», una celda monacal detrás de la despensa en la casa de la ciudad, y una habitación más grande que daba a la carretera en la casa de Martha's Vineyard. Dependiendo del nivel de amenaza de cada momento —determinado por el análisis de los emails y por el intercambio de información con analistas nacionales e internacionales, tanto privados como del gobierno, basándose en la suma de las amenazas extremistas y la carga de contenido controvertido de los programas de la ALC– el equipo de apoyo de Gil aumentaba o disminuía, llegando en determinado momento de 2006, con el aumento de la tensión en Irak, a constar de doce hombres con tasers y armas automáticas. Pero el equipo básico lo formaban tres personas. Una trinidad de ojos vigilantes, siempre alerta y preparados para actuar.

El viaje se había planificado en el despacho de la central, siempre previa consulta con el equipo desplegado sobre el terreno. Los vuelos comerciales ya no eran una opción óptima, ni el transporte público en general, pese a que Gil hacía una concesión con el empeño de David de tomar el metro para ir a la oficina unas cuantas veces al mes, pero sin establecer jamás una pauta de conducta, siempre en días elegidos al azar, y en esas ocasiones primero enviaban a un señuelo en el coche, que salía del edificio a toda velocidad, con el pasajero del asiento trasero vestido con la ropa de David y cabizbajo.

En el metro Gil se mantenía a distancia suficiente de David como para que este pudiese sentirse como un miembro del pueblo llano, pero lo bastante cerca como para intervenir en caso de que se produjese un ataque. Permanecía de pie, con el pulgar sobre la empuñadura de un cuchillo curvo extensible que llevaba oculto en el cinturón. Un cuchillo tan afilado que podría cortar una hoja de papel y que se rumoreaba que estaba impregnado de veneno de araña reclusa parda. Llevaba también una pistola semiautomática oculta de modo que resultase indetectable, que en una ocasión David le vio desenfundar sin aparentemente moverse. En el exterior del edificio Time Warner, un sin techo se abalanzó sobre ellos gritando con una tubería en la mano y David reculó rápidamente, buscando su protección. En aquel momento Gil no llevaba nada en la mano. Un segundo después empuñaba una Glock de cañón corto que se materializó en el aire, como si él fuese un mago haciendo aparecer de pronto una moneda desgastada por el uso.

A Gil le gustaba el balanceo del metro, el chirrido del roce de metal contra metal. Estaba absolutamente convencido de que su vida no terminaría bajo tierra. Era un instinto en el que había aprendido a confiar. No es que temiese a la muerte. Había perdido a mucha gente, había muchas caras que le eran familiares esperándole al otro lado, si es que había otro lado y no tan solo un silencio completamente negro. Pero incluso esto no sonaba tan mal, un final definitivo para esta vida semejante al castigo de Sísifo. Por fin la pregunta eterna sería respondida de una vez por todas.

La Torá, conviene dejarlo claro, no hace ninguna referencia en absoluto a la vida ultraterrena.

Como hacía todas las mañanas, Gil se levantó antes del alba. Era el cuarto domingo de agosto, el último que pasaba la familia en Martha's Vineyard. Los habían invitado a Camp David el fin de semana del día del Trabajo y Gil se había pasado buena parte del día anterior coordinando la seguridad con el servicio secreto. Hablaba cuatro idiomas, hebreo, inglés, árabe y alemán, y bromeaba a menudo sobre la necesidad de que un judío conociese el idioma de sus enemigos, para así poder saber cuándo estaban conspirando contra él.

La broma, claro está, la mayoría no la pillaba. La gracia estaba en la cara que ponía al contarla, como si estuviese en un funeral.

Lo primero que hizo Gil después de levantarse fue pasar al modo activo. Lo hizo de inmediato, en el instante en que abrió los ojos. Dormía como mucho cuatro horas todas las noches, seguía siempre despierto hasta una hora después de que la familia se hubiera acostado y se levantaba una o dos horas antes de que ellos se despertasen. Le gustaba ese rato tranquilo en que las luces estaban apagadas y él se sentaba en la cocina escuchando el mecánico zumbido de los electrodomésticos en funcionamiento y el clic del sensor de temperatura del aire acondicionado cuando se activaba para enfriar o caldear la casa. Era el rey de la inmovilidad, y —según la leyenda— se había pasado sentado completamente inmóvil cinco días en el tejado de una casa de Gaza, en pleno territorio enemigo, con su M82 preparado sobre un soporte metálico, esperando a que un objetivo muy codiciado saliese de un complejo de apartamentos, bajo el constante peligro de ser descubierto por las fuerzas palestinas.

Comparado con eso, permanecer sentado junto al aparato de aire acondicionado en la cocina de lujo de la casa de verano de un multimillonario era como ir de crucero. Se sentaba con un termo de té verde (nadie le había visto nunca preparándoselo), con los ojos cerrados, escuchando. En contraste con el ajetreo doméstico del día, los ruidos nocturnos de una casa –incluso una tan grande como esta– eran constantes y predecibles. La casa estaba cableada, evidentemente, con sensores en todas las ventanas y puertas, detectores de movimiento y cámaras. Pero todo eso era tecnología y a la tecnología se la podía engañar o inutilizar. Gil Baruch era de la vieja escuela, confiaba en los sentidos. Había quien decía que llevaba un torniquete en lugar de cinturón, pero nadie lo había podido demostrar.

La verdad era que cuando Gil era pequeño, él y su padre se peleaban a todas horas, sobre cualquier cosa. Gil era el hijo mediano y cuando nació, el paterfamilias ya había iniciado su camino de beber hasta matarse. Objetivo que consiguió en 1991, cuando la cirrosis desembocó en un fallo cardíaco y el fallo cardíaco trajo el silencio.

Y entonces, de acuerdo con la Torá, el padre de Gil dejó de existir. Lo cual le pareció perfecto a Gil, que ahora estaba sentado en la cocina refrescada por el aire acondicionado y escuchaba el apenas audible rumor de las olas que rompían en la playa cercana.

Las anotaciones del dispositivo de seguridad de ese domingo son anodinas. El marido (Cóndor) se quedó en casa («leyó el periódico: 8.10-9.45; hizo una siesta en la habitación de invitados del piso superior: 12.45-13.55; hizo y recibió varias llamadas telefónicas: 14.15-15.45; preparó y cocinó una comida ligera: 16.30-17.40»). La esposa (Halcón) fue al mercado de los granjeros, acompañada por Rachel y un guardaespaldas, Avraham. El niño jugó en su habitación y tuvo una clase de ajedrez. Hizo la siesta de 11.30 a 13.00. Cualquiera que posteriormente echase un vistazo a las anotaciones intentando descubrir algún misterio no encontraría más que horarios y apuntes escuetos. Fue un domingo tranquilo. Lo que lo convirtió en significativo no fueron los hechos o los detalles, sino lo imperceptible. La vida interior. El olor de la hierba junto a la playa y el roce de la arena en el suelo de un lavabo al quitarse el traje de baño.

El calor del verano americano.

En la décima línea del cuaderno de las anotaciones se leía simplemente: «10.22, Cóndor se toma un segundo desayuno». El apunte no puede captar lo perfectamente tostado que estaba el bagel de cebolla o el toque salado del pescado en contraste con la densidad del queso cremoso. Era tiempo perdido con un libro –un viaje a la imaginación, a la evocación–, lo que a otros les parecería similar a permanecer sentado o estirado boca abajo en la alfombra frente a una chimenea apagada, con las piernas dobladas por las rodillas y moviendo distraídamente los pies en alto.

Trabajar de guardaespaldas no significaba mantenerse en un estado de alerta permanente. De hecho, era más bien lo contrario. Uno debía estar abierto a los cambios según se producían, receptivo a los repentinos desplazamientos, entender que la rana no murió al ser lanzada al agua hirviendo, sino después de ser hervida a fuego lento, con una temperatura que subía grado a grado. El mejor guardaespaldas era capaz de entender esto. Sabía que el trabajo requería una suerte de tensa pasividad, con los cinco sentidos despiertos en el cuerpo y la mente. Si uno pensaba en ello, trabajar en la seguridad privada era otra forma de budismo, de taichí. Vivir el momento, fluidamente, sin pensar en otra cosa que en dónde estás y en lo que te rodea. Cuerpos en el espacio y el tiempo moviéndose según unas pautas preestablecidas. Sombras y luces. Espacio positivo y negativo.

Actuando de este modo se puede desarrollar un sentido de la anticipación, el preconocimiento del vudú que te permite saber que aquellos a los que estás vigilando van a hacer o decir algo previsible. Fusionándote con el universo te conviertes en el universo, y de este modo sabes cuándo va a llover, que la hierba cortada saldrá volando con el viento de verano de una manera predecible. Sabes cuándo Cóndor y Halcón están a punto de pelearse, cuándo la niña, Rachel (Petirrojo), se empieza a aburrir y cuándo el niño, J. J. (Gorrión), se ha saltado la siesta y está a punto de quedarse frito.

Sabes cuándo ese tipo entre la multitud va a acercarse demasiado, cuando el cazador de autógrafos lo que busca en realidad es entregar una citación. Sabes cuándo aminorar ante un semáforo en ámbar y cuándo esperar al próximo ascensor.

Todo esto no son situaciones sobre las que tienes presentimientos. Son situaciones en las que simplemente actúas.

Halcón es la primera que se levanta, con bata, y lleva a Gorrión en brazos. La máquina ya ha preparado el café. Funciona con un temporizador. Petirrojo es la siguiente en bajar. Va directa a la sala de estar y se pone dibujos animados. Cóndor es el último en levantarse, una hora más tarde, y aparece arrastrando los pies con el periódico en la mano mientras con los pulgares abre la bolsa de plástico en la que va envuelto el suplemento dominical. Gil observa, sin interferir, sus ojos barriendo el perímetro, escrutando las sombras.

Después del desayuno se acerca a Cóndor.

—Señor Bateman —le dice—. ¿Le parece bien si le informo ahora?

Cóndor lo mira por encima de sus gafas de leer.

—¿Debo preocuparme?

—No, señor, es solo un repaso rápido de la próxima semana.

Cóndor asiente y se levanta. Sabe que a Gil no le gusta hablar de trabajo en cualquier sitio. Pasan al salón. Está lleno de libros que Cóndor realmente ha leído. De las paredes cuelgan viejos mapas y fotografías de Cóndor con relevantes personalidades mundiales: Nelson Mandela, Vladímir Putin, John McCain, el actor Clint Eastwood. Hay una pelota de béisbol autografiada en una urna de cristal sobre el escritorio. La décima pelota bateada por Chris Chambliss en aquel partido, porque qué habitante del área triestatal no recuerda cómo se vaciaron las gradas y los espectadores invadieron el campo, cómo Chambliss tuvo que empujar y esquivar a las hordas de lunáticos para dar la vuelta al campo, ¿llegó a la última base?

—Señor —dijo Gil—, ¿quiere que establezca comunicación con el mando central para que la reunión sea más oficial?

—Dios, no. Simplemente hazme un resumen tú mismo.

Cóndor se sentó tras el escritorio y cogió una vieja pelota de rugby de juguete. Jugueteó con ella distraídamente, pasándosela de una mano a otra mientras Gil hablaba.

–Hemos interceptado dieciséis emails amenazantes –empezó–, la mayoría enviados a direcciones públicas. Sus líneas privadas parece que no están amenazadas desde la última reconfiguración. Al mismo tiempo, la empresa está siguiendo la pista de varias amenazas específicas contra medios de comunicación estadounidenses. Están colaborando con la Seguridad Nacional para hacer el seguimiento.

Cóndor lo observaba con atención mientras hablaba, haciendo girar la pelota de izquierda a derecha y después a la inversa.

–Estuviste en el ejército israelí.

–Sí, señor.

–¿En la infantería, o…?

–No puedo dar información sobre eso. Digamos que cumplí con mi deber y dejémoslo ahí.

Cóndor lanzó la pelotita al aire, pero al recogerla se le escapó de las manos, rebotó en el suelo y salió disparada trazando una imperfecta parábola y fue a parar bajo las cortinas.

–¿Alguna amenaza directa? –preguntó–. «David Bateman, vamos a matarte.» Ese tipo de cosas.

–No, señor. Nada de este tipo.

Cóndor reflexionó un momento.

–De acuerdo, pero ¿qué pasa con individuos como ese? Ese del que nunca hablamos y que secuestró a mi hija. ¿Cuándo lanzó alguna amenaza contra una corporación de medios de comunicación o envió emails agresivos? Ese tío era un mierda que pensó que se podía hacer rico y al que no le importaba asesinar a una niñera.

–Sí, señor.

–¿Y qué estás haciendo para protegernos de individuos así? De los que no envían amenazas.

Si Gil se sintió reprendido, no lo demostró. Para él era una pregunta razonable.

–Ambas casas son seguras. Los coches están blindados. La protección que le rodea es ostensible y de alto nivel. Si intentan acercarse a usted, nos ven a nosotros. Les estamos enviando un mensaje. Pueden encontrar objetivos más fáciles.

—Pero ¿no me puedes dar garantías absolutas?

—No, señor.

Cóndor asintió. La conversación había concluido. Gil se dirigió hacia la puerta.

—Oh, escucha —dijo Cóndor—. La señora Bateman ha invitado a los Kipling a volver con nosotros en el avión.

—¿Son Ben y Sarah?

Cóndor asintió.

—Informaré al mando —dijo Gil.

Con los años había llegado a la conclusión de que la clave para ser un buen guardaespaldas era convertirse en un espejo, no invisible, porque el cliente quería saber que estabas ahí, sino que reflejara. Los espejos no eran objetos íntimos. Reflejaban los cambios. El movimiento. Un espejo nunca era estático. Era la parte de tu entorno que se movía contigo, absorbiendo la perspectiva y la luz.

Y cuando te plantabas ante él, te mostraba a ti mismo.

Había leído el informe, por supuesto. ¿Qué tipo de guardaespaldas sería si no lo hubiera hecho? En realidad, era capaz de citar de memoria algunas partes. Además había hablado largo y tendido con los agentes involucrados que seguían vivos, buscando algún detalle significativo, información sobre cómo actuaron los clientes: ¿bajo presión Cóndor mantuvo la calma o estalló? ¿Halcón se dejó llevar por el pánico y la aflicción, o se mostró como una madre coraje? El secuestro de un niño era un escenario de pesadilla en su trabajo, peor que una muerte (aunque, siendo realista, un niño secuestrado se convertía en nueve de cada diez casos en un niño muerto). Un niño secuestrado hacía saltar por los aires los mecanismos humanos de seguridad de la mente de los padres. La propia protección dejaba de importar. La protección de la riqueza, del hogar, se convertía en algo secundario. En otras palabras, la razón saltaba por la ventana. De modo que a lo que uno se enfrentaba esencialmente en una situación de secuestro y rescate (además de al reloj) era a los propios clientes.

Los hechos en el momento del secuestro de Petirrojo eran estos: veinticuatro horas antes habían secuestrado a la niñera, Francesca Butler (Frankie), probablemente mientras regresaba a la casa a pie después de ir al cine. Había sido conducida bajo amenaza a un escondrijo en el que se la obligó a proporcionar informaciones sobre la casa alquilada por los Bateman y sobre sus rutinas, y especialmente sobre cuál era la habitación de la niña. La noche del secuestro (entre las 00.30 y la 1.15), se sacó una escalera del cobertizo de la finca y se colocó apoyada contra la pared sur de la casa, extendida hasta el borde de la ventana de la habitación de invitados. Había señales de que la cerradura de la ventana había sido forzada con una palanca desde el exterior (era una casa vieja con las ventanas de origen, que con los años se habían hinchado y encogido sucesivamente, y quedaba una notable ranura tanto en la parte superior como en la inferior del marco).

Más adelante los investigadores llegarían a la conclusión de que el secuestro fue obra de un solo perpetrador (aunque sobre este punto había algún desacuerdo). De modo que la versión oficial dice que un hombre colocó la escalera, subió por ella, sacó a la niña de la cuna y la bajó. Después volvió a guardar la escalera en el cobertizo (¿qué hizo mientras tanto con la niña?, ¿la dejó en su coche?). Y se llevó a la niña de la propiedad. En palabras de los clientes «la niña desapareció». Pero evidentemente Gil sabe que nadie desaparece del todo. Los desaparecidos siempre están en algún lugar, son cuerpos en reposo o en movimiento en un espacio tridimensional.

Y en este caso, el solitario secuestrador a donde llevó a Rachel Bateman (alias Petirrojo) fue al otro lado de la calle, a la casa en proceso de restauración cubierta con plásticos. A un sofocante altillo insonorizado con papel de periódico, en el que sacaba la comida de una nevera roja de plástico y el agua de una manguera conectada al grifo del lavabo del segundo piso. La niñera, Frankie Butler, yacía muerta en los cimientos abiertos cubierta con cartones.

Desde ese lugar el secuestrador —un ex convicto de treinta y seis años llamado Wayne R. Macy— vigilaba las entradas y salidas al otro lado de la calle. Desde su privilegiada distancia en el tiempo, Gil sabe que Macy no era el genio del crimen con el que en un primer momento los investigadores creyeron estar enfrentándose. Cuando tienes un cliente como David Bateman –con una fortuna millonaria y un perfil destacado como objetivo político– tiendes a dar por hecho que el secuestrador de la hija ha fijado su objetivo en esa persona con pleno conocimiento de su perfil y sus recursos. Pero la realidad es que todo lo que Macy sabía sobre David y Maggie Bateman era que tenían dinero y estaban desprotegidos. El tipo había pasado una temporada en la cárcel de Folsom en los noventa por robo a mano armada y había regresado a Long Island con la idea de intentar rehacer su vida. Pero ser un ciudadano honesto era duro y poco fructífero, y a Wayne le gustaba darle a la botella, así que lo fueron despidiendo de un trabajo tras otro hasta que un día –mientras sacaba bolsas de basura por la puerta trasera del Dairy Queen– se dijo: «¿A quién quiero engañar? Ya es hora de que tome las riendas de mi vida».

Así que decidió secuestrar al hijo de algún ricachón y ganarse unos buenos dólares. Luego se supo que previamente había estado estudiando a otras dos familias, pero ciertos factores –los maridos estaban siempre en casa y en ambos casos las residencias tenían un sistema de alarma– lo disuadieron de seguir adelante, y al final le llevaron a buscar un nuevo objetivo –la familia Bateman– en la última casa de una calle muy tranquila, sin alarma, y en la que vivían dos mujeres jóvenes y una niña.

Había consenso en que asesinó a Frankie la primera noche, después de sonsacarle toda la información que pudo; se encontraron en el cadáver señales de violencia física y también evidencias de abuso sexual, posiblemente con la víctima ya cadáver.

A la niña la secuestró a las 00.45 del 18 de julio. Y estuvo tres días desaparecida.

La respuesta llegó cuando ya estaban en marcha. El mando la envió al coche que abría la marcha y de ahí se la transmitieron a Gil, que escuchó la voz en el oído, hablándole a través de la fibra óptica y el vacío, sin inmutarse.

—Señor —dijo con un particular tono de voz mientras el coche salía del camino de acceso a la casa. Cóndor lo miró, vio la expresión en la cara de Gil y asintió. Detrás de ellos, los niños estaban muy animados, moviéndose como si fuesen uno de esos juguetes con pulsador. Siempre se comportaban así antes de subir al avión, excitados, nerviosos—. Los niños —añadió Gil con una particular mueca en el rostro. Maggie la vio.

—Rachel —le dijo a su hija—. Basta.

Rachel se enfurruñó, pero dejó el juego de empujar y hacer cosquillas. J. J. era demasiado pequeño para captar el mensaje a la primera. Empujó a Rachel y se rió, pensando que el juego seguía.

—Para —se quejó ella.

Cóndor se inclinó hacia Gil, que a su vez se acercó a él y le habló en voz baja al oído.

—Hay un problema con su invitado —le informó.

—¿Quién, Kipling? —preguntó Cóndor.

—Sí, señor. El mando ha realizado un chequeo rutinario y ha aparecido una alarma.

Cóndor no respondió, pero la pregunta estaba implícita: ¿qué alarma?

—Nuestros amigos en la administración nos informan de que el señor Kipling puede ser imputado mañana.

Cóndor se puso pálido.

—Joder —dijo.

—Los cargos son secretos, pero nuestras indagaciones indican que podría tratarse de blanqueo de dinero de países no amigos.

Cóndor reflexionó sobre eso. No amigos. Y entonces cayó en la cuenta. Estaba a punto de invitar a subir a su avión a un enemigo de la nación. A un traidor. ¿Cómo quedaría eso en la prensa si la prensa se enteraba? Cóndor se imaginó a los aburridos paparazzi en Teterboro, esperando el regreso de las celebridades. Se pondrían todos en pie en cuanto el avión se detuviese y entonces —una vez que hubieran descubierto que en ese avión no llegaban Brad y Angelina– sacarían unas cuantas fotos por si acaso y volverían a ensimismarse con sus iPhone. Fotos de David Bateman codo a codo con un traidor.

—¿Qué hacemos? –le preguntó a Gil.

—La decisión es suya.

Halcón los miraba, visiblemente preocupada.

—¿Pasa algo? –preguntó.

—No –le respondió rápidamente Cóndor–. Es solo que… parece que Ben tiene algún problema con la justicia.

—Oh, no.

—Sí, malas inversiones. Así que me estaba preguntando…, hay que valorar si… queremos… que se nos haya visto juntos… cuando se destape la noticia…, quiero decir que podría ser un quebradero de cabeza para todos.

—¿Qué dice papá? –preguntó Rachel.

Halcón tenía el ceño fruncido.

—Nada. Es un amigo nuestro que tiene un problema. Así que vamos a… –Y dirigiéndose a Cóndor, añadió–: Vamos a apoyarlo, porque eso es lo que hacen los amigos. Sarah sobre todo es un encanto.

Cóndor asintió, pensando que ojalá hubiera esquivado la pregunta y hubiera resuelto el asunto por su cuenta.

—Por supuesto –dijo–. Tienes toda la razón.

Volvió la cabeza y cruzó una mirada con Gil. La cara del israelí decía que necesitaba la confirmación de que seguían con el plan previsto. En contra de su criterio, Cóndor asintió.

Mientras hablaban Gil giró la cabeza y miró por la ventanilla. Su trabajo no consistía en entrometerse. En tener una opinión. Vio que la carretera estaba cubierta por una neblina baja procedente del océano y que las farolas se desvanecían entre la bruma. Solo un resplandor mortecino indicaba que estaban encendidas.

Veinte minutos después aparcaron junto a la pista. Gil esperó a que el coche que abría la marcha escupiese al equipo avanzado antes de dar el visto bueno para que la familia se apease. Los dos hombres en avanzadilla escrutaban el aeropuerto en busca de alguna posible irregularidad. Gil hizo lo mismo, fiándose y desconfiando al mismo tiempo de ellos. Mientras revisaba la zona (los puntos de acceso, los puntos ciegos), la familia se apeó del coche. En ese momento Gorrión ya estaba dormido y lo llevaba en brazos Cóndor. Gil no se ofreció a ayudar a cargar las maletas o a los niños. Su trabajo era protegerlos, no hacerles de criado.

Por el rabillo del ojo Gil vio a Avraham repasando el exterior del avión y subiendo después por la escalerilla desplegada. Permaneció en el interior seis minutos y recorrió el avión de punta a punta, revisando el lavabo y la cabina de mando. Cuando reapareció indicó con el pulgar levantado que todo estaba en orden y bajó por la escalerilla.

Gil asintió.

—Adelante —dijo.

La familia se acercó a la escalerilla y fueron subiendo sin un orden preestablecido. Dado que el interior del avión ya se había revisado, Gil fue el último en subir, vigilando cualquier ataque por la retaguardia. Sintió un escalofrío de claustrofobia cuando estaba en mitad de la escalerilla, como si un espectro le hubiera besado en el cogote, abriéndose paso entre la neblina de agosto. ¿Sintió que algo se revolvía en su cerebro reptiliano en ese preciso momento?, ¿tuvo un difuso presentimiento, una percepción sobrenatural de fatalidad? ¿O todo esto es una pura entelequia?

Una vez dentro, Gil permaneció de pie junto a la puerta abierta. Era un hombre alto —de metro noventa— pero delgado y se las arregló para encontrar un sitio en la estrecha entrada que le permitía no bloquear el pasillo, ya que tanto los pasajeros como la tripulación circulaban por él mientras se preparaban para el despegue.

—Acaba de llegar el segundo grupo —le informó una voz por el auricular, y desde la puerta Gil vio a Ben y Sarah Kipling caminando por la pista y mostrándole su identificación al hombre de seguridad avanzado. En ese momento Gil notó una presencia detrás de su hombro derecho y se volvió. Era la azafata con una bandeja.

—Disculpe —le dijo—, ¿desea una copa de champán antes de despegar, o… puedo traerle algo?

—No —respondió él—. ¿Cómo te llamas?

—Soy Emma… Lightner.

—Gracias, Emma. Me encargo de la seguridad de los Bateman. ¿Puedo hablar con tu capitán?

—Por supuesto. Está…, creo que está haciendo la inspección ocular del exterior del aparato. ¿Le digo que venga a hablar con usted cuando vuelva?

—Por favor.

—De acuerdo —dijo ella. Gil tuvo la certeza de que algo la inquietaba. Pero a veces la presencia de un hombre armado en el avión provocaba esta reacción en la gente—. Bueno, ¿mientras tanto le traigo alguna cosa o…?

Él negó con la cabeza y se volvió, porque los Kipling ya estaban subiendo por la escalerilla del avión. Desde hacía años eran invitados habituales en las fiestas de los Bateman y Gil los conocía de vista. Los saludó con un gesto de asentimiento cuando entraron, pero apartó rápidamente la mirada para disuadir de una conversación. Oyó cómo saludaban al resto de los pasajeros.

—Querida —dijo Sarah—. Me encanta tu vestido.

En ese momento el capitán, James Melody, apareció al pie de la escalerilla.

—¿Has visto la puta jugada? —preguntó Kipling con voz irritada—. ¿Cómo es posible que no haya cogido esa pelota?

—No empecemos… —dijo Cóndor.

—Quiero decir que hasta yo hubiera sido capaz de atrapar esa pelota con mis manos como flanes.

Gil se asomó a la escalerilla. La niebla era ahora más espesa y el viento la arrastraba pegada al suelo.

—Capitán —dijo Gil—, soy Gil Baruch de Seguridad Enslor.

—Sí —dijo Melody—, ya me avisaron de que habría un guardaespaldas.

Gil se percató de que tenía un ligero acento difícil de ubicar. Tal vez británico o sudafricano, pero reciclado en Estados Unidos.

—Usted no ha volado nunca con nosotros anteriormente, ¿verdad? —le dijo.

—No, pero he volado con un montón de equipos de seguridad, así que conozco el protocolo.

—Bien. Y sabe por tanto que si hay cualquier incidencia con el avión o cualquier cambio en el plan de vuelo necesito que el copiloto me lo comunique de inmediato.

—Desde luego —dijo Melody—. ¿Y ya está usted informado de que hemos tenido un cambio de copiloto?

—Charles Busch es el que se ha incorporado, ¿verdad?

—Exacto.

—¿Y usted ha volado anteriormente con él?

—Una vez. No es Miguel Ángel, pero es competente.

Melody se calló un instante. Gil notó que quería añadir algo más.

—No existen los detalles insignificantes —animó al piloto.

—No, es solo que… creo que hay algún tipo de lío entre Busch y nuestra azafata.

—¿Sentimental?

—No estoy seguro. Lo digo por cómo se comporta ella delante de él.

Gil reflexionó sobre eso.

—De acuerdo —dijo—. Gracias.

Se dio la vuelta y volvió adentro, echando un vistazo a la cabina de mando al entrar. En su interior Busch estaba sentado en el asiento del copiloto, comiéndose un sándwich envuelto en plástico. Alzó la mirada, vio a Gil y le sonrió. Era un hombre joven, acicalado aunque no por completo —se había afeitado ayer, no hoy; llevaba el cabello corto, pero no se había peinado— y bien parecido. Gil solo tuvo que mirarlo un instante para saber que había sido atleta en algún momento de su vida, que era popular entre las chicas desde la infancia y que se sentía a gusto con eso. Después Gil se dio la vuelta hacia la cabina de los pasajeros. Vio a la azafata, Emma, que se le acercaba con una bandeja vacía.

La llamó curvando el índice. Ven aquí.

—Hola —dijo ella.

—¿Hay algo que yo deba saber?

Ella frunció el ceño.

—No sé…

—Algo entre tú y Busch, el copiloto.

La chica se ruborizó.

—No. Él no…, eso… —Sonrió—. A veces les gustas —dijo—, pero tienes que darles calabazas.

—¿Eso es todo?

Ella se arregló el cabello cuidadosamente, consciente de que todavía le quedaban varias bebidas por servir.

—Ya hemos volado juntos otras veces. Le gusta flirtear… con todas las chicas, no solo…, pero no pasa nada. Yo estoy bien. —Unos instantes de silencio—. Y usted está aquí —añadió—, así que…

Gil pensó en las palabras de la chica. Su trabajo consistía en evaluar —una entrada a oscuras, el ruido de pasos—; se había convertido, por necesidad, en un experto en personas. Había desarrollado su propio sistema para reconocer los tipos de comportamiento —el enfurruñado, el parlanchín nervioso, la víctima irascible, el amedrentador, el juguetón— y a partir de estos tipos había desarrollado subtipos y patrones de comportamiento que indicaban de modo anticipado posibles cambios de actitud: las circunstancias en que el parlanchín nervioso se podía convertir en alguien enfurruñado y acto seguido en un amedrentador.

Emma volvió a sonreírle. Gil reflexionó sobre el copiloto, el sándwich a medio comer, las palabras del capitán. El vuelo duraba menos de una hora, de puerta a puerta. Pensó en la imputación de Kipling, en el caso cerrado del secuestro de Petirrojo. Pensó en todo lo que podía salir mal, por improbable que pudiese parecer, repasándolo con su ábaco de materia gris que le había convertido en una leyenda. Pensó en el ojo de Moshe Dayan, en las borracheras de su padre y las muertes de sus hermanos, uno tras otro, y en la muerte de su hermana. Pensó en lo que significaba vivir tu vida como si fueses un eco, una sombra, siempre detrás de un hombre y su resplandor. Tenía cicatrices sobre las que prefería no hablar. Dormía con el dedo en el gatillo de una Glock. Sabía que el mundo era una imposibilidad, que el Estado de Israel era una imposibilidad, que diariamente había hombres que se levantaban, se calzaban las botas y salían a hacer lo imposible, fuera lo que fuese. Esta era la hibris de la humanidad, recobrarse ante desafíos abrumadores, enhebrar el hilo, escalar la montaña y sobrevivir a la tormenta.

Pensó en todo eso durante el rato que tardó la azafata en pasar y después encendió el transmisor e informó al mando de que estaban a punto de despegar.

CAMPIÑA

Scott conduce en dirección norte, en paralelo al Hudson y dejando atrás Washington Heights y Riverdale. Las fachadas urbanas dan paso a los árboles y a poblaciones de casas bajas. El tráfico se embotella, después se aligera y él toma la autovía Henry Hudson, deja atrás el nudo de comunicaciones de Yonkers y toma la carretera 9 en dirección a Dobbs Ferry, donde los revolucionarios americanos acamparon en masa en una ocasión, para poner a prueba la debilidad de las defensas británicas. Conduce con la radio apagada, escuchando el roce de los neumáticos sobre el asfalto resbaladizo por la lluvia. En las últimas horas ha pasado una tormenta de finales de verano y él avanza bajo la cola del frente, con los limpiaparabrisas moviéndose al unísono.

Está pensando en la ola. Su rumor sordo. Su avance acechante. El ascendente montículo de piélago oceánico a la luz de la luna, emergiendo con sigilo a sus espaldas, como el gigante de un cuento infantil. Llegó espeluznante y silenciosa, un enemigo sin alma ni amo. La naturaleza en su expresión máxima de brutalidad y severidad. Y él agarró al niño y se sumergió.

Su mente salta a la imagen de varias cámaras, que lo observan mecánicamente, empujadas hacia delante por anónimos hombres, juzgándole con sus ojos convexos que no parpadean. Scott piensa en la luz de los focos sobre su cara, las preguntas que se sobreponen, convirtiéndose en un muro. ¿Han sido las cámaras un instrumento para el progreso del hombre, se pregunta, o ha sido el hombre un instrumento para el progreso de las cámaras? ¿Somos nosotros los que las acarreamos a ellas, llevándolas de un lado a otro, noche y día, fotografiando todo lo que vemos. Estamos convencidos de que hemos inventado este mundo de máquinas en nuestro beneficio, pero ¿cómo sabemos que no estamos aquí para servirlas a ellas? Una cámara debe tener como objetivo ser una cámara. Para que un micrófono sea útil, hay que hacer una pregunta. Veinticuatro horas al día, fotograma a fotograma, alimentamos a la bestia hambrienta, encerrada en perpetuo movimiento mientras nos apresuramos a filmarlo todo.

En otras palabras, ¿la televisión existe para que la miremos o nosotros existimos para mirar la televisión?

Por encima de ellos, la ola llegó a su punto álgido, oscilando, un edificio de cinco plantas a punto de colapsar armónicamente, y él se sumergió, apretando al niño contra su cuerpo, sin tiempo para tomar aire, con su cuerpo al mando, porque la supervivencia ya no podía basarse en los razonamientos abstractos de la mente. Moviendo con brío las piernas, se sumergió en la oscuridad y notó cómo la fuerza provocada por el giro de la ola sobre sí misma lo arrastraba todo, y acto seguido sintió la arremetida y la inevitable fuerza gravitatoria del descenso, como si lo agarrase la mano de un monstruo y tirase de él hacia el fondo, y en ese momento lo único que podía hacer era mantener al niño pegado contra él y sobrevivir.

¿Estaba manteniendo Scott una relación sentimental con Maggie? Eso fue lo que le preguntaron. Una mujer casada, madre de dos criaturas, que había trabajado de maestra en un parvulario. Y para ellos qué era ella… ¿un personaje en un reality show? ¿Un ama de casa deprimida y libidinosa sacada de una versión posmoderna de Chéjov?

Scott piensa en la sala de estar de Layla y en el nocturno arrebato obsesivo-compulsivo de un insomne que la ha transformado en una suerte de escenario de la memoria. Y en que esa representación con carboncillo probablemente será la última imagen de Maggie creada por alguien.

¿Se hubiera acostado con ella si se lo hubiese pedido? ¿Se sentía atraído por ella, y acaso ella por él? ¿Se acercó demasiado a ella cuando acudió a ver sus cuadros, o mantuvo la distancia dando saltitos sobre las puntas de los pies? Ella fue la primera persona a la que le mostró su trabajo, la primera que visitó el taller, y él sintió un hormigueo en las puntas de los dedos. Mientras ella recorría el granero a él le vinieron ganas de beber, pero aquello era ya una cicatriz, no una simple costra, de modo que no lo hizo.

Esa es la verdad, la historia que se cuenta a sí mismo. Públicamente, Scott no es más que un actor en un drama del que no es el protagonista. Él es Scott Burroughs, el heroico sinvergüenza. No es más que el indicio de una idea, una teoría. Pero es consciente de que podría germinar y convertirse en… ¿qué? En una especie de cuadro. Hechos convertidos en ficción paso a paso.

Piensa en Andy Warhol, que solía inventarse historias diferentes para cada periodista —«Nací en Akron.» «Nací en Pittsburgh»—, de manera que cuando hablaba con la gente sabía qué entrevistas habían leído. Warhol entendió la idea de que el yo no es más que una historia que contamos. La reinvención solía ser una herramienta habitual del artista. Piensa en el urinario de Duchamp, en el cenicero gigante de Claes Oldenburg. Tomar la realidad y reformularla, retorcerla hasta convertirla en una idea, ese era el reino de la fantasía.

Pero el periodismo era otra cosa, ¿no? Se suponía que tenía que ser objetivo al relatar los hechos, por contradictorios que pareciesen. No se hacía encajar la noticia en el relato. Simplemente se contaban los hechos tal como habían sucedido. ¿Cuándo había dejado de ser cierto eso? Scott recuerda a los reporteros de su juventud, Cronkite, Mike Wallace, Woodward y Bernstein, hombres regidos por normas, hombres con una voluntad de hierro,   se pregunta cómo habrían cubierto ellos estos hechos.

Un avión privado se estrella. Un hombre y un niño sobreviven.

Información frente a entretenimiento.

No es que Scott no entienda el valor del concepto «interés humano». ¿Qué era su fascinación por el Rey del Ejercicio sino fascinación por la capacidad de superación del ser humano? Pero podía contar con los dedos de una mano lo que sabía sobre la vida amorosa de Jack y sus andanzas románticas. Había una esposa, décadas de «un largo matrimonio». ¿Qué más necesitaba saber?

Le resulta fascinante, como hombre interesado por la imagen, pensar en cómo se ha fabricado la suya, no en el sentido de que se haya falsificado, sino de cómo se ha manufacturado, paso a paso. La historia de Scott. La historia de la catástrofe aérea.

Lo único que quiere es que lo dejen en paz. ¿Por qué tiene que verse obligado a aclarar las cosas, vadear las pantanosas mentiras e intentar corregir las ideas envenenadas? ¿No es eso lo que quieren? ¿Que entre al trapo? ¿Que el tema se haga más grande? Cuando Bill Cunningham le invita a una entrevista en directo no es para aclarar la historia y cerrarla definitivamente. Es para añadir un nuevo capítulo, un nuevo giro que propulse el relato hacia otra semana de buenos índices de audiencia.

Siempre y cuando a él no le importe en absoluto el hecho de que nadie en la Tierra vuelva a verlo como se ve él.

La casa es pequeña y está oculta por los árboles. Tiene un porche inclinado, como si los listones de madera del lado izquierdo del edificio hubieran desistido a lo largo de los años y se hubieran desplomado por agotamiento o puro aburrimiento o ambas cosas a la vez. Mientras se acerca con el coche, Scott piensa que tiene un encanto un poco misterioso, con sus molduras azules y sus ventanas con postigos blancos, una postal de infancia que uno recuerda en sueños. Mientras maniobra sobre un tosco empedrado y aparca bajo un roble, Doug sale de la casa con una bolsa de lona con herramientas. La mete con cierta brusquedad en la trasera abierta de un viejo jeep Wrangler y se dirige a la puerta del conductor sin alzar la vista.

Scott le saluda con la mano mientras se apea del coche de alquiler, pero Doug no hace ni caso, enciende el motor del jeep y arranca lanzando por los aires ramitas del suelo. En ese momento Eleanor aparece en la puerta de la casa con el niño en brazos. Scott siente mariposas en el estómago al verlos (el vestido rojo estampado de ella recortado contra las molduras azules y los postigos blancos, el niño con su camisa a cuadros y sus pantalones cortos). Pero a diferencia de Eleanor, cuyos ojos miran a Scott, el niño parece distraído y tiene la cabeza vuelta hacia la casa. Entonces Eleanor le dice algo y él se da la vuelta. Al ver a Scott sonríe. Scott le saluda con la mano («¿Cuándo me he convertido en alguien tan aficionado a saludar?», se pregunta). Eleanor deja a J. J. en el suelo y el niño se dirige, medio caminando, medio corriendo, hacia Scott, que se acuclilla y está a punto de cogerlo en brazos y levantarlo, pero finalmente se limita a ponerle las manos sobre los hombros y mirarle a los ojos, como si fuese un entrenador de fútbol.

–Eh, hola –le dice.

El niño sonríe.

–Te he traído una cosa –le anuncia Scott.

Se reincorpora y se acerca al maletero del coche de alquiler. Dentro lleva un camión volquete de plástico que le ha comprado en una gasolinera. Está fijado a una caja de cartón con unas irrompibles ataduras de nailon y se pasan varios minutos tratando de liberarlo antes de que Eleanor entre en la casa y vuelva con unas tijeras.

–¿Qué se dice? –le pregunta a J. J. una vez que logran soltar el camión y el niño se pone de inmediato a jugar con él–. Gracias –añade ella misma pasados unos instantes, cuando queda claro que el niño no va a abrir la boca.

–No quería presentarme aquí con las manos vacías –dice Scott.

Ella asiente.

–Disculpa a Doug. Hemos tenido… Aquí ahora hay mucha tensión.

Scott le revuelve el pelo a J. J.

–Hablemos dentro –le propone a Eleanor–. De camino he adelantado a una camioneta de la prensa. Y creo que por esta semana ya he aparecido lo suficiente en la televisión.

Ella asiente. Ninguno de los dos quiere estar expuesto.

Se sientan a la mesa de la cocina mientras J. J. mira *Thomas y sus amigos* y juega con el camión. Pronto será hora de acostarse y el niño está inquieto, se mueve por el sofá con los ojos pegados a la pantalla. Scott, desde la mesa de la cocina, lo observa a través de la puerta abierta. A J. J. le han cortado el pelo hace poco, pero no de manera uniforme, el flequillo está muy rebajado, pero por detrás el cabello es mucho más frondoso. Parece una versión infantil del peinado de Eleanor, como si J. J. se hubiera adaptado para encajar en la familia.

–Pensé que se lo podía cortar yo misma –explica Eleanor mientras pone el hervidor al fuego–, pero pasados unos minutos estaba ya tan nervioso que tuve que dejarlo estar. Así que intento irle cortando un poco más, con discreción, cuando está jugando con sus camiones o…

Mientras lo explica, saca las tijeras del cajón junto a los fogones y se acerca con sigilo al niño, intentando mantenerse fuera de su campo de visión. Pero él la descubre y le hace un gesto de que le deje en paz acompañado de una especie de gruñido primario.

—Solo… —dice ella tratando de razonar con un animalillo irracional—. Está más largo en…

El niño vuelve a emitir el mismo gruñido, sin apartar los ojos de la tele. Eleanor asiente y vuelve a la cocina.

—No sé —dice Scott—. Hay algo perfecto en un niño mono con un mal corte de pelo.

—Lo dices para que me sienta mejor —comenta ella mientras vuelve a guardar las tijeras en el cajón.

Sirve té para los dos. Desde que están ahí sentados, el sol ha ido descendiendo y ha aparecido por la parte superior de la ventana, y cuando Eleanor se inclina para llenarle la taza a Scott, su cabeza tapa la tenue luz del exterior creando un eclipse. Scott se queda mirándola.

—Tienes buen aspecto —le dice.

—¿En serio? —pregunta ella.

—Estás al pie del cañón. Preparas té.

Ella piensa en eso.

—Él me necesita —dice.

Scott observa al niño dando vueltas en el sofá, mientras se mordisquea con aire ausente los dedos de la mano izquierda.

Eleanor contempla un momento la puesta de sol y remueve su té.

—Cuando nació mi abuelo —cuenta Scott—, pesaba poco más de un kilo. Eso sucedió en el oeste de Texas en los años veinte. Antes de la invención de las incubadoras, de manera que se pasó tres meses durmiendo en un cajón para calcetines.

—No es verdad.

—Sí hasta donde yo sé —replica él—. Lo que quiero decir es que la gente tiene mucha más capacidad de supervivencia de lo que se cree. Incluso los niños.

–Bueno, hemos hablado sobre el tema…, sus padres. Sabe que han… fallecido… en la medida en que entiende lo que eso significa. Pero por su manera de mirar hacia la puerta cada vez que Doug vuelve a casa, sé que sigue esperando que aparezcan.

Scott reflexiona sobre eso. Saber y al mismo tiempo no saber algo. En cierto modo, el niño tiene suerte. Para cuando tenga la edad suficiente para entender lo sucedido, la herida ya será antigua y el dolor con el tiempo habrá desaparecido.

–Por lo que me has dicho –comenta Scott–, ¿tienes problemas con Doug?

Eleanor suspira y hunde con aire ausente la bolsita de té en la taza.

–Mira –dice–, Doug es una persona débil. Él simplemente…, y yo no he…, al principio pensé que se trataba de otra cosa…, de cómo la inseguridad, ya sabes, el estar a la defensiva, puede parecer seguridad en sí mismo. Pero ahora creo que grita más porque no está seguro de nada. ¿Eso tiene sentido?

–Es joven. No es una historia nueva. Yo mismo he pasado por eso. Los dogmas.

Ella asiente y un rayo de esperanza ilumina su mirada.

–Pero tú lo superaste.

–¿Lo superé? No. Destrocé mi vida, me emborraché hasta perder el sentido, saqué de quicio a todo mi entorno.

Ambos reflexionan sobre eso durante un momento, sobre cómo en ocasiones la única manera de aprender a no jugar con fuego es quemarse.

–No estoy diciendo que sea eso lo que él vaya a hacer –matiza Scott–, pero no es realista pensar que una mañana se levantará y sin más lo reconocerá: «¿Sabes qué? Soy un gilipollas».

Eleanor asiente.

–Y además está el tema del dinero –dice en voz baja.

Scott espera.

–No sé –continúa ella–. Es…, siento náuseas con solo pensarlo.

–¿Te refieres al testamento?

Ella asiente.

–Es… mucho dinero –dice.

—¿Qué te han dejado?

—Al niño. Es… su dinero. No es…

—Tiene cuatro años.

—Lo sé, pero quiero que… ¿No podría guardarlo todo en una cuenta hasta que tenga edad para…?

—Es una opción –dice Scott–. Pero qué pasa con la comida y el alojamiento. ¿Quién va a pagar el colegio?

Eleanor no sabe qué responder.

—Yo podría… –dice–, bueno, es verdad que preparo dos comidas. Una especial para él, y…, bueno, le hemos comprado ropa bonita.

—¿Y tú te quedas con las migajas?

Ella asiente. Scott se plantea demostrarle que su razonamiento no tiene ni pies ni cabeza, pero sabe que Eleanor es consciente de ello. Está asimilando poco a poco que tiene derecho a una compensación por la muerte de un familiar.

—Y supongo que Doug lo ve de diferente manera.

—Él quiere…, ¿te lo puedes creer?…, él piensa… «sin duda deberíamos quedarnos la casa en la ciudad, pero quizá podríamos vendernos la de Londres y quedarnos en un hotel si vamos allí». ¿Y desde cuándo nosotros somos del tipo de gente que va a Londres? Doug es propietario de la mitad de un restaurante que jamás abrirá porque la cocina no está acabada.

—Ahora podría terminarla.

Eleanor aprieta los dientes.

—No. Este dinero no es para esto. No lo hemos ganado nosotros. No es…, este dinero es para J. J.

Scott mira al niño, que bosteza y se frota los ojos.

—Y supongo que Doug no está de acuerdo con esto.

Ella aprieta las manos hasta que los nudillos se le ponen blancos.

—Él dice que los dos queremos lo mismo, pero yo le he respondido que «si los dos queremos lo mismo, ¿por qué me estás gritando?».

—¿Tienes… miedo?

Eleanor lo mira.

—¿Sabes que la gente anda diciendo que tenías una aventura con mi hermana?

—Sí —responde Scott, y ella entrecierra los ojos—. Lo sé. Pero no es verdad.

Scott le lee la mirada, sus dudas, la incertidumbre de en quién puede confiar a estas alturas.

—Algún día te contaré lo que significa ser un alcohólico rehabilitado. O «en proceso de rehabilitación». Pero te adelanto que básicamente consiste en evitar… el placer, en concentrarse en el trabajo.

—¿Y esa heredera en la ciudad?

Él niega con la cabeza.

—Me ofreció un sitio en el que esconderme porque le encantaba la posibilidad de tener un secreto. Yo era eso que el dinero no puede comprar. Solo que… creo que eso no es verdad.

Scott está a punto de añadir algo cuando entra caminando lentamente J. J. Eleanor se endereza y se seca las lágrimas.

—Hola, chico. ¿Ya se han acabado los dibujos?

Él asiente.

—¿Leemos un poco y nos preparamos para ir a dormir?

El niño asiente y después señala a Scott.

—¿Quieres que te lea él? —le pregunta Eleanor.

Un nuevo asentimiento.

—Suena bien —dice Scott.

Mientras el niño sube con Eleanor para prepararse para acostarse, Scott telefonea al viejo pescador al que le alquila la casa. Quiere saber cómo va todo y cómo está su perra de tres patas.

—No es demasiado pesado, ¿no? —le pregunta—. Lo de la prensa.

—No, señor —responde Eli—. A mí no me molestan, y además… resulta que la perra les da miedo. Pero, señor Burroughs, tengo que contarle una cosa. Esos hombres han venido. Traían una orden de registro.

—¿Qué hombres?

—De la policía. Han roto el candado del granero y se lo han llevado todo.

Scott siente un escalofrío recorriéndole la base de la espina dorsal.

—¿Los cuadros?

—Sí, señor, todos.

Se produce un largo silencio mientras Scott evalúa la situación. La escalada. Ahora su obra está por ahí. El logro de su vida. ¿Qué daños va a sufrir? ¿Qué le van a pedir a cambio de devolvérselos? Pero hay otra idea que le ronda, una vertiginosa sensación exultante al pensar que por fin sus cuadros están cumpliendo con aquello para lo que han sido pintados. Alguien los está mirando.

—De acuerdo —le dice al anciano—. No se preocupe. Ya los recuperaremos.

Después de lavarse los dientes y ponerse el pijama, y con el niño ya acostado en la cama bajo la colcha, Scott se sienta en un balancín y le lee cuentos que va cogiendo de una pila. Eleanor se queda en la puerta, sin saber si irse o quedarse, sin tener claro cuáles son las obligaciones de su papel; ¿los puede dejar solos? ¿Debería hacerlo aunque pueda?

Después de tres cuentos, a J. J. le empiezan a pesar los párpados, pero no quiere que Scott deje de leer. Eleanor se acerca, se sienta en la cama y se acurruca junto al niño. Scott lee tres cuentos más, y sigue leyendo cuando el niño se queda por fin dormido, cuando también Eleanor cae rendida y el tardío sol de verano desaparece definitivamente. Hay una sencillez en esa escena, en ese momento, una pureza que Scott no había vivido nunca. A su alrededor la casa está en silencio. Cierra el último libro y lo deja en el suelo sin hacer ruido.

Abajo suena el teléfono. Eleanor se despierta y sale de la cama con cuidado para no despertar al niño. Scott oye sus pasos bajando la escalera, escucha el murmullo de su voz, el ruido del teléfono al colgarlo, y después ella vuelve a subir y se queda en la puerta, con una extraña mirada en el rostro, como una mujer subida a una montaña rusa que cae en picado.

—¿Qué sucede? —pregunta Scott.

Eleanor traga saliva y exhala aire con un temblor. Parece que el marco de la puerta la esté sosteniendo en pie.

—Han recuperado el resto de los cadáveres.

3

EN PANTALLA

¿Dónde se produce la intersección entre la vida y el arte? Según Gus Franklin las coordenadas podían cartografiarse con precisión de GPS. El arte y la vida colisionan en un hangar para aviones de Long Island. Allí es donde permanecen colgados doce lienzos de grandes dimensiones, apenas iluminados por el resplandor que se filtra por las ventanas de cristal esmerilado; las puertas del enorme hangar están cerradas para mantener a raya los indiscretos objetivos de las cámaras. Doce lienzos de estilo fotorrealista sobre catástrofes humanas, colgados de unos cables. A petición expresa de Gus, se habían manipulado con mucho cuidado para no dañarlos. Pese al empeño de caza de brujas de O'Brien, Gus sigue sin tener claro que traerlos aquí haya servido para otra cosa que hostigar a la víctima, y no está dispuesto a ser el responsable de dañar el trabajo de un artista ni de obstaculizarle su merecida oportunidad de empezar de nuevo.

Ahora está allí con un equipo multijurisdiccional de agentes y con representantes de la compañía aérea y de la empresa fabricante del aparato, observando los cuadros, no por su pedigrí artístico, sino en busca de pruebas. ¿Es posible, se preguntan, que esos lienzos contengan pistas sobre la desaparición de nueve personas y de un avión de un millón de dólares? Es un ejercicio surrealista, que además resulta inquietante por el escenario en el que están. En el centro del hangar se han colocado unas mesas plegables sobre las que los técnicos han desplegado los restos recuperados de la catástrofe. Con la incorporación de los lienzos, se ha generado una tensión en ese espacio —un tira y afloja entre los restos y el arte que lleva a cada hombre y cada mujer presentes a enfrentarse con unas sensaciones inesperadas—, como si las pruebas expuestas se hubiesen transformado en arte y no a la inversa.

Gus está plantado ante la obra de mayores dimensiones, compuesta por tres lienzos. En la esquina derecha se ve una granja. En el extremo izquierdo se ha formado un tornado. En el centro una mujer permanece de pie en la esquina de un maizal. Gus estudia los altos tallos, se concentra en el rostro de la mujer. Como ingeniero, la parte artística se le escapa, la idea de que el objeto en sí mismo (lienzo, madera y óleo) no es lo importante, y que en cambio surge una experiencia intangible creada por la sugestión, por la combinación de los materiales, los colores y lo representado. El arte existe no en la propia pieza, sino en la mente del espectador.

Y sin embargo, Gus debe admitir que ahora hay una fuerza perturbadora en ese hangar, un inquietante espectro de muerte masiva que emerge del volumen y la naturaleza de las imágenes.

Es al percatarse de esto cuando algo llama poderosamente la atención de Gus.

En cada uno de los cuadros aparece una mujer.

Y todas las mujeres tienen el mismo rostro.

—¿Qué opinas? —le pregunta el agente Hex del Departamento del Tesoro.

Gus menea la cabeza. «Forma parte de la naturaleza de la mente humana buscar conexiones», piensa. Y en ese momento se acerca a ellos Marcy y les informa de que los buzos han localizado lo que creen que son los restos del avión.

El hangar estalla en un vocerío, pero Gus sigue con la mirada clavada en el cuadro que representa a varios hombres ahogándose en un hangar lleno de restos secándose. Una cosa es real. La otra es ficción. Cómo le gustaría que fueran los del cuadro los que estuviesen muertos y que la realidad fuese ficción. Pero de pronto asiente y se conecta a una línea telefónica segura. Piensa que siempre hay un momento en toda investigación en que parece que las pesquisas no se van a acabar nunca. Y entonces, de pronto, llegan a su fin.

El agente Mayberry se encarga de la coordinación con el barco de la Guardia Costera que ha localizado los restos. Le explica a Gus que están desplegando a un equipo de buzos con cámaras sujetas en la cabeza. Lo que registren se les enviará a través de un canal seguro, que ya está preparado. Una hora después, Gus se sienta ante una mesa plegable de plástico en el hangar. Aquí es adonde se ha traído la mayoría de las comidas durante las dos últimas semanas. El resto de los miembros del equipo se agrupan de pie detrás de él, bebiendo café del Dunkin' Donuts en vasos térmicos. Mayberry está en línea por el teléfono vía satélite, hablando directamente con la patrullera de la Guardia Costera.

—Las imágenes ya nos tendrían que estar llegando —dice.

Gus ajusta el ángulo del monitor, aunque desde una perspectiva racional es perfectamente consciente de que eso no va a ayudar a agilizar la conexión. De momento lo que tienen delante es una pantalla sin imagen —CONEXIÓN PERDIDA—, hasta que de pronto aparece un pantallazo azul. No es un azul oceánico, sino electrónico, pixelado. Después esta tonalidad da paso al verde captado por las cámaras submarinas sin sonido alguno. Cada uno de los buceadores (a Gus le han informado de que son tres) proyecta luz con el equipo que lleva acoplado en la cabeza y el vídeo tiene una inquietante tosquedad amateur. A Gus le lleva un rato orientarse, ya que los buceadores están ya pegados a lo que parece ser el fuselaje: un caparazón blanco repleto de arañazos y atravesado por lo que aparentan ser unas gruesas líneas rojas.

—Ahí está el logo de la compañía —dice Royce, y les enseña una fotografía del avión. La palabra GULLWING está escrita en un lateral del avión con letras rojas inclinadas.

—¿Tenemos comunicación con ellos? —pregunta Gus a sus colaboradores—. Veamos si pueden localizar el número de identificación.

Se organiza un cierto revuelo al intentar contactar con alguien en la patrullera de la Guardia Costera. Pero para cuando las instrucciones les llegan a los buceadores, estos ya están en movimiento, flotando y dirigiéndose —intuye Gus— hacia la cola del aparato.

Cuando pasan por delante del ala de babor, Gus observa que parece haberse partido con un fuerte impacto. El metal alrededor de la fractura está retorcido y curvado. Echa un vistazo al fragmento de ala que tienen en el suelo del hangar junto a la cuadrícula de medición.

—La cola ha desaparecido —constata Royce.

Gus vuelve a mirar la pantalla. Sobre el fuselaje se proyectan unas luces blancas que oscilan en lentos movimientos de asentimiento a medida que los buceadores agitan sus aletas. La cola del reactor ha desaparecido, el aparato yace reclinado en el fondo marino, de tal modo que el irregular agujero está semienterrado; es una máquina devorada por la naturaleza.

—No —dice la mujer de la aerolínea—. Está ahí, ¿no? Allí a lo lejos.

Gus mira atentamente la pantalla y cree distinguir un destello al borde de la superficie iluminada, formas creadas por la mano humana ladeadas y mecidas suavemente por la corriente. Pero entonces la cámara del buzo gira y lo que contemplan es el agujero en la parte trasera del avión, y cuando la cámara se inclina, aparece por primera vez el fuselaje en su totalidad. Y de pronto tienen una perspectiva.

—He localizado una zona de deformación programada —dice uno de los ingenieros.

—Ya la veo —dice Gus queriendo cortar las especulaciones. Habrá que sacar del agua el aparato y transportarlo hasta allí para examinarlo. Por suerte no se ha hundido en una zona muy profunda. Pero se espera otro huracán para la semana próxima y el océano ya está empezando a ser impredecible. Tendrán que actuar rápido.

Aparece un buceador ante la cámara, moviendo las piernas. Señala hacia la oscuridad que envuelve la parte posterior del avión y después a sí mismo. La cámara asiente. El buceador se da la vuelta.

Gil se inclina hacia delante en la silla, consciente de la trascendencia del momento.

Están entrando en un cementerio.

¿Cómo describir lo que vemos en la pantalla, las experiencias que vivimos pero no son nuestras? Después de tantas horas (días, semanas, años) viendo la televisión –los programas de entrevistas matutinos, las telenovelas de emisión diaria, las noticias de la noche y después los programas de la franja horario de mayor audiencia (*The Bachelor, Juego de tronos, La voz*)–, después de una década de estudiar los vídeos virales de los presentadores de los programas nocturnos y clips de *Funny or Die* mandados por email por los amigos, ¿cómo vamos a ser capaces de valorar las diferencias entre ellos, si la experiencia de verlos es la misma? Ver el desplome de las Torres Gemelas y en el mismo aparato, en la misma habitación, ver el maratón de *Everybody Loves Raymond*.

En Netflix ves un episodio de los osos amorosos con tus hijos y después, esa misma noche (cuando los críos ya están en la cama), buscas a parejas aficionadas que se han grabado a sí mismas quebrantando las leyes de varios estados. Utilizas el ordenador del trabajo para contactar por videoconferencia con Jan y Michael de la oficina de Akron (para hablar sobre los nuevos protocolos horarios) y después clicas (haciendo caso omiso de tus instintos más razonables) en un enlace incrustado que te lleva a una grabación de un yihadista decapitando a alguien. ¿Cómo separamos estas cosas en nuestros cerebros cuando la experiencia de verlas –sentados o de pie frente a la pantalla, tal vez comiéndonos un bol de cereales, solos o acompañados, pero, en cualquier caso, con una parte de nosotros todavía anclada en nuestros asuntos cotidianos (ensimismados en las fechas de vencimiento, intentando decidir qué llevar en la cita de después)– es la misma?

Ver es, por definición, diferente de hacer.

Ser un buzo cuarenta y cinco metros por debajo de la superficie del océano, con los niveles de oxígeno y nitrógeno regulados, revestido con el fino caparazón del neopreno, las gafas de bucear colocadas, los pies moviéndose con un ritmo regular, viendo solo lo que ilumina el foco que llevas fijado en la cabeza. Sentir la presión de la profundidad, concentrado en el esfuerzo de respirar (que antes era algo mecánico y automático), que ahora requiere previsión y esfuerzo. Cargar con pesos –literalmente pesos– para impedir que tu cuerpo tendente a flotar suba hacia la superficie, pero que te tensionan los músculos y te generan la sensación de que necesitas respirar por encima de la capacidad de tus pulmones. En este momento no hay sala de estar, ni plazos límite en el trabajo, ni citas para las que uno tenga que vestirse de un modo especial. En ese momento uno está conectado únicamente con la realidad que está experimentando. Es, de hecho, la realidad.

En cambio, Gus no es más que otro hombre sentado ante un monitor. Pero aun así, mientras los buzos se introducen en el oscuro abismo mecánico que contiene los cadáveres, él experimenta algo visceral, fuera de su realidad del hangar en el que está, algo que solo puede describirse como terror.

En los confines del avión todo es oscuridad. En el impacto, además de la cola, han desaparecido el lavabo y la pequeña cocina de la parte posterior y el fuselaje está retorcido allí donde el impacto fue directo. Justo frente a la cámara, titilando a la luz del foco, las aletas del primer buzo se mueven rítmicamente. Ese buceador también lleva su foco y es a través de su difusa luz que se ve aparecer el primer reposacabezas y, flotando a su alrededor como un halo, unos cabellos mecidos como si fueran algas.

El pelo se hace visible solo un instante, antes de que el buceador que va delante lo tape con su cuerpo y, en ese momento, todos los que están mirando la pantalla se inclinan hacia la derecha para intentar no perderlo de vista. Es un movimiento instintivo, pese a que el cerebro racional sabe que es inútil, pero el deseo de ver lo que acaba de aparecer es tan intenso que todos se inclinan al unísono.

—Muévete —murmura Mayberry.

—Silencio —ordena Gus.

En la pantalla, la cámara traza una panorámica cuando el buzo gira la cabeza. Gus puede ver que el revestimiento de madera se ha astillado y retorcido en algunos puntos. De pronto pasa flotando un zapato. Unas deportivas de niño. Detrás de Gus, una de las mujeres deja escapar un abrupto suspiro. Y de pronto ahí están, cuatro de los cinco pasajeros que faltaban, David Bateman, Maggie Bateman, su hija Rachel y Ben Kipling, flotando y retenidos por el nailon reforzado de sus cinturones de seguridad, con los cuerpos hinchados.

El cadáver del guardaespaldas, Gil Baruch, no aparece por ninguna parte.

Gus cierra los ojos.

Cuando los vuelve a abrir, la cámara ya ha dejado atrás los cadáveres de los pasajeros y encara la oscura cocinilla. El buzo que va delante se vuelve y señala algo. El que lleva la cámara tiene que avanzar para verlo.

—¿Esto son…, qué son estos agujeros? —pregunta Mayberry mientras Gus se inclina hacia delante.

La cámara se acerca más y capta con detalle un conjunto de pequeños orificios alrededor de la cerradura de la puerta.

—Parecen… —dice uno de los ingenieros, pero no acaba la frase.

Agujeros de bala.

La cámara se acerca más todavía. Observando la imagen diluida por el agua Gus cuenta seis agujeros. Uno de ellos ha hecho saltar la cerradura de la puerta.

Alguien disparó a la cerradura de la puerta de la cabina de mando intentando entrar.

¿Los tiros impactaron en los pilotos? ¿Por eso se estrelló el avión?

La cámara se aparta de la puerta, flota hacia la derecha y asciende.

Pero Gus sigue pensando en eso. ¿Alguien disparó sobre la puerta de la cabina de mando? ¿Quién? ¿Lograron entrar?

Y entonces la cámara localiza algo que provoca que todos los presentes en el hangar contengan el aliento. Gus alza la mirada y ve al capitán James Melody, su cadáver atrapado en una bolsa de aire alrededor del techo curvado de la cocinilla delantera.

En el lado equivocado de la puerta de la cabina de mando.

JAMES MELODY
6 de marzo de 1965 – 23 de agosto de 2015

Él coincidió con Charles Manson en una ocasión. Esa es la historia que cuenta la madre de James Melody. «Tú tenías dos años. Charlie te sostuvo en su regazo.» Sucedió en Venice, California, en 1967. La madre de James, Darla, había llegado desde Cornualles, Inglaterra, y su visado hacía tiempo que había expirado. Llevaba en el país desde 1964. «Vine con los Beatles», solía decir, pese a que ellos eran de Liverpool y tomaron un vuelo diferente. Ahora ella vivía en un apartamento en Westwood. James intentaba visitarla siempre que hacía escala en cualquiera de los aeropuertos de la zona de Los Ángeles: Burbank, Ontario, Long Beach, Santa Mónica, etcétera, etcétera.

Ya bien entrada la noche, después de unas cuantas copas de jerez, Darla a veces daba a entender que Charles Manson era el verdadero padre de James. Pero tenía un montón de historias de este tipo. «Robert Kennedy vino a Los Ángeles en octubre de 1964. Nos encontramos en el vestíbulo del hotel Ambassador.»

James había aprendido a no hacer mucho caso de todas esas historias. A los cincuenta, ya se había resignado a no llegar a conocer nunca la verdadera identidad de su padre biológico. Era simplemente otro de los grandes misterios de la vida. Y James era un entusiasta del misterio. No como su madre, que jamás se topó con una ideología fantasmagórica que no abrazase de inmediato y con total entusiasmo, sino al modo de Albert Einstein, que en una ocasión dijo: «La ciencia sin religión cojea. La religión sin ciencia es ciega».

Como piloto, James había visto la inmensidad desde el aire. Había volado atravesando zonas de tormenta sin nadie excepto Dios mediando entre él y la catástrofe.

Y ahí va otra cita de Einstein: «Cuanto más avanza la evolución espiritual de la humanidad, más incuestionable me parece que la senda hacia la verdadera religiosidad no pasa por el temor a la vida, y el temor a la muerte, y la fe ciega, sino por esforzarse en buscar el conocimiento racional».

James era un gran fan de Albert Einstein, el antiguo empleado de la oficina de patentes que descubrió la teoría de la relatividad. Mientras que la madre de James buscaba respuestas a los misterios de la vida en la gran miasma espiritual, James prefería pensar que cualquier pregunta puede en última instancia ser respondida por la ciencia. Tomemos, por ejemplo, la pregunta ¿por qué existe algo y no la nada? Para los espiritualistas, obviamente, la respuesta es Dios. Pero James estaba más interesado en un esquema del universo que llegase hasta el nivel subatómico. Ser piloto requería unos conocimientos matemáticos y científicos avanzados. Llegar a ser astronauta (algo que James soñó que conseguiría) requería incluso más.

En las escalas, a James Melody siempre se le veía leyendo. Se sentaba junto a la piscina en un hotel de Arizona y se ponía a leer a Spinoza, o comía en el bar de un club nocturno en Berlín mientras leía libros de ciencias sociales como *Freakonomics*. Era un coleccionista de hechos y detalles. De hecho, era lo que estaba haciendo ahora en ese restaurante de Westwood, leía *The Economist* mientras esperaba a su madre. Era un soleado día de agosto, fuera estaban a veintiocho grados, con vientos de dieciséis kilómetros por hora. James estaba sentado bebiendo un mimosa y leyendo un artículo sobre el nacimiento de un ternero rojo en la ribera occidental de Israel. El nacimiento del ternero había provocado un gran alboroto entre los judíos y también entre los fundamentalistas cristianos, ya que tanto el Viejo como el Nuevo Testamento dicen que el nuevo mesías no puede llegar hasta que se construya el Tercer Templo sobre la Explanada de las Mezquitas de Jerusalén.

Y como todo el mundo sabe, el Tercer Templo no se podrá construir hasta que el terreno sea purificado con las cenizas de un ternero rojo.

Tal como explicaba el artículo (y James ya sabía), el Libro de los Números capítulo 19, versículo 2, nos enseña: «Decid a los hijos de Israel que traigan aquí a un ternero rojo sin mácula, que no tenga ninguna mancha y al que jamás se le haya puesto un yugo». El animal no debe haber sido utilizado para trabajar. Según la tradición judía, la necesidad de un ternero judío se citaba como primer ejemplo de un *hok*, o ley bíblica que no obedecía a ninguna lógica aparente. El requisito se consideraba por tanto como de origen absolutamente divino.

Tal como escribía el periodista, *The Economist* publicaba el reportaje no por su significación religiosa, sino porque el tema había reabierto el candente asunto de la propiedad de la Explanada de las Mezquitas. El texto abordaba la relevancia geopolítica de la región sin hacer comentario alguno sobre la validez religiosa de las reivindicaciones fundamentalistas.

Cuando acabó de leer el artículo, James lo arrancó de la revista y lo dobló cuidadosamente. Paró a un camarero que pasaba y le pidió que lo tirase a la basura. El peligro de dejar el artículo en la revista era que su madre la cogiese al pasar, viese el texto y se enredase en una de sus «tangentes». La última tangente la había llevado a la madriguera de la cienciología durante nueve años, en los que se dedicó a acusar a James de ser una persona supresora, y cortó por completo el contacto, lo cual no es que a él le importase mucho, pero sí le generó preocupación. Darla reapareció años después, locuaz y cariñosa, como si no hubiese pasado nada. Cuando James le preguntó qué había sucedido, ella se limitó a decir: «Oh, esos bobos. Se comportan como si lo supieran todo. Pero tal como nos dice el *Tao Te Ching*, "Conocer a los demás es sabiduría. Conocerse a uno mismo es iluminación"».

James siguió al camarero con la mirada hasta que desapareció en la cocina. Sintió el impulso de seguirlo y asegurarse de que tiraba el artículo —de hecho, deseó haberle dicho que lo metiese bien al fondo, bajo los desperdicios, o incluso haberlo roto en pedazos diminutos e ilegibles él mismo–, pero se controló. Era mejor ignorar estos impulsos obsesivos, una lección que había aprendido a las malas. El artículo había desaparecido. Estaba fuera de la vista. Era ilegible. Eso era lo importante.

Y justo a tiempo, porque su madre llegó en su scooter eléctrico Ventura 4 para personas con movilidad reducida, con asiento ajustable y frontal de moto (rojo brillante, por supuesto). Descendió por la rampa para minusválidos, lo vio y lo saludó. James se puso en pie mientras ella se acercaba, abriéndose paso entre los clientes (que tenían que apartar las sillas para dejarla pasar). No es que su madre fuese obesa (de hecho, era todo lo contrario, no pesaba más de cuarenta kilos) o que tuviese una discapacidad (caminaba perfectamente). Simplemente le gustaba la declaración de intenciones que suponía ese vehículo motorizado rojo reluciente, la imagen que transmitía. Eso quedaba claro con su entrada en el restaurante, obligando a todo el mundo a levantarse y mover las sillas, como si estuviesen recibiendo a una reina.

–Hola –saludó Darla mientras James le preparaba una silla. Ella se levantó sin esfuerzo alguno del vehículo y se sentó en ella. Y al ver su mimosa, le preguntó–: ¿Qué estás bebiendo?

–Un mimosa. ¿Quieres uno?

–Sí, por favor –respondió ella.

Le indicó al camarero con un gesto que trajese otro. Su madre se colocó la servilleta en el regazo.

–¿Y bien? Dime que tengo un aspecto estupendo.

James sonrió.

–Así es. Estás fantástica.

Lo dijo con un tono de voz que solo utilizaba con ella. Un tono lento y paciente de aclaración, como si hablase con un niño con necesidades especiales. A ella le gustaba, siempre y cuando no lo exagerase demasiado, hasta el punto de resultar condescendiente.

–Se te ve en forma –observó Darla–. Me gusta el bigote.

Se lo tocó, percatándose de que era la primera vez que su madre se lo veía.

–Un poco Errol Flynn, ¿no? –dijo él.

—Pero está ya canoso —comentó ella con una mueca de dolor—. Quizá deberías teñírtelo.

—Creo que me da un aire distinguido —dijo él en voz baja mientras el camarero le servía la bebida a su madre.

—Oh, gracias, encanto —le dijo ella al camarero—. Ya me puedes ir preparando otro, ¿de acuerdo? Estoy terriblemente sedienta.

—Sí, señora —dijo él mientras se retiraba.

A lo largo de las sucesivas décadas, el acento británico de su madre se había ido transformando en lo que James llamaba «pura afectación». Como Julia Child, se comportaba con tal pomposidad que su acento no podía sino sonar aristocrático. Como diciendo implícitamente «hablo así porque soy así, querido».

—He preguntado qué platos del día tienen —le informó James—. Me han dicho que la ternera está divina.

—Ooh, fantástico —dijo ella. No había nada que le entusiasme más que una buena comida. Solía decir a la gente: «Soy una sensualista», que era algo que sonaba sexy y divertido cuando tenía veinticinco años, pero que ahora, a los setenta, quedaba fuera de lugar.

—¿Has oído lo del ternero rojo? —le preguntó a James después de pedir. Él sintió un fugaz ataque de pánico al pensar que de algún modo inusitado había logrado ver el artículo, pero entonces recordó que se pasaba las veinticuatro horas del día mirando la CNN. Debían de haber dado la noticia del ternero rojo.

—Sí, lo he visto —dijo él—, y estaré encantado de escuchar tus observaciones al respecto, pero primero hablemos de otra cosa.

Eso pareció apaciguarla, lo cual le dio a entender que no se había obsesionado por completo con la historia del modo como una clavija se conecta con una toma de corriente, chupando la energía.

—He empezado a tocar la armónica —le contó James—. Intentando conectar con mis raíces musicales. Aunque no sé si «raíces» es la palabra…

Su madre le tendió el vaso de mimosa vacío al camarero, que llegó justo a tiempo con el recambio.

—Tu padrastro tocaba la armónica —dijo.

—¿Cuál de ellos?

Ella o bien no oyó su maldad o bien hizo caso omiso.

–Era muy musical. Quizá lo has heredado de él.

–No creo que funcione así.

–Bueno –dijo ella, y dio un sorbo a su mimosa–. Siempre me pareció una cosa un poco boba.

–¿La armónica?

–No. La música. Y Dios sabe que por mi vida han pasado unos cuantos músicos. Sí, las cosas que le hice a Mick Jagger harían sonrojar a una puta.

–Mamá –protestó él mirando a su alrededor, pero estaban suficientemente apartados del resto de las mesas como para que no se volviera ninguna cabeza.

–Oh, por favor. No seas tan mojigato.

–Bueno, pues a mí me gusta. La armónica. –Se la sacó del bolsillo de la chaqueta y se la enseñó–. Es portátil, ¿verdad? Así que la puedo llevar conmigo a todas partes. A veces la toco sin hacer mucho ruido en la cabina de mando, cuando he activado el piloto automático.

–¿Es seguro?

–Claro que es seguro. ¿Por qué no iba a serlo?

–Yo lo único que sé es que no puedo tener mi móvil encendido ni al despegar ni al aterrizar.

–Eso es…, pero ya han cambiado la norma. Y además, ¿estás sugiriendo que las ondas sonoras de la armónica podrían interferir con los sistemas del avión, o…?

–Bueno…, de esto el que sabe eres tú…, de las cosas técnicas… Yo me limito a explicar mi punto de vista.

James asintió. Al cabo de tres horas tenía que pilotar un OSPRY hasta Teterboro y recoger allí a una nueva tripulación. Después un corto paseo hasta Martha's Vineyard y regreso a Teterboro. Había reservado una habitación en el Soho House del centro, para una escala de una noche, y al día siguiente volaba a Taiwan.

Su madre se terminó su segundo mimosa –«sirven tan poca cantidad, querido»– y pidió un tercero. James se fijó en que llevaba una pulsera roja en la muñeca derecha, «de modo que ha vuelto a la cábala». No necesitaba consultar su reloj para saber que solo habían transcurrido quince minutos desde la llegada de su madre.

Cuando contaba por ahí que había crecido formando parte de una secta que esperaba el día del juicio final, solo bromeaba en parte. Estuvieron allí –él y Darla– durante cinco años, de 1970 a 1975, y «allí» era una finca de dos hectáreas y media en el norte de California. El culto que profesaban respondía al nombre de la Restauración de los Mandamientos Divinos (después abreviado sencillamente como la Restauración) y su líder era el reverendo Jay L. Baker. Jay L. solía decir que él era el panadero y sus seguidores el pan. Dios, por supuesto, era el panadero que los había amasado a todos.

Jay L. estaba convencido de que el mundo se acabaría el 9 de agosto de 1974. Había tenido una visión durante un descenso en balsa por un río, durante el que las mascotas de la familia ascendieron al cielo. Cuando llegó a casa consultó las Escrituras: el Antiguo Testamento, el Libro de las Revelaciones y los Evangelios gnósticos. Y llegó a la conclusión de que había un código en la Biblia, un mensaje secreto. Y cuanto más indagaba, cuantas más notas tomaba en los márgenes de los textos religiosos, cuantas más sumas tecleaba en su vieja calculadora de sobremesa, más se convencía de que surgía una fecha. La fecha.

El fin del mundo.

Darla conoció a Jay L. en Haight Street. Tenía una vieja guitarra y un autobús escolar. Sus seguidores eran exactamente once (y en breve crecerían hasta un poco menos de un centenar), la mayoría mujeres. Jay L. era un hombre guapo (bajo sus melenas) y se le había concedido la gracia de una voz de orador, grave y melodiosa. Le gustaba reunir a sus seguidores en círculos entrelazados, como los del símbolo de los Juegos Olímpicos, de modo que algunos de ellos quedaban sentados encarados unos con otros, y él se paseaba entre ellos exponiéndoles su fe en que cuando llegase el día señalado solo las almas más puras ascenderían al cielo. La pureza, tal como él la entendía, significaba muchas cosas. Significaba que uno rezaba al menos ocho horas al día, que uno se entregaba al trabajo duro y al cuidado de los demás. Significaba que uno no comía pollo ni productos derivados (como huevos), que uno se bañaba solo con jabones fabricados a mano (a veces se limpiaban la cara con cenizas de abedul). Sus seguidores debían rodearse solo de los sonidos más puros, sonidos que procedían directamente de la fuente, no de materiales grabados, como sucedía en la televisión, la radio o el cine.

A Darla estas normas le gustaron, al menos durante un tiempo. Ella era una buscadora de corazón. Lo que decía buscar era iluminación, pero lo que en realidad quería era orden. Era una chica desorientada proveniente de un hogar de clase trabajadora con un padre alcohólico, que quería que le dijesen qué hacer y cuándo hacerlo. Quería acostarse por las noches sabiendo que todo tenía sentido, que el mundo era como era por un motivo. Aunque entonces solo era un niño, James recordaba el fervor que puso su madre en esa nueva vida comunal, cómo se lanzó de cabeza a ella. Y cuando Jay L. decidió que a los niños había que criarlos colectivamente e hizo construir para ellos una guardería, su madre no dudó en incorporar a James al grupo.

—Entonces ¿ahora estás aquí o qué? —le preguntó su madre.

—¿Si estoy aquí?

—No logro seguirte la pista. Con tantas idas y venidas. ¿Tienes siquiera una dirección fija?

—Claro que la tengo. Está en Delaware. Lo sabes perfectamente.

—¿En Delaware?

—Es por los impuestos.

Su madre hizo una mueca, como si pensar en este tipo de cosas fuese subhumano.

—¿Cómo es Shangai? —le preguntó—. Siempre he pensado que sería mágico ver Shangai.

—Está abarrotado. Y todo el mundo fuma.

Ella lo miró con cierta lástima y aburrimiento.

—Nunca has tenido la capacidad de maravillarte con nada.

—¿Y esto qué se supone que quiere decir?

—Nada. Es solo que… estamos en este planeta para disfrutar de la majestuosidad de la creación, no para, ya sabes, vivir en Delaware por los impuestos.

—Esa dirección es válida solo sobre el papel. En realidad vivo en las nubes.

Lo dijo por complacerla, pero también era cierto. La mayoría de sus recuerdos estaban relacionados con una cabina de mandos, la manera como la luz se curva alrededor del horizonte, la catártica descarga de adrenalina de superar ascendiendo un cielo tormentoso. Y sin embargo, ¿qué significaba todo eso? Esa había sido siempre la pregunta de su madre: «¿Qué significa todo esto?». Pero a James no le preocupaba. Sabía en lo más profundo de su ser que no «significaba» nada.

Un amanecer, una tempestad invernal, pájaros volando en perfecta formación de V. Eso eran cosas que existían. La verdad, visceral y sublime, del universo era que existía independientemente de que nosotros fuésemos o no testigos. Majestuosidad y belleza eran cualidades que nosotros proyectábamos sobre él. Una tormenta no era más que un fenómeno meteorológico. Un amanecer no era otra cosa que el resultado de un patrón celeste. No es que no disfrutase de estas cosas. Se trataba simplemente de que no le pedía al universo otra cosa que su mera existencia, su comportamiento constante: que la gravedad funcionase como siempre lo había hecho, que la sustentación aerodinámica fuera una constante.

Como dijo en una ocasión Albert Einstein: «Lo que veo en la naturaleza es una magnífica estructura que solo somos capaces de comprender de una manera muy imperfecta, y que debe completar el pensamiento de una persona con un sentimiento de humildad. Esto es un sentimiento genuinamente religioso que no tiene nada que ver con el misticismo».

Después de comer acompañó a su madre a su casa dando un paseo. Ella iba a su lado con su vehículo, saludando a los que conocía, como una sirena en su carroza durante un desfile. Al llegar a la puerta, le preguntó a James cuándo volvería y él le respondió que tenía una escala en Los Ángeles el próximo mes. Ella le dijo que estuviese atento a las señales. El ternero rojo había nacido en Tierra Santa. Este hecho por sí solo no era una prueba del plan de Dios, pero si las señales se multiplicaban tendrían que estar preparados.

James la dejó en el vestíbulo. Ella tomaría el ascensor e iría directa a su piso. Le contó que después tenía una cita con su club de lectura y una cena con unos amigos del grupo de rezo. Antes de que su hijo se marchase, le dio un beso en la mejilla (él se inclinó para recibirlo, como se hace ante un cardenal o el Papa) y le dijo que rezaría por él. Le comentó que se alegraba de que fuese tan buen hijo y que invitase a su madre a una comida tan estupenda y que nunca se olvidase de llamarla. Le dijo que últimamente había estado pensando mucho en la comuna y ¿se acordaba él? ¿Qué era lo que solía decir el reverendo Jay L. Baker? «Yo soy el panadero y todos vosotros sois el pan.» «Bueno —le dijo su madre—, pues yo fui tu panadera. Te cocí en mi horno, no lo olvides jamás.»

James la besó en la mejilla y sintió ese vello de melocotón de la vejez rozándole los labios. Se dio la vuelta una última vez ante la puerta giratoria, pero ella ya se había marchado y solo vio un destello rojo mientras la puerta del ascensor se cerraba. Se puso las gafas de sol y empezó a caminar bajo la luz del mediodía.

Menos de diez horas después estaría muerto.

Hubo turbulencias —entre medias y fuertes— mientras atravesaban las nubes para aterrizar en Teterboro. Pilotaba un OSPRY y llevaba a cuatro ejecutivos de Sony Corporation. Aterrizaron sin incidentes y aparcó en la pista junto a la limusina que los esperaba. Como de costumbre, James salió a la puerta de la cabina de mando y les deseó una buena tarde a los pasajeros que desembarcaban. En el pasado a veces decía «Dios lo bendiga» (un hábito adquirido en la infancia), pero se percató de que a los hombres encorbatados les incomodaba, así que lo sustituyó por algo más neutro. James se tomaba sus responsabilidades como capitán muy en serio.

Era media tarde. Tenía unas horas por delante antes de su próximo vuelo, un trayecto corto hasta Martha's Vineyard para recoger a un grupo de seis personas. Para ese vuelo pilotaría un OSPRY 700SL. Nunca había pilotado antes este modelo en concreto, pero eso no le preocupaba. OSPRY fabricaba aviones muy fiables. De todos modos, mientras esperaba sentado en la sala para las tripulaciones, se estudió el manual. El avión medía un poco más de veinte metros de largo y la envergadura de las alas era de 19,23 metros, podía alcanzar una velocidad transónica de 0,83 mach, aunque nunca lo forzaría hasta este límite con pasajeros a bordo. Podía volar de costa a costa con el depósito lleno a un velocidad de 892 km/h. Las especificaciones técnicas indicaban que podía subir hasta una altitud de 13.000 metros, pero él sabía por experiencia que ese era un cálculo prudente. Estaba seguro de que podía ascender hasta los 15.000 metros sin incidencias, aunque no se le pasaba por la cabeza un motivo que pudiese obligarle a hacerlo en este viaje.

9 de agosto de 1974, ese era el día en que se suponía que el mundo se iba a acabar. En la Restauración se pasaron meses preparándose. Dios le dijo a Noé que la próxima vez la destrucción vendría del fuego, de modo que para eso fue para lo que se prepararon. Aprendieron a tirarse al suelo y rodar por si no estaban entre los elegidos para la resurrección. Jay L. se pasaba cada vez más tiempo en la leñera tratando de contactar con el ángel Gabriel. Como si de un acuerdo tácito se tratase, todos los miembros del grupo se atiborraron durante diez días y después solo comieron pan ácimo. En el exterior la temperatura subió y bajó de forma significativa.

En la sala para las tripulaciones James comprobó las condiciones atmosféricas previstas. Las previsiones indicaban escasa visibilidad en la zona de Martha's Vineyard, con nubes bajas (entre 60 y 120 metros) y una densa niebla costera. Se esperaban vientos del noreste de 25-30 km/h. Como James sabía por sus conocimientos básicos de meteorología, la niebla no es otra cosa que una nube cerca o en contacto con la superficie del planeta, sea en tierra o mar. En términos sencillos, diminutas gotas de agua permanecen suspendidas en el aire. Las gotas de agua son tan minúsculas que la gravedad casi no les afecta y permanecen suspendidas. En su versión más liviana, la niebla puede consistir en volutas de unos pocos metros de grosor. En su versión más densa, puede alcanzar una profundidad vertical de varios cientos de metros.

La niebla marítima tiende a ser densa y duradera. Puede levantase y disiparte conforme pasa el tiempo, sin llegar a desaparecer por completo. A gran altitud se convierte en una nube baja con una capa compacta. En latitudes medias y altas (como en Nueva Inglaterra) la niebla marítima es un fenómeno típicamente estival. La escasa visibilidad no es el peor problema con el que se enfrenta el piloto, porque el equipo HGS que lleva el aparato puede hacer aterrizar el avión con visibilidad cero si tiene las coordenadas de la pista en el GPS. El HGS convierte las señales del Sistema de Aterrizaje Instrumental de un aeropuerto en una imagen virtual de la pista que se visualiza en el monitor. Pero si durante la maniobra de aproximación manual hay un golpe de viento repentino, puede coger al piloto desprevenido.

«Salid de en medio de ellos y apartaos.» Eso decía la Biblia y estas palabras convencieron a Jay L. Baker para reunir a su rebaño y huir a los bosques próximos a Eureka, California. Había un viejo campamento de verano abandonado, sin calefacción ni electricidad. Se bañaban en el río y se alimentaban de bayas. Jay L. empezó a utilizar tácticas dilatorias, sermoneando durante horas, en ocasiones incluso días. Las señales estaban por todas partes, les aseguraba. Revelaciones. Para salvarse tenían que renunciar a todos los pecados, expulsar la debilidad venal de sus corazones. En ocasiones para lograrlo debían infligirse dolor en las zonas genitales o infligírselo a los otros también en sus zonas genitales. En ocasiones requería hacer una visita «al confesionario», una vieja casita de madera cuya temperatura interior podía alcanzar los cuarenta grados bajo el sol del verano. Una vez su madre se pasó allí tres días, vociferando que el demonio había venido a reclamar su alma. Era una fornicadora y (probablemente) una bruja, porque la habían pillado desnuda en flagrante delito con Gale Hickey, un antiguo dentista de Ojai. Por las noches James intentaba acercarle agua a hurtadillas, moviéndose furtivamente de arbusto en arbusto y pasándole la cantimplora a través de un agujero en el suelo, pero su madre siempre la rechazaba. Ella misma se lo había buscado y ahora soportaría el proceso de depuración completo.

James se apuntó la conveniencia de comprobar el funcionamiento del sistema HGS antes de despegar. Si tenía la posibilidad, hablaría con alguna tripulación de un vuelo entrante para tener una apreciación de primera mano de las condiciones atmosféricas, aunque las condiciones cambian muy rápido con la altitud y las bolsas de turbulencias se desplazan.

Dio un sorbo a su taza de té Irish Breakfast mientras esperaba; siempre llevaba bolsitas en su equipaje de mano. Al levantar la taza para llevársela a los labios vio que caía una gota de sangre en la superficie del líquido y provocaba una ligera ondulación. Cayó una segunda gota. Notó el labio húmedo.

—Mierda.

James se dirigió rápidamente al lavabo, se colocó una toallita en la cara y echó la cabeza hacia atrás. Llevaba algún tiempo con esas hemorragias nasales, que le sucedían un par de veces por semana. El médico al que acudió le dijo que era a causa de la altitud. La sequedad de los capilares unida a la presión. Ya había manchado más de un uniforme en los últimos meses. Al principio se preocupó, pero cuando vio que no aparecían más síntomas, Melody lo atribuyó a la edad. Cumpliría cincuenta y uno el próximo marzo. «Media vida», pensó.

En el lavabo aplicó presión a la nariz hasta que se cortó la hemorragia y después se limpió. Esta vez había tenido suerte. No había ninguna mancha de sangre ni en la camisa ni en la chaqueta, y antes de que la butaca en la que había estado sentado perdiese el calor de su cuerpo, ya estaba de vuelta en la sala bebiéndose su té.

A las cinco y media recogió sus cosas y se dirigió hacia el avión que le esperaba.

Lo cierto es que el 9 de agosto de 1974 no se acabó nada, excepto la presidencia de Richard M. Nixon.

Empezó las comprobaciones previas al despegue en la cabina de mando, probando los sistemas uno a uno. Primero repasó la documentación de vuelo, siempre había sido un obseso de la precisión de cada detalle. Comprobó el movimiento de los mandos, con los

ojos cerrados, atento a cualquier ruido extraño, a cualquier roza-
dura o bloqueo. El movimiento hacia estribor parecía poco fluido,
de modo que avisó a los mecánicos de mantenimiento para que
echasen un vistazo. Después encendió el panel de control y comprobó los niveles de fuel y desplegó los alerones.

–Dame solo un minuto –dijo y empezó de nuevo.

Cuando acabó de revisar los instrumentos de vuelo, James bajó
por la escalerilla y dio una vuelta alrededor del avión realizando la
inspección ocular completa. Aunque era una noche cálida de verano, comprobó que no hubiese hielo acumulado en el fuselaje.
Revisó que no faltase la antena, posibles abolladuras, tornillos flo-
jos, remaches que hubieran podido desprenderse, y comprobó que
todas las luces exteriores del avión funcionasen correctamente.
Encontró algunos excrementos de pájaro sobre un ala y los retiró
con la mano, y después echó un vistazo a las ruedas –si se inclinase
hacia la izquierda significaría que la presión del neumático de cola
estaba baja–, inspeccionó los alerones y examinó cuidadosamente
los motores. Utilizó tanto el racional hemisferio derecho del cerebro, repasando la lista mental de comprobaciones, como el intuiti-
vo hemisferio izquierdo, atento a cualquier sensación de que algo
no funcionase bien en el avión. Pero todo parecía en orden.

De vuelta en la cabina, habló con el mecánico, que le aseguró
que ya había comprobado el sistema de altitud. Conversó con la
azafata, Emma Lightner, con la que no había trabajado nunca antes.
Como parecía ser habitual en esos vuelos privados, era más guapa
de lo que parecía razonable para un trabajo tan básico y doméstico,
pero James sabía que el trabajo estaba bien pagado y a las chicas les
gustaba poder ver mundo. La ayudó a colocar algunos de los con-
te   dores más pesados. Ella le sonrió de un modo que a él le pare-
cio amistoso, pero no coqueto. Y sin embargo su belleza resultaba
magnética como una fuerza gravitatoria, como si la naturaleza hubiese diseñado a esa mujer para atraer a los hombres hacia ella y
eso es lo que hacía, quisiese o no.

–El vuelo de esta noche es corto –le dijo James–. Te traeré de
vuelta hacia las once. ¿Dónde vives?

—En Nueva York —respondió ella—. Comparto un apartamento en el Village con otras dos chicas. Aunque creo que ahora están fuera, no sé si en Sudáfrica.

—En cuanto regresemos, me iré directo a la cama —dijo James—. Esta mañana estaba en Los Ángeles y ayer en Asia.

—Damos más vueltas que una peonza, ¿verdad?

Él sonrió. La chica no podía tener más de veinticinco años. Por un momento James pensó con qué tipo de hombres debía salir. *Quarterbacks* y músicos de rock, ¿eso todavía molaba? ¿El rock? Él era básicamente célibe. No es que no le gustase la compañía de las mujeres. Se trataba más bien de que no soportaba las complicaciones que acarreaba, la inmediata sensación de compromiso, la expectativa de vincularse por completo a alguien. Era un hombre que a los cincuenta años vivía con una maleta. Y quería que las cosas siguieran como hasta ahora. Su té. Sus libros. Le gustaba ir al cine en países extranjeros, ver películas americanas actuales con subtítulos en viejas salas barrocas por medio mundo. Le gustaba pasear por calles adoquinadas y escuchar a la gente que discutía en idiomas que no entendía. Le gustaba el viento cálido del desierto cuando bajaba del avión por la escalerilla en algún país musulmán. Yemen, los Emiratos Árabes. Había sobrevolado los Alpes en plena puesta de sol, había atravesado tormentas en los Balcanes. Se veía a sí mismo como un satélite, grácil y autosuficiente, orbitando alrededor de la Tierra y cumpliendo la misión que se le había asignado sin rechistar.

Ella sonrió, mostrando la dentadura, y eso fue suficiente. Hacer sonreír a una mujer guapa, sentir la calidez de su atención. James volvió a la cabina de mando y revisó de nuevo los sistemas, comprobando la intervención del técnico de mantenimiento.

—Diez minutos —avisó.

Mientras revisaba todo el sistema, notó que el avión oscilaba. «Debe de ser mi copiloto que ha subido a bordo», pensó. Su copiloto en ese vuelo era Peter Gaston, un idiosincrático belga al que le gustaba hablar de filosofía durante los trayectos largos. James siempre disfrutaba de sus conversaciones con él, sobre todo cuando derivaban hacia la ciencia y la ideología. Esperó a que entrase en la cabina de mando, pero entonces oyó unos susurros procedentes de la cabina de pasajeros y después algo que sonó como una bofetada. Al oírlo se puso de pie, frunciendo el ceño, y ya casi estaba en la puerta de la cabina de mando cuando entró otra persona tocándose la mejilla izquierda con la mano.

—Perdón —dijo—. Me han entretenido en la oficina.

Melody lo reconoció: un veinteañero con la mirada perdida y la corbata torcida. Charlie no-sé-qué. Ya había volado con él en una ocasión, y pese a que el chico técnicamente estuvo a la altura, James frunció el ceño al verlo.

—¿Qué le ha pasado a Gaston? —le preguntó.

—Yo lo sustituyo —respondió Charlie—. Problemas de estómago, creo. Lo único que sé es que he recibido una llamada para sustituirlo.

James estaba enojado, pero no quiso mostrar su enfado, así que se encogió de hombros. El problema en todo caso lo tenían en la oficina central.

—De acuerdo, pero llegas tarde. He llamado a mantenimiento porque el mando no gira del todo bien.

El chico se encogió de hombros y se pasó la mano por la mejilla.

James vio a Emma detrás del chaval. Se había apartado y estaba arreglando los reposacabezas de los asientos de los pasajeros.

—¿Todo va bien por aquí? —preguntó James, dirigiéndose más a ella que al chico.

Ella le sonrió desde lejos, manteniendo la mirada baja. Él miró a Charlie.

—Todo bien, capitán —dijo Charlie—. Es solo que me he puesto a cantar una canción que no debería haber cantado.

—Bueno, no sé lo que significa eso, pero no pienso tolerar ninguna tontería en mi pájaro. ¿Tengo que llamar a la oficina central, pedir otro copiloto?

—No, señor. Nada de tonterías. Solo estoy aquí para hacer mi trabajo. Nada más.

James lo observó atentamente. El chico le sostuvo la mirada. «Es todo un canalla –pensó–. No parece peligroso, simplemente está acostumbrado a ir a la suya.» Se le podría considerar guapo dentro de su estilo de chico malo, con un deje texano en su forma de hablar. Disoluto, así lo hubiera descrito James. Nada organizado. De esos que se dejan llevar. Y a James eso en principio ya le parecía bien. Podía mostrarse flexible con el personal de vuelo. Siempre que cumplieran con las órdenes que se les daban. El muchacho necesitaba disciplina, eso era todo, y James lo iba a poner firme.

–Muy bien, entonces siéntate en tu sitio y ponte en contacto con la torre de control. Quiero despegar en cinco minutos. Tenemos un horario que cumplir.

–Sí, señor –dijo Charlie con una sonrisa difícil de interpretar, y se puso manos a la obra.

Y entonces subieron a bordo los primeros pasajeros, el cliente y su familia –el avión se balanceó un poco mientras subían por la escalerilla–, y James salió para saludarlos. Siempre le gustaba conocer a las almas a las que llevaba, estrecharles la mano y ponerles cara y nombre. Daba más sentido al trabajo, sobre todo cuando viajaban niños. Después de todo, él era el capitán de la nave, el responsable de sus vidas. Y eso no le parecía una servidumbre. Le parecía un privilegio. Solo sucede en el mundo moderno que la gente prefiera recibir antes que dar. Pero James era alguien al que le gustaba dar. No sabía qué hacer cuando la gente intentaba mimarlo. Si cogía una plaza en un vuelo comercial, siempre acababa levantándose del asiento para ayudar a las azafatas a colocar los equipajes o a buscar una manta para las embarazadas. Una vez alguien le dijo: «Es difícil estar triste cuando eres útil». Y a él le gustó la idea. Servir a los demás traía la felicidad. Era el encerrarse en uno mismo, el obsesionarse con preguntas sobre el significado de las cosas, lo que traía la depresión. Ese había sido siempre el problema de su madre. Pensaba demasiado en sí misma y demasiado poco en los demás.

James había puesto todo su empeño en actuar del modo opuesto. A menudo se preguntaba qué haría su madre en determinada situación –cuál era la decisión equivocada– y eso le ayudaba a decidir qué era lo que debía hacer. En este sentido la utilizaba como a la Estrella Polar en un viaje en el que lo que quieres es dirigirte hacia el sur. Le era muy útil servirse de esta orientación. Le proporcionaba un apoyo con el que afinar, como si fuera un violín o un piano.

Cinco minutos más tarde ya estaban en el aire, después de despegar en dirección oeste y girar hacia la costa. El mando seguía un poco duro cuando giró hacia estribor, pero lo atribuyó a una idiosincrasia de ese avión.

LAS ZONAS OSCURAS

La primera noche, Scott duerme en un sofá cama en el cuarto de la plancha. No tenía planeado quedarse, pero después de la horrible noticia recibida ese día ha pensado que Eleanor necesitaría apoyo, sobre todo porque su marido parecía haber desaparecido.

—Desconecta el teléfono cuando está trabajando —le había dicho Eleanor, aunque el modo en que lo dijo parecía indicar que la palabra «trabajando» en realidad significaba «bebiendo».

Ahora, a punto de quedarse dormido, Scott oye que Doug vuelve a casa alrededor de la una, el ruido de los neumáticos en el camino de acceso a la casa le despierta con un sobresalto cargado de adrenalina. Se produce esa atávica tensión animal al abrir los ojos en una habitación desconocida y durante un buen rato no sabe muy bien dónde está. Hay una tabla de planchar bajo la ventana, la lavadora parece un extraño depredador acechando entre las sombras. Abajo, oye cómo se cierra la puerta de la entrada. Oye ruido de pasos en la escalera. Escucha cómo se acercan y después se detienen ante la puerta. De nuevo silencio, como si alguien contuviese el aliento. Scott permanece echado, en posición fetal, tenso, un invitado no deseado en la casa de otro hombre. Oye al otro lado de la puerta la respiración de Doug, un barbudo con mono, borracho de bourbon artesano y de cervezas locales. Al otro lado de la ventana, las cigarras están montando jaleo en el jardín. Scott piensa en el océano, lleno de depredadores invisibles. Contienes el aliento y te sumerges en la oscuridad total, como si te deslizaras por la garganta de un gigante, olvidando incluso tu condición de ser humano. Eres una presa.

En el pasillo cruje un tablón de madera cuando Doug se balancea. Scott se incorpora en la cama y clava la mirada en la cerradura de la puerta, una difusa bola de cobre en la oscuridad. ¿Qué va a hacer si gira? ¿Si Doug entra borracho y con ganas de pelea?

Una respiración. Otra vez.

En algún lugar de la casa el compresor del aire acondicionado se pone en marcha y el chorro de aire rompe el embrujo. La casa vuelve a ser una casa. Scott oye los pasos de Doug alejándose por el pasillo hacia su habitación.

Exhala lentamente y entonces se da cuenta de que ha estado conteniendo el aliento.

Por la mañana se lleva al niño a buscar piedras para lanzar al agua de modo que reboten. Rastrean el margen del río, buscando piedras planas, Scott con sus zapatos de ciudad y el niño con camisa, pantalones y unos zapatos que eran más pequeños que la mano de Scott. Le enseña al niño cómo colocarse, en diagonal con respecto al agua, y cómo lanzar la piedra rasa sobre la superficie del agua. Durante un buen rato el niño no lo consigue. Frunce el ceño y lo sigue intentando una y otra vez, claramente frustrado, pero negándose a abandonar. Se mordisquea la lengua con la boca cerrada y emite un sonido de concentración, mitad canción, mitad zumbido, mientras selecciona cuidadosamente las piedras. La primera vez que lo consigue, un doble rebote, da un salto y una palmada.

—Perfecto, colega —le anima Scott.

Entusiasmado, el niño corre a recoger más piedras. Están en una estrecha franja de terreno rodeada de zarzas al borde del bosque, en la amplia curva que traza el Hudson. Tienen el sol matutino a la espalda, obstruido por los árboles mientras asciende y los primeros rayos alcanzan la orilla opuesta. Scott se acuclilla y mete la mano en el agua que fluye. Es fría y transparente, y por un momento se pregunta si alguna vez volverá a nadar. El aire huele a cieno y de vez en cuando le llega un leve aroma de hierba cortada. Es consciente de su cuerpo, de los músculos en funcionamiento, de la sangre que circula. A su alrededor, pájaros invisibles se llaman unos a otros sin urgencia, en un mero intercambio constante de llamadas y respuestas.

El niño lanza otra piedra, riéndose.

¿Es así como empieza la curación?

Anoche Eleanor entró en la sala de estar para avisarle de que tenía una llamada. Scott estaba arrodillado en el suelo, jugando con unos camiones con el niño.

¿Quién podía llamarlo aquí?

—Me ha dicho que se llama Layla —le dijo Eleanor.

Scott se incorporó y fue a la cocina.

—¿Cómo sabías que estaba aquí? —preguntó.

—Querido —respondió ella—, ¿para qué sirve si no el dinero? —Bajó la voz una octava y con un tono más íntimo añadió—: Dime que volverás pronto. Me paso el día en la tercera planta, inmersa en tu pintura. Es tan maravillosa. ¿Te he contado que he estado en ese mercado de granjeros? Cuando era niña. Mi padre tenía una casa en Martha's Vineyard. Crecí comiendo helados en el jardín. Es sobrecogedor. La primera vez que me dieron dinero fue para ir a comprar melocotones al señor Coselli. Yo tenía seis años.

—Ahora estoy con el niño —le explicó Scott—. Me necesita…, creo. No lo sé. Con los niños ya se sabe. Hace falta psicología. Quizá resulta que estorbo.

A través del teléfono Scott oyó a Layla dar un sorbo a lo que estuviese bebiendo.

—Bueno —dijo ella—. Tengo cola de compradores para todos los cuadros que pintes en los próximos diez años. De aquí a un rato hablaré con los de la Tate sobre la posibilidad de dedicarte una exposición individual este próximo invierno. Tu representante me ha enviado las diapositivas. Son impresionantes.

Estas palabras, antaño codiciadas, ahora le sonaban a chino.

—Tengo que dejarte —le dijo él.

—Espera —le pidió Layla con un ronroneo—. No desaparezcas. Te echo de menos.

—¿Qué pasa? —le preguntó Scott—. Por tu cabeza. Con respecto a nosotros.

–Vámonos a Grecia –le propuso ella–. Hay una casita sobre un acantilado de la que soy propietaria a través de seis empresas pantalla. Nadie sabe de su existencia. Es un absoluto secreto. Podríamos tumbarnos al sol y comer ostras. Bailar después del anochecer. Esperar allí a que las cosas se calmen. Sé que debería ser menos directa, pero nunca me he encontrado con nadie cuya atención resulte más difícil de conseguir. Incluso cuando estamos juntos, es como si estuviésemos en el mismo sitio pero en años diferentes.

Después de colgar, Scott vio que J. J. se había trasladado al escritorio de la sala de estar. Estaba usando el ordenador de Eleanor, entretenido con un juego educativo que consistía en desplazar letras.

–Eh, colega.

El niño no apartó la mirada de la pantalla. Scott cogió una silla y se sentó a su lado. Vio cómo el niño desplazaba una letra B hacia el recuadro en el que encajaba. Arriba, un insecto de dibujos animados reposaba sobre una hoja. El niño desplazó la U, después la G.

–¿Te importa si yo…? –le preguntó Scott–. ¿Puedo…?

Cogió el ratón y movió el cursor. No tenía ordenador propio, pero pensó que había pasado tiempo suficiente observando a la gente con ordenadores portátiles en los cafés para saber lo que tenía que hacer.

–¿Cómo hago para… –preguntó al poco rato, más dirigiéndose a sí mismo que al niño– buscar algo?

El niño le quitó el ratón. Concentrándose, mordisqueándose la lengua, abrió la pantalla del navegador, fue a Google y le devolvió el ratón a Scott.

–Estupendo –dijo Scott–. Gracias.

Tecleó «Dwo»…, se detuvo porque no sabía cómo se deletreaba. Borró la palabra y tecleó «Red Sox», «vídeo», «mejor bateador», y pulsó *enter*. La página se cargó. Scott clicó en el enlace de un vídeo. El niño le enseñó cómo ampliar la ventana. Scott se sentía como un cavernícola contemplando el sol.

–Puedes…, supongo que puedes verlo –le dijo al niño y pulsó el *play*. El vídeo empezó a mostrarse en la pantalla. Se veía pixelado y los colores saturados como si, en lugar de grabar el partido del modo habitual, el que había colgado el vídeo lo hubiera grabado de la pantalla de su televisor. Scott se lo imaginó: un hombre sentado en su sala de estar grabando un partido de béisbol que pasaban por la televisión, creando un juego dentro del juego, la imagen de una imagen.

—Dworkin sale al campo y se prepara para batear —anunció el periodista que retransmitía el partido. De fondo se oía el rugido de la multitud, filtrado a través de los altavoces del televisor y todavía más reducido por la cámara del que lo grababa. El bateador se colocó en posición. Era un tipo alto de Indiana con barba de menonita y sin bigote. Hizo unos cuantos movimientos de ensayo. En la sala de control decidieron pasar a una imagen del lanzador, Wakefield, jugueteando con la pelota. Detrás de él, unas torres de focos provocaban destellos en las esquinas de la pantalla. Un partido en una noche de verano, a treinta grados y con viento del sudoeste.

Por Gus, Scott sabía que Dworkin empezó a batear en el momento en que las ruedas del avión dejaban de tocar la pista. Pensó en eso ahora, en la velocidad del aparato, en la azafata sentada en su silla plegable y en que un jet privado despegaba mucho más rápido que un avión comercial. Vio cómo Dworkin golpeaba bajo y mandaba la pelota fuera del campo. Primera pelota.

La cámara se movió hacia la multitud, hombres vestidos con sudaderas, niños con gorras y guantes, saludando al objetivo. El lanzador se preparó para el segundo lanzamiento. Dworkin volvió a colocarse en posición, con el bate alzado por encima del hombro derecho. Se lanzó la pelota. Scott clicó con el ratón y detuvo la imagen. El lanzador quedó congelado, con una pierna levantada y el brazo izquierdo extendido. A dieciocho metros de él, Dworkin estaba a punto de batear. Por las noticias, Scott sabía que después venían otros veintidós lanzamientos. Veintidós lanzamientos en un lapso de dieciocho minutos, lanzamiento tras lanzamiento a las gradas o a la red del fondo. El ritmo lento del béisbol, un juego para domingos pausados y conversaciones en el campo mientras los jugadores esperan que les toque el turno. Lanzamiento y golpe del bateador.

Pero ahora el juego estaba detenido, congelado y la pelota flotaba en el aire. Veintidós lanzamientos, el partido se había disputado ya hacía tres semanas, pero para alguien que lo viese por primera vez era como si lo que sucedía en la pantalla estuviese ocurriendo por primera vez. Como si todo el planeta hubiese dado marcha atrás. ¿Quién sabía qué podía suceder a continuación? Dworkin podía fallar repetidamente y ser eliminado o lanzar la pelota por encima de la mítica pared verde en el lado izquierdo del campo de los Red Sox. Allí sentado con el niño, Scott no podía evitar preguntarse: ¿y si todo lo demás se reiniciase igual que el partido? Si el mundo entero volviese atrás hasta las diez p. m. de la noche del 23 de agosto de 2015 y se detuviese allí. Se imaginó las ciudades de todo el planeta congeladas, todos los semáforos en rojo al unísono. Imaginó humo inmovilizado sobre las chimeneas en las zonas suburbanas. Los guepardos inmovilizados en medio de un salto en la sabana. En la pantalla la pelota no era más que una mota blanca atrapada entre el punto de partida y el punto de destino.

Ojalá fuese cierto. Ojalá el mundo hubiese vuelto atrás, hasta el momento en que él volaba en aquel avión. Iban todos en aquel avión. Una familia de cuatro miembros, el financiero y su esposa. Una guapa azafata. Niños. Estaban todos vivos. Detenidos en el tiempo. La niña que escuchaba música. Los hombres conversando y mirando el partido. Maggie en su asiento sonriendo al contemplar el rostro de su hijo dormido.

Mientras no volviera a reiniciar el juego seguirían con vida. Mientras no volviese a clicar con el ratón. La pelota suspendida en el aire era el avión suspendido en el aire, ajeno a su destino. Clavó la mirada en la pelota y se sorprendió al notar que se le humedecían los ojos y que los píxeles de la pantalla se desdibujaban, el hombre en la base del bateador se convertía en un borrón, la pelota en un fortuito copo de nieve fuera de estación.

En el río, Scott mete la mano en el agua, deja que la corriente le golpee la muñeca. Recuerda haber mirado por la ventana esa mañana y haber visto a Doug cargando de paquetes su camioneta. Gritaba algo que Scott no pudo descifrar y después cerró la puerta con gran estruendo y enfiló el camino de acceso a la casa haciendo saltar la gravilla con las ruedas.

«¿Qué ha sucedido? ¿Se ha marchado definitivamente?»

A lo lejos empieza a oírse un ruido. Empieza como un zumbido de motor –tal vez una lejana motosierra, o camiones atravesando la interestatal (solo que por aquí cerca no pasa ninguna interestatal)– y Scott no le presta atención mientras contempla al niño escarbando en el barro de la orilla y sacando pedazos de pizarra y cuarzo. Empieza en un punto alejado y va recorriendo la orilla en dirección a Scott, rebuscando entre el barro primero con la mirada y después utilizando los dedos.

El ruido de la motosierra se hace más estruendoso y se convierte en un retumbo sordo. Algo se está acercando. Scott se incorpora, nota la presencia de viento, los árboles se inclinan en dirección oeste, las hojas centellean, se escucha algo parecido al sonido de aplausos. Apartado de él, el niño detiene su búsqueda y mira hacia arriba. En ese momento los envuelve un rugido jurásico y aparece un helicóptero en vuelo rasante sobre los árboles que tienen a su espalda. Scott agacha la cabeza con gesto pensativo. El niño empieza a correr.

El helicóptero desciende con brusquedad entre los resplandecientes rayos del sol, como un pájaro de presa, y ralentiza su movimiento cuando llega a un punto alejado de la orilla y empieza a dar vueltas buscando un lugar idóneo para aterrizar. Es negro y brillante, como un escarabajo. J. J. corre como un desesperado hacia Scott, con una mueca de pánico en el rostro. Scott lo coge en brazos con un gesto instintivo y corre hacia el bosque. Lo hace con sus zapatos urbanos, atravesando una zona de matorrales y serpenteando después entre álamos y olmos, con la hiedra rozándole las manos. Una vez más se ha transformado en una musculatura centrada en la supervivencia, en una maquinaria dedicada al rescate. El niño va agarrado a él, con los brazos alrededor del cuello y las piernas alrededor de la cintura. Mira hacia atrás, con ojos como platos y la barbilla apoyada en el hombro de Scott. Le clava las rodillas en las costillas.

Cuando regresan a la casa, Scott se encuentra con que el helicóptero acaba de aterrizar en el jardín. Eleanor está en el porche y con una mano intenta impedir que los mechones de cabello sacudidos por el viento le tapen la cara.

El piloto apaga el motor y los rotores aminoran la velocidad. Scott le pasa el niño a Eleanor.

—¿Qué está pasando aquí? —pregunta ella.

—Será mejor que te lo lleves dentro —le dice Scott, y se vuelve hacia Gus Franklin y el agente O'Brien, que están bajando del helicóptero. Avanzan hacia él, O'Brien con la cabeza gacha y protegiéndose además con una mano, Gus caminando perfectamente erguido, muy tranquilo porque sabe que su altura no llega a las aspas.

El rotor del aparato se ralentiza y se detiene. Gus le tiende la mano a Scott.

—Disculpe el montaje —le dice—, pero dado que hay filtraciones, he pensado que debíamos hablar con usted antes de que le lleguen las noticias.

Scott le estrecha la mano.

—Al agente O'Brien ya lo conoce —le dice Gus.

O'Brien escupe en la hierba.

—Sí —dice—. Ya me conoce.

—¿No se le había apartado del caso? —pregunta Scott.

Gus mira de soslayo el sol.

—Digamos que hay ciertas novedades que han obligado a poner al FBI al frente de la investigación.

Scott parece desconcertado. O'Brien le da una palmada en el brazo.

—Vamos dentro.

Se sientan en la cocina. Eleanor pone en la tele un episodio de *Cat in the Hat* para entretener al niño («demasiada tele —piensa—, le estoy poniendo demasiada tele») y después se sienta al borde de su silla, dispuesta a levantarse cada vez que el pequeño pide atención.

—Muy bien —dice O'Brien—. Ahora soy yo el que está al mando.

Scott mira a Gus. Él no puede hacer nada. Los buzos han recuperado la puerta de la cabina de mando esa mañana, cortando los goznes con láser y reflotándola hasta la superficie. Las pruebas han demostrado que, en efecto, los agujeros eran de bala. Y eso ha supuesto un rápido cambio en el liderazgo de la investigación. Se han hecho llamadas desde despachos gubernamentales y se le ha dejado muy claro a Gus que debía otorgarle al FBI toda la libertad de acción que requiriese. Oh, y por cierto, iba a readmitir a O'Brien. Por lo visto los mandamases estaban convencidos de que no era O'Brien quien había filtrado informaciones. Además, resultó que lo estaban preparando para cosas importantes –le explicó a Gus su enlace–, de modo que lo habían vuelto a poner al frente del caso.

Diez minutos después, O'Brien ha aparecido en el hangar con un equipo de doce personas y ha pedido un «informe de la situación». A Gus le ha parecido que no valía la pena pelearse; era pragmático por naturaleza, por mucho que ese tipo le desagradase personalmente. Le ha explicado a O'Brien que habían recuperado todos los cadáveres que faltaban por localizar, excepto el de Gil Baruch, el guardaespaldas de los Bateman. Parecía que o bien había salido despedido en el momento del impacto o bien había sido arrastrado por el agua fuera del fuselaje días después de la catástrofe. Con suerte, el cadáver aparecería flotando en alguna parte, como había sucedido con los de Emma y Sarah. O tal vez simplemente había desaparecido para siempre.

Para Gus los grandes interrogantes eran los siguientes:

1. ¿Quién hizo los disparos? El sospechoso obvio era el guardaespaldas, Gil Baruch, el único pasajero que se sabía que iba armado, pero como ninguno de los pasajeros ni de los miembros de la tripulación había pasado por un control de seguridad antes de subir al avión, todos eran potenciales autores de los disparos.

2. ¿Por qué se habían efectuado los disparos? ¿Quien los hizo intentaba entrar en la cabina de mando para secuestrar el avión? ¿O simplemente para estrellarlo? ¿O el tirador intentaba entrar en la cabina de mando para evitar que el avión se estrellase? ¿Era un villano o un héroe? Esa era la pregunta.

3. ¿Por qué el capitán estaba en la cabina del pasaje y no en la cabina de mando? Si se trataba de un posible escenario de secuestro,

¿estaba retenido como rehén? ¿Había salido de la cabina de mando para tratar de calmar la situación? Pero de ser así...

4. ¿Por qué el copiloto no lanzó una petición de auxilio?

Hablando del copiloto, los buzos habían encontrado a Charles Busch en su asiento, con el cinturón de seguridad abrochado y las manos asiendo los mandos. Una de las balas se había incrustado en el suelo detrás de él, pero no había evidencia alguna de que alguien hubiera logrado entrar en la cabina de mando antes de que el avión impactase contra el agua. Gus le había dicho al agente que los resultados de la autopsia de Busch llegarían esa tarde. Nadie sabía con qué se podían encontrar. El mejor de los escenarios posibles, en opinión de Gus, era que el joven hubiese sufrido una apoplejía o un ataque al corazón. El peor, bueno, el peor escenario era que se tratase de un premeditado asesinato múltiple.

Todos los restos se habían etiquetado y colocado en bolsas y estaban expuestos en el hangar, pendientes de acabar de catalogarse. La buena noticia era que la caja negra y el registro de coordenadas de vuelo se habían podido recuperar. La mala noticia era que, por lo visto, ambos habían quedado muy dañados por el impacto. Los técnicos estaban trabajando sin descanso para recuperar toda la información posible. Al final del día –le había dicho Gus a O'Brien–, a menos que hubiese un cambio inesperado de las condiciones meteorológicas, habrían sacado del mar el fuselaje y estaría de camino al hangar.

O'Brien había escuchado atentamente las explicaciones de Gus y de inmediato había pedido el helicóptero.

Ahora, en la cocina, el agente O'Brien convierte en un espectáculo el acto de extraer del bolsillo un pequeño cuaderno. Saca un bolígrafo, lo destapa y lo deja junto al cuaderno. Gus nota la mirada interrogativa de Scott clavada en él, pero sigue mirando a O'Brien, como para indicarle a Scott: «Es a él a quien tiene que mirar ahora».

Han acordado no discutir el caso por teléfono, ni poner nada por escrito hasta que averigüen cómo se filtró el memorando de O'Brien. De ahora en adelante, todas las conversaciones se llevarán a cabo en persona. Es la paradoja de la tecnología moderna. Los instrumentos pueden acabar utilizándose en nuestra contra.

—Como saben —dice O'Brien—, hemos localizado los restos del avión. Y señora Dunleavy, me temo que debo informarla de que sí, hemos recuperado oficialmente los cadáveres de su hermana, su cuñado y su sobrina.

Eleanor asiente. Tiene la sensación de ser un hueso que se ha dejado secando al sol. Piensa en el niño, que está en la sala de estar viendo la tele. Su niño. Y en qué le dirá, o debería decirle. Y piensa en las últimas palabras de Doug esta mañana.

«Esto no se acaba aquí.»

—Señor Burroughs —dice O'Brien, volviéndose hacia Scott—. Tiene que contarme todo lo que recuerde de ese vuelo.

—¿Por qué?

—Porque se lo digo yo.

—Scott —le dice Gus.

—No —le corta O'Brien—. Ya le hemos tendido la mano suficientemente a este tío.

Se vuelve hacia Scott.

—¿Por qué estaba el piloto fuera de la cabina de mando durante el vuelo?

Scott niega con la cabeza.

—Eso no lo recuerdo.

—Nos dijo que oyó unos estallidos antes de que el avión se estrellase. Le preguntamos si creía que eran ruidos de algún problema mecánico. Y usted nos dijo que creía que sí. ¿De dónde cree que provenían?

Scott lo mira, pensativo.

—No lo sé. El avión cayó en picado. Me golpeé en la cabeza. Es…, la verdad es que no recuerdo nada.

O'Brien lo observa con atención.

—Hay seis agujeros de bala en la puerta de la cabina de mando.

—¿Qué? —dice Eleanor con el rostro pálido.

Esas palabras hacen que Scott se apoye en el respaldo de su silla. ¿Agujeros de bala? ¿Qué están diciendo?

—¿Vio usted alguna pistola en algún momento? —le pregunta O'Brien a Scott.

—No.

—¿Recuerda al guardaespaldas de los Bateman? ¿Gil Baruch?

—El grandullón junto a la puerta. Él no… No recuerdo…

A Scott no le fluyen las palabras, su mente va a toda velocidad.

—¿No le vio sacar una pistola? —le pregunta O'Brien.

Scott se devana los sesos. Alguien disparó a la puerta de la cabina de mando. Intenta encontrarle el sentido. El avión descendió en picado. Todo el mundo gritó y alguien disparó a la puerta de la cabina de mando. El avión estaba cayendo. El capitán estaba fuera de la cabina de mando. Alguien disparó a la puerta intentando entrar.

¿O primero sacaron la pistola y el piloto —no, el copiloto— descendió para… qué? ¿Para desestabilizar a quien llevaba el arma? En cualquier caso, dicen que no se trató ni de un fallo mecánico ni de un error humano. Fue algo peor.

De pronto, Scott siente náuseas, como si solo ahora se diese por fin cuenta de lo cerca que estuvo de morir. Y después un aturdimiento, cuando el siguiente pensamiento le golpea. Si no fue un accidente, entonces eso significa que alguien intentó matarlo. Que él y el niño no han sido víctimas de una fatalidad del destino, sino de un ataque.

—Subí al avión —dice— y me senté. Ella me trajo una copa de vino. Emma. Yo no… Le dije: no, gracias, y le pedí un poco de agua. Sarah, la esposa del financiero, me estaba hablando al oído de llevar a su hija a la Bienal del Whitney. En el televisor retransmitían el partido. De béisbol. Y los hombres, David y el financiero, lo estaban mirando y animando a su equipo. Yo llevaba mi bolsa de viaje en el regazo. Ella, la azafata, quería guardármela, pero yo preferí llevarla conmigo, y mientras rodábamos por la pista para despegar empecé…, empecé a revisar lo que llevaba en ella. No sé por qué. Por hacer algo. Por los nervios.

—¿Por qué estaba nervioso? —preguntó O'Brien.

Scott piensa en ello.

—Para mí era un viaje importante. Y el avión…, como había tenido que correr para no perderlo… estaba un poco alterado.

A usted le parecerá irrelevante, pero para mí era importante. Tenía citas con galeristas, visitas a galerías previstas. Llevaba todas las diapositivas en la bolsa y, después de la carrera que me había pegado, quería comprobar que seguían allí. Por ningún motivo en particular.

Se mira las manos.

—Yo iba sentado en un asiento junto a la ventanilla y miraba el ala. Había mucha niebla, pero de repente se despejó. O nos elevamos por encima, supongo que eso fue lo que sucedió. Y ya había oscurecido. Miré a Maggie y ella me sonrió. Rachel iba en el asiento detrás del de ella, escuchando música, y el niño dormía tapado con una manta. Y no sé por qué, pero pensé que a Maggie quizá le gustaría que le hiciese un dibujo, así que saqué el bloc y empecé a abocetar a la niña. De nueve años, con los cascos puestos, mirando por la ventanilla.

Recuerda el aspecto del rostro de Rachel, una niña abstraída en sus pensamientos, pero había algo en su mirada —una tristeza— que apuntaba hacia la mujer en que un día se convertiría, y recordó aquel día en que fue con su madre a ver los cuadros al granero que usaba como taller, una niña en pleno crecimiento, todo piernas y larga melena.

—Atravesamos un par de turbulencias durante el ascenso —recuerda—. Lo suficiente para que se moviesen los vasos, pero por lo demás no hubo ninguna incidencia y nadie parecía preocupado. Durante el despegue el guardaespaldas iba sentado delante, al lado de la azafata, en uno de esos asientos plegables, pero se levantó en cuanto se apagó la señal luminosa de los cinturones de seguridad.

—¿Y qué hacía?

—Nada, estaba de pie.

—¿No pasaba nada?

—No pasaba nada.

—Y usted iba dibujando.

—Sí.

—¿Y entonces?

Scott niega con la cabeza. Recuerda haber recogido su lápiz del suelo, pero no lo que sucedió antes. El engaño de un avión es que el suelo siempre está nivelado, el ángulo en el que vuela consigue engañar a la mente y le hace creer que estás sentado o de pie en un ángulo de noventa grados con respecto al mundo, incluso aunque el avión esté ladeado. Pero entonces miras por la ventanilla y descubres lo lejos que está el suelo.

El avión se ladeó. El lápiz se cayó. Se desabrochó el cinturón para recogerlo y el lápiz rodó por el suelo como una pelota colina abajo. Y de repente él se deslizaba y se golpeó la cabeza con algo.

Scott mira a Gus.

—No lo sé.

Gus mira a O'Brien.

—Tengo una pregunta —dice Gus—. No sobre la catástrofe. Sobre su trabajo.

—De acuerdo.

—¿Quién es la mujer?

Scott lo mira.

—¿La mujer?

—Me he dado cuenta de que en todos los cuadros aparece siempre una mujer, y por lo que he podido ver, es siempre la misma. ¿Quién es?

Scott lanza un bufido. Mira a Eleanor. Ella lo está mirando. ¿Qué debe pensar? Hasta hace unos días su vida iba en línea recta. Ahora todo son cargas.

—Yo tenía una hermana —explica Scott—. Se ahogó cuando yo tenía…, ella tenía dieciséis años. Estaba nadando una noche en el lago Michigan con unos… chicos. Unos… idiotas.

—Lo siento.

—Vale.

Scott piensa que ojalá pudiese añadir algo profundo, pero no se le ocurre nada.

Más tarde, cuando el niño ya se ha dormido, Scott telefonea a Gus desde la cocina.

—¿Ha ido bien lo de hoy? —le pregunta.

—Nos ha ayudado. Gracias.

—¿Ayudado cómo? —quiere saber Scott.

—En los detalles. Quién se sentaba dónde. Lo que hacía cada uno.

Scott se sienta a la mesa. Ha habido un momento, después de que partiese el helicóptero, cuando Eleanor y Scott se han quedado solos, en que daba la sensación de que se habían dado cuenta de que eran dos desconocidos, de que la ilusión de las últimas veinticuatro horas —la idea de que la casa era una burbuja en la que podían ocultarse— se ha disuelto. Ella es una mujer casada y él es… ¿qué? El hombre que rescató a su sobrino. ¿Qué saben en realidad el uno del otro? ¿Cuánto tiempo se va a quedar él aquí? ¿Realmente ella quiere que se quede? ¿Y él quiere quedarse?

Se genera una incomodidad entre ellos y cuando Eleanor se ha puesto a cocinar, él le ha dicho que no tenía hambre. Necesita dar un paseo para aclarar las ideas.

Ha permanecido fuera hasta después de que cayese la noche, ha paseado de nuevo hasta el río y se ha quedado contemplando el agua que pasaba del azul al negro a medida que el sol descendía y aparecía la luna.

Ha llegado más lejos de lo que jamás pensaba que llegaría siendo el tipo de persona que es.

—Bueno —le dice Gus por teléfono—, nadie sabe esto todavía, pero el registro de datos de vuelo está dañado. No destruido, pero va a llevar mucho trabajo recuperar la información. Tengo a un equipo de seis personas trabajando en ello, y los gobernadores de dos estados me llaman cada cinco minutos pidiéndome que les actualice la información.

—No puedo ayudarle con esto. Apenas soy capaz de abrir un tubo de pintura.

—No. Yo solo… Se lo cuento porque merece saberlo. Los demás se pueden ir todos a la mierda.

—Se lo diré a Eleanor.

—¿Cómo está el niño?

—Él no… habla, esto es así, pero parece gustarle que yo esté aquí. De modo que tal vez resulte terapéutico. Eleanor es verdaderamente… fuerte.

—¿Y el marido? Hoy no lo he visto.

—Se ha largado esta mañana con equipaje.

Una larga pausa.

—No tengo que decirle lo que va a parecer eso —dice Gus.

Scott asiente.

—¿Desde cuándo es más importante lo que parece una cosa que lo que es?

—Diría que desde 2012 —responde Gus—. Especialmente después… de que usted se escondiese en la ciudad. Eso se ha convertido en noticia. La heredera que… Le dije que se buscase un sitio en el que esconderse, no que se liase en una historia que es carnaza para los tabloides.

Scott se frota los ojos.

—No ha sucedido nada. Bueno, vale, ella se desnudó y se metió en la cama conmigo, pero yo no…

—No estamos hablando de lo que pasó o no pasó —matiza Gus—. Estamos hablando de lo que parece.

Por la mañana Scott oye a Eleanor abajo en la cocina. La encuentra en los fogones, preparando el desayuno. El niño está en el suelo, jugando en la puerta. Sin decir palabra, Scott se sienta a su lado y coge un camión hormigonera. Juegan un rato haciendo rodar las ruedas de plástico por el suelo de madera. Después el niño le ofrece a Scott un osito de gominola de la bolsa y él lo coge.

En el exterior, el mundo sigue girando. Allí dentro se enfrentan a un nuevo día, pretendiendo que todo es normal.

EMMA LIGHTNER
11 de julio de 1990 – 23 de agosto de 2015

Se trataba de poner unos límites y ceñirse a ellos. Sonreías a los clientes, les servías bebidas. Reías sus chistes y les dabas conversación superficial. Flirteabas. Para ellos eras una fantasía, como el avión privado. La chica guapa con la sonrisa despampanante que hace sentir a los hombres como reyes, sentados en un jet de lujo mientras hablan por tres móviles a la vez. Bajo ninguna circunstancia les das tu número de teléfono. Y desde luego no besas a un millonario de internet en la cocinilla o mantienes una relación sexual con un jugador de baloncesto en un dormitorio privado. Y nunca te vas con un millonario a un segundo destino, aunque este segundo destino sea un castillo en Mónaco. Eres una azafata, una profesional, no una prostituta. Debes tener reglas, límites, porque en el mundo de los ricos es muy fácil perder pie.

Con veinticinco años Emma Lightner había viajado a los siete continentes. Trabajando para GullWing había conocido a estrellas de cine y a jeques. Había viajado con Mick Jagger y Kobe Bryant. Una noche en un vuelo de costa a costa –del LAX al JFK– Kanye West la persiguió por la pista e intentó regalarle un brazalete de diamantes. Ella, evidentemente, no lo aceptó. Hacía tiempo que Emma había dejado de sentirse halagada por las atenciones. Hombres con la edad suficiente para ser sus abuelos le sugerían de manera rutinaria que podía tener lo que quisiese si aceptaba ir a cenar con ellos en Niza o Gstaad o Roma. A veces pensaba que el comportamiento de esos hombres se debía a la altitud, a la posibilidad de morir si el avión se caía. Pero de lo que en realidad se trataba era de la arrogancia del dinero y de la necesidad de los ricos de poseer todo lo que veían. La verdad era que para sus clientes Emma era lo mismo que un Bentley o un apartamento o un paquete de chicles.

Para las pasajeras, esposas de clientes o directamente clientas, Emma era al mismo tiempo una amenaza y una fábula con moraleja. Representaba el viejo paradigma según el cual hermosas mujeres con sujetadores de forma cónica satisfacían las necesidades de hombres poderosos en clubes llenos de humo. Una geisha, una conejita de Playboy. Ella era una robamaridos o, peor, un reflejo en el espejo, una reconstrucción del camino recorrido por esas mujeres hasta convertirse en esposas de millonarios. Un recordatorio. Emma sentía los ojos de esas mujeres sobre ella mientras se movía por la cabina. Tenía que soportar los afilados comentarios de mujeres con gafas de sol descomunales que le rechazaban las bebidas y le decían que la próxima vez fuese más cuidadosa al prepararlas. Sabía doblar una servilleta en forma de cisne y preparar un gimlet perfecto. Sabía qué vinos maridaban con un estofado de rabo de buey o con un plato de venado, era capaz de realizar las maniobras de resucitación y había recibido preparación para practicar una traqueotomía de emergencia. Tenía una buena formación, no era solo una cara bonita, pero eso les daba completamente igual a esas mujeres.

En los aviones más grandes podía viajar un equipo de tres o hasta cinco azafatas. En los más pequeños iba solo Emma, con su traje azul de falda corta, sirviendo bebidas y haciendo la demostración de las especificaciones de seguridad del Cessna Citation Bravo o el Hawker 900XP.

Las salidas de emergencia están aquí. Los cinturones de seguridad se abrochan de este modo. Las máscaras de oxígeno. Sus asientos pueden utilizarse como improvisado bote salvavidas.

Llevaba una vida en los lapsos, en las horas y días entre un vuelo y otro. La compañía aérea disponía de apartamentos en la mayoría de las ciudades importantes. Les resultaba más barato que pagar habitaciones de hotel para toda la tripulación. Impersonales y modernos, con suelos de parquet y muebles suecos, todos los apartamentos estaban diseñados para parecerse –el mismo mobiliario, los mismos acabados–, según explicaba el manual de la compañía «para reducir los efectos del jet lag». Pero a Emma esta uniformidad de los espacios le provocaba el efecto contrario e incrementaba la sensación de desplazamiento. No era raro despertarse en mitad de la noche y no saber en qué ciudad o en qué país estaba. La media de ocupantes de estos pisos de la compañía solía rondar las diez personas. Eso significaba que en cualquier ocasión podía haber un piloto alemán y seis sudafricanas distribuidas de dos en dos por las habitaciones. Esos apartamentos eran parecidos a los de las agencias de modelos, llenos de chicas guapas, solo que en este caso una de las habitaciones estaría ocupada por un par de pilotos de cuarenta y seis años tirándose pedos mientras dormían.

Emma tenía veintiún años cuando empezó en este trabajo y era hija de un piloto de la Fuerza Aérea y de un ama de casa. Había estudiado económicas en la universidad, pero después de seis meses trabajando en un gran banco de inversiones en Nueva York decidió que lo que le apetecía de verdad era viajar. La economía del lujo estaba en pleno auge y las compañías de jets privados, de yates y de resorts exclusivos estaban desesperadas por encontrar jóvenes atractivas, competentes, bilingües y discretas que pudiesen incorporarse de inmediato.

Lo cierto era que a ella le encantaban los aviones. Uno de sus primeros (y mejores) recuerdos era haber viajado en la cabina de mando de un Cessna con su padre. Entonces Emma no podía tener más de cinco o seis años. Recuerda las nubes a través de las estrechas ventanillas ovales, imponentes formas blancas que su mente convertía en perritos y ositos. Hasta tal punto que cuando volvieron a casa Emma le dijo a su madre que papá le había llevado a ver un zoo en el cielo.

Emma recuerda a su padre ese día, visto desde abajo, con su mandíbula cuadrada e inmortal, con su cabello rapado y sus gafas de aviador. Michael Aaron Lightner, de veintiséis años, piloto de caza, con brazos musculados como cuerdas anudadas. No habría nunca en su vida un hombre como su padre, con su dentadura impecable y su mirada de acero, y con un humor cáustico propio del Medio Oeste. Un hombre de pocas palabras, capaz de cortar una pila de leña para el fuego en diez minutos y que nunca se ponía el cinturón de seguridad. En una ocasión le había visto noquear a un hombre de un solo puñetazo, un golpe como un relámpago, que ya se había terminado antes de empezar, un KO fulminante, tras el que su padre se alejó tranquilamente mientras el otro hombre yacía desplomado en el suelo.

Ese incidente sucedió en una gasolinera a las afueras de San Diego. Más tarde, Emma supo que aquel hombre le había hecho un comentario lascivo a su madre cuando ella se dirigía al lavabo. Su padre, que estaba poniendo gasolina, vio la escena y se acercó al hombre. Apenas cruzaron unas palabras. Emma no recuerda a su padre alzando la voz. No hubo una discusión acalorada, ni se retaron en plan machos marcando territorio, ni hubo empujones amenazantes. Su padre dijo algo. El otro respondió. Y entonces vino el puñetazo, un contundente gancho directo a la mandíbula que arrancó a la altura de la cadera, y después su padre se dio la vuelta y regresó al coche, mientras el otro se tambaleaba hacia atrás y se desplomaba como un árbol serrado. Su padre retiró la manguera, la volvió a colocar en el surtidor y puso el tapón al depósito.

Emma, con la cara pegada al cristal, vio cómo su madre salía del lavabo, descubría al desconocido inconsciente en el suelo y ralentizaba el paso, desconcertada. Su padre la llamó y sostuvo la puerta abierta para su esposa antes de acomodarse en el asiento del conductor.

Emma se arrodilló en el asiento trasero y miró por la ventana trasera, por si veía aparecer a la policía. Su padre ahora era algo más que un simple padre. Era su caballero andante, su protector, y cuando el avión recorría la pista de despegue, Emma cerraba los ojos y rememoraba ese momento, las palabras que intercambiaron, el hombre desplomándose. Ella se elevaría hasta la troposfera, en la oscuridad del espacio, deslizándose liviana hacia ese recuerdo perfecto.

Entonces el capitán desactivó la señal que indicaba que había que llevar abrochados los cinturones de seguridad y Emma volvió a la realidad. Era una mujer de veinticinco años con un trabajo que llevar a cabo. De modo que se puso en pie y se alisó los pliegues de la falda, ya con esa sonrisa conspirativa pero profesional en la cara, lista para interpretar su papel en el juego de seducción de los poderosos que ya estaba en marcha. No era muy complicado. Había una lista de tareas que repasabas mientras te preparabas para el despegue y otra para cuando empezaba el descenso. Se guardaban las chaquetas, se servían los cócteles. A veces, si el vuelo era corto y la comida constaba de más de cuatro platos, el avión esperaba en la pista de aterrizaje durante una hora mientras se servía el postre y el café. Cuando se trataba de vuelos privados de lujo, el propio viaje era lo que había que disfrutar. Y después, cuando tus clientes ya habían desembarcado, se lavaban y se guardaban los platos. Pero el trabajo verdaderamente sucio se dejaba para los equipos locales. Emma y el resto de la tripulación bajaban por la escalerilla y se deslizaban en el resplandeciente vehículo que los esperaba.

Emma Lightner vivía su vida en los huecos entre vuelo y vuelo, pero eran esos huecos lo que le resultaba más deprimente. No era el lujo que envolvía su trabajo lo que le dificultaba volver a la vida normal, no era solo el coche con chófer que te llevaba al trabajo y desde el trabajo, o la precisión y opulencia de reloj suizo del avión. No se trataba solo de que te pasases los días y las noches rodeada de millonarios y multimillonarios, hombres y mujeres que aunque te dejaban bien claro que estabas a su servicio, también (si eras guapa como Emma) te hacían sentir que formabas parte de su club, porque en la economía actual la belleza es un gran ecualizador, un pase para entrar en la zona de camerinos.

A Emma lo que le hacía tan duro volver al pequeño apartamento en el West Village, que compartía con otras dos chicas, era el darse cuenta de que durante todas esas semanas de viajes había sido el polizón en la vida de otros, una actriz sobre un escenario interpretando un papel. Era la señorita de compañía de lujo, la casta concubina, inmersa en la servidumbre durante semanas, hasta que las reglas y limitaciones que ella se imponía en su vida profesional acababan convirtiéndose también en la espina dorsal de su vida privada. Era consciente de que cada vez estaba más sola, que era un objeto que se miraba pero no se tocaba.

El viernes 21 de agosto voló de Frankfurt a Londres en un Learjet 60XR. Iban en cabina ella y Chelsea Norquist, una finlandesa rubia y con los dientes muy separados. Los clientes eran ejecutivos de una petrolera alemana vestidos de punta en blanco y extremadamente educados. Aterrizaron a las seis p. m. GMT en el aeropuerto de Farnborough, evitándose toda la pesadez y la burocracia de Heathrow o Gatwick. Los ejecutivos, sobrecargados de móviles pegados a las orejas, bajaron por la escalerilla y se metieron en una limusina que los esperaba en la pista. Aparcado detrás de la limusina había un minubús negro que aguardaba para trasladar a la tripulación a la ciudad. Aquí en Londres el apartamento de la compañía estaba en South Kensington, a cuatro pasos de Hyde Park. Emma ya se había alojado allí al menos una docena de veces. Sabía qué cama quería y a qué bares y restaurantes cercanos se podía escapar, lugares en los que podía pedir una copa de vino o un café, abrir un libro y recargar las pilas.

El piloto del vuelo procedente de Frankfurt, Stanford Smith, era un ex teniente de las Fuerzas Aéreas británicas de cincuenta y pocos años. El copiloto, Peter Gaston, era un belga de treinta y seis años y fumador compulsivo que tiraba los tejos a todas las chicas con tanta tenacidad y buen humor que irónicamente le hacía parecer inepto para estos menesteres. Entre las tripulaciones de GullWing era conocido como el tío al que acudir si uno quería conseguirse un poco de éxtasis o coca, el hombre al que había que llamar urgentemente si en el último minuto necesitabas orina limpia para pasar un control de drogas de la compañía.

La A4 iba saturada de tráfico. Sentada al lado de Emma, en la fila central de asientos, Chelsea manipulaba su iPhone, organizando y actualizando su agenda social para esa noche. Tenía veintisiete años y era una asidua de las fiestas con debilidad por los músicos.

—No, para ya —dijo Chelsea entre risitas.

—Te lo aseguro —sentenció Stanford desde los asientos posteriores—, los pantalones se enrollan. No se doblan.

—*Merde* —dijo Peter—. Necesitas una superficie plana para apilar la ropa en la maleta.

Como todo el mundo que se gana la vida viajando, Stanford y Peter se consideraban expertos en el arte de hacer la maleta. El asunto era objeto de debate entre las tripulaciones de todo el mundo. A veces las diferencias eran culturales: los alemanes consideraban que los zapatos había que guardarlos en fundas, los holandeses sentían un extraño apego a las fundas para trajes. Los veteranos ponían a prueba a los novatos de forma inesperada, normalmente después de unas cuantas copas, interrogándoles sobre la estrategia correcta para hacer la maleta en varios tipos de viajes: un desplazamiento de una noche en pleno invierno de Bermudas a Moscú. Una escala de dos días en Hong Kong en agosto. ¿Qué tamaño y marca de maleta? ¿Un solo abrigo grueso o varias capas de ropa? El orden en que se colocaban las piezas de ropa en la maleta era fundamental. A Emma este juego le interesaba más bien poco. Le parecía que lo que metía en su maleta era un asunto privado. Para cortar el tema, optaba por sonreír con coqueto recato y explicar que dormía desnuda y nunca llevaba bragas, lo cual era mentira. La chica dormía con pijamas de franela, que mantenía enrollados aparte y guardaba al vacío en bolsas de plástico reutilizables cuando viajaba, pero el ardid normalmente funcionaba para cambiar de tema y saltar de cómo hacer la maleta al asunto de la desnudez, y llegados a ese punto Emma se disculpaba y se largaba, dejando que los demás llevasen la conversación hacia su conclusión natural: que consistía en hablar de sexo.

Pero esa noche Emma estaba cansada. Acababa de terminar una larga jornada con vuelos encadenados: de Los Ángeles a Berlín con un director de renombre y una actriz famosa que acudían al estreno de una película, y después de este vuelo la tripulación llenó los depósitos inmediatamente y voló hasta Frankfurt para recoger a los ejecutivos de la compañía petrolífera. Había dormido unas horas durante el primer trayecto, pero ahora, con el cambio horario y sabiendo que necesitaba seguir despierta al menos cuatro horas más, Emma tuvo que reprimir un bostezo.

—Oh, no —dijo Chelsea al verle hacer eso—. Esta noche tenemos plan. Farhad ya lo ha organizado.

Farhad era el novio londinense de Chelsea, un diseñador de moda que llevaba zapatillas deportivas sin cordones combinadas con trajes ceñidos. A Emma le caía bastante bien, dejando de lado la última vez que ella estuvo en Londres y él intentó liarla con un artista de Manchester muy golfo que no dejaba las manos quietas.

Emma asintió y bebió un trago de su botella de agua. Al día siguiente a esa hora estaría volando hacia Nueva York, después tenía un vuelo corto a Martha's Vineyard y vuelta a casa en Jane Street para una semana de vacaciones. Una vez allí sus planes eran dormir cuarenta y ocho horas y después sentarse y plantearse qué coño estaba haciendo con su vida. Su madre tenía planeado pasar tres noches en la ciudad y Emma tenía muchas ganas de verla. Llevaban demasiado tiempo sin verse y Emma sentía que necesitaba un abrazo materno gigante y un buen plato de macarrones con queso. Había planeado pasar su último cumpleaños en San Diego, pero le había surgido un vuelo pagado al doble de lo que era la tarifa habitual y decidió aceptarlo, así que celebró sus veinticinco años congelándose el culo en San Petersburgo.

Decidió que a partir de ahora pondría por delante sus propias necesidades, la familia, el amor. No podía permitirse acabar convertida en una de esas solteronas atadas al trabajo con demasiado maquillaje y las tetas operadas. Ya tenía una edad. Se le estaba acabando el tiempo.

El coche se detuvo delante del edificio en el que la compañía tenía el apartamento pasadas las siete, y a esa hora el cielo de Londres era de un intenso azul oscuro. Para el día siguiente se preveían lluvias, pero en aquel momento el tiempo era veraniego.

—Parece que esta noche solo compartiremos el apartamento con una tripulación más —dijo Stanford, guardándose en el bolsillo el papel con su itinerario mientras se apeaban del coche–. Uno que tiene la base en Chicago.

Emma sitió una punzada –¿preocupación?, ¿miedo?–, pero se desvaneció casi de inmediato cuando Chelsea le apretó el brazo con la mano y le dijo:

–Un baño rápido, un vodka y salimos.

En el piso se encontraron con Carver Ellis, el copiloto del vuelo de Chicago, y a dos azafatas bailando al ritmo de canciones pop francesas de los sesenta. Carver era un musculoso hombre negro de treinta y tantos años. Llevaba unos chinos y una camiseta de tirantes blanca, y sonrió a Emma cuando la vio entrar. Ella había volado con él en un par de ocasiones y le caía simpático. Era un tipo desenfadado que siempre la había tratado de un modo muy profesional. Al verlo, Chelsea dejó escapar un ronroneo. Sentía una especial atracción por los negros. A las dos azafatas Emma no las conocía. Una rubia norteamericana y una española. La española iba envuelta en una toalla.

–Ahora sí que ya tenemos la fiesta completa –dijo Carver al ver entrar a la tripulación de Frankfurt.

Hubo abrazos y apretones de manos. En la encimera de la cocina había una botella de vodka Chopin y un tetrabrik de zumo de naranja. Desde las ventanas del salón se veían las copas de los árboles de Hyde Park. La canción que sonaba en el estéreo repetía machaconamente un ritmo de batería y bajo, sensual y pegadizo.

Carver tomó la mano de Emma y ella dejó que la hiciese girar al ritmo de la música. Chelsea se sacó los zapatos de tacón de una patada y movió provocativamente las caderas, con las manos alzadas hacia el techo. Bailaron un rato, dejándose llevar por la energía de la música y por la palpitación de su libido. El ritmo de la canción te calaba hasta las entrañas. Era maravilloso ser joven y estar vivo en una ciudad europea.

Emma se dio una ducha y permaneció bajo el agua ardiendo con los ojos cerrados. Como siempre le pasaba, seguía teniendo la sensación de que su cuerpo seguía en movimiento, seguía desplazándose por el espacio a más de seiscientos kilómetros por hora.

Sin darse cuenta, se puso a tararear en el cubículo acristalado y llevo de vapor de la ducha.

Gentes de la Tierra, ¿podéis oírme?
Desde el cielo llega una voz en esa noche mágica.

Se secó con la toalla, su neceser colgaba de un gancho junto a la pila del lavabo. Era un modelo de eficiencia, organizado por áreas: cabello, dientes, piel, uñas. Todavía desnuda, se cepilló el pelo a conciencia y después se puso desodorante. Se hidrató primero los pies y después las piernas y los brazos. Era un modo de tomar conciencia de sí misma, recordarse que era real, no solo un objeto que se desplaza por el aire.

Llamaron a la puerta y Chelsea se deslizó en el lavabo con un vaso en la mano.

—Zorra —le dijo a Emma—. Te odio por estar tan delgada.

Le pasó el vaso a Emma y utilizó ambas manos para apretarse la grasa imaginaria que se le acumulaba en la cintura. El vaso estaba medio lleno de vodka con hielo con una rodaja de lima. Emma dio un sorbo y después otro. Notó cómo el vodka se deslizaba por su interior y la vivificaba.

Chelsea sacó un sobre de papel traslúcido del bolsillo de la falda y con eficiencia profesional preparó una raya de coca sobre el mármol del lavabo.

—Las damas primero —dijo ofreciéndole a Emma un billete de dólar enrollado.

Emma no era demasiado aficionada a la cocaína —prefería las pastillas—, pero si esa noche iba a salir necesitaba entonarse un poco. Se inclinó y se llevó el billete enrollado a la nariz.

—No te lo metas todo, putón —dijo Chelsea dándole un cachete en el culo.

Emma se incorporó y se limpió la nariz. Como de costumbre, se produjo un clic en su cabeza mientras la droga llegaba a su torrente sanguíneo, la sensación de que algo se activaba en su cerebro.

Chelsea aspiró su parte de la raya y se restregó los restos en las encías. Cogió el cepillo de Emma y se peinó.

—Esta noche me voy a desmadrar —dijo—. Ya lo verás.

Emma se envolvió en una toalla, sintiendo el roce de la tela sobre su piel.

—No puedo prometerte que me quede hasta muy tarde —dijo.

—Márchate pronto y te asfixiaré con la almohada mientras duermes —la amenazó Chelsea—, o algo peor.

Emma cerró la cremallera de su neceser. Se bebió de un trago el vodka que quedaba en el vaso. Recordó a su padre con una camiseta blanca sucia, congelado para siempre a sus veintiséis años. Caminaba hacia ella a cámara lenta. A su espalda un hombre se desplomaba en el suelo.

—Tú inténtalo, zorra —le respondió a Chelsea—. Duermo con un cuchillo.

Chelsea sonrió.

—Esta es mi chica —dijo—. Venga, vamos a conseguirnos un polvo como Dios manda.

Al salir del lavabo, Emma oyó una voz masculina. Más tarde recordaría el vuelco que sintió en el estómago y cómo el tiempo pareció ralentizarse.

—Le quité el cuchillo —estaba contando el hombre—. ¿Qué crees que podía hacer? Y le partí el brazo por tres sitios. Jodida Jamaica.

Horrorizada, Emma se dio la vuelta para esconderse en el lavabo, pero tenía detrás a Chelsea y chocó con ella.

—Ay, mierda —gritó Chelsea.

Todo el mundo en el salón volvió la cabeza. Vieron a Chelsea y Emma (envuelta en una toalla blanca) moviéndose en una extraña danza, mientras Emma hacía un último intento de desaparecer. Y entonces Charlie Busch se levantó y se acercó a ella con los brazos abiertos.

—Hola, guapa —dijo—. Qué sorpresa.

Acorralada, Emma se dio la vuelta. La coca ya le había hecho efecto y ahora todo era palpitante e impreciso.

—Charlie, Charlie —respondió, intentando sonar alborozada.

Él le plantó dos besos en las mejillas y le puso las manos en los hombros.

—Has ganado unos kilos, ¿eh? —le dijo—. Demasiados postres.

Ella sintió un vuelco en el estómago. Sonrió.

—Es broma —añadió él—. Se te ve estupenda. ¿No está fantástica?

—Está envuelta en una toalla —dijo Carver, consciente de la incomodidad de Emma—. Claro que está fantástica.

—¿Qué me dices, nena? —dijo Charlie—. ¿Quieres ir a ponerte algo sexy? He oído que tenéis grandes planes para esta noche. Grandes planes.

Emma forzó una sonrisa y se escabulló a su habitación. El vodka le hacía sentirse las piernas como si fuesen de papel. Cerró la puerta y apoyó la espalda en ella, y permaneció así un rato, con el corazón acelerado.

«Mierda —pensó—. Mierda, mierda, mierda.»

Habían pasado seis meses desde la última vez que vio a Charlie. Seis meses de llamadas telefónicas y mensajes de texto. Ese tío era como un sabueso persiguiendo un rastro. Emma se había cambiado el número de teléfono, había bloqueado los emails que él le mandaba y lo había borrado como amigo en Facebook. Hacía caso omiso a los mensajes de texto, a los chismes de los compañeros de trabajo, a las noticias de que él hablaba mal de ella a sus espaldas, de que llamaba por su nombre a otras chicas en la cama. Sus amigas le habían sugerido que presentase una queja formal ante la compañía, pero a Emma le daba miedo dar el paso. Creía recordar que Charlie era sobrino de alguien importante. Además, sabía que si armaba un escándalo la acabarían despidiendo.

Pensó que había hecho lo que debía. Se había impuesto unas reglas y se había atenido a ellas. Era una chica con la cabeza en su sitio. Charlie había sido su único error. La verdad es que no había sido culpa de él. Él no podía controlar qué chica se sentía atraída por él. Era alto y apuesto, con un aire descuidado de granuja. Un seductor de ojos verdes que a Emma le había recordado a su padre. Y es que de eso se trataba. Charlie era un hombre que ocupaba el mismo espacio que su padre, representaba el mismo arquetipo, el solitario fuerte y silencioso, el Hombre Bueno, pero resultó ser un espejismo. Lo cierto era que Charlie no tenía nada que ver con su padre. En su caso, lo del hombre bueno no era más que una mera representación. Si su padre era alguien seguro de sí mismo, Charlie era arrogante. Si su padre era caballeroso, Charlie era condescendiente y petulante. La había engatusado, la había seducido actuando como alguien empático y cariñoso, y de pronto, inesperadamente, se transformó en Mr. Hyde, reprendiéndola en público, diciéndole que era idiota, que estaba gorda, que era una puta.

Al principio se lo tomó como si la culpa fuese de ella. Parecía evidente que él estaba reaccionando contra algo. Quizá ella había ganado unos kilos. Quizá ella había flirteado con aquel príncipe saudí. Pero a medida que la actitud agresiva de él se intensificaba —culminando en un aterrador intento de asfixiarla en el dormitorio— Emma se dio cuenta de que Charlie estaba loco. Sus celos, su obsesión, eran la parte negativa de una persona bipolar. Charlie no era un hombre bueno. Era una catástrofe y Emma hizo lo que cualquier persona en su sano juicio hace ante una catástrofe. Huyó.

Después se vistió a toda prisa, se puso su ropa menos favorecedora. Se quitó el maquillaje de las mejillas con la toalla, se sacó las lentillas y se puso las gafas ovaladas que se compró en Brooklyn. Lo primero que se le pasó por la cabeza fue excusarse diciendo que se encontraba mal y se quedaría en el apartamento, pero sabía qué haría Charlie en ese caso. Se ofrecería a quedarse y cuidar de ella, y la peor de las situaciones sería quedarse a solas con él.

Alguien llamó a la puerta y Emma pegó un bote.

—Venga, putón —gritó Chelsea—. Farhad nos está esperando.

Emma cogió la chaqueta. No se separaría de los demás, se pegaría a Chelsea y Carver, se engancharía a la guapa española. Se adheriría a ellos como pegamento y, cuando encontrara el momento adecuado, desaparecería discretamente. Volvería al apartamento, recogería sus cosas y se iría a un hotel dando un nombre falso, y si aun así él intentaba algo, mañana telefonearía a la compañía y presentaría una queja formal.

—Ya voy —respondió, y lo recogió todo rápidamente.

Dejaría la maleta preparada junto a la puerta y se largaría antes de que nadie se diera cuenta. Diez segundos, entrar y salir. Podía hacerlo. De todas maneras quería cambiar de vida. Quizá era esa su oportunidad. Y mientras abría la puerta, se percató de que su pulso ya casi había vuelto al ritmo normal. Y entonces vio a Charlie esperando en la puerta de la entrada, sonriendo con sus ojos con rayos X.

—Vamos —dijo Emma—, ya estoy lista.

DOLOR

El tráfico matutino –de peatones y de vehículos– se mueve por la Sexta Avenida generando formas siempre cambiantes. Cada cuerpo, coche y bicicleta es una molécula de agua que se desplazaría en línea recta a la máxima velocidad de no ser por todas las otras moléculas que compiten por el espacio en cada uno de los estrechos cauces, como un océano que tuviese que pasar por una manguera. Es un mar de auriculares, de cuerpos que se mueven a su propio ritmo. Mujeres que se dirigen al trabajo calzadas con deportivas y tecleando mensajes de texto sin parar, con la cabeza a miles de kilómetros; taxistas que con un ojo miran la calzada y con el otro leen mensajes de amigos que están muy lejos.

Doug permanece en el exterior del edificio de la ALC fumándose un último cigarrillo. Solo ha dormido tres horas durante los dos últimos días. Una inspección olfativa de su barba desvelaría rastros de bourbon, de hamburguesas con queso de establecimientos en los que se pide directamente desde el coch . y el aroma de turba de la cerveza Brooklyn Lager. Tiene los labios agrietados, sinapsis que se disparan demasiado rápido y en demasiadas direcciones. Es una máquina dedicada a la venganza, que se ha convencido a sí misma de que la verdad es subjetiva y de que un hombre que se ha sentido agraviado tiene el derecho, no el deber moral, de contar la verdad sobre lo sucedido.

Krista Brewer, la productora de Bill Cunningham, va a recibirlo en el vestíbulo y avanza hacia él con paso acelerado. De hecho, empuja y aparta de su camino a un hombre negro con un macuto de mensajero, con la mirada clavada en Doug, que camina arrastrando los pies.

—Doug, hola —saluda ella, sonriendo como si fuera una negociadora de secuestros a la que le han enseñado a no perder jamás el contacto visual—. Krista Brewer. Hemos hablado por teléfono.

—¿Dónde está Bill? —pregunta Doug, nervioso, empezando a dudar de su decisión. Tenía muy claro en la cabeza cómo iba a desarrollarse esto, pero no está siendo como esperaba.

Ella le sonríe.

—Arriba. Se muere de ganas de conocerte.

Doug frunce el ceño, pero ella lo coge del brazo, atraviesa con él el control de seguridad y lo lleva hasta el ascensor. Es la hora de entrada al trabajo y se apretujan con una docena más de moléculas, cada una de las cuales se dirige a un piso diferente, a una vida diferente.

Diez minutos después, Doug está sentado en una silla frente a un triple espejo con un marco de resplandecientes bombillas. Una mujer con un montón de brazaletes le cepilla el pelo y le maquilla la frente empolvándole.

—¿Tienes planes para el fin de semana? —le pregunta la mujer.

Doug niega con la cabeza. Su mujer le acaba de sacar a patadas de casa. Se ha pasado las primeras doce horas borracho y las últimas seis durmiendo en su camioneta. Se siente como Humphrey Bogart en *El tesoro de Sierra Madre*, tiene esa misma sensación desquiciante de pérdida (¡lo ha tenido tan cerca!), aunque no se trata del dinero. Es una cuestión de principios. Eleanor es su mujer y el niño está a cargo de ellos y, sí, ciento tres millones de dólares (más otros cuarenta de las propiedades) es un montón de dinero y, sí, a él ya le ha cambiado la manera de ver el mundo, con la exuberante perspectiva de que ahora es rico. Y no, no cree que el dinero resuelva todos los problemas, pero sin duda les hará la vida más fácil. Podrá acabar de montar el restaurante, ningún problema, y por fin terminar su novela. Pueden permitirse pagar todas las atenciones que necesite el niño y quizá arreglar la casa de Croton para pasar los fines de semana e instalarse a vivir en la casa del Upper East Side.

Ya solo la máquina de capuchinos de los Bateman justifica la mudanza. Y, sí, sabe que es una frivolidad, pero ¿no va de esto todo ese movimiento artesanal de vuelta a la simplicidad, de asegurarse de que cada pequeña cosa que hacemos es meditada y perfecta? De que cada bocado de cada comida, cada paso que damos diariamente, todo desde nuestros almohadones de cáñamo hasta nuestras bicicletas fabricadas a mano es como un koan del Dalái Lama.

Somos los enemigos de la industrialización, los asesinos del mercado de masas. Ya no más «comida masificada para más de siete mil millones de personas». Ahora de lo que se trata es de cuidar al detalle cada comida, cocinar los huevos de tus propias gallinas. Soda infusionada en tu propio depósito de CO_2. Esta es la revolución. El regreso a la tierra, al telar, al sosiego. Y sin embargo, la lucha es dura, lo es el modo en que cada hombre tiene que abrirse paso a cualquier precio para construirse un futuro. Superar los obstáculos de la juventud y consolidarse sin perderse por el camino. Y el dinero puede ayudar a conseguirlo. Permitirá dejar a un lado las preocupaciones, minimizar los riesgos. Sobre todo ahora, con el niño y lo duro que puede resultar eso, porque no estabas todavía preparado para asumir tanta responsabilidad, para dejar tus propias necesidades a un lado para cubrir las de alguien pequeño e irracional que ni siquiera es capaz todavía de limpiarse el culo solo.

En la silla, Doug está empezando a sudar. La maquilladora le seca la frente.

—Quizá sería mejor que se quitase la chaqueta —le sugiere.

Pero Doug está pensando en Scott, en la víbora que se ha introducido en su casa, y en cómo ese cabrón se presenta en su casa como si viviese allí; simplemente porque tiene un vínculo especial con el niño se le acaba invitando a instalarse allí. ¿Y qué ha hecho Doug para merecer que lo echen a patadas de su propia casa? Vale, de acuerdo, volvió a casa borracho pasada la medianoche y quizá estaba un poco cabreado y se puso a gritar, pero después de todo es su casa. Y ella es su mujer. ¿Y en qué clase de mundo loco vivimos si un pintor fracasado tiene más derecho que él a convertirse en el hombre de la casa? De manera que le suelta todo esto a Eleanor, le ordena que le diga a ese hombre que haga la maleta y se largue en cuanto salga el sol. Le dice que ella es su esposa y que él la ama, y que tienen con ellos a un angelito, al que hay que proteger y dar cariño, sobre todo ahora que son padres, ¿no? Que él es padre.

Eleanor le escucha. Se limita a escucharlo. Permanece sentada muy quieta. No se altera. No parece asustada ni cabreada ni… nada. Se limita a escucharlo vociferando y moviéndose por el dormitorio, y entonces, cuando él por fin se calla, ella le dice que quiere el divorcio y que se vaya a dormir al sofá.

Krista reaparece sonriente. Ya están preparados para recibirlo, le dice. Bill está preparado y Doug es muy valiente por venir aquí y el país, el mundo, está muy agradecido de que haya por ahí hombres como Doug deseosos de contar la verdad sobre las cosas, aunque sea dura. Y Doug asiente. Así es él en resumidas cuentas. Él es el hombre común, noble, trabajador. Un hombre que no se queja ni exige, pero que espera que el mundo sea justo con él. Que espera que un día de trabajo sea correspondido con la paga por ese día. Que espera que la vida que uno construye, la familia que uno forja, sean tu vida y tu familia. Te lo has ganado y nadie debería poder arrebatártelo.

Si te ha tocado la lotería, el beneficio debería ser para ti.

De modo que se saca el babero de papel y se dirige al encuentro con su destino.

—Doug —le saluda Bill—, gracias por venir.

Doug asiente, intentando no mirar a la cámara. «Tú concéntrate en mí», le ha dicho Bill. Y eso es lo que hace, fija la mirada en las cejas del otro, en la punta de su nariz. Este Bill Cunningham no es particularmente guapo, no al menos en el sentido tradicional, pero tiene esa bravuconería del macho alfa: la indefinible conexión con el poder, el carisma y la seguridad en sí mismo, los ojos que no parpadean y la postura marcando paquete propia de un hombre en el punto álgido de su impacto global. ¿Es algo físico? ¿Tiene que ver con las feromonas? ¿Es un aura? Por alguna razón, Doug piensa en cómo un grupo de tiburones de arrecife se dispersaría al ver aparecer a un gran blanco. En cómo un ciervo simplemente se rinde a los colmillos del lobo, dejando de pelear y quedándose inmóvil, sumiso a una fuerza inevitable e irresistible.

Y entonces piensa: «¿Yo soy el ciervo?».

—Vivimos tiempos revueltos —dice Bill—, ¿no te parece?

Doug parpadea.

—¿Si estoy de acuerdo con que son tiempos revueltos?

—Para ti. Para mí. Para Estados Unidos. Estoy hablando de decadencia e injusticia.

Doug asiente. Esta es la historia que quiere contar.

—Es una tragedia —dice—. Todos lo sabemos. La crisis y ahora…

Bill se inclina hacia delante. La señal del programa se transmite vía satélite a novecientos millones de televidentes potenciales en todo el mundo.

—Explica un poco lo sucedido para la gente que no conoce esta historia tan bien como yo —le pide Bill.

Doug mueve el cuerpo nervioso, hasta que se da cuenta de que lo está haciendo y hace un extraño gesto como encogiéndose de hombros.

—Bueno, eh, ya saben lo de la catástrofe. La catástrofe aérea. Y que solo sobrevivieron dos personas, J. J., mi sobrino, bueno, el sobrino de mi mujer, y ese pintor, Scott no-sé-qué, que supuestamente nadó hasta llegar a la costa.

—¿Supuestamente?

—No —responde Doug dando marcha atrás—. Solo estoy retomando algo que tú… Quiero decir que sí, que fue algo heroico…, sin ninguna duda, pero eso no…

Bill niega con la cabeza con un gesto imperceptible.

—Y te hiciste cargo de tu sobrino —le dice.

—Sí, por supuesto. Me refiero a que solo tiene cuatro años. Sus padres están… muertos.

—Sí —dice Bill—. Te hiciste cargo de él porque eres una buena persona. Una persona que considera importante hacer lo correcto.

Doug asiente.

–No somos ricos, ¿sabes? –explica–. Somos…, yo soy escritor y Eleanor, mi mujer, es… una especie de fisioterapeuta.

–Es cuidadora.

–Sí, pero todo lo que tenemos es también para él, ¿entiendes?… Forma parte de nuestra familia, ¿no? ¿J. J.? Y mira…

Doug toma aire e intenta centrarse en la historia que quiere contar.

–Mira, yo no soy perfecto.

–¿Y quién lo es? –pregunta Bill–. Además eres… ¿Qué edad tienes?

–Treinta y cuatro.

–Un crío.

–No…, bueno…, trabajo duro, ¿de acuerdo? Estoy intentando poner en marcha un restaurante, reconstruir… y mientras tanto…, vale, de acuerdo, a veces me tomo unas cuantas cervezas.

–¿Y quién no lo hace? –interviene Bill–. Al final de una larga jornada de trabajo. En mi opinión eso convierte a un hombre en un patriota.

–De acuerdo, y…, mira, ese tipo es un… héroe…, ese Scott…, sin duda, pero…, bueno, prácticamente se ha instalado…

–¿Scott Burroughs? Se ha instalado en tu casa.

–Bueno, él… se presentó hace un par de días para ver al niño, al que, insisto, le salvó la vida, ¿de acuerdo? Así que… nadie está diciendo que no pueda venir a ver a J. J. Pero… se supone que la casa de uno es su hogar…, y mi mujer…, ya sabes, ahora tiene que hacerse cargo de un montón de cosas, con el niño allí…, tiene un montón de novedades que digerir…, así que quizá esté simplemente… un poco confundida, pero…

Bill se mordisquea el labio. Aunque no muestra ningún atisbo a la audiencia, está empezando a perder la paciencia con Doug, que es claramente un caso perdido y si lo deja seguir con sus divagaciones, acabará desmoronándose sin llegar a contar la historia por la que Bill lo ha traído al plató.

–Veamos –le interrumpe–, no quiero interrumpirte, pero permíteme que intente aclarar algunas cosas, porque, bueno, está claro que estás muy afectado.

Doug se calla y asiente. Bill se gira un poco para hablar directamente a la cámara.

—La hermana de tu mujer y su marido murieron, junto con su hija, al estrellarse el avión privado en el que viajaban en circunstancias muy sospechosas, y han dejado huérfano a su hijo de cuatro años. De manera que tú y tu mujer lo habéis acogido en vuestra casa, simplemente porque sois personas de buen corazón, y le habéis estado intentando proporcionar una familia, arroparlo en estos momentos tan duros. Y entonces otro hombre, Scott Burroughs, del que se rumorea que tenía una aventura con tu cuñada y al que se ha visto saliendo de la residencia de una heredera famosa por seguir soltera y llevar una vida disipada, se instala en tu casa justo en el momento en que tu mujer te pide que te marches. —Se vuelve hacia Doug—. Te han echado a patadas —dice— por llamar a las cosas por su nombre. ¿Dónde has dormido esta noche?

—En mi camioneta —musita Doug.

—¿Qué?

—En mi camioneta. He dormido en mi camioneta.

Bill niega con la cabeza.

—Tú has dormido en una camioneta mientras Scott Burroughs dormía en tu casa. Con tu mujer.

—No, bueno, no sé si... hay algo sentimental por medio..., yo no...

—Hijo, por favor, ¿de qué otra cosa puede tratarse? Ese hombre salva al niño, supuestamente, y tu mujer lo instala en tu casa, los instala a los dos, ¿para qué? ¿Para formar una nueva familia? Y qué más da si su verdadero marido se queda sin techo. Y con el corazón roto.

Doug asiente, y de pronto está a punto de romper a llorar. Pero logra a duras penas contenerse.

—Y no nos olvidemos del dinero —dice.

Bill asiente. Bingo.

—¿Qué dinero? —pregunta con aire inocente.

Doug se seca los ojos humedecidos, consciente de que se ha desmoronado. Se recompone e intenta recuperar el control.

—Bueno…, David y Maggie, los padres de J. J., eran…, bueno, ya sabes…, él dirigía esta cadena. Con esto no pretendo sugerir nada turbio, pero… resulta que eran muy ricos.

—¿Cuánto dinero tenían? Aproximadamente.

—Oh, no sé si debería…

—¿Diez millones, cincuenta?

Doug duda.

—¿Más? —le pregunta Bill.

—Quizá el doble —admite con reticencia Doug.

—Uau. De acuerdo. Cien millones de dólares. Y este dinero…

Doug se pasa la mano por la barba varias veces con movimientos rápidos, como alguien que intenta tranquilizarse.

—Una buena parte va a caridad —dice—, pero el resto, claro está, es para J. J. En un fideicomiso, que…, ya sabes…, el niño tiene cuatro años, así que…

—Lo que estás diciendo —le interrumpe Bill—, lo que creo que me estás diciendo es que quien se queda al niño, se queda el dinero.

—Es, bueno, es una manera muy burda de…

Bill lo mira con desdén.

—Prefiero el término «directa». A lo que me refiero, y quizá he sido un poco torpe con mi comentario, es a que hay decenas de millones en juego para quienes se conviertan en los nuevos padres del niño, que debería añadir que es mi ahijado. Así que, bueno, quizá me falta cierto distanciamiento, no estoy siendo totalmente objetivo ni por asomo. Después de todo lo que ha tenido que soportar, la muerte de sus…, de todos sus seres queridos, que este niño se convierta en un peón…

—Bueno, no quiero decir que Eleanor…, ella es una buena persona. Tiene buenas intenciones. Yo solo…, lo que creo es que ella… está siendo de algún modo manipulada.

—Por el pintor.

—O, no lo sé, quizá el dinero la ha…, la perspectiva de todo ese dinero la ha cambiado.

—Porque tú considerabas que erais un matrimonio feliz.

—Bueno, en fin, teníamos nuestras peleas, ¿vale? No siempre…, pero el matrimonio, cuando eres un treintañero, no es un asunto fácil. ¿Quieres imponer tu criterio? Pero se supone que… la pareja tiene que estar unida, no ir cada cual…

Bill asiente y se apoya en el respaldo de la silla. En el bolsillo derecho de sus pantalones, le vibra el móvil. Lo saca y mira el mensaje de texto que acaba de recibir, entrecerrando los ojos. Mientras lo hace, le llega un segundo mensaje e inmediatamente después un tercero. Namor tiene pinchado el teléfono de la casa de la mujer y le escribe para informarle de que ha oído algo interesante.

«Llamadas ent. Nadador y heredera anoche. Diálogo erótico.»

Y después…

«También nadador y NTSB. Registro datos de vuelo dañado.»

Seguido de…

«Nadador admite haberse acostado con heredera.»

Bill se vuelve a guardar el teléfono y recobra su postura completamente erguido.

—Doug —dice—, ¿qué te parece si te digo que tenemos la confirmación de que Scott Burroughs se acostó con Layla Mueller, la heredera, tan solo unas horas antes de dirigirse en coche hasta tu casa?

—Bueno, yo…

—¿Y que habla con ella en secreto, que la telefonea desde tu casa?

Doug siente que se le seca la boca.

—Vale. Pero… eso significa…, tú crees que… está liado con mi mujer, o…

—¿A ti qué te parece?

Doug cierra los ojos. No está preparado para eso, para afrontar todas estas emociones, la sensación de que de algún modo en las dos últimas semanas ha pasado de ganador a perdedor, como si su vida fuese una broma presada que le está gastando el mundo.

En el estudio, Bill se echa hacia delante y le da una palmada en la mano a Doug.

—Volvemos enseguida —dice.

BALAS

¿Quién de nosotros entiende cómo funcionan las grabaciones? Cómo una máquina de Edison de los viejos tiempos hacía surcos en un cilindro de vinilo y de esos surcos, al pasar una aguja, surgía una réplica exacta de los sonidos grabados. Palabras o música. Pero ¿cómo es posible que una aguja y un surco recreen un sonido? ¿Que una raya en un círculo de plástico capture el timbre exacto de la vida? Y después el salto a lo digital, y el modo como actualmente la voz humana pasa a través de un micrófono a un disco duro y de algún modo se codifica en unos y ceros, se transforma en información y se monta de nuevo mediante cables y altavoces para reconstruir la inflexión y el tono exactos del habla humana, los sonidos del reggae o de los pájaros llamándose unos a otros un día de verano.

No es más que uno del millón de inventos mágicos que hemos creado a lo largo de los siglos, tecnologías inventadas –desde los catéteres hasta las máquinas de guerra– y cuyos orígenes se remontan a los oscuros tiempos de los neandertales y de la creación del fuego. Herramientas para la supervivencia y la conquista.

Y cómo diez mil años después, unos hombres con tejanos ceñidos y gafas Oliver People son capaces de meter una caja negra dentro de un recipiente esterilizado y hurgar en ella con unos destornilladores muy finos y con ayuda de linternas de bolsillo. Cómo pueden sustituir los puertos dañados y revisar el software, a su vez creado con un código binario. Cada línea es una simple versión de on y off.

Gus Franklin está sentado en el respaldo de la silla, con los pies en el asiento. Lleva despierto treinta y seis horas, viste la misma ropa del día anterior y no se ha afeitado. Están muy cerca de conseguirlo. Eso es lo que le han dicho. Se ha recuperado casi toda la información. En cualquier instante le van a pasar una impresión del registro de vuelo detallando cada movimiento del avión, cada orden introducida en el instrumental de vuelo. El registro de voz llevará más tiempo –la traslación de unos y ceros en voces–, dificultando sus posibilidades de penetrar en esa cabina fantasma y ser testigos directos de los últimos momentos del vuelo.

Las pruebas de balística han demostrado que los agujeros de bala coinciden con el arma que llevaba Gil Baruch. El agente O'Brien –harto de acosar a los técnicos de la NTSB y de preguntar «¿cuánto más vais a tardar?»– está en la ciudad, intentando averiguar más cosas sobre el guardaespaldas de los Bateman. Como su cadáver no se ha encontrado, el agente O'Brien ha elaborado una nueva teoría. Tal vez Gil traicionó a su patrón, vendió sus servicios a otro cliente (¿Al Qaeda? ¿Corea del Norte?) y, una vez que el vuelo estaba en ruta, sacó el arma, se las arregló para estrellar el aparato y escapó.

—¿Como un villano de James Bond? —preguntó Gus sin esperar respuesta.

Le planteó a O'Brien la teoría mucho más plausible de que Baruch, que sabían que no tenía puesto el cinturón de seguridad, murió en el accidente y su cadáver salió despedido y se lo tragaron las profundidades o lo devoraron los tiburones. Pero O'Brien negó con la cabeza y dijo que tenían que ser concienzudos.

En paralelo, los resultados de la autopsia de Charles Busch habían llegado hacía más o menos una hora. El análisis toxicológico dio positivo en alcohol y cocaína. Ahora hay un equipo del FBI indagando más a fondo en la vida privada del copiloto, entrevistando a amigos y familiares, revisando su historial laboral y los archivos escolares. No se encuentra ninguna evidencia de problemas mentales en su historial. ¿Pudo padecer un brote psicótico, como el copiloto de Germanwings? ¿Había sido desde siempre Busch una bomba de relojería y se las había apañado de algún modo para mantenerlo en secreto?

Gus contempla la galería artística en el fondo del hangar. Un tren descarrilado. Un tornado que se acerca. Hace tiempo era un hombre casado, con dos cepillos de dientes en el armarito del lavabo. Ahora vive solo en un apartamento aséptico junto al Hudson, herméticamente cerrado en un cubo de cristal. Tiene un único cepillo de dientes, en cada comida bebe del mismo vaso, que después enjuaga y coloca en el escurridor para que se seque.

Aparece un técnico con un papel. La impresión. Se lo pasa a Gus, que lo mira con detenimiento. Su equipo se reúne a su alrededor, expectante. En otro punto la misma información aparece en una pantalla y un segundo grupo se reúne en torno a ella. Todo el mundo intenta encontrar un relato, una historia contada mediante coordenadas de latitud y altitud, el literal ascenso y caída del vuelo 613.

—Cody —dice Gus.

—Lo veo —contesta Cody.

La información es puramente numérica. Vectores de propulsión y ascenso. Son transparentes. Son gráficos. Para trazar un recorrido matemáticamente lo único que necesitas son coordenadas. Al leer esos datos Gus revive los últimos minutos de ese vuelo; son datos al margen de las vidas y personalidades de los pasajeros y la tripulación. Esto es la historia de un avión, no de la gente que iba a bordo. Datos registrados del funcionamiento del motor, detalles precisos de la posición de las alas.

Ahora quedan olvidadas las escenas de desastres que le rodean, la galería de arte y sus mecenas.

Los datos muestran que el avión despegó sin incidentes, viró hacia la izquierda y después se enderezó, fue ascendiendo hasta los ocho mil metros durante seis minutos y trece segundos, tal como le ordenaba la ATC. En el minuto seis, se conectó el piloto automático y el avión tomó rumbo sudoeste siguiendo la ruta prevista. Nueve minutos después, el control del avión pasó del piloto al copiloto, de Melody a Busch, por razones que los datos de vuelo no pueden desvelar. El rumbo y la altitud se mantuvieron constantes. Después, a los dieciséis minutos se desconecta el piloto automático. El avión se ladea pronunciadamente y desciende. Lo que empieza como un lento giro se convierte en una espiral de descenso, como un perro enloquecido persiguiendo su propia cola.

Todos los sistemas funcionan normalmente. No se detecta ningún error mecánico. El copiloto desactiva el piloto automático y pasa al control manual. Inicia el descenso y acaba estrellando el avión contra el mar. Estos son los hechos. Ahora conocen el origen del siniestro. Lo que no saben es a) ¿por qué? Y b) ¿qué sucedió después? Saben que Busch iba bebido y colocado. ¿Tenía la percepción y el juicio alterados por las drogas? ¿Creía que estaba pilotando el avión con normalidad o sabía que lo había llevado a una espiral mortal?

Y lo más importante: ¿esperó el copiloto a que el piloto saliera de la cabina y entonces estrelló deliberadamente el avión? Pero ¿por qué iba a hacer eso? ¿Qué motivación podía haber detrás de esta acción?

Gus se sienta un momento. A su alrededor hay un repentino ajetreo de actividad: números introducidos en algoritmos, revisados y vueltos a revisar. Pero Gus permanece inmóvil. Ahora está seguro. La catástrofe no ha sido un accidente. Su origen no está en la ciencia de la fuerza de tracción o en el desgaste de una junta, no lo ha provocado un fallo informático o un funcionamiento defectuoso del sistema hidráulico, sino que hay que buscarlo en las turbias motivaciones de la psicología, en los tormentos y la tragedia de un alma humana. ¿Por qué un hombre guapo y sano hace caer en picado de un modo irrevocable un avión de pasajeros, haciendo caso omiso de los golpes desesperados del piloto en la puerta de la cabina de mando y de su propio instinto de supervivencia? ¿Qué posible alteración en la materia gris de su cerebro —qué enfermedad mental no diagnosticada o qué demoledora irritación ante las injusticias del mundo— puede llevar al sobrino de un senador a matar a nueve personas, incluido él mismo, convirtiendo un jet de lujo en un misil?

En otras palabras, la solución a este misterio está fuera del ámbito de acción de los ingenieros, en el reino de la especulación de lo irracional.

Lo único que puede hacer Gus Franklin es apretar los dientes y coger el toro por los cuernos.

Toma el teléfono, pero se lo piensa mejor. Una noticia como esa, después de las filtraciones que ha habido, es mejor darla en persona. Así que coge su chaqueta y se dirige al coche.

—Me voy —le dice a su equipo—. Avisadme cuando los técnicos logren recuperar la grabación de las conversaciones en la caja negra.

JUEGOS

Están jugando al serpientes y escaleras en la sala de estar cuando suena el teléfono. «Doug está saliendo por la tele.» Eleanor vuelve de la cocina muy alterada. Mira a Scott y con gestos le indica que hay que mantener al niño entretenido con algo para que puedan hablar.

—Eh, colega —le dice Scott—, ve a buscar mi bolsa de viaje arriba, ¿vale? Tengo un regalo para ti.

El niño corre escaleras arriba, con el pelo ondeando y el tenue sonido de los pasos en cascada. Eleanor contempla cómo sube y después se vuelve, pálida.

—¿Qué pasa? —le pregunta Scott.

—Mi madre —dice Eleanor mientras busca el mando del televisor.

—¿Qué...?

Ella revuelve el cajón del mueble del televisor.

—¿Dónde está el mando de la tele?

Scott lo busca en la mesa de centro y finalmente lo encuentra. Ella se lo quita de las manos y enciende el televisor. La pantalla negra se ilumina, emergen las imágenes a partir de un punto central, después llega el sonido y aparece un elefante en la sabana en busca de agua. Eleanor va cambiando de canal tratando de localizar algo.

—No entiendo qué buscas —dice Scott.

Echa un vistazo a la escalera. Sobre sus cabezas se oyen los pasos del niño en el techo y la puerta del armario abriéndose en la habitación de invitados.

Y entonces se oye una brusca inspiración de Eleanor y Scott se da la vuelta. En la pantalla aparece un Doug con camisa de franela y barba, sentado frente a Bill Cunningham y sus tirantes rojos. Están en el plató de un informativo, detrás de la mesa del presentador. Es una visión surrealista, como si se hubiesen juntado dos programas diferentes, uno a cada lado de la pantalla. Uno sobre economía y otro sobre árboles. La voz de Doug llena la habitación a media frase. Está hablando de Scott y de cómo Eleanor ha echado de su propia casa a su marido, y explica que quizá Scott ha aparecido por allí por el dinero, y Bill Cunningham asiente y va interrumpiendo para recalcar lo que dice Doug, y en determinado momento incluso es él mismo quien pasa a contar la historia.

–... un pintor fracasado que se acuesta con mujeres casadas y glorifica escenas de desastres.

Scott mira a Eleanor, que agarra el mando a distancia a la altura del pecho, con los nudillos blanquecinos. Por algún motivo, Scott piensa en su hermana en el ataúd, una chica de dieciséis años que se ahogó un día de finales de septiembre, tragada por las turbias profundidades mientras llegaban hasta la superficie las burbujas de aire. Un cadáver virginal que secó, limpió y atavió con su mejor vestido un empleado de la funeraria de cuarenta y seis años, un desconocido que le maquilló la piel con colorete y le peinó el cabello estropeado por el agua hasta que brilló. Y le colocaron las manos sobre el pecho, con un ramo de margaritas amarillas entre los dedos que ya no podían sentir nada.

Y su hermana era alérgica a las margaritas, lo cual alteró mucho a Scott, hasta que se dio cuenta de que ya daba igual.

–No lo entiendo –dice Eleanor, y lo repite, más rápido esta vez, para sí misma, como un mantra.

Scott oye pasos en la escalera y se vuelve. Intercepta al niño cuando este llega al final de la escalera con la bolsa de viaje de Scott y una mirada de confusión (y potencialmente de fastidio), como diciendo: no encuentro el regalo. Scott se acerca a él de manera que su cuerpo le tape el televisor, le pasa la mano por el pelo y se lo lleva a la cocina.

—¿No lo encuentras? —le pregunta, y el niño niega con la cabeza—. Veamos, déjame echar un vistazo.

Sienta al niño en la mesa de la cocina. Fuera una camioneta de Correos se detiene en el camino de acceso a la casa. El cartero lleva un viejo salacot. Detrás de él, Scott ve las antenas desplegadas de las camionetas de los noticiarios, aparcadas al final de la calle sin salida, esperando, observando. El cartero abre el buzón, mete una publicidad del supermercado y varias facturas, ajeno por completo al drama que se vive en esa casa.

Scott oye a Doug decir desde la sala de estar:

—Estábamos muy bien hasta que él apareció. Éramos felices.

Scott rebusca en su bolsa, tratando de dar con algo que pueda convertir en un regalo. Encuentra una pluma que le había regalado su padre cuando se marchó a estudiar a la universidad. Una Montblanc negra. Es la única cosa que Scott ha conservado durante todos estos años de altos y bajos, la única que ha seguido ahí cuando estuvo bajo el hechizo del alcohol, cuando pasó por sus fases de gran pintor, en sus períodos kamikaze de miserable angustia, entumecido por las continuas borracheras, convertido en un fracasado. Y, después, en su renacimiento de las cenizas que todavía quedaban hacia un nuevo período de trabajo. Un nuevo inicio.

En sus momentos más bajos llegó a tirar todos sus muebles por la ventana, cada plato y pieza de la vajilla, todo lo que poseía.

Excepto esta pluma.

Firma los cuadros con esta pluma.

—Toma —le dice al niño sacándola de la bolsa. El niño sonríe. Scott desenrolla la caperuza y le muestra al niño cómo funciona, dibujándole un perro en una servilleta de papel—. Mi padre me la regaló cuando yo era joven —le explica, y entonces cae en la cuenta de las implicaciones, de que ahora él le está pasando la pluma a su propio hijo. Porque de algún modo ha adoptado al niño.

Se le pasa la idea por la cabeza e intenta dejarla atrás. La vida puede paralizarnos, congelarnos convirtiéndonos en estatuas si dedicamos demasiado rato a pensar en las cosas.

Le entrega la pluma al niño, con toda probabilidad el último objeto que poseía del hombre que fue, su espina dorsal, la única cosa relacionada con él que ha permanecido ahí, sin fallarle nunca, siempre fiable. También él fue un niño, un explorador que partió hacia tierras desconocidas. Ahora, ni una sola célula de ese niño permanece en el cuerpo de Scott, que se ha transformado a nivel genético, cada electrón y cada neutrón han sido reemplazados a lo largo de las décadas por nuevas células, nuevas ideas.

Es un hombre nuevo.

El niño coge la pluma, intenta dibujar en la servilleta, pero no logra trazar ni una línea.

—Es… —le dice Scott—, es una pluma, de modo que tienes que cogerla…

Toma la mano del niño y le enseña cómo debe sostenerla. Desde la cocina oye a Bill Cunningham decir:

—… de modo que primero entabla amistad con la hermana, una mujer rica, y ahora que ha muerto y el dinero ha ido a parar a su hijo, de repente se instala en tu casa mientras que tú tienes que dormir en una vieja camioneta.

El niño logra trazar una línea con la pluma, dibuja otra. Deja escapar un sonido de felicidad. Mientras lo contempla, algo en el interior de Scott vuelve a encajarse. La sensación de tener un objetivo, una decisión que ni siquiera sabía que estaba tomando. Se dirige al teléfono, como un hombre que camina sobre brasas, decidido a no bajar la mirada. Marca el número de información, consigue el número de la ALC, llama y pide hablar con la oficina de Bill Cunningham. Después de marearlo un poco, finalmente logra hablar con Krista Brewer, la productora de Bill.

—¿Señor Burroughs? —le saluda ella con tono entrecortado, como si le faltase la respiración porque ha tenido que recorrer a toda prisa un buen trecho para llegar hasta el teléfono.

Debido a la peculiar naturaleza del tiempo, el siguiente momento resulta al mismo tiempo inacabable y fugaz.

—Dígale que acepto —le comenta Scott.

—¿Perdón?

—La entrevista. La haré.

—Uau. Fantástico. Tengo una furgoneta de la cadena cerca. ¿Quiere que…?

—No. Manténganse alejados de la casa y del niño. Esto es algo entre yo y la gárgola. Una conversación sobre el hecho de que difamar y denigrar a distancia es una manera asquerosamente cobarde de comportarse.

El tono de la voz de la productora en el momento siguiente solo puede describirse como exultante.

—¿Puedo citar sus palabras?

Scott piensa en su hermana, en sus manos cruzadas y sus ojos cerrados. Piensa en las olas, alzándose, y en sus esfuerzos por mantenerse a flote, con un brazo dislocado.

—No —le responde—. Les veré esta tarde.

LIENZO N.º 5

LAMENTAMOS SU PÉRDIDA.*

* (Letras negras sobre blanco.)

LA HISTORIA DE VIOLENCIA

Gus está en la Segunda Avenida volviendo al hangar cuando recibe la llamada.

—¿Lo estás siguiendo? —le pregunta Mayberry.

—¿Siguiendo el qué? —pregunta él. Ha estado ensimismado dándole vueltas a su encuentro con el fiscal general y varios capitostes del FBI y la SEC. El copiloto iba colocado. Estrelló el avión deliberadamente.

—Se ha convertido en un auténtico culebrón —le explica Mayberry—. Doug, el tío, ha acudido a la televisión y ha contado que lo habían echado de su casa y que Burroughs se había instalado en ella. Y dicen que ahora Burroughs está de camino al estudio para conceder una entrevista.

—Dios mío —dice Gus. Piensa en telefonear a Scott para disuadirlo, pero entonces recuerda que el pintor no tiene móvil. Gus aminora la velocidad ante un semáforo en rojo y un taxi se le cruza delante sin poner el intermitente, obligándolo a frenar bruscamente—. ¿Cómo vamos con la caja negra? —pregunta.

—Estamos a punto de conseguirlo —dice Mayberry—. Puede que en diez minutos ya lo tengamos.

Gus se incorpora a un carril lleno de coches, en dirección al puente de la calle Cincuenta y nueve.

—Llámame en cuanto lo tengáis —le pide Gus—. Yo estoy de camino.

Cien kilómetros más al norte, un coche blanco de alquiler cruza Westchester en dirección a la ciudad. Es todo más verde y la autovía está rodeada de árboles. A diferencia de la ruta que está siguiendo Gus, aquí la carretera va casi vacía. Scott cambia de carril sin poner el intermitente.

Intenta concentrarse en el momento que está viviendo, un hombre al volante de un coche un día del veranillo de San Martín. Hace tres semanas era una mota de polvo en medio de un océano embravecido. Hace un año era un borracho sin esperanza que caminaba sobre la alfombra de la sala de estar de un pintor famoso, salía tambaleándose al intenso sol del exterior y descubría una piscina de un azul verdoso. La vida está hecha de instantes así —de un ser corpóreo moviéndose por el tiempo y el espacio— y nosotros los entrelazamos formando un relato y ese relato se convierte en nuestra vida.

De modo que ahora avanza al volante de un Camry alquilado por la autovía Henry Hudson y una hora después se sienta en una silla del estudio 3 del edificio de la ALC, contemplando cómo un joven con gafas oculta el micrófono bajo la solapa de Bill Cunningham. Y simultáneamente es un adolescente que ha regresado a casa desde la universidad y está sentado en una Schwinn de diez velocidades junto a una carretera local en plena noche, esperando a que su hermana pequeña acabe de darse un baño en el lago Michigan. Porque ¿qué sucedería si en lugar de ser un relato contado en orden cronológico, la vida fuese una algarabía de momentos que nunca abandonamos? ¿Qué sucedería si nuestras experiencias más traumáticas o más hermosas nos atrapasen en una suerte de bucle, en el que al menos una parte de nuestra mente continúa viviendo obsesivamente, aunque nuestro cuerpo ya haya seguido su camino?

Un hombre en un coche y en una bicicleta y en un plató de televisión. Pero también en el jardín delantero de la casa de Eleanor treinta minutos antes, dirigiéndose hacia el coche, mientras

Eleanor le ruega que no vaya y le dice que está cometiendo un error.

—Si quieres contar tu historia —le dice—, perfecto, pero llama a la CNN, llama al *New York Times*. No a él.

No a Cunningham.

En el océano, Scott agarra al niño y se sumerge bajo una ola demasiado grande para abarcarla.

Y al mismo tiempo aminora la velocidad detrás de una ranchera llena de abolladuras, pone el intermitente y cambia de carril.

En el camerino Scott contempla el mohín de Bill Cunningham y oye cómo arrastra las erres y lleva a cabo una sucesión de rápidos ejercicios para modular la voz, mientras él trata de dilucidar si el hormigueo que nota en el estómago se debe al miedo, a que se siente cohibido o a las mariposas que percibe un boxeador antes de un combate que cree que puede ganar.

—¿Vas a volver? —le ha preguntado Eleanor en el camino de acceso a la casa.

Y Scott la ha mirado, con el niño en el porche detrás de ella, mirando desconcertado, y le ha dicho:

—¿Hay alguna piscina por aquí cerca? Creo que debería enseñarle a nadar.

Eleanor ha sonreído y ha dicho:

—Sí.

En efecto la hay.

Scott ha esperado a Bill en la sala de maquillaje. Sería erróneo decir que estaba nervioso.

¿Qué puede suponer una amenaza para un hombre que se ha enfrentado con todo un océano? De modo que Scott se ha limitado a cerrar los ojos y esperar a que le llamasen.

—Ante todo —dice Bill, cuando ya están frente a frente con las cámaras grabando— quiero darle las gracias por sentarse aquí conmigo hoy.

Las palabras son amables, pero la mirada de Bill es hostil, de modo que Scott no le responde.

—Han pasado tres largas semanas —continúa Bill—. No sé…, no

estoy muy seguro de cuánto hemos podido dormir cada uno de nosotros. Personalmente yo he estado en antena más de cien horas, a la caza de respuestas. En busca de la verdad.

—¿Debo mirarle a usted o a la cámara? —le interrumpe Scott.

—A mí. Esto es como una conversación cualquiera.

—Bueno… —dice Scott—, he mantenido montones de conversaciones en mi vida. Y ninguna ha sido como esta.

—No me refiero al contenido —le aclara Bill—. Hablo de la idea de dos hombres conversando.

—Solo que esto es una entrevista. Y una jodida entrevista no es una conversación.

Bill se inclina hacia delante en la silla.

—Parece usted nervioso.

—¿En serio? No estoy nervioso. Solo quiero tener claras las reglas.

—¿Y cómo se siente entonces, si no está nervioso? Quiero que los espectadores en sus casas puedan leer su rostro.

Scott piensa en ello.

—Es raro —dice—, a veces uno oye la palabra «sonambulismo». Hay gente que va sonámbula por la vida hasta que algo los despierta. Yo no…, no es así como me siento. Tal vez de un modo totalmente opuesto.

Mira a Bill a los ojos. Es evidente que Bill todavía no sabe muy bien qué hacer con Scott, cómo atraparlo en sus redes.

—Todo tiene un cierto aire de… sueño —continúa Scott. También él está empeñado en descubrir la verdad. O tal vez solo lo está él—. Como si me hubiera quedado dormido en el avión y todavía estuviese esperando a despertarme.

—Entonces todo esto le parece irreal —dice Bill.

Scott reflexiona un instante.

—No. Es muy real. Tal vez demasiado real. El modo en que la gente trata a sus semejantes en esta época. No es que creyese estar viviendo en el Planeta de los Abrazos, pero…

Bill se vuelve a apoyar en el respaldo de la silla, sin ningún interés en esta conversación sobre los comportamientos humanos.

—Me gustaría que habláramos sobre por qué estaba a bordo de ese avión.

—Me invitaron.

—¿Quién?

—Maggie.

—La señora Bateman.

—Sí. Me dijo que la llamase Maggie, así que la llamo Maggie. Nos conocimos en Martha's Vineyard este verano, creo que fue en junio. Íbamos a la misma cafetería y me la encontraba en el mercado de granjeros locales con J. J. y su hija.

—Visitó su estudio.

—Una vez. Trabajo en el viejo granero que hay detrás de mi casa. Tenía a unos operarios arreglándole la cocina y me dijo que necesitaba algún plan para esa tarde. Vino con los niños.

—Me está diciendo que la única vez que la vio fuera del mercado o de la cafetería ella iba acompañada por sus hijos.

—Sí.

Bill hace una mueca para sugerir que tal vez no se lo crea.

—Una parte de su trabajo puede considerarse bastante perturbadora, ¿no le parece? —le lanza Bill.

—¿Para los niños, se refiere? —dice Scott—. Supongo. Pero el niño estaba dormido y Rachel quería ver los cuadros.

—Y usted se lo permitió.

—Yo no. Su madre. No fue mi..., y no es..., que quede claro..., los cuadros no son... gráficos. Son solo... un intento...

—¿Qué quiere decir eso?

Scott reflexiona sobre lo que intenta explicar.

—¿Qué es este mundo? —pregunta—. ¿Por qué suceden las cosas? ¿Tiene algún significado? Eso es lo que yo hago. Intentar entenderlo. Así que les enseñé mi obra, a Maggie y Rachel, y la comentamos.

Bill hace una mueca de desdén. Scott tiene claro que de lo último que quiere hablar es de arte. En la algarabía temporal, está sentado en un plató de televisión, pero una parte de él sigue en el coche, conduciendo en dirección a la ciudad, el pavimento húmedo refleja las luces traseras de los vehículos, y también está de algún modo sentado en el avión, intentando orientarse, un hombre que minutos antes ha llegado corriendo desde la parada del autobús.

—Pero usted sentía algo por ella —dice Bill—. Por la señora Bateman.

—¿Qué quiere decir que «sentía algo»? Era una persona encantadora. Adoraba a sus hijos.

—Pero no a su marido.

—No lo sé. Parecía que sí. Nunca he estado casado, así que no lo sé. No es algo de lo que hablásemos nunca…, parecía feliz. Ella y los niños se lo pasaban bien. Estaban siempre riéndose. Parecía que él, David, trabajaba mucho, pero siempre hablaban de él, de lo que harían cuando viniese papá. —Reflexiona unos instantes y añade—: Parecía feliz.

Gus circula por la autovía de Long Island cuando le entra la llamada. Han logrado recuperar la grabación de la caja negra. Está un poco deteriorada, según le explican, pero eso solo afecta a la calidad del sonido, no al contenido. El equipo está a punto de escucharla, ¿quiere Gus que le esperen?

—No —responde él—. Necesitamos saber qué contiene. Ponedla y acercad el teléfono al altavoz.

Se apresuran a prepararlo todo. Él permanece sentado en su coche marrón del gobierno y avanza con tráfico denso, arrancando y deteniéndose continuamente. Está en mitad de la isla, ya ha dejado atrás LaGuardia, pero todavía no ha llegado al Kennedy. A través de los altavoces del coche oye la frenética actividad de su equipo preparando la reproducción de la cinta. Es un documento del pasado, como el frasco que contiene el aliento de un moribundo. Las acciones y voces de la cinta son todavía un secreto, pero en breve dejarán de serlo. El último misterio se desvelará. Y todo lo que pueda ser aclarado, será aclarado. El resto de los enigmas quedarán ahí por los tiempos de los tiempos.

Gus respira aire reciclado. Las gotas de lluvia salpican su parabrisas.

Empieza la cinta.

Arranca con dos voces en la cabina de mando. El piloto, James Melody, tiene acento británico. Charles Busch, el copiloto, habla con deje texano.

—Comprobar los frenos —dice Melody.

—Comprobados —responde Busch un momento después.

—Alerones.

—Diez, diez, verde.

—Amortiguadores.

—Comprobados.

—Tendremos un ligero viento lateral —dice Melody—. Tengámoslo en cuenta. ¿Instrumental de vuelo y dispositivo de alarma visual?

—Ah, sí. Ninguna alerta.

—Entonces OK Chequeo completado.

El tráfico empieza a ser más fluido por delante de Gus. Pone el Ford a cuarenta y dos kilómetros por hora y al poco rato vuelve a reducir la velocidad porque la fila de coches que tiene delante se compacta. Decide detenerse en la cuneta para seguir escuchando, pero está en el carril central y no hay modo de salir de él.

La siguiente voz que se oye es la de Melody.

—Control de vuelo de Vineyard, aquí GullWing seis uno tres. Preparados para el despegue.

Un silencio y después se oye una voz tamizada a través de la radio.

—GullWing seis uno tres, permiso para despegar.

—Activa SRS. Entramos en pista —le dice Melody a Busch.

Gus oye ruidos mecánicos en la cinta. Al oírlos a través del teléfono le resulta difícil identificarlos, pero sabe que los técnicos en el laboratorio ya están haciendo suposiciones sobre cuáles corresponden al movimiento de los mandos y cuáles a la aceleración de los motores.

—Ciento cincuenta kilómetros por hora —dice Busch.

Más ruidos mientras el avión despega.

—Ascendemos —dice Melody—. Más verticalidad, por favor.

Entra en la grabación el controlador aéreo.

—GullWing seis uno tres, os veo. Girad a la izquierda. Volad en dirección al puente. Ascended. Contactad con Teterboro para aterrizaje. Buenas noches.

—Aquí GullWing seis uno tres, muchas gracias —dice Melody.

—Más verticalidad —dice Busch.

Una vez alcanzada la altura requerida, el avión pone rumbo a New Jersey. En condiciones normales es un vuelo de veintinueve minutos. Un vuelo muy corto. Disponen de seis minutos de tranquilidad antes de entrar en el radar de la torre de control de Teterboro.

Un golpe en la puerta.

—Capitán —dice una voz femenina. Es la azafata Emma Lightner—. ¿Quiere que le traiga algo?

—No —responde Melody.

—¿Y a mí no me preguntas? —dice el copiloto.

Un silencio. ¿Qué sucedió? ¿Qué tipo de miradas intercambiaron?

—Él tampoco necesita nada —dice Melody—. Es un vuelo corto. Mantengámonos concentrados.

Bill Cunningham se inclina hacia delante en su silla. Están en un plató diseñado para ser mirado desde un único ángulo. Eso significa que las paredes que tiene detrás están sin pintar, como si fuese un decorado construido para un episodio de *La dimensión desconocida* en el que un hombre herido poco a poco se da cuenta de que lo que cree que es real es en realidad puro teatro.

—Y en el vuelo —dice Bill—, describa lo que sucedió.

Scott asiente. No sabe por qué, pero está sorprendido de que la entrevista se esté desarrollando de este modo, como una verdadera entrevista sobre el accidente, sobre lo que sucedió. Había dado por hecho que a estas alturas ya estarían combatiendo a puñetazo limpio.

—Bueno —dice—, se hacía tarde. Mi taxi no llegaba, así que tuve que tomar el autobús. Hasta que llegamos a pie de pista, daba por hecho que había perdido el vuelo, que llegaría justo a tiempo para contemplar cómo las luces de cola desaparecían en el cielo. Pero no fue así. Me esperaron. O no me esperaron a mí, porque cuando llegué estaban cerrando la puerta, pero lo cierto es que todavía no habían despegado. Así que subí a bordo y todo el mundo estaba ya…, había gente ya sentada, Maggie y los niños, la señora Kipling. Creo que David y el señor Kipling todavía estaban de pie. Y la azafata me ofreció una copa de vino. Era la primera vez que yo subía a un jet privado. Y después el piloto dijo «tomen asiento», y así lo hicimos.

Scott había apartado los ojos de Bill y miraba directamente a los focos, recordando.

—En la televisión retransmitían un partido de béisbol. Creo que estaban en la séptima entrada. Y se oía todo el rato la voz del locutor. Recuerdo que la señora Kipling estaba sentada a mi lado y hablamos un poco. Y el niño, J. J., estaba dormido. Rachel estaba concentrada con su iPhone, quizá eligiendo canciones. Llevaba los auriculares puestos. Y entonces despegamos.

Gus avanza a paso de tortuga después de haber dejado atrás el aeropuerto de LaGuardia, mientras distingue las diferentes rutas de los vuelos que aterrizan y los que despegan. Lleva las ventanillas cerradas y el aire acondicionado apagado para poder oír mejor, pese a que afuera están a treinta y dos grados. Mientras tanto suda, y los goterones de sudor le caen por las sienes y la espalda, pero él ni se percata. Oye la voz de James Melody:

—Se ha encendido una luz ámbar.

Un silencio. Gus oye unos sonidos como de golpecitos. Y después de nuevo la voz de Melody:

—¿Me has oído? Se ha encendido una luz ámbar.

—Oh —responde Busch—. Déjame…, ya está. Creo que es la bombilla.

—Anótalo para los de mantenimiento —dice Melody. Vienen a continuación una serie de ruidos inidentificables, y después Melody exclama—: *Merde*. Espera un momento. Tengo…

—¿Capitán?

—Toma los mandos. Ya me vuelve a sangrar la maldita nariz. Voy a…, deja que me limpie.

Sonidos en la cabina de mando que Gus deduce que corresponden al piloto levantándose y yendo hacia la puerta. Mientras eso sucede, Busch dice:

—*Copy.* Tomo el mando.

La puerta se abre y se cierra. Y Busch se queda solo en la cabina.

Scott escucha el sonido de su propia voz mientras habla, en el mismo momento en que lo hace y al mismo tiempo tomando distancia.

—Y yo iba mirando por la ventanilla y pensando todo el rato lo irreal que resultaba todo, con esa sensación de sentirse como extraño cuando estás fuera de los límites de tu vida habitual, haciendo algo que parecen los actos de otra persona, como si te hubieras teletransportado y metido en la vida de otro.

—¿Y cuál fue la primera señal de que algo iba mal? —pregunta Bill—. Lo primero que usted percibió.

Scott respira hondo, intentando dar con una respuesta lógica.

—Es difícil de decir, porque se oían vítores y de pronto se transformaron en gritos de terror.

—¿Vítores?

—Por el partido. Los proferían David y Kipling…, algo estaba sucediendo en la pantalla que los… Dworkin y su bateo de récord…, y en ese momento ya no llevaban abrochados los cinturones de seguridad y recuerdo que ambos se levantaron y entonces .., no sé, el avión cayó…, y ellos tuvieron que gatear para vo er a sus asientos.

—Y usted ha declarado anteriormente, en su entrevista con los investigadores, que llevaba el cinturón desabrochado.

—Sí. Eso fue… una estupidez, la verdad. Tenía una libreta. Un cuaderno para bocetos. Y cuando el avión descendió el lápiz se me escapó de las manos y yo… me lo desabroché para recogerlo.

—Lo cual le salvó la vida.

—Sí. Supongo que es así. Pero en ese momento… todo el mundo gritaba y se oyeron esos… estallidos. Y después…

Scott se encoge de hombros, como diciendo «La verdad es que esto es todo lo que recuerdo».

Frente a él, Bill asiente.

—De modo que esta es su historia —dice.

—¿Mi historia?

—Su versión de los hechos.

—Esto es lo que yo recuerdo.

—Se le cayó el lápiz y se desabrochó el cinturón para recogerlo, y gracias a eso sobrevivió.

—No tengo ni idea de por qué sobreviví. Si eso es siquiera…, si es que hay un motivo y no se trata simplemente de…, ya sabe, las leyes de la física.

—La física.

—Sí. Ya sabe, las fuerzas físicas que me empujaron y me sacaron del avión y también permitieron que el niño sobreviviera, pero no, ya sabe, el resto de los pasajeros.

Bill guarda silencio, como diciendo: «Podría seguir hurgando, pero no lo voy a hacer».

—Hablemos de sus pinturas.

Hay un momento en toda película de terror que gira sobre el silencio. Un personaje sale de una habitación y, en lugar de seguirlo, la cámara permanece allí, centrada en nada especial, tal vez la anodina puerta o la cama de un niño. El espectador contempla ese espacio vacío, escuchando el silencio, y el hecho de que la habitación esté vacía y el hecho de que esté en silencio generan una creciente sensación de angustia. ¿Por qué seguimos aquí, esperando? ¿Qué va a suceder? ¿Qué vamos a ver? Y así, con progresiva inquietud, empezamos a buscar algo inusual en esa habitación, a forcejear contra el silencio por cualquier susurro más allá de lo ordinario. Es el carácter anodino de la habitación lo que le añade potencial de horror, lo que Sigmund Freud llamó «lo siniestro». El verdadero horror, queda claro, no viene de la brutalidad de lo inesperado, sino de la corrupción de los objetos y los espacios cotidianos, de algo que damos por hecho que es normal –la habitación de un niño– y se transforma en algo siniestro, inquietante, y socava el entramado de la vida.

De manera que nosotros contemplamos la normalidad, con la cámara estática, firme, y en la tensión de esa mirada que ya no admite parpadeos, nuestra imaginación genera una sensación de miedo que no tiene una explicación lógica.

Es esta sensación la que se apodera de Gus Franklin mientras sigue sentado en su coche en la autovía de Long Island, rodeado de gente que regresa hacia el este, hombres que vuelven del trabajo a casa, familias que regresan del colegio a sus hogares o que se dirigen a la playa para aprovechar el final de la tarde. El silencio del coche lo llena cierta crepitación, cierto siseo del aire reciclado. Es un ruido de máquina, impenetrable, pero que no se puede ignorar.

Gus se inclina hacia delante y sube el volumen, el siseo se hace atronador.

Y entonces escucha un susurro, una sola palabra, susurrada una y otra vez.

«Zorra.»

—No quiero hablar de mis pinturas –dice Scott.

—¿Por qué? ¿Qué intenta ocultar?

—Yo no…, son solo pinturas. Por definición toda su relevancia se basa en que los ojos las miren.

—Pero en este caso usted las mantiene en secreto.

—El hecho de que todavía no las haya exhibido no quiere decir que las mantenga en secreto. En estos momentos las tiene el FBI. Yo tengo las diapositivas en casa. Unas pocas personas las han visto, gente en la que confío. Pero la verdad es que mis pinturas son del todo irrelevantes.

—Déjeme planteárselo con toda claridad: un hombre que pinta escenas de desastres, literalmente catástrofes aéreas, vuela en un avión que se estrella y nosotros debemos pensar, ¿qué? ¿Que es pura coincidencia?

—No lo sé. El universo está repleto de cosas que no tienen sentido. Coincidencias azarosas. Existe un modelo estadístico en alguna parte que puede calcular los riesgos de verse involucrado en una catástrofe aérea, en un accidente de ferry o en el descarrilamiento de un tren. Estas cosas suceden a diario y ninguno de nosotros es inmune a ellas. A mí me ha tocado el número de la rifa, eso es todo.

—He hablado con un marchante —dice Bill— que me ha dicho que su trabajo está ahora valorado en cientos de miles de dólares.

—No se ha vendido ni un solo cuadro. Este valor es puramente teórico. La última vez que lo comprobé, tenía seiscientos dólares en el banco.

—¿Es por eso por lo que se ha instalado a vivir con Eleanor y su sobrino?

—¿Que si es por eso por lo que me he instalado a vivir con Eleanor y su sobrino…?

—Por el dinero. Por el hecho de que el niño ha heredado una fortuna de cerca de cien millones de dólares.

Scott lo mira.

—¿Me lo pregunta en serio? —dice.

—Desde luego que sí.

—En primer lugar, no me he instalado.

—No es eso lo que me ha contado el marido de esa mujer. De hecho, ella lo echó a patadas de su casa.

—Solo porque dos cosas sucedan una detrás de la otra no quiere decir que haya una relación causal entre ellas.

—No he estudiado en una universidad de élite, así que me va a tener que explicar qué quiere decir con esto.

—Lo que digo es que el hecho de que Eleanor y Doug se hayan separado, si es que esto es lo que ha sucedido, no tiene nada que ver con el hecho de que yo haya ido a visitarla.

Bill se yergue en su silla.

—Déjeme decirle lo que yo veo —le interrumpe—. Veo a un pintor fracasado, a un borracho, que lleva diez años sobreviviendo a duras penas después de dejar atrás su época dorada y al que ahora la vida le brinda una oportunidad.

—Se ha estrellado un avión. Ha muerto gente.

—De pronto se encuentra bajo los focos, es un héroe, y de repente todo el mundo quiere codearse con él…, empieza a tirarse a una heredera de veintitantos años. Sus cuadros de la noche a la mañana se convierten en objeto de interés…

—Nadie se ha tirado…

—Y entonces, no sé, quizá se vuelve codicioso y piensa: eh, tengo buen rollo con ese niño, que de repente ha heredado una fortuna y que además tiene una tía muy guapa y muy atractiva y un tío que es un perdedor…, así que puedo aparecer por allí como el héroe que soy y conseguir lo que quiera. ¿Qué le parece?

Scott asiente, pasmado.

—Uau —dice—. Vivimos en un mundo horripilante.

—Se llama el mundo real.

—Muy bien. Bueno, hay tal vez una docena de errores en lo que acaba de contar. ¿Quiere que se los vaya desmintiendo por orden o…?

—Entonces ¿niega usted haberse acostado con Layla Mueller?

—¿Que si estoy manteniendo una relación sexual con ella? No. Me dejó quedarme unos días en un apartamento que tiene para invitados.

—Y entonces se quitó la ropa y se metió en la cama con usted.

Scott fulmina a Bill con la mirada. ¿Cómo sabe eso? ¿Es una suposición?

—No he mantenido una relación sexual con nadie durante los últimos cinco años —responde.

—No es eso lo que le he preguntado. Le he preguntado si ella se desnudó y se metió en la cama con usted.

Scott suspira. No puede echar la culpa a nadie que no sea él mismo por encontrarse en esta situación.

—No entiendo qué importancia tiene esto.

—Responda a mi pregunta.

—No —se niega—, dígame por qué es relevante saber si una mujer adulta está interesada en mí. Dígame por qué merece la pena mencionarla en público por algo que hizo estando bajo su propio techo y que probablemente quiera mantener como algo que pertenece a su intimidad.

—Entonces ¿lo admite?

—No. Lo que estoy preguntando es ¿qué importancia tiene? ¿Nos explica por qué se estrelló el avión? ¿Nos ayuda a superar el duelo? ¿O es simplemente algo que a usted le apetece saber porque sí?

—Simplemente estoy intentando poner en evidencia que es usted un gran mentiroso.

—Diría que estoy dentro de la media —responde Scott—. Pero no cuando se trata de temas importantes. Eso forma parte de mi actitud desde que recuperé la sobriedad, es un juramento que hice, intentar vivir lo más honestamente posible.

—Entonces responda a mi pregunta.

—No, porque eso no es asunto suyo. No voy a hacer el papel de gilipollas. Le pregunto qué importancia tiene esto. Y si usted es capaz de convencerme de que mi vida personal después de la catástrofe tiene alguna relevancia para dilucidar los hechos que condujeron a la caída del avión, y que no se trata simplemente de hurgar en ella como un buitre buscando la carroña, entonces estaré encantado de contárselo con todo detalle.

Bill estudia a Scott unos instantes, con una mueca de desconcierto en el rostro.

Y entonces pone en marcha la cinta.

«Zorra.»

«Esa jodida zorra.»

Gus se da cuenta de que está conteniendo el aliento. El copiloto, Charles Busch, está solo en la cabina de mando y está murmurando estas palabras.

Y entonces, alzando la voz, Busch dice:

—No.

Y desconecta el piloto automático.

CHARLES BUSCH
31 de diciembre de 1984 – 23 de agosto de 2015

Era el sobrino de un pez gordo. Eso era lo que la gente chismorreaba a sus espaldas. Como dando a entender que de no ser por eso, no le hubieran dado el trabajo. Como si fuese un indolente, alguien poco preparado. Nacido en los últimos minutos de la Nochevieja de 1984, Charlie Busch nunca había logrado superar la sensación de que se había perdido algo vital por los pelos. En el caso de su nacimiento, lo que se perdió fue el futuro. Su vida empezó como una noticia del año que ya se terminaba y la cosa nunca mejoró mucho.

De niño le gustaba jugar. No era un buen estudiante. Las matemáticas no se le daban del todo mal, pero era una nulidad para las ciencias. Durante su infancia en Odessa, Texas, Charlie tenía los mismos sueños que los otros niños. Aspiraba a ser Roger Staubach, pero se hubiera conformado con llegar a ser Nolan Ryan. Los deportes escolares eran algo puro, estaban el lanzamiento con efecto y la estrategia para despistar a la defensa del equipo contrario, todo eso llegaba al alma. Estaban los sprints fulminantes y los movimientos con la pelota en la mano para engañar al contrario. La defensa kamikaze con el hombro bajo que se entrenaba golpeando contra los dispositivos de bloqueo que se colocaban en el campo. Ese campo de fútbol americano en el que los chicos se curten y se convierten en hombres siguiendo patrones y repitiendo movimientos. Steve Hammond y Billy Rascal. Scab Dunaway y ese mexicano enorme con manos del tamaño de entrecots. ¿Cómo se llamaba? Un bateo que lanza la pelota hacia un cielo primaveral libre de nubes. Protecciones para los hombros y cascos guardados en estrechas taquillas, impregnadas de olor a sudor y a feromonas de adolescentes en celo. Siempre dormías mejor con el guante de béisbol sucio guardado entre el colchón y el somier para ablandarlo. Chicos en una etapa de tránsito, peleándose en el barro y utilizando la cabeza como ariete. Y esa sensación de estar siempre corriendo y no cansarse nunca, estar en el banquillo diciendo maldades sobre el juego de los lanzadores, mientras tu amigo Chris Hardwick muge como una vaca. El placaje y el bloqueo. El placer primario de limpiarte el barro de las botas con cualquier palo, un grupo de chavales sentados en el banquillo, escupiendo cáscaras de pipas, atentos a la jugada decisiva. La pelota atrapada al vuelo y el cambio hacia la izquierda. La esperanza. Siempre la esperanza. Y la sensación cuando eres joven de que cada partido es la razón por la que existe el mundo. El lanzamiento con efecto y las jugadas de estrategia. Y el calor. Siempre el calor, como una rodilla aplastándote la espalda, como una bota en el cuello. Beber Gatorade de garrafas de cinco litros y mascar hielo como un loco, acuclillado, intentando aprovechar el poco viento para combatir el sofoco del mediodía a pleno sol. La percepción de una espiral perfecta mientras la pelota llega a tus manos. Los chicos en las duchas riéndose de las pollas de unos y otros, imitando los movimientos de las *cheerleaders* y meando en los pies del vecino. La pelota lanzada con la intención de darle en la cara al bateador y la pelota lanzada alta para desconcertarlo, y lo que se siente al pasar la primera base y alcanzar la segunda, atento al jardinero central, deslizando primero la cabeza, creyendo que ya estás a salvo. El miedo a no conseguirlo y el modo en que las líneas trazadas con tiza en el campo, cuando están recién pintadas, brillan como relámpagos sobre la hierba, que es de un verde tan intenso que parece irreal. El cielo es de ese color. Y las luces resplandecientes de los viernes por la noche, esas perfectas luces de alabastro y el rugido de la multitud. La simplicidad del juego, siempre hacia delante, nunca un paso atrás. Golpeas la pelota. Atrapas la pelota. Y después de la graduación ya nada vuelve a ser tan sencillo.

Era el sobrino de un pez gordo. El tío Logan, el hermano de su madre. Logan Birch, senador durante seis legislaturas por el gran estado de Texas, buen amigo de ganaderos y petroleros, y durante muchos años presidente del Comité de Recursos. Charlie lo recordaba básicamente como bebedor de whisky de centeno y por su cabello repeinado. Una visita del tío Logan era motivo suficiente para que su madre sacase la vajilla buena. Todas las Navidades iban a visitarlo a su mansión de Dallas. Charlie recordaba a toda la familia vestida con jerséis navideños a juego. El tío Logan le decía a Charlie que fortaleciese sus músculos y le apretaba con fuerza el brazo.

«Hay que endurecer a este chico», le decía a la madre de Charlie. El padre de Charlie había fallecido hacía varios años, cuando él tenía seis. Volviendo a casa del trabajo una noche, un camión articulado le dio un golpe lateral. Su coche dio seis vueltas de campana. Celebraron un funeral con el féretro cerrado y enterraron al padre de Charlie en un cementerio precioso. El tío Logan corrió con todos los gastos.

Ya en el instituto, ser el sobrino de Logan Birch le fue de gran ayuda. En el equipo de béisbol jugaba de jardinero derecho pese a que no estaba a la altura del resto de los jugadores y era incapaz de robar una base aunque le fuese en ello la vida. Este trato privilegiado se llevaba a cabo de un modo sigiloso. De hecho, durante los trece primeros años de su vida, Charlie no tenía ni idea de que se le concedían estos privilegios. Él creía que a los entrenadores les gustaba el empeño que ponía. Pero eso cambió al llegar al instituto. Fue en los vestuarios donde descubrió esa conspiración de nepotismo, por la mentalidad de manada de lobos de los chavales con suspensorios que lo rodeaban en las duchas. Después de todo, los deportes son una meritocracia. Te ponen en el equipo porque bateas bien, porque sabes correr, lanzar y atrapar. En Odessa el equipo de fútbol americano era célebre por su velocidad y precisión. Todos los años los veteranos del equipo de béisbol concedían becas a los mejores. Los deportes en el oeste de Texas eran un universo muy competitivo. Se anunciaban los partidos. Las tiendas cerraban pronto los días en que había competición. La gente se lo tomaba muy en serio. Y por lo tanto un jugador como Charlie, mediocre en todo, cantaba como una almeja.

La primera vez que fueron a por él tenía quince años, era un novato delgaducho que había conseguido los primeros puntos con un lanzamiento entre los postes. Seis tíos enormes, desnudos y sudorosos, le empujaron en la ducha.

—Vigila por donde pisas —le dijeron.

Encogido en una esquina, Charlie olía su sudor, el turbio hedor de media docena de defensas adolescentes, ninguno de ellos por debajo de los ciento diez kilos, que se habían pasado tres horas cociéndose bajo el sol del mes de agosto. Se dobló sobre sí mismo y les vomitó en los pies. Eso le valió una buena tunda y le golpearon con sus pollas por todo el cuerpo para que aprendiera la lección.

Al final, acurrucado en el suelo, se estremeció cuando Levon Davies se inclinó sobre él y le susurró al oído:

—Cuéntaselo a alguien y eres hombre muerto.

Fue el tío Logan quien movió los hilos para que Charlie fuese admitido en un programa de entrenamiento de vuelo en la Guardia Nacional. Resultó que no era mal piloto, aunque tendía a bloquearse ante los imprevistos. Después de su paso por la Guardia Nacional, mientras Charlie perdía el tiempo en Texas, incapaz de encontrar un trabajo, fue Logan quien habló con un amigo que tenía en GullWing y le consiguió a Charlie una entrevista. Y pese a que todavía no había encontrado nada en lo que fuese realmente bueno en esta vida, Charlie Busch tenía cierta chispa en la mirada, cierto contoneo de cowboy que hacía su efecto en las mujeres. Era capaz de atraer la atención en una habitación llena de gente y los trajes le quedaban bien, de modo que cuando se reunió con el director de recursos humanos de la aerolínea, parecía la incorporación prefecta para la plantilla de personal de vuelo joven y atractivo que GullWing estaba ampliando.

Lo contrataron como copiloto. Eso sucedió en septiembre de 2013. A él le encantaron los jets de lujo, los clientes para los que trabajaba, multimillonarios y jefes de Estado. Aquello le hacía sentirse importante. Pero lo que de verdad le gustaba eran las azafatas de cuerpos esculturales. «Dios mío», pensó la primera vez que vio a los miembros de la tripulación femenina con los que voló. Cuatro bellezas de distintas partes del mundo, que podían competir por ver cuál estaba más buena.

—Señoritas —les dijo bajándose las gafas de espejo y dedicándoles su mejor sonrisa texana. Las chicas ni se inmutaron. Resultó que no se acostaban con copilotos. Desde luego que la compañía tenía normas claras con respecto a esto, pero se trataba de algo más que de normas. Esas chicas eran sofisticadas y habían visto mucho mundo. Muchas de ellas hablaban varios idiomas. Eran ángeles a los que los mortales podían mirar, pero no tocar.

Vuelo tras vuelo, Charlie repetía su juego. Y vuelo tras vuelo era rechazado. Resultó que ni siquiera su tío podía conseguirle el acceso a las bragas de una azafata de GullWing.

Llevaba ocho meses en la compañía cuando conoció a Emma. De inmediato se dio cuenta de que era diferente de las demás, que tenía los pies en el suelo. Y tenía ese pequeño hueco entre los dientes delanteros. En varias ocasiones durante un vuelo la había pillado en la cocinilla tarareando para sí misma. Y cuando se percataba de que él la estaba mirando, se sonrojaba. Charlie consideraba que no era la tía más buena de la plantilla, pero resultaba alcanzable. Él era un león acechando a una manada de antílopes, esperando a dar con el ejemplar más débil para abalanzarse sobre él.

Emma le contó que su padre había estado en las Fuerzas Aéreas, así que Charlie sobredimensionó su paso por la Guardia Nacional, contándole que había pasado un año en Irak pilotando F-16. Él ya había calado que la chica estaba muy apegada a su padre. Charlie tenía ahora veintinueve años. Su padre había fallecido cuando tenía seis. El único modelo que había tenido para aprender a comportarse como un hombre fue un bebedor de bourbon con el cabello repeinado que cada vez que lo veía le decía a Charlie que tenía que fortalecer su musculatura. Él era consciente de que no era ni tan listo ni estaba tan preparado como los otros chicos. Y sabía que debía suplir esa falta de talento desarrollando otros modos de promocionarse. No tardó en darse cuenta de que no se trataba de tener confianza en uno mismo. Simplemente de parecer que la tenías. Nunca fue un gran lanzador en el béisbol, así que aprendió a llegar a la base caminando tranquilamente. En el fútbol americano era incapaz de conseguir un lanzamiento de cuarenta yardas, así que se dedicó a dominar el de diez yardas de las jugadas de estrategia. En la clase aprendió a esquivar las preguntas difíciles saliéndose por la tangente con un chiste. Aprendió a echar pestes de los demás en la cancha de baloncesto y a fanfarronear en la Guardia Nacional. Llegó a la conclusión de que vestir el uniforme te convertía en un seductor. Del mismo modo que llevar un arma te convertía en soldado. Puede que consiguiese ese uniforme gracias al nepotismo, pero no había ninguna duda de que su currículo era auténtico.

Y sin embargo, ¿quién había querido a Charles Nathaniel Busch por sí mismo? Era el sobrino de alguien importante, un chico con aspiraciones, el atleta del instituto que se había convertido en piloto. La suya parecía, a todos los efectos, una típica historia de éxito a la americana, y así era como se refería a ella. Pero en lo más profundo de su ser era consciente de la verdad. Era un fraude. Y saber esa verdad lo amargaba. Lo convertía en una persona ruin.

Tomó como pasajero un vuelo de GullWing en Heathrow y aterrizó en Nueva York a las 15.00 del domingo 23 de agosto. Habían pasado seis meses desde que Emma rompió con él, desde que le pidió que dejase de llamarla, que dejase de pasarse por su casa y que dejase de intentar conseguir los vuelos en que iba ella como azafata. Ahora ella tenía programado un vuelo corto de ida y vuelta a Martha's Vineyard, y a Charlie se le había metido entre ceja y ceja que si conseguía estar unos minutos a solas con ella se lo podría hacer entender. Lo mucho que la amaba. Lo mucho que la necesitaba. Y lo mucho que sentía todo lo que había sucedido. Básicamente todo. Cómo la había tratado. Las cosas que le había dicho. Si simplemente tuviese la ocasión de poder explicarse. Si ella pudiese ver que en el fondo él no era un mal chico. Claro que no. Era alguien que llevaba tanto tiempo engañando a todo el mundo que había acabado devorado por el miedo a ser descubierto. Y todo, el engreimiento, los celos, la mezquindad, era fruto de esa presión. Pásate veinte años pretendiendo ser quien no eres y verás como eso te cambia el carácter. Pero Dios mío, él ya no quería seguir atenazado por el miedo. No con Emma. Quería que ella aceptase verse con él. Con su auténtico yo. Llegar a conocerlo de verdad. Porque ¿acaso no se merecía él, aunque fuese por una vez, una oportunidad en su vida? ¿Una oportunidad de ser amado por lo que era y no por lo que pretendía ser?

Pensó en lo sucedido en Londres, el volver a ver a Emma fue como una mordedura de serpiente, con el veneno diseminándose por sus venas, y su instinto cuando emergió fue atacar, acortar la distancia entre él y su… ¿qué? ¿Oponente? ¿Presa? No lo tenía claro. Fue solo una sensación, una suerte de avance fruto del pánico, que le hizo darse aires de importancia, reajustarse los pantalones y lanzarse a su pavoneo de cowboy. Hacía mucho tiempo que tenía claro que lo único que uno puede hacer cuando algo le importa demasiado es actuar como si le importase una mierda, y eso lo había aplicado en el instituto, en el trabajo y en el amor.

Le había funcionado tantas veces que ese comportamiento ya se le había enquistado, así que cuando vio a Emma, cuando el corazón se le aceleró al borde de la taquicardia, se sintió vulnerable y expuesto, eso fue lo que hizo. Se puso altivo. La insultó por sus kilos de más. Y se pasó el resto de la noche persiguiéndola como un perrito faldero.

Peter Gaston se había mostrado encantado de cambiarle a Charlie su vuelo a Martha's Vineyard y así poder quedarse un par de días más de relax en Londres. Habían intimado el viernes por la noche en el Soho, saltando de bar a nightclub y consumiendo vodka, ron, éxtasis y un poco de coca. Su próximo control de estupefacientes no estaba programado hasta al cabo de dos semanas y Peter conocía a un tío que podía conseguirles una muestra de orina limpia. Así que se desmelenaron. Charlie intentaba reunir coraje suficiente. Cada vez que miraba a Emma, sentía que se le partía el corazón. Era tan guapa. Tan dulce. Y él la había cagado monumentalmente. ¿Por qué le había dicho eso hacía un rato, lo de que había ganado algunos kilos? ¿Por qué siempre tenía que acabar comportándose como un gilipollas? Cuando ella apareció saliendo del baño con una toalla, lo único que él deseaba era abrazarla, besarle los párpados tal como ella solía besárselos a él, sentir el pálpito del corazón de ella contra su cuerpo, aspirar su aliento. Pero en lugar de eso tuvo que soltar su ocurrencia de mierda.

Pensó en la expresión del rostro de ella aquella noche en que le puso las manos alrededor del cuello y apretó. Cómo la inicial excitación por el juego sexual se transformó en desconcierto y después en terror. ¿Realmente él creía que eso a ella le iba a gustar? ¿Que ella era ese tipo de chica? Había conocido a algunas así, las kamikazes tatuadas a las que les gustaba ser castigadas por lo que eran, a las que les gustaban los arañazos y los moretones de la colisión animal más desenfrenada. Pero Emma no era de esas. Se le veía en los ojos, en su modo de comportarse. Era normal, una chica sana, que no arrastraba las heridas de una infancia jodida. Lo cual era lo que la convertía en una elección tan buena para él, en una decisión tan sana por parte de Charlie. Ella era la Virgen. No una puta. Una mujer con la que podía casarse. Una mujer que podía salvarle. Así que ¿por qué lo había hecho? ¿Por qué la había estrangulado? A menos que fuese para bajarla a su nivel. Para hacerle saber que el mundo no era el parque temático seguro y resplandeciente que ella creía.

Charlie lo pasó mal después de aquella noche, después de que ella le dejase y no volviese a cogerle el teléfono. Se pasó varios días sin salir de la cama desde el amanecer hasta el anochecer, angustiado y lleno de odio. En el trabajo mantuvo el tipo, ocupando su puesto de copiloto en despegues y aterrizajes. Tantos años ocultando sus flaquezas le habían enseñado a disimular, se sintiese como se sintiese por dentro. Pero durante esos vuelos sentía un impulso animal, una descarga de adrenalina que le inducía a tomar los mandos y hacer descender el avión en picado, a destruirlo. A veces el impulso era tan intenso que tenía que simular una urgencia intestinal y encerrarse en el lavabo, respirando profundamente en la oscuridad.

Emma. Como un unicornio, la mítica llave a la felicidad.

Sentado en ese bar de Londres contemplaba sus ojos, la comisura de sus labios. Notó cómo ella evitaba deliberadamente mirarle, cómo los músculos de su espalda se tensaban cada vez que él elevaba la voz en el bar, contándole chistes a Gaston. Estaba claro que ella lo odiaba, ¿pero no era el odio un modo de amar cuando el dolor se hace insoportable?

Pensó que podía arreglarlo, revertir la situación, desactivar ese odio si utilizaba las palabras adecuadas, los sentimientos adecuados. Se tomaría una copa más y después pasaría a la acción. Le cogería la mano suavemente y le pediría que salieran para fumarse un cigarrillo y poder hablar. Anticipaba cada palabra, cada movimiento en su cabeza, cómo por primera vez sería él mismo. Cómo se lo explicaría todo, la Historia de Charlie, y cómo ella al principio permanecería con los brazos cruzados, a la defensiva, pero conforme él avanzase en su relato, le contase la muerte de su padre, su infancia, criado por su madre viuda y cómo acabó bajo la tutela de su tío, cómo, sin saberlo él, su tío le fue abriendo todas las puertas. Pero eso no era lo que él quería. Lo que él quería era ser juzgado por sus propios méritos, pero con el tiempo empezó a sentir miedo de no estar a la altura de lo que se esperaba de él. Así que se rindió y dejó que las cosas siguiesen como estaban. Pero ahora todo eso se había terminado. Porque Charlie Busch estaba preparado para ser él mismo. Y quería que Emma fuese su chica. Y conforme él fuese contando todo esto, ella bajaría los brazos. Se le acercaría. Y finalmente lo abrazaría y se besarían.

Se tomó otro whisky con 7 Up y otra cerveza. Y después, mientras estaba en el lavabo con Peter preparándose otra raya, Emma desapareció. Él salió del meódromo limpiándose la nariz y ella había desaparecido. Charlie se dirigió hacia las otras chicas, nervioso y desconcertado.

—Eh —dijo—, esto…, ¿Emma se ha largado?

Las chicas se rieron de él. Lo miraron con su jodida arrogancia de modelos y le ladraron con desdén.

—Cariño —le dijo Chelsea—, ¿realmente crees que juegas en la misma liga?

—Joder, simplemente decidme si se ha marchado.

—Lo que tú digas. Ha dicho que estaba cansada. Ha vuelto al apartamento.

Charlie dejó el dinero de las copas en la barra y salió a la calle. Llevaba tal colocón por el alcohol y las drogas que caminó diez manzanas en la dirección contraria antes de darse cuenta. Joder, joder. Y para cuando llegó al apartamento, ella ya se había marchado. Su equipaje había desaparecido.

Se había evaporado.

Y al día siguiente, el sábado, cuando Peter dijo con voz lastimera que tenía que ir a Nueva York para un vuelo y dejó caer que Emma también estaba en esa tripulación, Charlie se ofreció para sustituirlo. Mintió y le dijo a Peter que ya lo aclararía él con la compañía, pero no fue hasta que se presentó en el aeropuerto de Teterboro en New Jersey que alguien supo que Charlie iba a ocupar la plaza de Peter. Y a esas alturas ya era demasiado tarde para hacer nada.

Consiguió una plaza en una butaca plegable en la cabina de mando de un 737 que cruzaba el Atlántico, y se bebió un café tras otro para intentar recuperar la sobriedad y centrarse. Presentándose de ese modo en Londres, había asustado a Emma. Ahora lo veía claro. Quería disculparse, pero ella se había cambiado el número de teléfono y había dejado de responder a sus emails. Por tanto, ¿qué otra opción le quedaba? ¿De qué otro modo podía intentar arreglarlo, si no era siguiéndola una vez más, para declararle su amor y confiar en la indulgencia de ella?

Teterboro era un aeropuerto privado a veinte kilómetros de Manhattan, en el que GullWing disponía de un hangar con el logo —dos manos entrelazadas por los pulgares, con el resto de los dedos desplegados como alas— en tonos grises adornando el revestimiento de latón del edificio. La oficina del hangar estaba cerrada los domingos, solo quedaba allí el personal indispensable. Charlie cogió un taxi en el JFK, atravesó la ciudad por la ronda en dirección norte y llegó al puente de George Washington. Intentó no mirar el taxímetro mientras la tarifa iba subiendo. Disponía de una tarjeta Amex Platinum y por otro lado pensó que no importaba lo que costase. Hacía esto por amor. Peter le había proporcionado el itinerario del vuelo. El despegue desde New Jersey estaba programado para las 18.50. El avión era un OSPRY 700SL. Harían el corto vuelo hasta Martha's Vineyard sin pasajeros, los recogerían allí y emprenderían el regreso. Ni siquiera necesitarían repostar. Charlie calculó que eso le proporcionaba cinco horas para tratar de encontrar un momento de intimidad con Emma, para llevársela a algún sitio un poco apartado, acariciarle la mejilla, hablarle como solían hacerlo antes, tomar su mano y decirle: «Lo siento». Decirle: «Te quiero. Ahora lo sé. Me he comportado como un idiota. Por favor, perdóname».

Y ella lo haría, porque ¿cómo no iba a hacerlo? Lo que hubo entre ellos fue especial. La primera vez que hicieron el amor, ella gritó, por el amor de Dios. Gritó por lo hermoso que fue. Y él la había cagado, aunque todavía no era demasiado tarde. Charlie había visto todas esas comedias románticas que embelesan a este tipo de chicas. Sabía que la perseverancia era la clave. Emma lo estaba poniendo a prueba. Eso era todo. Quería que demostrase que había cambiado. Era una actitud cien por cien femenina. Lo amaba, pero necesitaba ponerlo a prueba. Para que él le demostrase que podía ser estable, fiable, para mostrarle que esta vez todo iba a ser como un cuento de hadas. Ella era la princesa y él era el caballero a lomos de un caballo. Y lograría demostrárselo. Él le pertenecía a ella, ahora y para siempre, y jamás cejaría en su empeño. Y cuando ella lo entendiese caería rendida en sus brazos y volverían a estar juntos.

Mostró su licencia de piloto en la garita de seguridad de Teterboro. El guardia les indicó con una seña que podían pasar. Charlie sintió los nervios en el estómago, se pasó la mano por la cara. Pensó que ojalá se hubiera acordado de afeitarse, preocupado por poder parecer macilento y cansado.

—Es el hangar blanco —le indicó al taxista.

—Doscientos sesenta y seis —le dijo el tipo cuando se detuvieron.

Charlie utilizó la tarjeta para pagar y se apeó del vehículo con su pequeña maleta con ruedas. El OSPRY estaba aparcado en la pista justo enfrente del hangar. Los reflectores del edificio hacían resplandecer el fuselaje. Nunca se cansaba de ver un aparato así, una máquina de precisión como un reluciente pura sangre perfectamente rígido y sólido en su estructura exterior, pero suave como la mantequilla en su funcionamiento. Un equipo de tierra de tres personas estaba llenando el depósito y había un camión del catering aparcado junto al morro. Ciento cuatro años atrás, dos hermanos construyeron el primer aeroplano y lo hicieron volar en una playa de Carolina del Norte. Ahora había escuadrillas de cazas, cientos de aerolíneas comerciales, aviones de carga y jets privados. Volar se había convertido en una rutina. Pero no para Charlie. Él todavía disfrutaba de la sensación de las ruedas dejando de tocar el suelo, cuando el avión se elevaba hacia la estratosfera. Pero esa reacción no le sorprendía. Después de todo, era un romántico.

Charlie echó un vistazo a su alrededor en busca de Emma, pero no la vio. Se había puesto el uniforme de piloto en los lavabos del JFK. Verse en el espejo con ese uniforme impolutamente blanco le subió la moral. ¿Quién era sino el Richard Gere de *Oficial y caballero*? Con él puesto, arrastró su maleta con ruedas hacia el hangar, con los tacones golpeando ruidosamente en el asfalto. El corazón le iba a mil por hora y estaba sudando como si volviese a estar en el instituto, a punto de pedirle a Cindy Becker si quería ir al baile de fin de curso con él.

«Joder —pensó—. ¿Qué te está haciendo esta tía? Recupera la compostura, Busch.»

Sintió una punzada de ira, la rabia de un animal que se revuelve en su jaula, pero evitó dejarse vencer por ella.

«Aplaca esta mierda, Busch —dijo para sus adentros—. Mantente concentrado en la misión.»

Entonces Charlie vio a Emma en la oficina de la segunda planta. El corazón se le aceleró.

Dejó la maleta y salió corriendo escaleras arriba. La oficina estaba en una plataforma elevada construida en el interior del hangar. Solo se permitía el acceso al personal. Los clientes ni siquiera entraban en el hangar. Se les llevaba al avión directamente desde la limusina. La compañía tenía unas estrictas normas que obligaban a los empleados a mantener fuera de la vista de los clientes las bambalinas de GullWing Air, no podía verse nada que pudiera hacer explotar la burbuja de viaje de lujo que se le ofrecía al cliente.

Para acceder a la oficina había que subir por una escalera metálica. Al poner una mano sobre la barandilla, Charlie notó que se le secaba la boca. Se enderezó y se ajustó la gorra, ladeándosela un poco. ¿Debía ponerse las gafas de espejo? No. Esto iba de conectar, de establecer contacto visual. Sentía las manos como descontrolados animales salvajes, los dedos se le habían agarrotado, así que se las metió en los bolsillos y se concentró en cada peldaño que pisaba, en subir y bajar los pies. Llevaba pensando en este momento las últimas dieciséis horas, en ver a Emma, en cómo le sonreiría cálidamente y le demostraría que podía ser alguien tranquilo y amable. Y sin embargo se sentía todo menos tranquilo. Llevaba tres días sin dormir más de dos horas seguidas. La cocaína y el vodka era lo que lo mantenía a tono, lo que le permitía seguir despierto. Volvió a repasarlo todo mentalmente. Llegaría a la plataforma, abriría la puerta. Emma se giraría y lo vería y él se detendría y se quedaría muy quieto. Le abriría su corazón, le mostraría con la presencia de su cuerpo y de sus ojos que estaba aquí, que había entendido su mensaje. Que estaba aquí y que no iba a marcharse a ningún sitio.

Solo que no sucedió así. En lugar de eso, cuando ya llegaba arriba se encontró con que Emma ya estaba mirando en su dirección, y cuando lo vio se puso pálida. Su rostro. Y abrió los ojos como platos. Peor todavía, él vio cómo lo miraba ella, se quedó petrificado, literalmente, con el pie derecho en el aire, y alzó la mano a modo de… saludo. ¿Un saludo? ¿A qué idiota se le ocurre saludar con la mano como un marica a la chica de sus sueños? E inmediatamente ella se volvió y se metió rápidamente en la oficina.

«Mierda —pensó él—, puta mierda.»

Exhaló y acabó de subir la escalera. Stanhope, la coordinadora de guardia esa noche, estaba en la oficina. Era una mujer mayor sin apenas labios, tan solo un rictus de enojo bajo la nariz.

—Vengo, eh, para volar en el seis uno tres —dijo Charlie—. Me presento.

—Tú no eres Gaston —dijo ella consultando el registro.

—Una observación jodidamente sagaz —respondió él mientras con la mirada rastreaba en busca de Emma los cubículos del fondo de la oficina, visibles a través de la pared acristalada.

—¿Disculpa?

—Nada. Lo siento. Yo solo… Gaston está enfermo. Me ha pedido que lo sustituya.

—Bueno, debería haberme avisado a mí. No puede ser que el personal intercambie turnos así. Fastidia toda la…

—Desde luego. Yo solo le estoy haciendo a este tío un… ¿Has visto adónde ha ido Emma?

Siguió mirando a través del cristal, buscando a la chica de sus sueños, un poco agobiado. Su mente iba a mil por hora, valorando posibles escenarios, echando humo para encontrar un modo de reconducir ese desastre.

«Ha huido —pensó—. La muy jodida se ha largado y… ¿por qué lo ha hecho?»

Charlie miró hacia el mostrador y mostró su mejor sonrisa.

—¿Cómo te llamas? ¿Jenny? Lo siento, pero… es ya casi la hora de despegar. ¿Podemos resolver el papeleo a la vuelta?

La mujer asintió.

—De acuerdo. Lo haremos después del vuelo de regreso.

Charlie se dio la vuelta. Ella lo llamó.

—Pero ven a verme cuando aterricéis. Si tenemos estos protocolos es por un motivo.

—Vale —dijo Charlie—. Por supuesto. Disculpa por el… No sé por qué Gaston no te ha telefoneado para avisarte.

Se dirigió al avión dando traspiés, mirando a su alrededor en busca de Emma. Subió por la escalerilla y le sorprendió ver que ella ya estaba en la cocinilla, partiendo hielo.

—Eh —dijo Charlie—. ¿Dónde te has…? Te estaba buscando.

Ella se volvió hacia él.

—¿Por qué estás…? No quiero verte… No.

Él se abalanzó sobre ella para abrazarla y para hacerla callar, el amor lo arreglaría todo. Pero ella se apartó, con odio en la mirada, y lo abofeteó con todas sus fuerzas.

Con la mejilla dolorida, él la miró fijamente. Era como si durante un día por lo demás completamente normal, el sol hubiera estallado de pronto en el cielo. Ella le sostuvo la mirada, desafiante, y de pronto la apartó, asustada.

Charlie contempló cómo Emma se alejaba y después se volvió lentamente, con la mente en blanco, y entró en la cabina de mando. Casi chocó con Melody, el piloto del vuelo. James. Un tipo más mayor, no muy divertido pero competente. Extremadamente. Un británico pretencioso que lo tenía todo bajo control. Pero Charlie sabía cómo tratarlo. Formaba parte del juego.

—Buenas tardes, capitán —saludó.

Melody lo reconoció y frunció el ceño.

—¿Qué le ha pasado a Gaston? —le preguntó.

—Me tienes a mí —le dijo Charlie—. Algo del estómago, creo. Yo lo único que sé es que me han llamado.

El capitán se encogió de hombros. En todo caso, era un problema de la oficina central.

Conversaron un rato más, pero Charlie no prestaba atención. Estaba pensando en Emma, en lo que le había dicho. En lo que él hubiera podido hacer de un modo diferente.

Pasión era lo que había entre ellos, se dijo a sí mismo de pronto. Fuego. La idea le animó, el picor en la mejilla empezó a disiparse.

Mientras encendía los sistemas y hacía el chequeo de funcionamiento, Charlie se dijo que estaba manejando bien la situación, quizá no de un modo óptimo, pero… Ella simplemente se estaba haciendo la difícil. Las próximas seis horas todo iría como un reloj. Procedimiento de despegue. Procedimiento de aterrizaje. Llegar allí y después de vuelta en cinco horas, y luego sería él quien se cambiaría el número de teléfono, y cuando ella recuperase el sentido común y se diese cuenta de que lo había perdido, pues bueno, entonces sería ella la que le rogaría que le perdonase.

Mientras encendía los motores, oyó que se abría la puerta de la cabina de mando. Apareció Emma.

—Manténgalo alejado de mí —le dijo a Melody, señalando a Charlie, y volvió a la cocinilla.

El capitán miró a su copiloto.

—*Touché* —dijo Charlie—. Debe de estar pasando por esos días del mes.

Acabaron la revisión previa al despegue y cerraron la trampilla. A las 18.59 recorrieron la pista de despegue y se elevaron sin incidencias, alejándose del sol poniente. Unos minutos después, el capitán Melody viró a estribor y enfiló hacia la costa.

Charlie se pasó el resto del vuelo hasta Martha's Vineyard mirando el océano por la ventanilla, ostentosamente recostado en su asiento. A medida que se apaciguaba su ira, la tensión que le había ido proporcionando energía, se sintió agotado, desinflado. La verdad era que prácticamente no había dormido durante las últimas treinta y seis horas. Unos minutos en el vuelo desde Londres, pero estaba demasiado acelerado para relajarse. Probablemente se tratase de un efecto persistente de la coca, o de los vodkas y Red Bulls que se había estado tomando. Fuera lo que fuese, ahora que su misión había fracasado, que había implosionado épicamente, estaba destrozado.

Cuando faltaban quince minutos para aterrizar en Martha's Vineyard, el capitán se levantó y puso una mano sobre el hombro de Charlie. Él pegó un bote en el asiento, asustado.

—Todo tuyo —le dijo Melody—. Voy a buscarme un café.

Charlie asintió y se reincorporó en el asiento. El avión volaba con el piloto automático, deslizándose dócilmente por el extenso paisaje azul. El capitán, después de salir de la cabina de mando, cerró la puerta (que hasta entonces había permanecido abierta). A Charlie le llevó un rato percatarse de este detalle. Que el capitán había cerrado la puerta. ¿Y qué? ¿Por qué lo había hecho? Había permanecido abierta durante el despegue. ¿Por qué la cerraba ahora?

La única explicación era que quería tener privacidad.

Charlie sintió que se ruborizaba. Era eso. Melody quería privacidad para poder hablar con Emma.

«Sobre mí.»

La adrenalina se extendió por el riego sanguíneo de Charlie. Necesitaba concentrarse. Se abofeteó en la cara un par de veces.

«¿Qué hago?»

Repasó sus opciones. Su primer instinto fue salir ahí fuera y encararse con ellos, decirle al piloto que eso no era asunto suyo. «Vuelve a tu asiento, viejo.» Pero eso era irracional. Probablemente podían despedirlo si hacía algo así.

No. No haría nada. Era un profesional. Ella era la reina del dramón, la que se traía al trabajo los asuntos personales. Él se limitaría a pilotar (bueno, a supervisar el piloto automático que pilotaba el avión) y a comportarse como un adulto con los pies en el suelo.

Y sin embargo tenía que admitir que esa situación le reconcomía. La puerta cerrada. No saber qué estaba sucediendo al otro lado. Qué estaba diciendo ella. Dejando de lado la sensatez se levantó, volvió a sentarse, volvió a ponerse de pie. Y cuando ya se estaba dirigiendo hacia la puerta, esta se abrió y apareció el capitán con su café.

—¿Todo bien? —le preguntó mientras volvía a cerrar la puerta.

Charlie se volvió e hizo un gesto como de estiramiento.

—Desde luego —dijo—. Es solo que… se me ha agarrotado la pierna. Estoy intentando estirarla.

El sol estaba ya empezando a desaparecer en el horizonte cuando hicieron la aproximación al aeropuerto de Martha's Vineyard. Después de aterrizar, Melody avanzó por la pista hasta dejar atrás la torre de control y aparcó. Charlie se levantó en cuanto apagaron los motores.

—¿Adónde vas? —le preguntó el capitán.

—A fumar un cigarrillo —respondió él.

El capitán se puso de pie.

—Después —le dijo—. Quiero que hagas una revisión exhaustiva de los mandos. Los he notado duros al aterrizar.

—¿Solo un cigarrillo rápido? —rogó Charlie—. Tenemos como una hora hasta el despegue.

El capitán abrió la puerta de la cabina de mando. Detrás de él, Charlie podía ver a Emma en la cocinilla. Al oír que se abría la puerta de la cabina, se volvió para mirar, vio a Charlie y apartó la vista rápidamente. El capitán movió la cadera para taparle la visión a Charlie.

—Revisa los mandos —le dijo, y salió cerrando la puerta detrás de él.

«Puta mierda», pensó Charlie, volviéndose hacia el ordenador de vuelo. Suspiró, una, dos veces. Se levantó. Se sentó. Se frotó las manos hasta que las notó calientes y después se restregó con ellas los ojos. Había pilotado el avión quince minutos antes de aterrizar. Los mandos funcionaban perfectamente. Pero Charlie era un profesional. Don Profesional, así que hizo lo que se le pedía. Esa había sido siempre su estrategia. Cuando te pasas la vida interpretando un papel, aprendes a hacerlo de un modo impecable. Ten los deberes a punto. Sé el primero en salir al campo para los entrenamientos. Mantén el uniforme planchado y limpio, el cabello corto, la cara bien afeitada. Mantente bien firme. Interpreta tu papel.

Para tranquilizarse, sacó los auriculares y se puso unas canciones de Jack Johnson. ¿Melody quería que chequease el sistema? Perfecto. No se limitaría a hacer lo que le pedía. Lo haría realmente a fondo. Empezó con la revisión mientras escuchaba el rasgueo suave de unas guitarras. Fuera, los últimos rayos de sol estaban desapareciendo detrás de los árboles y el cielo adquirió un tono azul oscuro.

Treinta minutos más tarde, el capitán encontró a Charlie en su asiento, dormido. Negó con la cabeza y se sentó. Charlie se despertó de golpe, con el corazón a cien, desorientado.

—¿Qué? —dijo.

—¿Has hecho el chequeo? —le preguntó Melody.

—Eh, sí —respondió Charlie, pulsando unos interruptores—. Todo… parece en orden.

El capitán lo miró, pensativo, y asintió.

—De acuerdo. El primer cliente ya ha llegado. Quiero que estemos preparados para despegar a las veintidós cero cero.

—Claro —dijo Charlie acompañando la afirmación con un ademán—. ¿Puedo…? Tengo que orinar.

El capitán asintió.

—Vuelve rápido.

Charlie asintió.

—Sí, señor —dijo, arreglándoselas para que apenas se apreciase un atisbo de sarcasmo en su tono.

Salió de la cabina de mando. El lavabo de la tripulación estaba justo al lado. Vio a Emma esperando en la puerta a los primeros clientes, que estaban a punto de entrar. En el exterior vio lo que parecía un vehículo familiar de cinco plazas aparcado cerca del avión e iluminado por los faros de un Range Rover. Contempló la nuca de Emma. Llevaba el cabello recogido en un moño y un mechón suelto de pelo color caoba le caía ondulado sobre la mejilla. Al verlo se quedó obnubilado, sintió una imperiosa necesidad de arrodillarse ante ella y apoyar la cabeza contra su regazo en un acto de penitencia y devoción, el gesto de un amante, pero también el de un hijo ante su madre, ya que lo que buscaba no era el placer sensual del cuerpo desnudo, sino el gesto maternal de las manos de ella sobre su cabeza, la aceptación incondicional, el tacto de los dedos sobre su cabello, la caricia sobre la espalda hasta que se quedase dormido. Y él estaba tan cansado, tan profundamente cansado.

En el lavabo se contempló en el espejo. Tenía los ojos inyectados en sangre, las mejillas oscurecidas por la barba incipiente. Él no quería ser esa persona. Un perdedor. ¿Cómo había podido caer tan bajo? ¿Cómo había permitido que esa chica lo destrozase de ese modo? Cuando salían, él sentía que el cariño de ella lo ahogaba, por el modo en que le cogía de la mano en público, por el modo en que apoyaba la cabeza sobre su hombro. Como si lo estuviese señalando. Estaba tan pendiente de él, que a Charlie le parecía que esa chica actuaba. Como alguien que llevaba toda la vida actuando, estaba seguro de poder detectar a otra persona que jugase al engaño a un kilómetro de distancia. De modo que optó por mostrarse frío con ella. La apartó para comprobar si ella volvía. Y lo hizo. Eso a él lo desquició. «Te tengo clichada —pensó—. Sé que estás fingiendo. He descubierto el engaño. Así que deja de actuar.» Pero ella simplemente parecía dolida, confundida. Y finalmente, una noche, cuando él se la estaba follando y ella levantó el brazo, le acarició la mejilla y le dijo «Te quiero», algo en su interior se resquebrajó. La agarró del cuello, al principio solo para hacerla callar, pero entonces, al ver el miedo en sus ojos, el modo en que su cara se enrojecía, empezó a apretar con más fuerza y su orgasmo fue como el fogonazo de un relámpago que le recorrió el cuerpo desde las pelotas hasta el cerebro.

Después, tras contemplarse en el espejo, se dijo que tenía razón. Ella estaba actuando. Había estado jugando con él y ahora que ya se había aburrido simplemente se lo había sacado de encima.

Se limpió la cara y se secó las manos con una toalla. El avión oscilaba cuando subían los pasajeros por la escalerilla. Oyó voces, el sonido de risas. Se pasó la mano por el cabello, se reajustó la corbata.

«Soy un profesional», pensó. Y entonces, justo antes de abrir la puerta y volver a la cabina de mando:

«Zorra.»

EL VUELO

En la cinta Gus escucha una voz grabada:

—Piloto automático desconectado.

«Aquí está —piensa—. El principio del fin.»

Escucha el ruido de los motores, un incremento de la potencia que, por el registro de datos del vuelo, sabe que se corresponde con el momento en que el copiloto desciende bruscamente y aumenta la velocidad.

—¿Qué te parece esto? —oye murmurar a Busch—. ¿Es esto lo que quieres?

Ahora ya es solo cuestión de tiempo. El avión se estrellará contra el agua en menos de dos minutos.

Ahora escucha los golpes en la puerta y la voz de Melody.

—Por Dios, déjame entrar. Déjame entrar. ¿Qué está sucediendo? Déjame entrar.

Pero ahora el copiloto guarda silencio. Fueran los que fuesen los últimos pensamientos que se le pasaron por la cabeza, se los guarda para sí mismo. Lo único que se oye, por debajo de los gritos desesperados del piloto, es el sonido del avión trazando una espiral hacia la muerte.

Gus se inclina hacia delante y sube el volumen, tratando de escuchar algo más, lo que sea por encima del zumbido mecánico de la vibración de los motores. Y entonces... disparos. Gus pega un salto e invade el carril izquierdo. A su alrededor suenan bocinazos. Maldiciendo, corrige la dirección del volante y regresa a su carril, perdiendo la cuenta de los disparos que suenan. Al menos seis, cada uno como un cañonazo en el silencio de la grabación. Y por debajo de ellos el sonido de un mantra susurrado:

—Mierda, mierda, mierda, mierda.

Bang, bang, bang, bang.

Y a continuación un aumento de la potencia de los motores cuando Busch incrementa la velocidad y el avión gira sobre sí mismo cayendo como una hoja a punto de desaparecer por un desagüe.

Y aunque sabe cómo termina todo, Gus se sorprende implorando que el capitán y el guardaespaldas israelí logren derribar la puerta, bloqueen a Busch y el capitán se siente a los mandos y dé con una solución milagrosa para enderezar el avión. Y como sumándose a la tensión que le hace contener el aliento, los disparos son reemplazados por el sonido de un cuerpo golpeando contra la puerta metálica de la cabina de mando. Más adelante los técnicos recrearán los sonidos y dilucidarán cuál corresponde a un hombre golpeando y cuál a una patada, pero ahora mismo son simplemente los desesperados sonidos del instinto de supervivencia.

«Por favor, por favor, por favor», piensa Gus, pese a que la parte racional de su cerebro sabe que quienes viajan en ese avión están condenados.

Y entonces, un segundo antes del choque, una única sílaba:

—Oh.

Después —el impacto— una algarabía de tal magnitud y consecuencias que Gus cierra los ojos. Dura cuatro segundos, los impactos primario y secundario, el ruido del ala desprendiéndose, del fuselaje partiéndose. Busch debió morir de inmediato. Los otros tal vez sobrevivieron uno o dos segundos, y los mató no el impacto sino los restos que salieron volando. Ninguno, gracias a Dios, vivió lo suficiente para ahogarse mientras el avión se hundía hasta el fondo marino. De eso tenían la certeza por las autopsias.

Y sin embargo, en medio del caos, un hombre y un niño sobrevivieron. Escuchar la grabación en el coche convierte ese hecho en un absoluto milagro.

—¿Jefe? —llega la voz de Mayberry.

—Sí. Estoy…

—Lo hizo él. Él… fue por la chica. La azafata.

Gus no responde. Está intentando entender la tragedia, matar a toda esa gente, incluida una niña, ¿por qué? ¿Por el corazón roto de un chiflado?

—Quiero un análisis exhaustivo de los sonidos mecánicos —dice—. De cada sonido.

—Sí señor.

—Estaré ahí en veinte minutos.

Gus cuelga. Se pregunta cuántos años más va a poder seguir haciendo ese trabajo, cuántas tragedias más es capaz de digerir. Es un ingeniero que empieza a considerar que el mundo está profundamente enfermo.

Ve que se acerca la salida que tiene que tomar y se desplaza al carril de la derecha. La vida es una sucesión de decisiones y reacciones. Se trata de las cosas que haces y de las cosas que te hacen.

Y después se acaba.

La primera voz que Scott escucha en la cinta es la suya.

—¿Qué pasa? —pregunta—. Por tu cabeza. Con respecto a nosotros.

La calidad de la grabación es discreta, hay un siseo mecánico permanente de fondo. Parece una llamada telefónica y, en efecto, Scott se da cuenta de que lo es en cuanto reconoce su propia voz.

—Vámonos a Grecia —le oye decir a Layla—. Hay una casita sobre un acantilado de la que soy propietaria a través de seis empresas pantalla. Nadie sabe de su existencia. Es un absoluto secreto. Podríamos tumbarnos al sol y comer ostras. Bailar después del anochecer. Esperar allí a que las cosas se calmen. Sé que debería ser menos directa, pero nunca me he encontrado con nadie cuya atención resulte más difícil de conseguir. Incluso cuando estamos juntos, es como si estuviésemos en el mismo sitio pero en años diferentes.

—¿De dónde ha sacado…? —pregunta Scott.

Bill lo mira y enarca una ceja en señal de triunfo.

—¿Todavía considera que deberíamos creer que no pasó nada?

Scott lo mira fijamente.

—¿Usted ha…, cómo ha…?

Bill levanta el dedo índice. «Todavía hay más.»

Vuelve a poner en marcha la grabación.

—¿Cómo está el niño?

Es la voz de Gus. Scott no necesita esperar a oír la respuesta para saber que la dará su voz.

—Él no… habla, esto es así, pero parece gustarle que yo esté aquí. De modo que tal vez resulte terapéutico. Eleanor es verdaderamente… fuerte.

—¿Y el marido? Hoy no lo he visto.

—Se ha largado esta mañana con equipaje.

Una larga pausa.

—No tengo que decirle lo que va a parecer eso —dice Gus.

Scott vocaliza las siguientes palabras al unísono con la grabación:

—¿Desde cuándo es más importante lo que parece una cosa que lo que es?

—Diría que desde 2012 —responde Gus—. Especialmente después… de que usted se escondiese en la ciudad. Eso se ha convertido en noticia. La heredera que… Le dije que se buscase un sitio en el que esconderse, no que se liase en una historia que es carnaza para los tabloides.

—No ha sucedido nada. Bueno, vale, ella se desnudó y se metió en la cama conmigo, pero yo no…

—No estamos hablando de lo que pasó o no pasó —matiza Gus—. Estamos hablando de lo que parece.

Fin de la grabación. Bill se inclina hacia delante.

—Ya lo ve —dice—. Mentiras. Desde el principio usted no ha estado contando más que mentiras.

Scott asiente mientras su mente encaja las piezas.

—Nos ha grabado —dice—. Ha pinchado el teléfono de Eleanor. Por eso sabía, cuando la llamé desde casa de Layla, dónde iba a estar yo. Localizó el origen de la llamada. Y entonces, ¿también tiene pinchado el teléfono de Gus? ¿El del FBI? ¿Es así, con todas esas filtraciones, como consiguió el informe?

Scott ve a la productora de Bill haciendo señas frenéticamente fuera de cámara. Parece aterrorizada. Scott se inclina hacia delante.

—Ha pinchado los teléfonos. Se ha estrellado un avión. Ha muerto gente, y usted ha pinchado los teléfonos de las víctimas, de sus parientes.

—La gente tiene derecho a saber —se justifica Bill—. David Bateman era un gran hombre. Un gigante. Se merece que se conozca la verdad.

—Sí, pero… ¿sabe que todo esto es ilegal? Por no mencionar que también es inmoral. Estamos aquí sentados y lo que a usted le preocupa es saber si yo…, ¿si he mantenido una relación sexual consentida con una mujer? —Scott se inclina hacia delante—. Y entre tanto no tiene ni idea de lo que sucedió realmente en el avión, que el copiloto encerró al capitán fuera de la cabina de mando, desactivó el piloto automático y lanzó el aparato en picado. Que se dispararon seis balas contra la puerta con una pistola que probablemente manejaba el guardaespaldas de los Bateman para intentar abrirla y recuperar el control del avión. Pero no lo lograron y murieron todos.

Mira a Bill, que —por primera vez en su vida— se ha quedado sin palabras.

—Ha muerto gente. Gente con familia, con hijos. Fueron asesinados, y usted se sienta aquí para interrogarme sobre mi vida sexual. Debería darle vergüenza.

Bill se pone en pie. Se acerca amenazante a Scott. Este también se levanta y se le encara, impávido.

—Debería darle vergüenza —repite, esta vez en voz baja, solo para Bill.

Por un momento parece que Bill va a pegarle. Tiene los puños cerrados. Pero entonces lo agarran dos cámaras y aparece Krista.

—Bill —le grita—. Bill, cálmate.

—Soltadme —vocifera Bill, forcejeando, pero ellos lo agarran con firmeza.

Scott permanece inmóvil. Se vuelve hacia Krista.

—Muy bien —le dice—. Yo ya no tengo nada que hacer aquí.

Se marcha, dejando atrás la ira y la tensión. Encuentra un pasillo y lo sigue hasta llegar a un ascensor. Sintiéndose como un hombre que se despierta de un sueño, pulsa el botón y espera a que se abran las puertas. Piensa en el ala que flotaba en llamas en medio del océano, piensa en la voz del niño llamándole en la oscuridad. Piensa en su hermana y en cómo la esperó en su bicicleta mientras anochecía. Piensa en cada una de las copas que se bebió y en lo que se siente al oír el pistoletazo de salida y sumergirse en el agua clorada de una piscina.

El niño le espera en algún sitio, jugando con sus camiones, coloreando dibujos sin respetar los contornos. Cerca hay un río que fluye mansamente y se oye el sonido de las hojas agitadas por el viento.

Recuperará sus lienzos. Reorganizará las reuniones ya acordadas con los galeristas e incorporará a la agenda a cualquier otro que se muestre interesado. Localizará una piscina y le enseñará al niño a nadar. Ya se ha pasado demasiado tiempo a la espera. Es el momento de pulsar el *play* y dejar que el juego termine, de ver lo que sucede. Y si acaba siendo un desastre, pues habrá que asumirlo. Ha sobrevivido a lo peor. Es un superviviente. Ya es hora de que empiece a actuar como tal.

Y en ese momento se abren las puertas y Scott entra en el ascensor.